U0114952

穆涛 著

中国人的大局观

陕西师范大学出版总社

图书代号：WX22N1123

图书在版编目（CIP）数据

中国人的大局观 / 穆涛著. — 西安：陕西师范大学
出版总社有限公司，2022.9
　ISBN 978-7-5695-3063-6

　Ⅰ.①中… 　Ⅱ.①穆… 　Ⅲ.①散文集—中国—当代
Ⅳ.①I267

中国版本图书馆CIP数据核字（2022）第114084号

ZHONGGUOREN DE DAJUGUAN

中国人的大局观

穆　涛　著

出版统筹　刘东风　郭永新
责任编辑　张　佩
责任校对　宋媛媛
装帧设计　观止堂_未氓
出版发行　陕西师范大学出版总社
　　　　　（西安市长安南路199号　邮编710062）
网　　址　http://www.snupg.com
印　　刷　陕西龙山海天艺术印务有限公司
开　　本　889 mm×1194 mm　1/32
印　　张　13.5
插　　页　4
字　　数　277千
版　　次　2022年9月第1版
印　　次　2022年9月第1次印刷
书　　号　ISBN 978-7-5695-3063-6
定　　价　68.00元

读者购书、书店添货或发现印刷装订问题，请与本公司营销部联系、调换。
电话：（029）85307864　85303629　传真：（029）85303879

作为汉人的穆涛

李敬泽

穆涛，汉人也。

穆涛本籍河北廊坊，中岁移居今之西安汉之长安，是被贾平凹挖去，办一份叫《美文》的杂志。汉字之好，叩其本义，神气活现，比如这个"挖"字：一个老农，盯住邻家一棵苗，看来看去，心想是个好苗，于是抄一柄小锄，连根带土挖了去，种到了自家院里。

从此穆涛办《美文》，搞"大散文"，文章风云，大就是美。很快，此人陕西话说得好了，陕西的人与物了然于心，一个河北人幽州人，不远千里来到长安，在陕西如鱼得水、游刃有余，端的好本事。

我与穆涛相交二十多年，早年间彼此都还不老，此人颇有些任诞疏狂，有五陵少年气，有乡间名士风。这些年来，穆涛发愤读书，日渐厚了，重了，望之俨然了，渐渐有了先生气象。穆涛读书与我不同，我是无事乱翻书，天上地下四面八方，而远远地看穆涛读书，看来看去看出了此人沉着有大志，人家走的是韩愈的路子。韩文公文起八代之衰，以道统为己任，"非三代两汉之书不敢观，非圣人之志不敢存"。穆涛呢，后一句估计他暂时不敢想，前一句他真是照着做，这些年所读皆是先秦两汉之书，所写也都是先秦两汉之事。

汉人穆涛，就是由此而来。汉人说的不是汉族人，说的是，穆涛此人给自己找一个位置，要做汉朝人，做一个汉代儒生。韩愈复古原道，要从文明的根源解决问题，越古越好，上追夏商周三代，最终不得不落实到两汉，因为，三代之学其实都是经过汉学整理定型，不经两汉便近不得三代。穆涛心气高傲，为自己找一处生命、知识、文章的根底，取法乎上，从河北跑到陕西，扎下根来，或许就是为了定位两汉。

两汉莽莽苍苍，雄浑朴茂，上总三代，下开万流。站在两汉的位置上，上看下看，左看右看，看山看水看人看岁月，看历史看文化看社会看人心，所见未必深微——汉家本来不以深微取胜，不是九曲十八弯，不是螺蛳壳里做道场，大汉是长风万里，纵横天下。以汉为位置，好处就在大，观其大，取其大，于是有了这本《中国人的大局观》。

此书从三代说起，从时间和天象说起，一本书从头说到尾，就是站在汉学立场，谈中国文明与文化的天、地、人。所谓大局，说到底就是这个天地人的格局。三代肇造，汉代大成，绵延至今，千变万化，但中华文明的大局仍是那个大局。所以，一个中国人，立起这个大局观，便是行于世间的安然坦然。

有老友名穆涛，穿越到汉，见过刘安、董仲舒、司马迁、刘歆，气喘吁吁穿越回来，怀里掏出一部书命我作序。汉人之书不敢不观，观了壮胆说几句。

谨以为序。

2022 年 7 月 6 日凌晨

李敬泽，著名文学评论家，中国作家协会副主席，兼任中国现代文学馆馆长。出版《咏而归》《会饮记》《青鸟故事集》《跑步集》《致理想读者》等著作二十多种。

穆涛的历史写作

鲍鹏山

记得20世纪80年代吧，王蒙先生曾经呼吁"作家要学者化"，他是有感于当时作家普遍读书太少而所读之书又质量低下，文化素养缺乏。中国古代的文学创作，无论是主流的诗歌和散文，还是非主流的小说、戏剧，其作者都是饱读经典的。比如宋之柳永、元之关汉卿、明之冯梦龙，这些或自身处于花间柳巷，或热衷于不入主流之通俗文学的人，我们今天哪个作家敢和他们比读书的品级？不读经典甚至一般书都没读多少就自己敢"作"成为"作家"，是特定时期的特别现象。

我的谬见：也许写小说需要讲故事的能力，只要故事讲得好，就可以成为一个好的小说家（当然仅此还不能成为伟大的小说家）；但是，如果你要作散文，你的基本功还真是读书，读足够的书，读有分量的书，读那些能支持你思维、思想和文字的书。

　　我一直关注穆涛的写作，他的作品，我见一篇就读一篇。穆涛一直在读书，他的好多散文，就是写他的读书，写他读书所得所感。他的写书和他的读书，是他生活这枚硬币的两面。

　　现在，我读到了这部新著《中国人的大局观》。

　　这是他的读书笔记，是系统性读书的系统性笔记，是他潜心读史的心得。穆涛曾对我感慨今天的社会生活中缺少历史学家的声音，其实我觉得，作家就应该是历史学家。没有历史感的作家——这句话在我看来，就是一个悖论。但穆涛说得很对，很多作家，思想中缺少历史的深度，眼光中缺少历史的角度，思维中缺少历史学的训练。穆涛还说："史学昌明的时代，社会生态是清醒的。"什么叫社会清醒呢？首先是知识阶层的清醒，是作家的清醒。

　　穆涛这本书最大的特点，就是理性的清澈，甚至为了清澈，他刻意调低了情感的温度。

　　穆涛从自然的"春秋"，谈到中国人认知春夏秋冬四个季节的过程，谈到中国人天地时序观念的形成过程。他从自然的"春秋"谈到人事的"春秋"，谈到以"春秋"命名史书，谈到中国人的历史观念、政治观念、道德观念及其形成。这一部分的内容，熔天文、地理、时变、人伦于一炉，循世道规律，辨社会趋势。对这样的知识性话题，他谈得毫不滞涩枯燥，而是清新活泼，风生水起，我读得兴味盎然，每有所得，欣然忘食。

　　他又谈到《诗经》《尚书》两本书的结集传承、起伏兴衰，以及其对中国世道人心的影响。这是中国文化的两本大书，"诗书"并称，常常成为文化的代名词，连庐江府小吏焦仲卿的妻子刘兰芝，说到自家的家教，都要说："十三能织素，十四学裁衣，十五弹箜篌，十六诵诗书，十七为君妇。""诗书"后来由专有名词变成泛称，腹有诗书气自华，诗书传家，诗书继世长，不一而足。读穆涛的这一部分文字，可以增加我们对"诗书"地位、价值的理解，知道它们如何嵌入一个民族乃至每个人的精神深处。这一部分，他还由《诗经》入手，比较了中国人和西方人不同的史诗观。

接着，讲中国的制度文化，讲"官本位"如何从制度到意识，讲中国社会中"帮派"之源。最后，又回到《尚书》，讲其中两篇"册命"，由此讲到公务员——国家事务管理者的素质和责任。

读《汉书》的笔记这一部分，穆涛把汉代的历史故事、历史人物说得生龙活虎，而且，透过史实，让我们看到中国历史上第一个成功的中央集权王朝，一个确定了一个民族的族称（汉族）的王朝，如何在权力的制衡与失衡之间走钢丝，在国家权力和民间权利之间找平衡，在暴力和良知之间选边站。当然，这一部分也是前面的历史延伸：从先秦进入秦汉。

最后，穆涛又回去了，从西周秦汉，回到了五帝时代，讲黄帝。司马迁说《尚书》独载尧以来"，那尧以前呢？孔子的学生宰予曾经问过孔子五帝之事，司马迁好像不大相信。但黄帝毕竟是一个巨大的存在，炎黄子孙哪能不讲炎黄，这是中华始祖。穆涛讲了。他讲历代公祭黄帝乃是一个民族对黄帝的政治怀念，这个说法真好。黄帝之所以被我们称为民族先祖，乃是他奠定了中国人的基本世界观，奠定了中国人的政治观、自然观，确立了中国人与世界之间的关系模式：他是我们的规矩和方圆。传说中的黄帝与炎帝、蚩尤都有大战，但穆涛说黄帝其实是和平主义者，黄帝"以玉为兵"，有止战思想。

这一部分，穆涛还讲了中国人的人生哲学，讲了"大隐于朝"，还从东方朔的"谈何容易"入手，触摸了一下如何讲"真话"这个很骨感的话题。

我这么一梳理，读者可能觉得这是历史笔记，是一个历史学者的历史丛札。你这样认为也不错，因为，穆涛此时，就是一个历史学者。

但穆涛首先是散文大家，鲁迅文学奖散文奖的获得者。这本书首先是文学作品，历史只是他的文学题材。他面对这些混沌的历史，如同一个雕刻家面对一块原石：他用他的刻刀，把隐藏在原石中的形体解放出来，与我们赤裸相对，我们看到了藏在混沌中的历史色相。

但他又毕竟是在写历史，他非常克制自己的文学冲动。或者他本来就没有作家常有的那种文学冲动，他就是觉得这些历史有意义，这文化有价值，然后就这样不着力不刻意写下来了——他几乎保持了历史的原来样子，他好像真的没有什么寄托，他一点都没有用他的文学之笔打扮历史小姑娘。他只是勾勒，把隐藏在纷繁事实中的某些点连成线，然后我们就看见了。文学和史学，不就是让不可见的可见吗？

文学家的历史书写，往往功利心太强，自我表达欲太强，所以总是指桑骂槐，心中总是梗着那个槐；穆涛不是，他心中没有梗，眼里没有槐，他只有一个无碍大道。槐不在眼中不在心中，他本来无一物，无爱亦无恨。他不让自己堕入爱恨情仇，尽量保持对历史的零度情感，以呈现客观的历史。

历史是花，他是镜子；历史是月，他是渊水。水中月，镜中花，镜子并不迷恋花，渊水并不珍藏月。若谓两者不着，水中又有月，镜中真有花；若谓两者着了，打破止水哪有月，翻过镜子哪有花。这就是穆涛谈历史的那种意境。

我还没见过谁写历史像穆涛这样潇散，这样两不相关的。他笔触从容，从容到看不到文字，看不到穆涛。他把苍茫历史中的痕迹或烙印用着重号清晰地标示出来，交由读者判断。事实上他已经判断好了，成竹早已在胸中，但又不妨碍读者进行判断，甚或激发出更多联想和碰撞。这就是文学中的无我之境吧。

记得穆涛曾经讲过一个故事，他以这个故事来说文章的立意。

一个人在路上见了一头牛，就牵回家了。主人告状，县令审案。问他为何偷人家的牛。他回答说：路上见一根绳子，就拿回家了，没看见绳子那头有头牛。

穆涛的结论是：好文字就如这根绳子，必须牵得出一头牛。

我的领悟是：好文字自身不能是牛，只能是绳子。

穆涛这本历史笔谈，读者就是这个牵牛回家的人，读者也就捡到一根绳子，但绳子那一头，真是一头牛。

如果县令审案，接着问穆涛：你知道你的牛被人牵走了吗？

穆涛必答曰：我只是搓了根绳，谁知道竟然是牛绳，谁知道竟能牵出牛。

贾平凹先生曾经惊讶于穆涛，说不知他前身有何因缘，此生能得如此从容。一般人以诗咏史，如左思、刘禹锡、杜牧、李商隐，或以文写史，如罗隐、皮日休、陆龟蒙，都是别有怀抱，咏史是面目，咏怀是心肝，里面都有自身的世路伤痛和坎壈仇恨，都不免借古讽今，借古人酒杯浇自家块垒，但穆涛是心中无块垒，眼前无障碍。谁能无障碍行走人间？偏穆涛大踏步走来，障碍化为阶梯，块垒成了山水。他心中与此世界本无芥蒂，竟无芥蒂，他是福人。此等世间，我就见这一个福人，让我羡慕嫉妒恨。

我跟他说，我是愚公，门前总有一座山，避无可避，移无此力，所以常在愤怒中。而穆涛眼前却一马平川，不是"一水护田将绿绕，两山排闼送青来"，就是"窗含西岭千秋雪，门泊东吴万里船"。所以他的性情总是如散人春闲，斜倚胡床，看垂天之云。我看他自叙少年时也曾忍饥挨饿，饥寒不免，不知他何时竟成了福人。

文章是有福者的事业。如果穆涛从政、经商、务农、从戎，我无法想象他的面目。他其实只能写文章，改文章，编文章，与文字打交道。我们能看到他那一脸福相。

我跟他说：苦大仇深、一定要报仇雪恨的人适合写小说，小说要纠结，要深邃，要纠缠不放哀哀无告还要告，不知告谁也不知要告诉谁，如施耐庵、曹雪芹；旷达高远、相逢一笑泯恩仇的人适合写散文，散文要旷达，要有见识，要放下屠刀一丝不挂若有挂，无话可说却又满腔子见识要说，如庄子、苏东坡。

司马迁的《太史公书》为什么像小说？他苦大仇深。

欧阳修的《新五代史》为什么似散文？他觉得他满腔见识要表达。

说穆涛于世事无芥蒂，不是说穆涛不谙是非。不，他有是非，他的是非隐藏在叙述中。史学家章学诚说著史"但须据事直书，不可无故妄加雕饰"，这就是穆涛的原则。但著史岂可无是非？章学诚给出的办法是："载之空言，不如见之事实""寓褒贬于叙事""寓褒贬于记述之中"。这些是太史公的看家本领，穆涛近乎得之。文字若是非太明爱憎太苟，就不再是叙述历史，而是在表达观点。一个人若无了是非，岂不又是糊突桶一个？不少今人都以无是非为旷达，无善恶为广大，这样的人，文学史上应该也有，最终都将湮没。你见过哪个作家就凭无是无非无善无恶留下名目？人生在世，古人讲大节不亏。大节是什么？就是大是大非、大爱大恨。

穆涛无芥蒂，所以通达旷远，所以潇散不拘；有是非，所以理性清澈，所以善恶分明。这是写出一流散文的条件和前提。

但穆涛的是非不是表现为善善恶恶贤贤贱不肖，在他看来，这都琐碎了，小气了。穆涛不纠结一般人特别关注的历史中海量存在的这一类人事是非，他关注更大的问题。从容大气的穆涛，他的"是非观"，表现为某种历史信念。历史信念是历史学的前提。所有的历史问题，都是历史信念范畴内的问题。在此范畴之外，只有既往事实，没有历史问题。质言之，所有曾经发生过的事实，只有成为现实问题，才能成为历史学的对象。写历史，一定是写问题，穆涛这本书中的文字，不是闲来无事乱读书，然后涂鸦，而是在寻找一些问题的答案：为什么中国成了中国；为什么中国能历经几千年而其命维新；为什么老大之中国又永是少年之中国；为什么政治大一统的中国，又能有那么多不同的生活方式；为什么朝廷意志那么独断的古代中国，又有那么多自由的甚至反叛的文学；为什么古代中国的政治生活有那么多僵化、严厉的教条，而中国人的自然观又如此生动活泼，中国人的日常生活又有那么多的美。

这些，无疑都是大问题，都是有趣的问题。一本小书，显然不能对这些问题给出充分性的答案，但显然，穆涛通过他的观察，给出了必要性的答案。

无芥蒂而有是非，不纠结而有问题，我以此评价穆涛和他的这本历史学作品。这是很高的境界，如何平衡，需要的不是技巧，而是心性，穆涛恰好有这样的心性。读穆涛，有一个关键：不仅要在笔墨中找他的风格，更要在心性中找他的风度。他的文字，与他的心性，高度契合。他的文字，与其说形成了一种风格，不如说体现了一种风度。

庄子《逍遥游》最后，讲了一个现象："子独不见狸狌乎？卑身而伏，以候敖者；东西跳梁，不辟高下；中于机辟，死于罔罟。今夫斄牛（牦牛），其大若垂天之云。此能为大矣，而不能执鼠。"

历史里到处都是机辟罔罟。写历史的人感兴趣的常常就是这些机辟罔罟，然后对之感慨，若有所思。而穆涛的这本书，对此往往略过，即便注目了，也是多描述，少感慨，若无所思。其实，对这些，他不是没看到，他是不在意——如同牦牛对草间沟坎隐藏的机辟罔罟，它就这样视若无睹地走过去，在看到与没看到之间，把它们都踏扁了，踏到泥土里去了。

鲍鹏山，著名学者，上海开放大学教授，中国孔子基金会学术委员会委员，团中央"青年之声"国学教育联盟副主席，央视《百家讲坛》、上海《东方大讲坛》主讲嘉宾，浦江学堂创办人。2016年被评为"感动上海"年度十大人物。出版有《中国人的心灵——三千年理智与情感》、"孔子三来"（《孔子如来》《孔子归来》《孔子原来》）、《寂寞圣哲》等著作二十多部。作品被选入多种文集及人民教育出版社的全国统编高中语文教材。

目录

腹有诗书气自华：关于《诗经》和《尚书》

册命之辞：中国古代官员的任职谈话

在制衡与失衡之间：《汉书》认识笔记

黄帝给我们带来的

中国历史的学名叫春秋

从发现时间开始：一根由神奇到神圣的棍子

我们中国最原始的计时工具，是一根棍子，学名叫"表"。

棍子被垂直竖立在地面上，立竿见影，"光阴"被捕捉到了。"光阴"这个词的本义是光的影子，先民们通过观测计量影子的位移，把"时"区分出"间隔"，"时间"的概念产生了。大自然中的时，本来是无间的，一切都那么混混沌沌存在着。"天地未剖，阴阳未判，四时未分，万物未生，汪然平静，寂然清澄，莫见其形。"（《淮南子·俶真训》）这根棍子立在地面之后，人们的生活轨迹清晰起来，有了时间，也开始有了历史。

对"时间"的发现，是人类认知天地最重要的突破口，是由动物到人的最华丽转身。先民们用智慧把自己从普通动物中完全剥离出来。据科学史家判断，这个时期是公元前 6500 年的伏羲时代。

我们今天手上戴的，墙上挂的，地上摆设的，叫表，钟表，它们的祖先就是那根棍子。有序跳动的秒针，就是对光影位移的生动临摹。

光阴是被一寸一寸捕捉到的，这个过程，既缓慢又漫长。

先民们观测太阳，也观测月亮。太阳出没和月亮盈亏是捕捉"时间"的两个基本点，并由此发现了天地运行的轮回规律，日、月、季、年这些概念逐一被获取到。昼夜交替为"一日"，月相变化的周期为"一月"。

四季的发现与定位要晚一千多年，已到了神农氏时期，约公元前5000年前后。神农氏与炎帝一脉相承，之后是黄帝，中国人称自己是"炎黄子孙"，中国人的大历史由此开启。"乃至神农，黄帝，剖判大宗，窍领天地。"（《淮南子·俶真训》）首先被认识到的是春秋两个季节。这一时期，火已经被广泛使用，并且辨识出一些草药，初步认识到食用植物和药用植物的区别。农耕生产是这一阶段最时尚的生活方式，春种秋收，把农作物的果实带回家里，烹调出"家常饭"，告别"打野食"的日子，进入"想吃什么种植什么"的新常态，人们开始尝试着主宰自己的命运。

在对日月运行的细致观测中，人们锁定了春分和秋分，它们是指太阳投在地面的光影长度相同，白天和黑夜均分，先民把这种情况叫"日夜分"。接下来，又锁定了冬至和夏至，"至"，不是来到的意思，而是达到极点。冬至，投在地面的光影最长；夏至，投在地面的光影最短。对春夏秋冬四个节点的认定，是在神农氏时代完成的，而对四个季节变化规律的整体认知，已到了尧时代，约公元前2100年前后。这一时期，观测天象，以及计时的工具都有了科学的进步和提升，并且成立了观测天象的专职机构，任命重臣担任主官，"乃命羲和（羲与和是两大氏族首领），钦若昊天，历象日月星辰，敬授人时"（《尚书·尧典》）。"两分两至"的最早命名，记载在《尚书·尧典》中，春分称"日中"，秋分称"宵中"，夏至称"日永"，冬至称"日短"。"日中，星鸟，以殷仲春"，"日永，星火，以正仲夏"，"宵中，星虚，以殷仲秋"，"日短，星昴，以正仲冬"。

春夏秋冬，再加上天和地，被先民称为"六度"，最初的标准和原则形成了，"阴阳大制有六度：天为绳，地为准，春为规，夏为衡，秋为矩，冬为权"（《淮南子·时则训》）。中国的历史，后来以"春秋"为别名，不仅因为孔子著的那部史书（在东周时代，诸侯国的国史，多以"春秋"为名，墨子说过一句话，"吾见百国《春秋》"），还在于先民传习下来的对"春秋"两季的认知理念：春为规，秋为矩，历史是给人世间树立规矩的。

"年"和"岁"概念的形成也在尧时代，"年"和"岁"是有区别的："年，谷熟也"（《说文解字》），谷物从种植收获的一个寒来暑往周期为"一年"；"岁"是天文学的概念，一个节气到下一年这个节气为"一岁"。《尚书·尧典》中记载的"岁"，"以闰月定四时成岁"，一岁"期三百有六旬有六日"。旬是计算日期的概念，古人以天干地支计时日，天干甲日到癸日的十天时间为一旬。《尚书·尧典》中记载的三百六十六天为一岁，这个时间是经过缜密计算的。

在尧时代，这根棍子的原始使命终结了，但没有"退休"，而是"转业"，尧把它竖立在"政府"办公地前的广场上，命名为"诽谤木", 并赋予新的使命——倾听不同的政见之声。但这个时候, 其倾听的并不是大臣和百姓的批评意见。准确地说, 当国家发生了灾难, 地震、瘟疫、旱涝, 或者重大的军事失败时, 尧亲率百官在"诽谤木"前向老天爷悔过, 请求责罚。这根棍子由观天转为天问, 由仰观天象到替天行道, 进而俯察世道民心, 由神奇升华为神圣。

中国古代核心的政治理念——"君权天授"开始形成, 天是至高无上的万物神明, 人间的君主是天之子, 应"法天而行"。"天高其位而下其施, 藏其形而见其光。高其位, 所以为尊也。下其施, 所以为仁也。藏其形, 所以为神。见其光, 所以为明。故位尊而施仁, 藏神而见光者, 天之行也。故为人主者法天之行。"(《春秋繁露·离合根》)

这根古老的棍子发端了中国的天文学, 撬动了早期的政治学, 更神奇的, 它还带动了数学的产生。对影子的反复观察、计量、测定, 致使天文学和数学兼容着发展。这根天文学里的棍子, 贡献了一个了不起的数学定理: 棍子被称为"股", 投在地面的影子, 称为"勾", 连接勾与股端点的直线, 称为"玄"。"勾三股四玄五"被发现了, "勾股定理"在《周髀算经》和《九章算术》里已有科学表述, 从这两部书的时间点上计算, 也比西方早了六百多年。

光阴荏苒, 两千年过去了, 时间到了公元前180年, 汉文帝刘恒即位。刘恒在即位的第二年五月诏令全国, 给"诽谤木"重新定义, 既保持天问, 同时倾听来自民间的不同声音, 广开言路,废除"妖言获罪法令"。"古之治天下,朝有进善之旌,诽谤之木,所以通治道而来谏者也。今法有诽谤妖言之罪,是使众臣不敢尽情,而上无由闻过失也。将何以来远方之贤良?其除之。"(《汉书·文帝纪》)刘恒是中国历史里的好皇帝,擅长听取不同的政见,并且实实在在地亲民爱民,即位第十三年,在国家财政吃紧的情况下,免除全国的农业税,富民以养国。此项政令沿袭十一年,直到他去世。刘恒奠定了汉代"文景之治"的政治和经济基础。汉代之所以被称为"大汉",他是厥功至伟的人物之一。

在古代,帝王宫殿的正门广场上竖立"诽谤木",寓意广开言路。县一级衙门口的一侧放置鼓,百姓在紧急情况下击鼓鸣冤,按规定,县官须立即升堂受理案子,但多数情况下,这个鼓基本就是一个摆设。即使是个摆设,对官员也有提醒和警示的作用。

今天,北京天安门广场上那一对华表,也是一脉相承、自古而来的,可以追溯到最原始的那根棍子。华表上方的云板,不是装饰品,是古代先民的科技发明。为了确保棍子垂直立在地面,在顶部设置云板,沿四周垂下八根绳子,如果每根绳子都无隙地贴附在棍子上,这根学名为"表"的观天计时工具,就可以正常工作了。这个原理,启发后代木匠做出了吊线的工具——线垂,一条线绳的一端吊个铅锤。木匠手提线垂,观测物品是否垂直立于地面。

古人有多首诗写到华表,选杜甫一首、陆游两首附后:

伐竹为桥结构同,褰裳不涉往来通。

天寒白鹤归华表，日落青龙见水中。

顾我老非题柱客，知君才是济川功。

合欢却笑千年事，驱石何时到海东。

（杜甫《陪李七司马皂江上观造竹桥，即日成，往来之人免冬寒入水，聊题短作，简李公》）

青鬓当时映绿衣，尧功曾预记巍巍。

玄都春老人何在？华表天高鹤未归。

流辈凋疏情话少，年光迟暮壮心违。

倚楼不用悲身世，倦鹢无风亦退飞。

（陆游《感事》）

岁晚城隅车马稀，偷闲聊得掩荆扉。

征蓬满野风霜苦，多稼连云雁鹜肥。

报国有心空自信，结茅无地竟安归？

浣花道上人谁识，华表千年老令威。

（陆游《岁晚》）

四象与西水坡遗址中的龙虎图

遗址，是历史存在的物证。

1987 年，在河南濮阳老城区的西水坡，在对新石器时期的一处大墓（M45）的考古挖掘中，出土了震动史学界的以龙和虎为主题的"艺术创作"遗存。三组图案栩栩如生，均以蚌壳砌塑而成，考古编号为 M45（B1，B2，B3），碳十四测定时间约在公元前 4500 年，距今已有六千五百年之遥。

这三组蚌塑砌在地面上，在大墓主人身躯的两侧，以及周围，这非同一般的匠心之作，传递给我们最重要的信息，是那个年代中国先民对天体和天象的认知能力，是中国天文学的源头和发端阶段的存在证据。

《濮阳西水坡》一书关于这次考古作了详细说明：

共发现三组（蚌壳图案），编号分别为 B1，B2，B3。

B1（M45），位于 T137 的西部，墓口开在 T137 第 114 层下，打破第⑤层和生土，墓坑平面为人头形……墓室的结构为竖穴土圹，南北长 4.1 米，东西宽

3.1 米，深 0.5 米。墓底平坦，周壁修筑规整。墓室的东西北三面各有一个小龛。东、西两边的小龛平面呈弧形，北面的小龛为长方形。

墓内埋葬四人。墓主为一老年男性，经鉴定为 56+ 岁，身高 1.79 米，仰身直肢葬，头南足北，埋于墓室的正中。另外三人，年龄较小，分别埋于墓室东、西、北三面小龛内。东部小龛内的人骨，骨架腐朽，性别无法鉴定。西面龛内的人骨，身长 1.15 米，头朝西南，仰身直肢葬，两手压于骨盆下，年龄十岁左右。（见图第一组彩版七）

在墓室中部墓主人骨架的左右两侧，用蚌壳精心摆塑一龙一虎图案。龙图案摆于人骨架的右侧，头朝北，背朝西，身长 1.78 米，高 0.67 米。龙昂首，曲颈，弓身，长尾，前爪扒，后爪蹬，状似腾飞。虎图案位于人骨架的左侧，头朝北，背朝东，身长 1.39 米，高 0.63 米。虎头微低，圜目圆睁，张口露齿，虎尾下垂，四肢交递，如行走状，形似下山之猛虎。

B2 摆塑于 M45 南面 20 米处，发现于 T176 第④层下，打破第⑤层的一个浅地穴中。图案由龙、虎、鸟、鹿和蜘蛛等组成。图案南北长 2.43 米，东西宽 2.15 米。龙头朝南，背朝北。虎头朝北，背朝东，龙虎蝉联为一体。……蜘蛛摆塑于龙头的东面，头朝南，身子朝北。另外在蜘蛛和鹿之间，还有一件制作精致的石斧。（见图第二组彩版八）

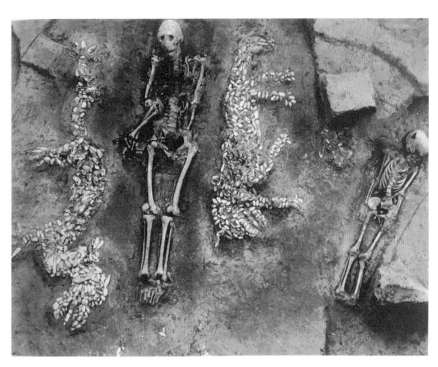

第一组彩版七

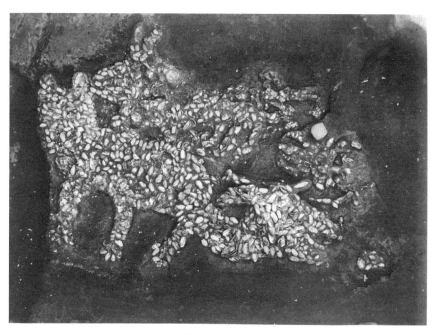

第二组彩版八

B3 发现于第二组龙虎图案的南面 T215 第⑤ B 层下打破第⑥层的一条灰沟中，与第二组龙虎图案相距 25 米。灰沟的走向由东北到西南，灰沟的底部铺垫有 10cm 厚的灰土，然后在灰土上摆塑蚌图。

图案残长约 14 米。图案有人骑龙和奔虎等。人骑龙摆塑于灰沟的中部偏南，龙头朝东，背朝北，昂首，长颈，舒身，高足，背上骑有一人，也是用蚌壳摆成，两腿跨在龙背上，一手在前，一手在后，面部微侧，好像在回首观望。虎摆塑于虎的北面，头朝西，背朝南，仰首翘尾，四腿微曲，鬃毛高竖，呈奔跑和跨跃状。"（见图第三组彩版九）

著名学者李学勤先生对"西水坡遗址" M45 墓圹的解读与判断，把龙虎图案与"四象"的起源相联系。

45 号墓是一座土坑竖穴墓，南北长 4.1 米，东西宽 3.1 米，为仰韶文化灰坑所打破，因而时代是清楚的。墓主是一个壮年男子，遗骨在墓室中间，头向南，仰身直肢。随葬有三个人殉，分别在墓室东、西、北三面的小龛内，也都仰身直肢。西、北两个人殉，双手都背压在骨盆下，一个是十二岁左右的女孩，头部有砍斫痕；另一个则是十六岁左右的男性。东面的那个人殉，因骨架保存欠佳，未能鉴定。

特别奇怪的是，在墓主骨骼两旁，有用蚌壳排列成

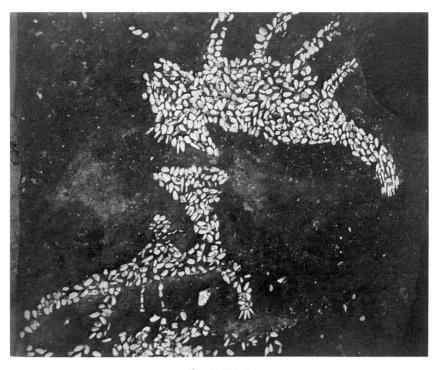

第三组彩版九

的图形。东方是龙,西方是虎,形态都颇生动,其头均向北,足均向外。……

　　45 号墓蚌壳图形和青龙、白虎之相似,实在是太明显了。墓室中图形和墓主的相关位置,墓主头向南,可能与古人绘图都以上为南的习俗有共通处;龙形在东,虎形在西,便和青龙、白虎的方位完全相合。……虎虽恒见于自然界,龙却是一种神话动物,只是在传说里才有的。因此,在墓室中排列龙、虎图形,即使仅此一例,也必须反映古人一定的思想观念。(《西水坡"龙虎墓"与四象的起源》)

　　四象,也称四神、四灵,即青龙、白虎、朱雀、玄武。

　　四象不是神话传说,是中国古代天文学的核心内容。"所谓天数者,左青龙,右白虎,前朱雀,后玄武。"(《淮南子·兵略训》)中国古人观测天象,认识星辰,给天上的恒星按序列和形态进行编组,划分出星区,每个星区称"天官"。同时赋予奇妙的艺术想象,于是产生了古代天文学领域的"三垣、四象二十八星宿"。

　　三垣是三个庞大的星区,即紫微垣、太微垣、天市垣。三垣是天上的"首都功能区"。紫微垣居北天中央,是"皇宫";太微垣是"政府执法部门";天市垣是天上的"街市区",类似于"自由贸易市场"。三个星区各自都有左右藩星环列护卫,形状如墙垣,因此称"三垣"。

在三垣外围，分布着东南西北四个星区，每个星区均有七组恒星组成，依星系组合形状，古人命名为青龙、朱雀、白虎、玄武。在中国古人的认知与想象中，这四个星区，是日、月和五星（岁星、荧惑星、镇星、太白星、辰星，即木、火、土、金、水）在天空运行休栖的场所，因此称为"宿"，这是"四象二十八星宿"的由来。

古人对二十八星宿依据其形态和特征分别赋名。青龙七星：角、亢、氐、房、心、尾、箕；朱雀七星：井、鬼、柳、星、张、翼、轸；白虎七星：奎、娄、胃、昴、毕、觜、参；玄武七星：斗、牛、女、虚、危、室、壁。

四象是古人用来确定方位和四时的，"天之四灵，以正四方"（《三辅黄图·未央宫》），东方青龙，南方朱雀，西方白虎，北方玄武。在冬春之交的傍晚，青龙立身，青龙主春；在春夏之交的傍晚，朱雀起舞，朱雀主夏；在夏秋之交的傍晚，白虎抬头，白虎主秋；在秋冬之交的傍晚，玄武呈现，玄武主冬。

四象之中融汇着五行与八卦。"北方壬癸水，卦主坎，其象玄武，水神也。……南方丙丁火，卦主离，其象朱雀，火神也。……东方甲乙木，卦主震，其象青龙，木神也。西方庚辛金，卦主兑，其象白虎，金神也。……此四象者，生成世界，长立乾坤，为天地之主，谓之四象。"（《混元八景真经》）

四象之中还内含着五色。中国古人以青、赤、黄、白、黑五种颜色为天地间的正色，青龙（青），朱雀（赤），白虎（白），玄武（黑）。

四象既分四时，还含着五行和五色。在春夏秋冬四时的中央，是土。五行依季候的顺序是木（春）、火（夏）、土、金（秋）、水（冬），木生火，火生土，土生金，金生水，水复生木。中央土的正色是黄，"中央土，其日戊己，其帝黄帝，其神后土"（《礼记·月令》）。

"四象"最早的完整文字记载，依据已发现资料，是在战国时的《吴子兵法·治兵》中：

> 武侯问曰："三军进止，岂有道乎？"
>
> 起对曰："无当天灶，无当龙头。天灶者，大谷之口；龙头者，大山之端。必左青龙，右白虎，前朱雀，后玄武。招摇在上，从事于下。将战之时，审候风所从来，风顺致呼而从之，风逆坚陈以待之。"
>
> 武侯问："作战部队行军与驻守，也有原则么？"
>
> 吴起回答："切忌在'天灶'扎营，切忌在'龙头'驻军。天灶，是峡谷的峪口；龙头，是山顶。部队行进，左军青龙旗帜，右军白虎旗帜，先头部队朱雀旗帜，阵后部队玄武旗帜。中军旗帜高高飘扬，三军依令而行。大战之前，要谨慎观察风向变化，顺风，乘势进击，逆风，坚阵以待。"

中国古人对四象的认知与判断是逐步清晰的，首先认知的是春和秋，即龙和虎。西水坡遗址考古发现的价值，就在于这一点，也就是说，在公元前 4500 年前后，中国人的祖先在对天象的观测中，已经掌握了春秋两季的变化节点。到尧时代（前2100年），先民准确锁定了"两分两至"的具体日期，并且赋予名称，《尚书·尧典》中，春分称"日中"，秋分称"宵中"，夏至称"日永"，冬至称"日短"。尧时期，中国设置了世界上首个"天文台"（观测天象的专职政府机构）。"乃命羲和，钦若昊天，历象日月星辰，敬授人时。"

但在《尚书·尧典》中，还没有关于"四象"的完整记载。在西周早期的文献中，朱雀被称为"鸟"，玄武被视为"神鹿"，西水坡遗址中的蜘蛛，有的专家解读为"与鸟形相似，推测为朱雀的最初认知"。由西水坡遗址年代到尧时代，是两千多年的跨度，到西周早期（前1000年前后），是一千年的光阴，再到战国时的《吴子兵法》年代（前400年前后），又经过了六百年的铅洗与升华。至此，可以得出一个基本判断：四象，由最初的天文学范畴，渐而衍入中国哲学（五行、八卦），到战国时候，已应用到军事和政治领域，由天上到人间，天人相应，以应万方，成为中国古人重要的精神信仰与寄托。

《濮阳西水坡》是科学严谨的著作，但其中也有这样令人按捺不住的灿烂想象描述：

在龙的南面、虎的北面、龙虎的东面，还各有一堆蚌壳。龙南面的蚌壳面积较大，高低不平，成堆状。虎北面和龙虎东面的两堆蚌壳较小，形状为圆形。

除奔虎、人骑龙外，包括龙南、虎北、龙虎东的成片散化蚌壳，看来非乱扔之物。如果将大灰沟看成夜空中的银河，则众多蚌壳像是银河中的无数繁星，非常形象壮观。

春天的核心内存

春，甲骨文的写法是䣛，左右结构，左上是"木"，左下是"日"，右旁是"屯"。到篆书时变成上下结构——萅，与今天的写法比较接近了，顶部由"木"变成了"草"，底部是"日"，中间是"屯"。"屯"既从音，还会意，是指草木发芽之初那种含苞卷曲的萌萌样子。

《尔雅》成书于战国，是中国最早的词典。既是辞书之祖，还是儒家十三经之一。一本词典，一本工具书，成为经典读物，可见其独到的魅力与价值。《尔雅》给春的释义是"青阳"和"发生"，"春为青阳"，春在五色中对应青。这是"青春"一词的源头。"气青而温阳"，"青阳开动，根荄以遂"（《乐府诗》），植物的根脉被"青阳"唤醒，由下而上萌动。"春为发生"，春的本义是草木萌发，自然万物新的轮回由此发端开始。

"春"这个字，日在下，是乍暖还寒时候，"肃者主春"（《春秋繁露·五行五事》），春天是肃然的，也是柔弱的，"春，阳气微，万物柔易，移弱可化"（《春秋繁露·五行五事》）。春，在五行中属木，处于一年四季的起跑线上，正是草木发端时候，不确定因素多，也有多种变化的可能。"移弱可化"，用《三字经》里的话解释，"人之初，性本善。……苟不教，性乃迁"。万物发端阶段，需要以肃敬的态度对待，因此称"肃者主春"。

立春，是一年之中的正大日子，我们中国人的"春节"，是庆祝春来到。在汉代之前，过春节，专指"立春"这一天，汉武帝颁布实施"太初历"之后，确定农历一月为正月，正月初一为"春节"。（汉朝自公元前206年建立，历法上袭用秦朝的"颛顼历"，秦朝的正月，是今天的农历十月。汉朝的史书，如《史记》《汉书》等，记写皇帝一年中的大事记时，不是从一月开始，而是十月，旨在强调汉武帝进行的这次历法改革。）

在古代，立春之前三天，史官要向天子报告确切时辰，"先立春三日，太史谒之天子曰'某日立春'"（《礼记·月令》），天子开始斋戒，"天子乃齐（斋）"，不该吃的，不该喝的，以及床上的事，都要忍三天。到立春之日，"天子亲帅三公、九卿、诸侯、大夫，以迎春于东郊"（《礼记·月令》）。迎春大典在东郊举行，古称"郊祭"。之后返回宫廷，天子犒赏有特殊贡献的臣子和专家，责成宰相颁布一年之中的政府工作大政纲要，并制定惠民措施。"还反，赏公、卿、诸侯、大夫于朝，命相布德和令，行庆施惠，下及兆民。"（《礼记·月令》）

立春，有一个形象的别称，叫"三阳开泰"。

冬至这一天是"一阳"，阳气由地下向上升腾，"今日交冬至，已报一阳生","一阳初动处,万物未生时"。"二阳"在小寒与大寒之间,是一年之中最冷的日子,在"三九"前后。立春这一天,阳气到达地表,万物葱葱然生长,因此称"三阳开泰"。古人以"三阳"为内容的诗很多,如"冬至四十六,三阳生此辰","三阳已换节,六出尚茫昧","三阳即为泰,原野争明媚","卦直三阳泰,时通万物屯","气候三阳始,勾萌万物新"。

春天三个月,古称孟春、仲春、季春,以十五天为时令的节点,具体有六个节气,立春、雨水、惊蛰、春分、清明、谷雨。每个节气中,又以五天为间隔,细致观测出天气之下、大地之上呈现的"物候"变化,分为初候、二候、三候。六个节气,十八候。一年二十四个节气,共七十二候。

一月的节气是立春和雨水,六种物候是:"东风解冻",立春之后东风吹来(东风也称明庶风。"八面威风"这个词,指一年四季有八个方向的风。从冬至开始,每四十五天变化一种风向,依次是条风、明庶风、清明风、景风、凉风、阊阖风、不周风、广莫风)。"蛰虫始振",蛰伏的动物开始觉醒。"鱼上冰",鱼在冬天,为避寒沿着河底游,立春之后上浮,贴着冰面游。"獭祭鱼",水獭破冰捕鱼。"候雁北",大雁北向。"草木萌动",草木萌芽。

二月的节气是惊蛰和春分,六种物候是:"桃始华",桃树开花。"仓庚鸣",黄鹂鸣叫。"鹰化为鸠",布谷鸟出现。"玄鸟至",燕子归来。"雷乃发声",雨中有雷声。"始电",闪电出现。

三月的节气是清明和谷雨,六种物候是:"桐始华",桐树开花。"田鼠化为鴽",鴽鸟(也称鹌母鸟,此种鸟名声不好,青楼的女老板用此鸟代称)出现。"虹始见",雨后见虹。"萍始生",湖面漂萍。"鸣鸠拂其羽",布谷鸟已长大,振翅而飞。"戴胜降于桑",戴胜鸟出没于桑树间。

中国古代的政府依据天时治理国家,并具体规范政府行为,即所谓"顺天而治"。据《礼记·月令》记载,春天的三个月里大致有十五个工作要点:

1. 一月,王命布置农事,命农官深入民间,勘察可耕田面积,实地考察丘陵、山地、平原的土地,因地制宜种植农作物。"王命布农事,命田舍东郊,皆修封疆,审端径术。善相丘陵、阪险、原隰,土地所宜,五谷所殖,以教道民,必躬亲之,田事既饬,先定准直,农乃不惑。"

2. 一月里祭祀用的动物不得为雌性。"牺牲毋用牝。"

3. 禁止伐木,禁止毁坏鸟巢,禁止捕杀幼兽、怀孕的雌兽、刚会飞的鸟,禁止掏鸟蛋。"禁止伐木,毋覆巢,毋杀孩虫,胎夭飞鸟,毋麛,毋卵。"

4. 不允许大规模征召民役,不允许大兴土木。"毋聚大众,毋置城郭。"

5. 不允许发动战争。如果战事不可避免,不得由我方起始。"不可以称兵,称兵必天殃。兵戎不起,不可从我始。"

6. 二月,祭祀土地神。"择元日,命民社。"

7. 命司法官员释放轻罪犯人,除去重罪犯人的脚镣手铐,停止受理诉讼案件。"命有司省囹圄，去桎梏，毋肆掠，止狱讼。"

8. 天子以太牢之礼（牛、羊、猪三牲）祭祀高禖（主掌生育之神），皇后率嫔妃侍驾。"以大牢祠于高禖，天子亲往，后妃帅九嫔御。"

9. 二月，是春分节气所在月，春分也称日夜分，统一各种制式的度量衡。"日夜分，则同度量，钧衡石、角斗、甬、正权、概。"

10. 三月，不允许征税，开仓放钱粮，赈济贫困。"不可以内。天子布德行惠，命有司发仓廪，赐贫穷，振乏绝，开府库，出币帛，周天下。"

11. 三月，是古代中国选聘国家人才月。"勉诸侯，聘名士，礼贤者。"

12. 命河湖水利官员全国大巡行。"时雨将降，下水上腾，循行国邑，周视原野，修利堤防，道达沟渎，开通道路，毋有障塞。"

13. 正值动物繁殖交配季节，禁止滥捕，严格控制各种捕猎工具以及兽药出城门。"田猎罝罘、罗网、毕翳、喂兽之药，毋出九门。"

14. 三月，各种生产工具全国质量大检查。"命工师令百工审五库之量，金、铁、皮、革、筋、角、齿、羽、箭、干、脂、胶、丹、漆，毋或不良。百工咸理，监工日号，毋悖于时，毋或作为淫巧，以荡上心。"

15. 有序做好牛马交配工作。在古代，牛马是极重要的国控物资，是农业、交通、军事，以及国家礼仪不可或缺的。"乃合累牛腾马，游牝于牧。"

《礼记》是儒家十三经之一，是讲规矩和礼数的，其与《周礼》《仪礼》合称"三礼"，构成中国人的规矩大全。《礼记·月令》一文，以四时为总纲，分十二个月为细目，具体记述政府的职能、职责，以及所行所止的政令和禁令，核心是"*毋变天之道，毋绝地之理，毋乱人之纪*"。家风，是一户人家的行为方式，国风，是国人的行为特征。一个人做事守规矩是重要的，一个国家、一个政府按规矩做事更加重要。

秋天的两种指向

秋这个字，繁体的写法是穐，从禾从龟，"禾，谷孰（熟）也"（《说文解字》）。龟指龟验，龟甲火烧之后以纹理占卜吉凶。秋的字面意思，是以庄稼的收成盘点一年的得失，并预判来年的走势。

《尔雅》给秋的释义是"白藏"和"收成"。"秋为白藏"，秋在五色中对应白，"气白而收藏"，收藏是收敛，"白藏应节，天高气清，岁功既阜，庶类收成"（魏徵《白帝商音》）。"收成"一词，含着收获和成器的两种指向，一个人有了收获，要知道收敛，要慎重思量，才能更上一层楼。在成功中反思，是典型的中国智慧，"秋，揫也，物于此而揫敛"（《七修类稿·天地类》），"愁（揫）之以时，察守义者也"（《礼记·乡饮酒义》）。春是一年的开始，在开始中领会初心和动机；秋是结果，在结果中洞察大义。成语"明察秋毫""多事之秋"，以及古代刑法中的"秋后问斩"，都是这种智慧思维的外延。

秋在五行中属金，这是金秋一词的由来。一年四季中潜伏着五行运行原理，春为木，夏为火，秋为金，冬为水，土居四季的中央。木生火，火生土，土生金，金生水，水复生木。五行通顺则治，五行悖逆则乱。五行的自身也存在着变数。"木有变，春凋秋荣"，"火有变，冬温夏寒"，"土有变，大风至，五谷伤"，"金有变，毕昴为回，三覆有武，多兵，多盗寇"，"水有变，冬湿多雾，春夏雨雹"。中国古代社会推崇德政，反感暴政，提倡以德涵养社会。德政既润泽民心和民风，也可应对天灾带来的变数。"五行变至，当救之以德，施之天下，则咎除。"（《春秋繁露·五行变救》）

金秋，起自一年中央的土。"中央土，其日戊己。其帝黄帝，其神后土。其虫倮，其音宫，律中黄钟之宫。其数五，其味甘，其臭香。其祀中霤，祭先心。"（《礼记·月令》）一年的中央在五行中属土，天干吉日是戊日和己日。天帝是黄帝，地神是后土娘娘，全称是承天效法厚德光大后土皇祇，尊称大地之母。一年的中央，动物以"五虫"中的"倮"为主。古代把动物分为五类：倮、鳞、介、毛、羽，"倮"通裸，赤裸无毛之虫，如蛙、蛇等，人是倮虫之长，"倮之虫，三百六十，而圣人为之长"（《大戴礼记·易本命》）。一年中央的正音是"五音"（宫、商、角、徵、羽）中的"宫"，对应十二音律中的黄钟之宫，"冶百炼之金，而中黄钟之宫。琢无瑕之玉，而成夜光之璧。可用缋帝，可用活国"（黄庭坚《李冲元真赞》）。一年中央的"五行生数"是五，味甘，气香。"其祀中霤，祭先心。""中霤"是五祀之一。"五祀者，何谓也？谓门、户、井、灶、中霤也。"《白虎通义·五祀》中的霤神是元神，在屋子正堂的室中央位置。穴居时代，人们的住处是没有窗子的，而是在屋顶的正上方开凿一个洞，一是采光，二是先人们在屋中央生火取暖做饭，便于排烟通气。穴居时代结束后，人们筑屋开窗，灶也移至偏侧。但"中霤神"依然作为"家神之主"而精神存在着。"中霤神"是家神，"家主中霤，而国主社"(《礼记·月令》)，一户人家敬祭中霤神，国祭土地神。此时的祭品是"五脏"中的心，取"心系中央"之意。

秋天三个月，古称孟秋、仲秋、季秋，包含六个节气，每个节气各有三候，共十八种物候。

七月，先立秋，后处暑。立秋的初候，"凉风至"。凉风，八风之一，是西南风。凉风到达极致之后，秋风始来。二候"白露降"，西风吹来，天气下降，雨后呈现茫茫白色，此时是雾状，尚未凝结露珠。三候，"寒蝉鸣"。处暑的意思，是暑气至此而止。初候"鹰乃祭鸟"，鹰已长大，开始捕食鸟。二候"天地始肃"，阴气开始产生。三候"禾乃登"，成熟曰登，庄稼此时首熟。

八月的节气是白露和秋分。白露节气到，植物叶子上始见露珠。初候是"鸿雁来"，鸿雁自北南来。二候"元鸟归"，燕子南归。三候"群鸟养羞"，羞，食物。群鸟开始储备过冬食物。秋分，也称日夜分。初候，"雷始收声"，雷，二月阳中发声，八月阳中收声。二候，"蛰虫坯户"，冬眠动物开始修缮洞口。三候"水始涸"，河水流速趋缓。

九月的节气是寒露和霜降。寒露的初候"鸿雁来宾"，先至为主，后至为宾，最后一批鸿雁南飞。二候"雀入大水为蛤"，河湖中见蛤。三候"菊有黄华"，菊花开。霜降的初候"豺祭兽"，豺捕食。二候"草木黄落"，草黄，树落叶。三候"蛰虫咸俯"，冬眠动物不再进食。

据《礼记·月令》记载，中国古代政府秋季三个月的工作要点，归纳起来大致如下：

1. 农历七月，死刑囚犯开始行刑。"用始行戮。"

2. 军事训练，练兵比武，做好作战准备。"天子乃命将帅，选士厉兵，简练桀俊，专任有功，以征不义。"

3. 命令司法官员完备法规制度，修缮监狱，完备刑具，严格执法，维护治安。"命有司修法制，缮囹圄，具桎梏，禁止奸，慎罪邪，务搏执。"

4. 完善堤防，防范水灾。修宫室，起墙垣，筑城郭。"命百官，始收敛。完堤防，谨壅塞，以备水潦。修宫室，坏（坯）墙垣，补城郭。"

5. 农历七月，进入天地收敛的时令，这个月，不分封诸侯，不任命重要官员。不奖赏土地，不外派大使，不大量支出钱财。"是月也，毋以封诸侯，立大官。毋以割地，行大使，出大币。"

6. 农历八月逢中秋，是敬月老。"是月也，养衰老，授几杖，行糜粥饮食。"

7. 农历八月，筑城郭，建都邑，挖凿地窖、粮仓，开始储备过冬物资。"是月也，可以筑城郭，建都邑，穿窦窖，修囷仓。"

8. 农历八月，简化关隘通行手续，降低市场收费标准，出台鼓励商贸政策。"是月也，易关市，来商旅，纳货贿，以便民事。"

9. 农历九月，命令百官全力做好各种物资存储工作，以应天地收藏时令。"是月也，申严号令。命百官贵贱无不务内（纳），以会天地之藏，无有宣出。"

10. 命太宰总结农业生产成果，妥善做好统计工作。皇帝的籍田物产收归神仓（祭祀天地物品仓库）。"乃命冢宰，农事备收，举五谷之要（要，统计之计算），藏帝藉之收于神仓，祗敬必饬。"

11. 九月，举行祭祀五方帝的大飨祭。五方，指东、南、中、西、北五个方位，也包含春、夏、秋、冬中的五行和五色，春主东方，属木，青色；夏主南方，属火，赤色；秋主西方，属金，白色；冬主北方，属水，黑色；土主中央，黄色。五方帝具体是，东方青帝伏羲，南方赤帝神农（炎帝），中央黄帝（轩辕），西方白帝少昊，北方黑帝颛顼。"是月也，大飨帝，尝。""春祭曰祠，夏祭曰礿，秋祭曰尝，冬祭曰烝。"（《尔雅·释天》）

12. 召集国内诸侯，以及京畿之内的各县官员到京，召开特别会议，确定并颁布来年十二个月的时令朔日。确定诸侯的贡赋，以及向百姓征税的标准。"合诸侯，制百县，为来岁受朔日，与诸侯所税于民轻重之法，贡职之数，以远近土地所宜为度。"

13. 九月，天子教习民众田猎，操习五种兵器（弓矢、戈、矛、殳、戟），颁布养马和使用马的政令。"是月也，天子乃教于田猎，以习五戎，班马政。"

14. 九月，鼓励百姓伐木烧炭，以备冬天之需。"是月也，草木黄落，乃伐薪为炭。"

15. 九月，督促官员审理案件，不要出现积案。"乃趣（趋）狱刑，毋留有罪。"

中国古代，对天地间自然现象的认知与解释，在今天看来，因为受科学能力的限制，有一定偏失之处，但其中包容的哲学思考，也是极具魅力的。

"阴阳大制有六度：天为绳，地为准，春为规，夏为衡，秋为矩，冬为权。"（《淮南子·时则训》）这是准绳、规矩、权衡三个词的出处。

中国人自古重视四季的变化，受益于四时，也受制于四时。在中国人的传统观念中，四季与天地齐功，称四个季节为天，分别为春天、夏天、秋天、冬天。"春为苍天，夏为昊天，秋为旻天，冬为上天。"（《尔雅·释天》）。"四时者，天之吏也；日月者，天之使也；星辰者，天之期也；虹霓彗星者，天之忌也。""天之偏气，怒者为风；地之含气，和者为雨。阴阳相薄，感而为雷，激而为霆，乱而为雾。阳气胜则散而为雨露，阴气胜则凝而为霜雪。"（《淮南子·天文训》）"日出而风为暴，风而雨土为霾，阴而风为曀。天气下，地不应曰雺；地气发，天不应曰雾。雾谓之晦。"（《尔雅·释天》）

春夏秋冬四个字的背后

　　我们中国的汉字，都是有出处的，每个字都有来头，有本来之义。字是有生命的，一个字造出来之后，跟人一样，会不断地生长。汉字的"身子骨"不长了，但长内存，长含义。英语的单词可以长"身子骨"，在前边或者后边添加字母。汉字不能增笔画，并且为了书写的便捷，还减笔画，由"繁体"而"简体"。汉字的数量是庞大的，也属于芸芸众生。甲骨文四千个左右，这还只是从地下挖出来的数量，挖是挖出来了，但其中有不少字，尚未破解出含义。东汉的《说文解字》收录九千多个汉字，清代的《康熙字典》收录五万四千多个，这些字，绝大部分不再使用了，不再使用的冷僻字，就像户口本上的亡人，寿终正寝了。今天仍在使用着的，是热字，是生命力超顽强的。输入"国际编码系统"的汉字，约两万一千个，这是为了和国际接轨，用设备可以直接打出。而日常生活里常用到的汉字，也就四千个上下吧。

　　中国的历史长，日子过久了，人心就丰富多元，乃至复杂芜陈，用来表意的汉字自然会多姿多态，一个字，能引申出多层含义，多的，有十几种，乃至几十种。每个汉字，都是一位高深厚道的长者，朴素安详的后面，一肚子的历史烟云。

春字甲骨文写法有多种，通用的是 ，左右结构，左边的上部是"木"，下部是"日"，右边是"屯"。到篆书时有了变化，写成 ，上下结构，顶部由木变成了草，底部是"日"，中间是"屯"。"屯"不仅从音，还会意，是小草萌生时那种卷曲可爱的形态。春的本义是草木发生，日在下，是温阳乍暖时候。

夏字甲骨文， ，烈日当空，一个人在下边跪着。形态写真，这个时令酷暑熬煎，又值农忙，腿和腰都是弯的。夏字用作季节，含义一是"大"，"万物至此皆长大"，二是"假"，"非真也"，"宽假万物，使生长也"（《释名》），是假道，是借路，以使万物生长。夏季是过程，这个季节中万物处于生长期，尚没有结果。

秋字甲骨文非常有趣，是一只蟋蟀在灶台旁鸣叫， ，顶部是双须，中间是头、身子、羽翼、长足，底部是灶台。秋天是收获的季节，但这个字在提醒人们，天气转凉，户外的蟋蟀来到灶台旁取暖。秋有两层本义，但差不多是相对立的：一层是收获，是喜悦；一层是"揫"，收敛、揫敛，意在收获的时候保持头脑清醒。"岁既顺成，时方揫敛"（曾巩《秋赛文》），"气之揫敛而有质者为阴"（《慎子·外篇》）。后世刑罚中的"秋后问斩"，也是源于此。

冬字甲骨文写法简练， ，看着像今天的耳机，实际是一根绳子，古人结绳记事，在绳子的两端各打一个结，寓意一年的终结。冬即终,"冬,四时尽也"(《说文解字》),"闭塞而成冬者,阳气下藏地中,阴气闭固而成冬也"(《天原发微》)。

这四个字的最闪亮之处,是古代先贤把对天地人的认知浓缩于具体的写法之中。《尔雅》,成书于战国年代,是中国最早的词典,也是儒家十三经之一。"尔"通"迩","雅"为标准,书名之意是"走近标准",《尔雅·释天》中,给春夏秋冬做了三种定义:一种说时候,一种说气候,一种说物候。

说时候:"春为苍天,夏为昊天,秋为旻天,冬为上天。"四季均尊称为天,春天,"万物苍苍然生";夏天,"言气皓旰","旰"古字同"旭",烈日当头照的意思;秋天的"旻",本义是烧龟壳依纹路占卜,也通"愍",取意悲悯,"旻犹愍也,愍万物凋落";冬天称上天,"言时无事,在上临下而已"。

说气候:"春为青阳,夏为朱明,秋为白藏,冬为玄英。"春,青阳开动;夏,朱明盛长,遍及万物;秋,气白而收藏;冬,气黑而清英。"青红皂白"这个成语,即据此而来。

说物候:"春为发生,夏为长赢,秋为收成,冬为安宁。"春季为"发生","东风好作阳和使,逢草逢花报发生"(钱起《春郊》)。西安有一家百年老字号的饭店,名字就叫"春发生"。夏季为"长赢","赢"同"盈",万物充沛生长,"长赢开序,炎上为德"(《赤帝歌徵音》)。秋季为"收成",冬季为"安宁"。

春夏秋冬是一年的时序,与天地一起,同为世间最基本的制度,古称"六度"。汉代《淮南子·时则训》这么注解"六度":

"阴阳大制有六度：天为绳，地为准，春为规，夏为衡，秋为矩，冬为权。绳者，所以绳万物也；准者，所以准万物也；规者，所以员万物也；衡者，所以平万物也；矩者，所以方万物也；权者，所以权万物也。"这是准绳、权衡、规矩三词的出处，天地为准绳，冬夏为权衡，春秋为规矩。

我所知道的春夏秋冬四个字的含义，大致就这些。

春天是怎么落下帷幕的

农历三月，"毕春气"，春天即将"毕业"。

春天是怎么结束的？先要从风说起。"八面威风"这个词，本义指天有"八风"，一年之中八个环节的季候风，每隔四十五天转换一种风向。立春，"条风至"（东北风）；春分，"明庶风至"（东风）；立夏，"清明风至"（东南风）；夏至，"景风至"（南风）；立秋，"凉风至"（西南风）；秋分，"阊阖风至"（西风）；立冬，"不周风至"（西北风）；冬至，"广莫风至"（北风）。这里边的"至"字，不是来到的意思，与夏至冬至一样，是极致。

《史记·律书》这么记载"八风"："条风居东北，主出万物。""明庶风居东方。明庶者，明众物尽出也。""清明风居东南维，主风吹万物。""景风居南方。景者，言阳气道竟，故曰景风。""凉风居西南维，主地。地者，沉夺万物气也。""阊阖风居西方。阊者倡也，阖者藏也，言阳气道万物，阖黄泉也。""不周风居西北，主杀生。""广莫风居北方。广莫者，言阳气在下，阴莫阳广大也，故曰广莫。"其中的"维"字，指两个方向的汇合处。

天的风向变了，地上的一切会跟着变化。

农历三月有两个节气，清明和谷雨。清明是二十四节气里唯一以风命名的，清明风是东南风，由东南吹向西北，经清明、谷雨，到立夏，吹拂大地四十五天。

天有风气，地有物候。清明和谷雨，各有三种"物候"，每隔五天一候，共六候。厨师炒菜看"火候"；医生瞅病看"征候"；老百姓过日子复杂，基本是个系统工程，不仅看"时候"，还要看"气候"和"物候"。古代的老百姓没有日历，没有钟表，也没有天气预报，一切都要留心观察。看天吃饭，作息时间表写在天和地上。

清明的三种"物候"：初候"桐始华"，桐树开花。二候，"田鼠化为鴽"，鴽，鹌鹑科，田野里鴽鸟增多。三候"虹始见"，空中出现彩虹，虹是"阴阳交会之气"。

谷雨的三种"物候"，初候"萍始生"，水面见浮萍，"萍，阴物，静以承阳"。二候"鸣鸠拂其羽"，布谷鸟长大了，浅飞低翔。三候"戴胜降于桑"，戴胜鸟在桑树间出没，寓意蚕妇勤行，"女功兴而戴胜鸣"。

农历三月是季春之月，万物由萌芽期进入生长期，"生气方盛，阳气发泄，句者（勾曲的芽）毕出，萌者尽达"（《淮南子·时则训》）。春天在这样的氛围里慢慢落下帷幕。

古代先贤做出这么细致的观察，不是单纯的科学研究，而是国家管理的目的。"顺天而治"，指的是顺天时而治。

《礼记·月令》对农历三月的政府行为有具体的规定，"月令"，是老天爷在每个月发布的命令，归纳一下，大致有八个要点：

1. "不可以内"，"发仓廪，赐贫穷，振乏绝"。这个月不允许征税。正值青黄不接时候，开仓放粮，赈济贫困。

2. "勉诸侯，聘名士，礼贤者。"古代国家选聘人才，放在三月进行。

3. 农官和河湖官员全国大巡行，"时雨将降，下水上腾，循行国邑，周视原野，修利堤防，道达沟渎，开通道路，毋有障塞"。

4. 动物繁殖季节，禁止滥捕，严禁捕猎用具出城门。"田猎罝罘、罗网、毕、翳、喂兽之药，毋出九门。"罝罘、罗网、毕，捕猎兽鸟的网。翳，猎人用的掩体帐篷。

5. "禁妇女毋观，省妇使以劝蚕事。"这个月，不鼓励女子乔装打扮出行。"后妃齐戒，亲东乡躬桑。"王后、妃子带头率行。这个月减少妇女其他活动，以劝蚕事。

6. "命工师令百工审五库之量，金、铁、皮、革、筋、角、齿、羽、箭、干、脂、胶、丹、漆，毋或不良。"这个月进行生产用品全国质量大督查。

7. "是月也，乃合累牛腾马，游牝于牧。"累牛腾马是雄性，牝是雌性。在这个月，牛马交配是重要的工作之一。

8. "九门磔攘，以毕春气。"磔，肢解用作牺牲的动物。这个月，择吉日，在都城九门分别杀牲，攘除凶邪，以阻止春夏交接阴阳交合时节的不正之气。

农历三月，《礼记·月令》警告政府不要乱作为："季春行冬令，则寒气时发，草木皆肃（枝叶不振），国有大恐。行夏令，则民多疾疫，时雨不降，山林不收。行秋令，则天多沉阴，淫雨蚤（早）降，兵革并起。"

季节转换的典礼

四个季节的转换，是天地大序在调控制式。古代的中国，很重视这些转制的环节，在立春、立夏、立秋、立冬这四天，分别举办隆重的迎接典礼。《礼记·月令》对四次典礼的程序和规格，都有生动的描述和具体的记载。

> 先立春三日，大史谒之天子曰：某日立春，盛德在木。天子乃齐（斋）。立春之日，天子亲帅三公、九卿、诸侯、大夫以迎春于东郊。还反，赏公卿、诸侯、大夫于朝。命相布德和令，行庆施惠，下及兆民。

立春前三天，掌天象的官员上奏天子："某日立春，盛德在木。"天子开始斋戒，荤事，热闹事，老天爷不待见的事，都暂停三天。"盛德在木"有两层含义，春天，万物萌发生长的季节，"天之大德曰生"，因而称"盛德"。依五行序次，木主春。迎春典礼在东郊举行，天子亲自主持，国家的重要官员全部出席。大礼结束后回朝，天子封赏有功德的官员，并且责成宰相颁布惠及苍生的行令和禁令，"布德和令"中的"和"指当行之事，

"令"指当禁之事。相当于颁布一年中的"一号文件",主题内容是"行庆施惠,下及兆民"。用今天的话说,就是让老百姓获得实惠。

立春所在的这个月,还有两个"规定动作"。一是责成天象官准确计算出一年之中日月星辰运行的轨迹,并予以颁布,相当于颁布一年的"日历"。"乃命大史守典奉法,司天日月星辰之行,宿离不贷,毋失经纪,以初为常"。"宿离不贷,毋失经纪",是中国古代天文学用语,"宿"是太阳运行的轨道,"离"是月亮运行的轨道。"贷"通"忒",差错的意思。"经纪",指日月星辰运行轨道的具体度数。这句话的意思是,太阳运行的位置、月亮运行的位置,都不能有差错。准确计算出星辰运行轨道的度数,以契合天地经纬。

二是立春之月,天子还要举行"祭天礼"和"耕地礼"。"是月也,天子乃以元日祈谷于上帝。"祭天的时间定在"元日","元日"也称"上辛日",一个月内有上、中、下三个"辛日",第一个辛日即"元日"。"乃择元辰,天子亲载耒耜,措之于参保介之御间,帅三公、九卿、诸侯、大夫,躬耕帝藉(皇田)。天子三推,三公五推,卿诸侯九推。""耕地礼"的时间定在"元辰","元辰"是第一个"亥日"。在中国古代,以天干地支记时,甲、乙、丙、丁等十天干称"日",子、丑、寅、卯等十二地支称"辰"。天子手持耕地工具(耒耜),在卫士和御车者保护之下耕地。天子以耒耜耕地推土三次,三公五次,卿诸侯九次。行礼如仪,以这种形式主义的方式，强化"农本"意识。

> 先立夏三日，大史谒之天子曰：某日立夏，盛德
> 在火。天子乃齐（斋）。立夏之日，天子亲帅三公、九
> 卿、大夫以迎夏于南郊。还反，行赏，封诸侯。庆赐
> 遂行，无不欣说。乃命乐师，习合礼乐。命太尉，赞
> 桀俊，遂贤良，举长大，行爵出禄，必当其位。

迎夏典礼在南郊举行。立夏之前三天，天象官上奏天子："某日立夏，盛德在火。"天子自此斋戒三日。立夏这一天，天子率三公、九卿、大夫在南郊举行迎夏大礼。返朝后，册封诸侯。命太尉选拔并奖掖国家的杰出人才。中国古代奖掖人才，不放在年终，而是放在立夏。夏天是生长的季节，而人才是助国家生长的动力资源。"赞桀俊，遂贤良，举长大，行爵出禄，必当其位"，讲的就是这一层意思。

> 先立秋三日，大史谒之天子曰：某日立秋，盛
> 德在金。天子乃齐（斋）。立秋之日，天子亲帅三
> 公、九卿、诸侯、大夫以迎秋于西郊。还反，赏军帅
> 武人于朝。天子乃命将帅，选士厉兵，简练桀俊，
> 专任有功，以征不义。诘诛暴慢，以明好恶，顺彼
> 远方。

迎秋典礼在西郊举行。立秋之前三天，天象官上奏天子："某日立秋，盛德在金。"天子自此斋戒三日。立秋这一天，天子亲率三公、九卿、大夫在西郊举行迎秋大礼。返朝后，奖掖军界

功勋人物，并责成将帅强兵利器，以军事训练发现并选拔军事人才，为战争做充分准备。"选士厉兵"，"选士"，指强兵，"厉兵"指磨砺兵器。

立秋之月，在中国古代是"司法普及月"，"是月也，命有司修法制，缮囹圄，具桎梏，禁止奸，慎罪邪，务搏执。命理瞻伤，察创，视折，审断。决狱讼，必端平。戮有罪，严断刑。天地始肃，不可以赢"。

立秋之月，"天地始肃，不可以赢"，"赢"是松懈的意思，天地开始进入肃然季候，政令法度不可以松懈。"修法制，缮囹圄，具桎梏，禁止奸，慎罪邪，务搏执"，整饬法规制度，修缮监狱，完备脚镣手铐，止奸佞，防罪恶，严厉打击违法之人。"命理瞻伤，察创，视折，审断。决狱讼，必端平。戮有罪，严断刑"，古代审理案件，"刑讯逼供"不违法，给案犯"大刑伺候"是常态。古代监狱中，把在押犯人的伤分为四种，"皮曰伤，肉曰创，骨曰折，骨肉皆绝曰断"。立秋之月，治狱官员到狱中，实际勘验在押犯人的伤情，公正审核案件，处决罪犯，即人们常说的"秋后处斩"。

> 先立冬三日，太史谒之天子曰：某日立冬，盛德在水。天子乃齐（斋）。立冬之日，天子亲帅三公、九卿、大夫以迎冬于北郊，还反，赏死事，恤孤寡。

迎冬典礼在北郊举行。立冬之前三天，天象官上奏天子："某日立冬，盛德在水。"天子自此斋戒三日。立冬这一天，天子亲率三公、九卿、大夫在北郊举行迎冬大礼。返朝后，奖赐为国捐躯的烈士，抚恤烈士的家属。

立冬之月，责成官员妥善做好物资储备、巩固城郭、加强边防、充实边塞等工作。"天气上腾，地气下降，天地不通，闭塞而成冬。命百官谨盖藏。命司徒循行积聚，无有不敛。坏（垒）城郭，戒门闾（内外城门），修键闭（门闩），慎管龠（城门钥匙），固封疆，备边竟（境），完要塞，谨关梁，塞徯径。"

冬，即是终。冬天的别称是"安宁"，"天气上腾，地气下降，天地不通，闭塞而成冬"，天地之气因背向而行失联，万物收藏皆入安宁。

春夏秋冬是天之四时，对应着地之四方东南西北，换季典礼分别在国都的东郊、南郊、西郊、北郊举行，基于中国早期天文学的"四象"说，左（东）青龙，右（西）白虎，南朱雀，北玄武，青龙寓春，白虎寓秋，朱雀寓夏，玄武寓冬。中国哲学的五行原理，也汇入一年四季的流转之间：春主木，夏主火，秋主金，冬主水，土居四季中央。五行之中蕴藏着五色，春为青，夏为赤，秋为白，冬为玄黑，黄土居中做五色的基础。

《礼记·月令》具体规范古代政府一年之中的当行和当为，"名曰月令者，以其纪十二月政之所行也"。礼的基本含义是规矩，《礼记》是中国人的规矩大全。中国古人自称"礼仪之邦"，就是以这一系列规矩为底气的。

冬至这一天

中国人传统的认识里，一年开头的第一天不是正月初一，而是冬至。

这一天阳气由地心开始上升，又称"一阳"。"蛾眉亭上，今日交冬至。已报一阳生，更佳雪、因时呈瑞。""冬至一阳初动，鼎炉光满帘帷。五行造化太幽微，颠倒难穷妙理。""新阳后，便占新岁，吉云清穆。""一气先通关窍，万物旋生头角，谁合又谁开。""子月风光雪后看，新阳一缕动长安。""天时人事日相催，冬至阳生春又来。""阴冰莫向河源塞，阳气今从地底回。""冬至子之半，天心无改移。一阳初动处，万物未生时。""一杯新岁酒，两句故人诗。"这些诗词句子体现着古人对冬至及天道人事的认知。冬至过后，小寒与大寒之间是二阳，三阳专指立春这一天。三阳开泰，指的是从 12 月 22 日（前后）到 2 月 4 日（前后），阳气上升运行四十五天后浮出地表，润泽万物生长，普降吉瑞。中国古人对一年里首日的定位，和西方的"元旦"相差约十天，这和东西方地理位置的差异有关，中国古人是站在黄河流域，确切地讲是站在渭河流域，仰观天象俯察地理得到的结果。是不是比西方更科学不敢讲，但这种认识是有充分科学依据的。

汉武帝颁行"太初历"之前，古中国地大物博，使用过六种历法，即"黄帝历""颛顼历""夏历""殷历""周历"和"鲁历"。"六历"最大的区别是岁首正月设置的不同，其中仅有"夏历"的正月与今天一致。"黄帝历""周历""鲁历"均是指冬至所在的月，即今天农历的十一月为正月。"殷历"的正月是今天农历的十二月，即腊月。秦朝大一统后，施行"颛顼历"，岁首正月为冬至前的一个月，即今天农历十月，也不叫正月，称"端月"。《史记》和《汉书》中，凡涉及纪年，均以十月开始即是这个原因。

中国皇帝以年号纪年，始于汉武帝，太初元年，汉武帝刘彻执政第三十七个年头，改革历法，废"颛顼历"，颁行"太初历"，后世的多部历法，均以此为基础而成。"太初历"既守天体运行规律，又兼顾农业生产的"物候"，动物的生育生长，植物的荣枯，以及二十四节气的变化，因而中国的历法也称"农历"。如正月有立春、雨水两个节气，"物候"是"东风解冻，蛰虫始振，鱼上冰""草木萌动"等；二月有惊蛰、春分两个节气，"物候"是"桃始华，仓庚鸣""玄鸟至，雷乃发声，始电"等；三月有清明、谷雨两个节气，"物候"是"桐始华，虹始见""萍始生，戴胜降于桑"等。六月有小暑、大暑两个节气，"物候"是"温风至，蟋蟀居壁，鹰乃学习""腐草为萤，土润溽暑，大雨时行"等。七月有立秋、处暑两个节气，"物候"是"凉风至，白露降，寒蝉鸣""鹰祭鸟，禾乃登"

等。十月有立冬、小雪两个节气，"物候"是"水始冰，地始冻，野鸡入水为蜃""虹藏不见，天气上腾地气下降"等。十一月有大雪、冬至两个节气，"物候"是"虎始交""蚯蚓结，麋角解（脱落），水泉动"等。

中国人自古以来重视天象与天道，起于对天地的敬畏，老百姓的口头禅是"谢天谢地"，同时也还含着制约皇权的禅机，以"伤天害理"的理念限制皇帝的言行，这是中国早期的"民主特色"。"四时者，天之吏也；日月者，天之使也；星辰者，天之期（聚、会）也；虹霓彗星者，天之忌（告诫）也。""人主（皇帝）之情，上通于天，故诛暴则多飘风（风灾），枉法令则多虫螟（蝗灾），杀不辜则国赤地（大旱），令不收则多淫雨（水灾）。"（《淮南子·天文训》）

中国古代历法的底线是"应天时，顺地理"，而对"人定胜天"那句老话的解读，是人心和顺、百姓康定，是天大的事情。这也是早期的中国民主思维，以民为本，以民比天。

端午节，自汉代开启的国家防疫日

端午中的这个午，是十二地支序次里的午。

中国古人的天文观念，是以冬至日为一年开始的第一天。这一天阳气由地心上行，因而也称"一阳"，"冬至一阳初动，鼎炉光满帘帏。五行造化太幽微。颠倒难穷妙理"。"新阳后，便占新岁，吉云清穆。"冬至所在月是今天农历的十一月，古人以十二地支纪年，这个月称"子月"，之后依次是丑、寅、卯、辰、巳、午、未、申、酉、戌、亥，午是农历五月。端午具体指五月的首个第五日，即五月初五。

古代中国人对五月有顾虑，甚至有恐惧。五月不宜盖房子，"五月盖屋，令人头秃"。五月上任官员的仕途，就此止步，不再高就，"五月到官，至免不迁"（《风俗通义》）。夫妻房事也暂停，一些地方的民俗，新媳妇要送回娘家住一个月，叫"躲五"，这个月播种出生的孩子，男伤父，女伤母。这个月，须处处谨慎行事，"掩身，毋躁，止声色"（《礼记·月令》）。在古代，五月还称"毒月"，上中下旬的五、六、七日，合称"九毒日"。古代的这些认识，与对瘟疫的恐惧有关。五月阳气炽盛，同时阴气滋生，阴阳交争易发瘟邪。"九毒日"，用今天的话表述，叫"瘟疫高发期"。端午，是"九毒日"之首，在汉代，这一天要举行国家大祭祀驱瘟。把这一天确立为节日，是唐代之后（此说依据马汉麟先生）。这个节日的含义特殊，不是节庆，可以理解为古代的"全民防疫日"。

我说说汉代时候，人们对端午的一些认识。

十二地支纪年，从冬至所在的农历十一月开始，"冬至子之半，天心无改移。一阳初动处，万物未生时"。子，对应农历十一月，丑是腊月，寅是正月，卯是二月，辰是三月，巳是四月，午是五月，未是六月，申是七月，酉是八月，戌是九月，亥是十月。

十二地支依据天地时令的大序，有具体的含义和指向：子即"兹"，农历十一月一阳初动，万物由此发端萌生。丑是"纽"，腊月里阳气上通，阴气固结渐解。寅是"演"，正月前后见立春，三阳开泰，万物衍化而生。卯是"冒"，万物在二月出地表。辰是"震"，三月里，蛰伏的动物苏醒，蠢蠢而动。巳，本义是胎儿，引申为后嗣，人间四月天，生机旺盛。午是"杵"，舂米的木杵，引申为"牾"，抵触、忤逆。"五月，阴气午逆阳，冒地而出。"（《说文解字》）"午者，阴阳交"（《史记·律书》），阴气和阳气相抵触。未是"味"，六月里万物有成，有滋有味。申是"神"，"申，神也。七月，阴气成，体自申束，从臼，自持也"。七月，阴气持重，民俗以此为鬼月。酉，本义是盛酒的器皿，引申为"成就"，"八月黍成，可为酎酒"。戌，本义是宽刃兵器，引申为"灭"，"九月阳气微，万物毕成，阳下入地"。亥是"荄"，指草根。"十月，微阳起，接盛阴"，"阳气根于下也"。(《说文解字》)农历十月，阳气收藏于地下，以待来年重生。

午，在一天的时辰里，对应十一时至十三时，是最热的时候；在一年中，对应五月，是最热的季节。这个月里，有夏至节气，"是月也，日长至，阴阳争，死生分"(《礼记·月令》)。夏至，不是夏天到来，而是夏之极致。这一天，白天时间最长，是"阳极"。中国古代哲学讲究辩证法，"阳极"之中藏着"阴变"。这一天，阴气由地心开始上行，称"一阴"，"夏至一阴生，是阴动用而阳复于静也"(《周易正义》)。"璇枢无停运，四序相错行。寄言赫曦景，今日一阴生。"(权德舆《夏至日作》)这一天，阴气上行，与阳气抵触，纷相争扰。汉代的《淮南子·天文训》对五月的概括是："阴生于午，故五月为小刑，荠、麦、亭历枯。"一阴生于夏至，五月已有轻度的肃杀之气，荠菜、麦子、葶苈子等植物枯黄。

五月的"九毒日"，再加上五月十四"天地交泰日"，共十天，是传统认识里的"疫情多发期"。进入五月，长江流域是梅雨季，雨多、溽热、潮湿，吃的穿的住的用的易霉变。在黄河流域，蝼蛄（蝲蝲蛄）、蚂蚱等害虫现身，而且这个季节，北方最怕干旱，旱则百虫生，秋收基本就没有指望了。端午这一天，是"九毒日"之首，从汉代开始，这一天要举行国家大祭祀，南方防疫，北方祈雨。"乃命渔人伐蛟取鼍（扬子鳄一类），登龟取鼋。令湾人（湖政官员）入材苇（湖畔蒲苇）。命四监大夫，令百县之秩刍（百草），以养牺牲，以共皇天上帝、名山大川、四方之神、宗庙社稷，为民祈福行惠。"（《淮南子·时则训》）今天的民俗里，仍保留着当年国家大祭祀的一些细节，如门前悬菖蒲、艾草，用苇叶包粽子，用雄黄酒涂抹孩子额头、手心、脚心等。《礼记·月令》中"乃命百县雩祀，百辟卿士有益于民者"这句话，指各地的祭祀要因地制宜，多挖掘一些有影响的历史人物，以使祭祀免于形式主义，贴近老百姓的生活。端午节与屈原的关联，应该是当年这么挖掘出来的。

古人对天地的观察是细致入理的。五月有芒种和夏至两个节气，各十五天。这两个节气又各有三候。候，是时令变化后的自然界的情状，五天为一候。芒种三候：初候，"螳螂生"；二候，"鶪（伯劳）始鸣"；三候，"反舌无声"。伯劳和反舌是两种鸟，一种开始叫，一种不再发声。夏至三候：初候，"鹿角解"，鹿是阳物，此时一阴生，遇阴气，鹿角脱落；二候，"蜩始鸣"，蜩是蝉；三候，"半夏生"，半夏，中草药之一种，生于此时，故名半夏。

《礼记·月令》对五月里人们的行为有具体的规范和建议，归纳一下，大致有七种：

1. "其日丙丁，其帝炎帝，其神祝融。"五月的主宰，天帝是炎帝，天神是祝融。这两位均是火神，居南方。五行属火，主色是赤。

2. "命乐师修鞀鞞鼓，均琴瑟管箫，执干戚戈羽，调竽笙篪簧，饬钟磬柷敔（上述所列均为祭祀乐器）。命有司为民祈祀山川百源，大雩帝，用盛乐。乃命百县雩祀，百辟卿士有益于民者，以祈谷实。"

3."令民毋艾蓝以染，毋烧灰，毋暴布。门闾毋闭，关市毋索。"这些是防疫的具体措施：不以蓝草染布，不烧灰涑布，不晒布。家门街户多通风，关隘和市场畅通。

4."是月也，日长至，阴阳争，死生分。"这个月，阴阳纷扰。

5."君子齐（斋）戒，处必掩身，毋躁，止声色，毋或进。"斋，指养斋心，心安是斋。吃素食不是斋，是戒。有些人天天吃素食，但做出的事，比吃生肉的还凶猛，这样就和"斋"这个字有距离了。"止声色"，夫妻间这个月暂停房事。"毋或进"，严禁给君主进献嫔妃。

6."是月也，毋用火南方。可以居高明，可以远眺望，可以升山陵，可以处台榭。"这个月，宜登高远望，但登高先要知自卑。知自卑，戒自大，才有自重，这是中国人的生存哲学。

7.五月，给政府乱作为的警告是："仲夏行冬令，则雹冻伤谷，道路不通，暴兵来至。行春令，则五谷晚熟，百螣（蝗虫）时起，其国乃饥。行秋令，则草木零落，果实早成，民殃于疫。"

二十四节气是有警惕心的

二十四节气是中国人的世界观。

中国人对天地的认识是循序而进的，周代以前，只有春和秋的概念，"以春秋知四时"。西周时期，多个诸侯国的国史以《春秋》为书名，"吾见百国《春秋》"，东周之后，已经有了冬和夏的记载，但孔子以鲁国史书为基本线索，又兼容一百二十个诸侯国的史料，写出了那部大历史著作，仍以《春秋》为名称。后来这一历史段落，也以"春秋"来命名。战国之后，陆续有了节气时令的记载。二十四节气首次完整阐述是在汉景帝时的《淮南子》一书中，汉武帝时，作为国家历法写入"太初历"。中国古人有两个了不起的科学贡献：一是发现并细化了一年之中这个井然有序的生态变化规律；二是以"春秋"命名国家史书，把天文、地理、人间沧桑事态相互参照起来看待世界。

二十四节气是讲变和不变的。一年之中二十四个节点的运行原则是不变的，但每个节点里都饱含着变化。"气候"这个词的意思，是节气变化的外在征象。医生治病看征候，厨师炒菜看火候，老百姓过日子，要看天地的气候。古人的观察是很具体的，五天为一候，每个节气里有三候。如立春三候：初候，"东风解冻"；二候，"蛰虫始振"；三候，"鱼上冰"（鱼自河底上游，抵近冰面）。雨水三候：初候，"獭祭鱼"（鱼肥而出冰面，獭捉到鱼一条条排起来，如祭祀一样）；二候，"鸿雁来"；三候，"天气下降，地气上腾，天地和同，草木萌动"。春分三候：初候，"玄鸟至"；二候，"雷乃发声"；三候，"始电"。立秋三候：初候，"凉风至"；二候，"白露降"；三候，"寒蝉鸣"。秋分三候：初候，"雷始收声"；二候，"蛰虫坏户"（冬眠之虫开始在洞口培土）；三候，"水始涸"（雨水减少）。天和地就是这么丰富地变化着的，人活着，就要适应这种不变和万变。

二十四节气里，不仅有敬畏心，还有警惕心。在每个节气里，古人都硬性规定了具体的禁忌条款，如立春和雨水：祭品不得用母畜，禁止伐木，不得毁鸟巢，不得捕杀刚出生的、幼小的、怀胎的动物，不得捕杀小兽及学习飞翔的鸟，不得掏鸟蛋，不得聚众起事，不得大兴土木，不可以起兵征伐，军事冲突不得由我方挑起。"牺牲毋用牝。禁止伐木，毋覆巢，毋杀孩虫，胎夭飞鸟，毋麛，毋卵。毋聚大众，毋置城郭。不可以称兵，称兵必天殃。兵戎不起，不可从我始。"

二十四节气的路线图，由立春到大寒，不是一条线，是一个圆，是轮回。设定这个顺序的基础不仅是天象，还有地势和农时。立春这个节气，大地复苏，万物生长。大寒的物候是，"鸡乳"（孵小鸡），"征鸟厉疾"（鹰隼一类猛禽最具攻击性），"水泽腹坚"（河流湖泊冻得结结实实）。

二十四节气，是以渭河流域为落脚点和出发点，比较着说，长江流域再往南的区域，时令变化与这个路线图的出入也是很明显的。

二十四节气里的警惕心，是对人妄为妄行的警惕，戒欺天，戒逆天。谢天谢地这句话，也是有初心的。

汉代小学的天文课

《汉书·食货志》是这么记载的："八岁入小学，学六甲五方书计之事，始知室家长幼之节。十五入大学，学先圣礼乐，而知朝廷君臣之礼。"

"六甲"是指用天干地支推算年、月、日、时的方法。我们今天用公元数字纪年，从1912年开始，满打满算仅一百来年时间。在这之前，一直使用干支纪年。十天干——甲乙丙丁戊己庚辛壬癸，对应十二地支——子丑寅卯辰巳午未申酉戌亥。天干为阳，地支为阴，以树干和树枝寓意天地融通汇和，万物生存有序。干支纪年分为六个组合，每组十个，就这样六十年一个轮回。"六甲"不仅纪年，还依此法推算月、日、时。汉代的小学生，自己可以制作万年历的。

今年是2019年，依干支纪年是己亥年。清代龚自珍著名的《己亥杂诗》，也是写于己亥年，那一年是1839年，距今三个轮回。《己亥杂诗》是旧体诗中的上品大作，有三百多首，一声声的仰天长叹，满腔满肚子的抱负难酬，其中第一百二十五首入选了今天的课本："九州生气恃风雷，万马齐喑究可哀。我劝天公重抖擞，不拘一格降人才。"

五方，即东南西北中五方天帝，上天主管人间事务的五方神圣。一眼看上去，有点像宗教课，或政治课，但基础是天文课。

中国古人没有日历，知天时是实实在在地看天，作息时间表写在天上，"日出而作，日入而息。凿井而饮，耕田而食"（《击壤歌》）。看天吃饭，是古代人必须掌握的生存技能，经过漫长时期的观察和积累，总结形成了中国人独特的对天体运行规律的认识，也由此产生了对天神的崇拜。

五方是主管春夏秋冬的四季神，再加上中央神。五方神均是两个编制，一位总负责，一位具体实施。春之神居东方，天帝是太皞（伏羲），天神是句芒；夏之神居南方，天帝是炎帝，天神是祝融；秋之神居西方，天帝是少皞，天神是蓐收；冬之神居北方，天帝是颛顼，天神是玄冥；中央神位居中央，天帝是黄帝，天神是后土。五方中蕴藏着五行，春天属木，夏天属火，中央属土，秋天属金，冬天属水。木生火，火生土，土生金，金生水，水生木，这是五行的基础顺序。春天的本色是青，夏天是红，秋天是白，冬天是黑。这是成语"青红皂白"的由来。中国人把日月星辰的运行划分为二十八个星区，即二十八星宿。东南西北各七个星区，东方七颗星的排列被想象成龙，西方七颗星被想象成虎，南方七颗星被想象成大鸟，北方七颗星被想象成蛇和龟（战国之前的记载是鹿），这是青龙、白虎、朱雀、玄武的由来。

汉代的这个课程设计的核心亮点，在"始知室家长幼之节"，知天文，戴天德，长人心，走孝道，爱家庭。十五岁之后，再进行爱社会、爱朝廷教育，"学先圣礼乐，而知朝廷君臣之礼"。教育是需要放眼量的，循序渐进着好，不违背人的成长规律。

中国历史的学名叫春秋

一

每一种文明的形成，都有其独到的历史密码。

中国最早的政治，在部落时代，兴奋点和焦灼点不是权柄的角逐与操控，而是顺天时而治，政治术语称为"君权天授"。

天，高高在上，人们日出而作，日入而息，凿井而饮，耕田而食。但一场天灾，突如其来的洪水，蔓延的疾病，或耕猎歉收带来的食物困乏，就可能产生灭顶之祸，造成一个部落的崩溃。那个时代，人们的精力主要集中在解决温饱和繁衍后代上，填饱肚子、抵抗疾病和让孩子健康长大，是日常生活的三大主题。中国人在神农氏时代，就已经能够辨识和熟练地使用一些草药了。智慧是在对困境的挣扎和摆脱中产生的。

神农氏时代，是有历史记载的中国第一个盛世阶段，神农氏即炎帝，接下来是黄帝时代，这两个时代构成了中国历史长河的上游。大约在公元前 5000 年至公元前 2700 年。所谓时代，在历史学中一般是指强盛时期。此之前有发生时期，此之后有衰落或转型时期。

> 神农之世，卧则居居，起则于于，民知其母，不知
> 其父，与麋鹿共处，耕而食，织而衣，无有相害之心，
> 此至德之隆也。（《庄子·盗跖》）

> 斫木为耜，揉木为耒，耒耨之利，以教天下……日
> 中为市，致天下之民，聚天下之货，交易而退，各得其
> 所。（《周易·系辞下》）

> 古者，民茹草饮水，采树木之实，食蠃蚌之肉。时
> 多疾病毒伤之害，于是神农乃始教民播种五谷，相土地
> 宜，燥湿肥硗高下，尝百草之滋味，水泉之甘苦，令民
> 知所辟就。当此之时，一日而遇七十毒。（《淮南子·修
> 务训》）

学会向造物者低头，是一个漫长的过程，而向谁低头，是艰难之中的智慧选择。

在对天灾、疾病、早夭和饥馑的恐惧中，古中国大地产生了最原始的宗教——对天地的顶礼膜拜，听天由命、昊天罔极、天大地大、天长地久、苍天有眼、奉天承运、谢天谢地……后世的这些成语，昭示着先民们敬畏天地的拳拳初心。

部族之间发生火拼和战争，始自黄帝时代，"轩辕之时，神农氏世衰。诸侯相侵伐，暴虐百姓，而神农氏弗能征。于是轩辕乃习用干戈，以征不享。诸侯咸来宾从"（《史记·五帝本纪》）。黄帝时候，多个部落繁衍壮大，人口增多，领地意识致使人们野心

膨胀，相互之间征伐不断。在此之前，人们生活在荒野之中，"卧则居居，起则于于"，却是没有野心的，肚子里跳动着一颗与天地共甘苦的祥和温良之心。

二

中国早期的部落领袖是怎样产生的？

我们先来想象一下这样的场景：在遥远的上古时候，有一个三百或五百人的族群，生活在绿水青山之中。在初民阶段，这样的人口规模已经是大族群了。这些先民过着极简的日子，刀耕火耨，随遇而安。此时已经发明了刀、斧、凿子等生产工具，都是石质的，因而被称为"新石器时代"。学会制造并使用生产生活工具，是新旧石器时代的分水岭，是那个时代的"科技革命"。研究古代科技史的学者告诉我，这时期属于"迁移农业"形态，人们刚刚摸到春种秋收的门路，用石刀、石斧铲除田野中的杂草和低矮树丛，铲不掉的就用火烧，但对顽强的草根和树根，他们则无能为力。一块土地整理出来了，就撒下种子，然后等着收获。当时还没有田间管理的概念，这一时期最高亩产大约五十公斤。对这块土地的收成感到不如意，就再去整理下一块，荒地多得是。此时还没有完全定居下来，居住地随时可能迁移。"迁移农业"类似于游击队战法，打一枪换一个地方，哪里安全就在哪里落脚。

土地产出的粮食是填不饱整个族群的肚子的，他们还成立了渔猎组织，结绳织网，或去河里捕鱼、蛤，或进入森林捉拿麋鹿一类弱小的动物。让族人吃饱，并且过上岁月静好的日子，是部落首领的首要责任。

新石器时代的早期，处于母系社会向父系社会过渡阶段，这个时期，大约在公元前8000年。

每个族群里都有一位至高无上的"大姐大"，但大姐大不是凌驾于整体之上的人，也不是那种叱咤风云的表率人物。母系社会的治理方式一直是个谜团，由谁发布命令，由谁管理，由谁执行，一直处于臆想和猜测之中。一位学者说出了他的"研究心得"：大姐大首先是一位英雄母亲，生育能力突出，孩子们不仅健康长大，而且出类拔萃，那个时候"民知其母，不知其父"，母因子贵。母系社会的生活模式与"蜂群思维"相类似，一个蜂群出动，蜂后是在队伍后边的，女儿们在左右照料母后，几只工蜂飞在前头负责侦察，搜索食物，判断有无危险，并及时向后方传回信息。其余都是集体无意识的，一窝蜂地跟随响应。一只蜂后的在位时间通常是三到四年，蜂后生育能力衰弱以后，新蜂后就取而代之了。一个族群中大姐大的在位时间，与她儿女的能力强弱息息相关。

让我们继续展开想象。庄稼成熟了，一个人向大姐大禀告：三天后天将降大雨，如果不及时收割，粮食就会烂在地里。他的建议被采纳了。三天后果然天降倾盆大雨，但庄稼已收获，粮食颗粒归仓。入冬以后，粮食出现短缺，这个人再次禀告：十五天后天将降大雪，抓紧时间多捕猎，一旦大雪封山，后果就严重了。

他这个建议再次言中。冬去春来，一个不幸的事件发生了，族群中的孩子一个接一个病倒，母亲们万分焦虑又无比忧伤。这个人去野外采回一些草叶和树根，放入水中煎熬，孩子们服用几天后痊愈如初。这一年，整整一个春季没有降雨，旱情极端严重，庄稼秧苗出土不久就枯萎了。这个人又禀告并发出预警：接下来还会发生更大的灾难，入夏之后，天会连降大雨，河水暴涨，我们的居住地会被洪水淹没。之后，他带领众人，选择了一个新的居住地，在半山腰上，那里地势迂回，不受山洪侵扰，而且动物多，树上的果实也多，这些举措使族群成功渡过了洪灾以及庄稼绝收带来的危机。

这样的预测多次应验之后，这个人，以及他的母亲，会被族群奉为神明一样拥戴。

叙述到这里，需要做一个说明，在这个时候，春和夏的时间概念并没有形成，人们对大自然的认识还相当肤浅。所谓原始，就是文明还没有萌芽，一切都在模棱两可之中。

最早的"作息时间表"是挂在天空的。

先民们"日出而作，日入而息"，在对天象的耐心观察中，最先发现了太阳和月亮的"轮回"运行规律，由日出到日入，再到日出；由月亏到月盈，再到月亏。就这样，"日"和"月"的时间概念产生了。发现了时间，才开始有渐而清晰的历史。

中国最早的计时工具是一根棍子，初名叫"表"，棍子被垂直竖立在地面上，用来观察太阳影子的位移，因而时间的另一种表述叫"光阴"。大自然中的"时"本来是混沌"无间"的，先民们用立"表"的方法区分出间隔，有秩序的间隔构成了"时辰"。据科学史学者推断，日、月的时间概念成形于伏羲时候，公元前6500年前后。把一日等分为十二时辰要晚一些，在计时工具由"表"升级为"日晷"之后。

科学史学者补充说：截至目前，伏羲、神农氏、黄帝以及尧帝，都是传说中的神话人物，尽管有典籍记载，但多为零落散碎的"风闻"，彼此之间缺乏通联和互信，尤其缺乏史迹的实证。也就是说，公元前6500年到公元前2000年（夏朝建立）之间，均为史学界的模糊地带。模糊地带之前，则是一片更遥不可及的混沌与苍茫。

我向多位历史学家请教过一个问题，在我们中国，母系社会向父系社会过渡的转折点在哪里？得到的回答基本验证了我的思考。突出的转折点有三个：一是农耕生产规模扩大，人们逐渐定居下来，领地和家园意识出现了。领地是要维护的，有了家园，对家长的依赖和期待就增加了。二是人口增加，部落之间的火拼和战事不断升级。火拼和战争，是用拳头和武力说话的。三是对天象的研究持续深入，逐渐产生了对天地有意识的敬畏和崇拜。第三个转折点是中国独具的，在世界史中不具备共性。人们不仅敬畏天地，而且对天地的气象变化进行探索和研究，并由此构成了中国智慧和中国方法。

三

传说，是最早的口述历史。

传说，是把真相隐藏在缥缈的层层云雾之中。在四千多年的模糊地带中，我们搜寻相对清晰的记忆标识。

伏羲时期，"八卦"问世了。"古者包牺（伏羲）氏之王天下也，仰则观象于天，俯则观法于地。观鸟兽之文，与地之宜。近取诸身，远取诸物，于是始作八卦，以通神明之德，以类万物之情。"（《周易·系辞下》）

伏羲八卦是中国人最初的世界观，是对天地之间时空秩序的首次解构，大千世界在天、地、雷、风、水、火、山、泽八种物质元相化相合中变化生发。当时，还没有文字，用八种符号指示这一切，乾（天）☰，坤（地）☷，震（雷）☳，巽（风）☴，坎（水）☵，离（火）☲，艮（山）☶，兑（泽）☱。伏羲八卦图在时间上对应一天中的卯、午、酉、子四个时辰，在空间上对应东、南、西、北四个方向。

乾为天，☰，三线完整联通为纯阳。坤为地，☷，中间发生裂变为纯阴。图形中的每一画，称为"爻"，爻是交流和变化的意思。每卦三爻，寓指多般变化。"爻，交也"（《说文解字》），"爻者，言乎变者也"（《周易·系辞下》）。乾、坤两卦拉开了天地之间的大帷幕，天地相映，昼夜相续，阴阳相持，动静相和。世间万物在大帷幕之间衍生千姿百态的多重变化。"生生之谓易，成象之谓乾，效法之谓坤"，"在天成象，在地成形，变化见矣"，"方以类聚，物以群分，吉凶生矣"，"乐天知命，故不忧。安土敦乎仁，故能爱。范围天地之化而不过，曲成万物而不遗，通乎昼夜之道而知，故神无方，而易无体"。(《周易·系辞上》)

当代有几位学者把阳爻解读为男性生殖器，把阴爻解读为女性生殖器，是美好的联想，不是祖先的初心。

离☲坎☵，是日和月，衍化为火和水。

天、地、日、月这四个大象，构成八卦基本元素。在天地之间，人们日出而作，日入而息，钻木取火，凿井而饮，乃至月盈与月亏，人们的生活既错综又和谐地融汇于其中。

震☳是雷，巽☴是风。这两种物质元，就带着科学判断的意思了。天地间的万物凭据雷和风两种动能发生变化。"雷以动之，风以散之。"(《周易·说卦》)雷动万物，风协调万物。"动静有常，刚柔断矣。"(《周易·系辞上》)这是我们古人的观念，在遥远的古代，万物自身的生长动因还没有被认识到，但当时能具备这样的认识，已经是"科学前沿"了。

艮☶是高山，兑☱是河流湖泊。八卦符号是象形的，因形而画，是文字之源。艮卦下方两个阴爻，代表水，上面一个阳爻，以实体构成山的形状。兑卦下方两个阳爻，代表河床，上面一个阴爻，象征水在流动。

大约在宋代时，人们为了方便记住八卦符号，还总结出了"八卦取象歌诀"：乾三连，坤六断，震仰盂，艮覆碗，离中虚，坎中满，兑上缺，巽下断。

伏羲是中国首位既观天象又释天象的老人，或许是一个人，如传说中的那样，是一位伟大的部落领袖，又或许是一个智慧群体的化身。在距今八千年前的遥远时代，给我们留下了烙印一般的"非物质文化遗产"。伏羲八卦的创世价值是巨大的，简而述之有五功：

1. 天地是神圣的，天覆地载，包容涵养万物。

2. 创立时空秩序观念，思维方式由平面而立体，进而奠基早期的中国天文学。

3. 发端中国的方法学。在观察太阳和月亮的过程中，发现并形成阴阳互映的思维模式，开启了观察世界、认识世界、解释世界的中国方法。八卦图是在繁复错综的天地万象中梳理出的基本规律和原则。

4. 发端易理。观察世象的方式是在阴阳对立中求中和，万事万物在变化中守恒成为硬道理，由此构成中国哲学的基本元。

5. 八卦，使用特定的语言符号表达思想，是文字产生之前的书面语言。书面语言的萌芽，是文明史的标志性曙光。

四

伏羲八卦图是一颗深藏于上古时代的时间胶囊，内储既奥妙又朴实的多极信息元。"八卦"这个词，是后人追溯着命名的，"卦"字的本身，包含着中国天文学的两个阶段。

卦，从卜从圭。

卜是象形字。一竖，是最初垂直立于地面的那根棍子，中国最早的计时工具——表；一点，象征光影的移动，喻示先民们通过立竿见影的方法捕捉时间。

圭是测量光影长度的尺子。初表的"卜"只是一根棍子，之后，观天工具技术升级，更新换代为"圭表"。在棍子正下方的地面上，正南正北方向各安置一块长方形的石板，板面上标有刻度，用来测定一年之中每一天正午的光影长度以及变化规律，因此也叫"量天尺"。

由"卜"到"圭"，时间跨度是漫长的，先民们用"卜表"锁定了日和月的时间概念，用"圭表"锁定了春分和秋分两个季节的节点。先民们认识春秋两季的时间，在公元前4500年左右。

中国的观天工具是不断升级的，今天到了"天眼"级，据说贵州大山深处那座五百米口径球面射电望远镜，可以接收到一百三十七亿光年外的电磁信号。这仍是阶段性的，以后会看到更遥远的太空。

在中国古代，仰观天象和俯察地理民情是密切相连的。由"圭"又引申出"圭臬法则"，臬指水臬，古代测量水平面的工具。在古人的认识中，宇宙万物中最守信用的是"天时"，是比"诚信"更上一层楼的境界，是"至信"。"圭臬法则"的含义是循天时，应天理，守人心。

伏羲八卦的次序，是在阴阳对应中达成中和：

乾（天）　　　艮（山）　　　震（雷）　　　坎（水，月）

☰　　　　　　☶　　　　　　☳　　　　　　☵

☷　　　☱　　　☴　　　☲

坤（地）　兑（泽）　巽（风）　离（火，日）

天地定位，山泽通气，雷风相薄，水火不相射，八卦相错。（《周易·说卦》）

数往者顺，知来者逆，是故易逆数也。（《周易·说卦》）

雷以动之，风以散之，雨以润之，日以烜之，艮以止之，兑以说之，乾以君之，坤以藏之。（《周易·说卦》）

乾坤（天地）恒定上下大位，艮兑（山泽）交融气脉，震巽（雷风）相应相搏，坎离（日月水火）相克又不厌不弃。此八种物质元在宇宙间错落相连，相互依存，不可割裂。

雷醒万物，风融万物，水（月）润万物，火（日）耀万物，山以制衡，泽以愉悦，乾主君临，坤主藏养。

"数往者顺，知来者逆，是故易逆数也"，这句话是伏羲八卦运行原理的智慧眼。

伏羲八卦的易理秩序，由乾开始，到坤为止，"乾以君之，坤以藏之"。从"伏羲八卦方位图"可以看出来，由乾位左旋，乾、兑、离、震，皆为阳卦，由乾位右旋，巽、坎、艮、坤，皆为阴卦。这个秩序称"天道左旋，地道右旋"。

伏羲八卦方位图

朱熹在《易学启蒙》中，对这句话的注释是："数往者顺，若顺天而行，是左旋也。皆已生之卦也，故云数往也。知来者逆，若逆天而行，是右行也。皆未生之卦，故云知来也。夫易之数，由逆而成矣。"

阳卦是已生之卦，由震、离、兑到乾位，是从立春、春分、立夏到夏至，阴消阳长，顺天时之势，因此称"数往者顺"。

阴卦是未生之卦，由巽、坎、艮到坤位，是由立秋、秋分、立冬到冬至，是阳消阴长。貌似顺天势，实则逆行。这是伏羲八卦图的智慧高点所在。伏羲八卦图的易理秩序是天与地互为参照。观察天，以地为参照，是人站在大地上仰望星空，"自震至乾为顺"。观察地，以天为参照，是人在空中俯察大地，与在地面上观察的结果截然相反，因此称"自巽至坤为逆"（《周易·说卦》）。朱熹说"夫易之数，由逆而成矣"，指的就是这一层意思。

可以这么说，伏羲八卦图是两张图合而为一的，一张图在大地上仰观天象，一张图由天空中向下俯察地理。

《周易·说卦》这篇文章，依司马迁《史记》记载，为孔子所作。孔子晚年痴迷《易经》，爱不释手，以至穿竹简的牛皮绳子多次磨断。"孔子晚而喜《易》，序彖、系、象、说卦、文言。读易，韦编三绝。曰：'假我数年，若是，我于易则彬彬矣。'"（《史记·孔子世家》）

五

文王八卦之于伏羲八卦，是整体的更新换代，思维的方式和方法都变了。

比较着说，伏羲八卦是宏观看世界、看整体、看自然世界的构成气象。文王八卦是微观分析，看自然世界的内部变化，既看世界，也看世道，并且形成了规律性的哲学认识。文王八卦荟萃于《周易》这部开山著作，熔中国天文学、哲学、逻辑学、谶纬学乃至文学于一炉。《周易》之后，中国的著作之风才开始兴起。到春秋战国，诸子百家竞相著述，形成了中国文化史中首个创作峰值期。

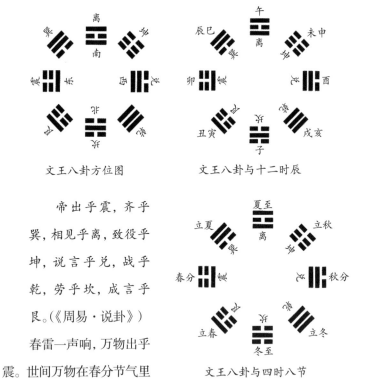

文王八卦方位图　　　　文王八卦与十二时辰

帝出乎震，齐乎巽，相见乎离，致役乎坤，说言乎兑，战乎乾，劳乎坎，成言乎艮。（《周易·说卦》）

春雷一声响，万物出乎震。世间万物在春分节气里

文王八卦与四时八节

觉醒，开始茂盛葱茏，震居东方，即"帝出乎震"。到立夏，清明风袭来，万物洁齐，齐通粢，是祭祀的谷物。"洁齐酒食，以供祖宗"（《后汉书·曹世叔妻传》），即"齐乎巽"。到夏至，草木丰茂，缤纷呈现，即"相见乎离"。到立秋，天地开始颐养万物，即"致役乎坤"。"役，事也"，"万物皆致养"。（《周易·说卦》）到秋分，庄稼成熟，果木飘香，一派丰收的喜悦，即"说言乎兑"。到立冬，阴气上升，阳气收敛，二气相缚相搏，即"战乎乾"。到冬至，阴气与阳气经历"战乎乾"后呈疲弱之势，即"劳乎坎"。到立春，三阳开泰，新年肇始，大自然新的一个轮回又将启动，即"成言乎艮"。

文王八卦在空间方位以及时间顺序方面，对伏羲八卦均做出修正，最重要的是，破译了自然世界中空间方位与时间大序之间相互通联的密码，东南西北与春夏秋冬和谐构筑为一个有机整体。在空间方位上，震兑为东西，离坎为南北，巽为东南，坤为西南，乾为西北，艮为东北。在时间顺序上，坎为子时，艮居丑寅之间，震为卯时，巽在辰巳之间，离为正午，坤在未申之间，兑为酉时，乾在戌亥之间。

周文王是政治表率人物，还是一位智慧超凡的天文学家，是他那个时代的学术领袖。

姬昌，生于公元前 1152 年，四十七岁时承袭西伯爵位，成为周部族第十五代首脑。西伯，是商朝君主赐给周部族首领的封号，相当于西部地区最高行政长官。八十七岁时，在伏羲八卦易理的基础上，潜心推演七年而成周易。公元前 1056 年卒，享年九十七岁。又十年后，其子姬发灭亡殷商，建立周朝，追谥其为周文王。

周，是渭河流域的古老部族，根深叶茂。始祖的名字叫"弃"，意思是出生时被丢弃的孩子。弃长大后成为闻名遐迩的稼穑高手。弃的了不起之处，是对山形地理的来龙去脉有研究，能根据不同的地形地势种植相应的庄稼。后世这种人被称为堪舆家，民间称风水大师。因为这种高超的本领，弃被尧帝任命为首席农业专家，并在全国推广他的种植技术。"及为成人，……相地之宜，宜谷者稼穑焉，民皆法则之。帝尧闻之，举弃为农师，天下得其利，有功。"（《史记·周本纪》）

舜帝继位后，任命弃为"后稷"，执掌国家农业，并封疆赐姓。在尧舜时代，农官是天官，相当于宰相。《虢文公谏宣王不籍千亩》一文中，对"后稷"的职位职能有具体记述："夫民之大事在农，上帝之粢盛于是乎出，民之蕃庶于是乎生，事之供给于是乎在，和协辑睦于是乎兴，财用蕃殖于是乎始，敦庬纯固于是乎成，是故稷为天官。"（《国语·周语》）国计民生之首要在于农耕，天地的祭祀用品出于农耕，百姓的日常生活出于农耕，国家财政供给出于农耕，国家和谐稳定出于农耕，经济贸易往来出于农耕，国力强大出于农耕，自古以来后稷为天官。弃的封地在邰（今陕西武功境内），赐姓姬。周部族自此发端，立地生根，祖脉袭传，渐而繁荣壮大。"封弃于邰，号曰后稷，别姓姬氏。"（《史记·周本纪》）

《诗经·生民》对弃的一生有生动的文学描述，摘选其中两个章节：

> 诞弥厥月，先生如达。不坼不副，无灾无害。以
> 赫厥灵。上帝不宁。不康禋祀，居然生子。

十月怀胎之后，始祖吉祥顺生，母亲的宫门完美，安然无恙，康健的小生命，弥漫着神灵的气息，是上天有什么旨意么，人们以畏惧之心祈祷着，放弃吧，这是神灵之子。

> 诞后稷之穑，有相之道。茀厥丰草，种之黄茂。
> 实方实苞，实种实褎，实发实秀，实坚实好，实颖实
> 栗，即有邰家室。

稷的种植之道，有神灵护佑，锄除杂草，在沃土之中，埋下精心选择的种子，萌芽了，破土了，秧苗茁壮成长了，拔节抽穗了，颗粒一天一天饱满着，谷穗们低着头，又是一个丰收年在我们的祖源之地。

周文王的天文学养，是有家传的，始祖弃的血脉里具备这种基因。

文王推演周易的经过，得先从他的父亲季历说起。季历是有政德之心的人，这种品质，也源自周部族的传统。所谓政德之心，有着两方面的内涵：一是行政之才，有能力，有智慧，能做成大事；再是敬职守本，敬畏天地，恪守职任。用老话讲叫吃饭敬碗，是敬行当的意思。从后稷开始，周部族行大义，守臣道，历经尧帝、舜帝、虞朝、夏朝至商朝，十几代人生生不息。周部族的领地

几度迁移，由邰至岐（今陕西岐山），至豳（今陕西彬州，《诗经》中《豳风》之地），再回到岐，势力范围不断扩大，但谨守人臣职任的初心和初衷不变。政治势力不断增大增强，但仁心不野。"后稷之兴，在陶唐、虞、夏之际，皆有令德。"（《史记·周本纪》）

季历在位期间，广修仁政，但周边的戎狄部落不断犯边滋扰，于是精兵治武，连克戎狄，令其远遁。此时正值商朝第二十八任君主文丁执政时期，文丁忌惮周部族不断壮大的势力，先以"伐戎有功"之名晋封季历西伯爵位，之后召其进京述职，随后软禁，再之后杀害。

姬昌是在悲痛中承继西伯位的。

姬昌继位后，光大周氏族脉体统，天下多位俊杰人才慕名来归。"西伯曰文王，遵后稷、公刘（周部族第四代首脑）之业，则古公（古公亶父，周部族第十三代首脑）、公季（季历）之法，笃仁，敬老，慈少，礼下贤者，日中不暇食以待士，士以此多归之。"（《史记·周本纪》）贤士中有一位叫鬻熊的人，是观天象的专家，与周文王亦师亦友，后来出任大巫师（天象官）。周成王时，为感念鬻熊功德，晋封其孙鬻绎为子爵，是为楚国开国的始祖。

公元前 1066 年，商纣王召西伯姬昌进京述职。姬昌深知此行凶多吉少，但仍效法父亲季历，从岐地赴国都朝歌（今河南鹤壁）履职。这一年姬昌八十七岁。

到朝歌之后，即被软禁在羑里城（商朝国家监狱，今河南安阳汤阴境内），由此开启了长达七年的潜心推演周易的生活。七年后被纣王赦罪释归，又两年，姬昌迁都丰邑（今西安鄠邑区内），再一年去世，享年九十七岁。

现在有一种比较流行的观点，认为姬昌被拘禁而推演周易，是另一种卧薪尝胆，是蒙蔽纣王的政治用心，这种看法是不妥当的，我的依据有三点：

第一，行仁政，守德心，是周部族的政治传统。仁政有一个基本理念，就是君臣各守其道。君有失，不能作为臣失德的理由。正因为君有失，臣子更应该尽心而行。姬昌一直信奉这样的"愚忠"信念。

第二，姬昌无反逆之心，他主政西北已经四十年，政通人和，也具备拥兵自重的条件。如果有反心，不会以八十七岁高龄只身赴京。但他对纣王有取舍心，由岐地到国都朝歌，他是做好了心理准备的，决意效法父王季历，以自己的一躯，换取周部族的可持续发展。

第三，卧薪尝胆之心，是忍耐心和忍辱心，而姬昌有圣贤心，同时具备天赋大智慧的恒定之心，以八十七岁高龄，在被囚禁的七年间，心无旁骛地潜心研究天文，对伏羲八卦进行重新定位，并且对易理进行系统性思考。如果胸中跳动的是一颗躁动的心，是无法完成这种超强脑力工作的。

六

先民们对一年之中四个季节的认知，是中国古代天文学的重要突破，最先被"发现"的是春和秋两个季节。据考古实证，"发现"年代在公元前 4500 年之前。

1987 年 5 月至 1988 年 9 月，河南濮阳老城区西水坡发现了一座新石器时期的大墓，著名史学家李学勤先生实地考证后，撰文《西水坡"龙虎墓"与四象的起源》，认为蚌塑龙虎图案是中国"四象说"起源的物证。

四象，"天之四灵，以正四方"，即东青龙、西白虎、南朱雀、北玄武。四象又称"分至四神"，既正四方，又循四时，春分为青龙，秋分为白虎，夏至为朱雀，冬至为玄武。

中国古人仰观天象，观测太阳和月亮，同时观测金木水火土五星，并称为"七曜"。经过长时期的观察，古人发现并捕捉到了一年之中太阳运行的主轨迹，以黄道和赤道（太阳和地球的运行轨迹）沿线的二十八颗恒星为观测坐标，并将之想象成太阳沿途休息的空中客栈，因此称之为"二十八星宿"。

古人观测日月五星的运行是以恒星为背景的，这是因为古人觉得恒星相互间的位置恒久不变，可以利用它们做标志来说明日月五星运行所到的位置。经过长期的观测，古人先后选择了黄道赤道附近的二十八个星宿作为"坐标"，称为"二十八宿"。黄道是古人想象的太阳周年运行的轨道。地球沿着自己的轨道围绕太阳公转，从地球轨道不同的位置上看太阳，则太阳在天球上的投影的位置也不相同。这种视位置的移动叫做太阳的视运动，太阳周年视运动的轨道就是黄道。这里所说的赤道不是指地球赤道，而是天球赤道，即地球赤道在天球上的投影。(王力主编、马汉麟主笔《中国古代文化常识》)

二十八星宿是观测日月五星的参照坐标。

二十八颗恒星是组团运行的，每七星为一结构单元，共四个组团。先民们以春分时节为观测的基准点，站在大地上仰望星空。春分时节，第一组团的七星(角、亢、氐、房、心、尾、箕)出现在东方的夜空，形状如苍龙；第二组团的七星(斗、牛、女、虚、危、室、壁)出现在北方上空，如龟蛇互绕(玄武)；第三组团的七星(奎、娄、胃、昴、毕、觜、参)出现在西方上空，如猛虎下山；第四组团的七星(井、鬼、柳、星、张、翼、轸)出现在南方的上空，如大鸟飞翔。中国古人的观察力宏阔而且细微，同时又富有充沛的艺术思维魅力。

依据西水坡遗址可以推定，在公元前4500年左右，先民们已经掌握了春和秋两个季节的天象变化规律。对夏、冬两个季节的认知要晚一些，已到了尧帝时期，而南方朱雀和北方玄武的形象认定则更晚，到战国时期才有史籍记载。

七

尧帝时代是中国古代天文学的发轫阶段，设立了世界上首家全职能的天文台，任命重臣，专司天文星象的研究，制定历法，并在东南西北分设四个观测站，跟踪观察春夏秋冬四个节点的星象运行，并督导人们顺应节气变化从事生产与生活。这个时间点在公元前2300年前后。

"乃命羲和，钦若昊天，历象日月星辰，敬授人时。"

（尧帝）任命羲与和担任"天地四时之官"，敬奉天意，按照日月星辰的运行规律制定历法，用以指导人们遵循时令节气从事生产。

羲与和是两大氏族的首领。受命担任这一职务是世袭的，在《尚书》另外一篇文献《吕刑》中，也有任命"重"和"黎"相关职务的记载："乃命重黎，绝地天通，罔有降格。"中国古代天文学的思维方式，是天与地相呼应着的，因此称"绝地天通"。"罔有降格"，不要降低格候之人的地位。格，在《尚书》中是常用字，含义也多有不同。此句中的格，指格候，专指依天象推衍时令。季候之人，通俗的解释就是天象师，地位相当于国师。重、黎是羲、和的祖辈，尧帝任命羲与和，是承守世袭的规制。

《国语·楚语》中，也有相关记载："颛顼受之，乃命南正重司天以属神，命火正黎司地以属民，使复旧常，无相侵渎，是谓绝地天通。其后……尧复育重、黎之后，不忘旧者，使复典之。"《尚书·尧典》："分命羲仲，宅嵎夷，曰旸谷。寅宾出日，平秩东作。日中，星鸟，以殷仲春。厥民析，鸟兽孳尾。"

命令羲仲居住在东方海滨一个叫旸谷的地方，观测日出。"平秩东作"，秩是次序，考据一年之中不同时间日出的变化。"日中"，指昼夜平分，以昼夜平分那一天作为春分。"星鸟"中的"鸟"，即二十八宿中南方七星中的"星"，星，以鸟替代，是避开星星两字重叠。以星鸟显见于南方天空正中，作为确定仲春的依据。南方七宿的形状，被古人想象成大鸟，此时还没有"朱雀"的命名。"厥民析"，厥是虚词，析是分散，仲春时候，万物复苏，农耕在即，人们分散在田野中劳作。"鸟兽孳尾"，这个时令，是鸟兽交配繁殖的时候。

> 申命羲叔，宅南交。平秩南讹，敬致。日永，星火，以正仲夏。厥民因，鸟兽希革。(《尚书·尧典》)

命令羲叔居住在南方交趾（今越南北部红河流域一带）一个叫明都的地方。"南交"，指交趾，《墨子·节用》中也有相关记载："古者尧治天下，南抚交趾，北降幽都，东西至日所出入，莫不宾服。"此文中涉及的四个地点，与尧帝设置的东南西北四个观测站相合。"平秩南讹，敬致"，讹是运行，致同至，观测太阳由北向南运行的次序。"日永，星火，以正仲夏"，以白昼最长的那一天为夏至，以火星（二十八宿之心星）显见于南方天空正中时，作为仲夏的依据。"厥民因，鸟兽希革"，仲夏时节，溽热难挨，又逢多雨，人们择高地而居，这个时令里，鸟兽脱毛。"因"这个字，甲骨文的写法，是人躺在席子上，有身份的人才能享用席子。此句中的"因"，是"高就"的意思，指人们住在高处。

> 分命和仲，宅西，曰昧谷。寅饯纳日，平秩西成。宵中，星虚，以殷仲秋。厥民夷，鸟兽毛毨。(《尚

书·尧典》）

命令和仲，居住在西部一个叫昧谷的地方。"寅饯纳日"，寅是虚词，表敬意。饯，即饯行。观察太阳落山，为太阳饯行。"平秩西成"，西，指太阳向西运行，考据一年之中日落的变化。"宵中，星虚，以殷仲秋"，以昼夜平分这一天作为秋分，以虚星显见于南方天空正中作为观测仲秋的依据。"厥民夷，鸟兽毛毨"，夷，指平坦之地。人们由高地搬回平坦之地，便于收获庄稼。这个时令里，鸟兽皮毛状态最佳，可以为人们所利用。

> 申命和叔，宅朔方，曰幽都。平在朔易。日短，星昴，以正仲冬。厥民隩，鸟兽氄毛。（《尚书·尧典》）

命令和叔，居住在北方一个叫幽都的地方。"平在朔易"，观测太阳由南向北运行。在，指观测。朔易，太阳由南向北运行。"日短，星昴，以正仲冬"，以白昼最短的这一天作为冬至，以昴星显见于南方天空正中，作为确定仲冬的依据。"厥民隩，鸟兽氄毛"，人们居住在室内取暖，这个时令里，鸟兽为了御寒，皮毛密实丰厚。

> 帝曰：咨！汝羲暨和。期三百有六旬有六日，以闰月定四时，成岁。允厘百工，庶绩咸熙。（《尚书·尧典》）

尧帝说："拜托呀！羲与和，望你们以三百六十六日为太阳的一个回归周期，以置闰月的方式推算确定春夏秋冬四时而成岁。并以此规范各行各业的职能，这样，一切事务都可以有序进行了。"

尧帝这番话，在基本意思之外，还透露出三个信息：

第一，当时已经测定到了太阳一个回归年的周期是三百六十六天，这个数字是比较精准的。

第二，"旬"的时间概念已经产生。旬是干支纪时的概念，十天干对应十二地支，由天干甲日到癸日的十天为一旬。

第三，由这句话可以推定，当年已实行置闰。中国的农历，以观测月亮的运行规律为基础，一年十二个朔望月，其中六个月为平月，每月三十天，六个月为小月，每月二十九天，一年三百五十四天，比太阳的一个回归年少十一天左右。古人用置闰月的方法补足时间差，三年增加一个月。"一岁有余十二日，未盈三岁足得一月，则置闰焉。"（《尚书·尧典》）闰月的基本原理是，"三年一闰，五年两闰，十九年七闰，四百年九十七闰"。

八

春秋和战国是中国大历史中时间跨度最长的国家分裂时期，长达五百五十年。

公元前 770 年，周平王迁都，由镐京（今陕西西安）迁至洛邑（今河南洛阳），"平王东迁"是一个重要节点，标志着西周时代结束，东周时代开始。由于国家形态不再是一个整体，朝代名称也不叫东周，而由两部史书《春秋》和《战国策》的名字替代，从公元前 770 年到公元前 476 年，史称"春秋"，从公元前 475 年到秦始皇统一国家的公元前 221 年，史称"战国"。春秋时期，诸侯列国渐而坐大坐强，彼此之间割据争霸，战火硝烟不断，但在表面上，还认可周天子为荣誉君主。进入战国之后撕下伪装，众脚把周天子踢开，战事连年升级，整个国家成了四分五裂的大战场。

春秋时期，诸侯列国重视编修国史，"吾见百国《春秋》"，国史多以《春秋》命名，"可见《春秋》乃当时列国史官记载之公名"（钱穆《孔子传》）。其中，孔子在鲁国国史基础上编撰的《春秋》最为卓著。"孔子《春秋》因于鲁史旧文，故曰其文则史。然其内容不专着眼在鲁，而以有关当时列国共通大局为主，故曰其事则齐桓晋文。换言之，孔子《春秋》已非一部国别史，而实为当时天下一部通史。"（钱穆《孔子传》）

孔子著春秋，至今仍有三个待解的谜团。

谜团一，孔子的《春秋》，止笔于鲁哀公十四年，即公元前481年。这一年，孔子七十一岁。但从哪一年开始动笔写作，不可考。"是年，鲁西狩获麟，孔子《春秋》绝笔。《春秋》始笔在何年，则不可考。"（钱穆《孔子年表》）

谜团二，《春秋公羊传注疏》中记载："昔孔子受端门之命，制《春秋》之义，使子夏等十四人求周史记，得百二十国宝书，九月经立。"孔子受周王室之命，著《春秋》，派子夏等十四个学生搜集史料，得到一百二十个诸侯国档案，用九个月时间撰成《春秋》。当时的诸侯国只是一百二十个么？子夏等人有没有疏漏，不可考。

关于"孔子受端门之命"，依钱穆先生的观点，是假托周王室之命，"孔子以私人著史，而自居于周王室天子之立场，故又曰'知我者其惟《春秋》，罪我者亦惟《春秋》也'"。

谜团三，孔子是在鲁国国史基础上编著《春秋》，鲁史已佚失，或丧于秦始皇的焚书之祸火。两部史书之间的关联程度不可考。

秦始皇把诸侯国史作为首烧之书，"非秦记皆烧之"（《史记·秦始皇本纪》），实在是罪孽沉重，试想，墨子说的"百国《春秋》"如果能够沿袭下来，将是何等的文明大观！

九

《春秋》这部书，经历过一次劫难，就是秦始皇制造的焚书之祸。

秦始皇的焚书范围，主要是历史、政治以及诸子百家著作。"焚书令"的第一款是，"非秦记皆烧之"，不是记载秦国历史的史书全部烧毁，其目的是抹掉其他诸侯国的国家记忆，《春秋》在首烧之列。第二款是，"非博士官所职，天下敢有藏诗、书、百家语者，悉诣守尉杂烧之，有敢偶语诗、书者弃市"（《史记·秦始皇本纪》）。第三款是，"以古非今者族"（《史记·秦始皇本纪》）。一个朝代行将灭亡，是有噩兆的，会发生丧失理智的疯子行为。"焚书"这个事件发生在秦朝灭亡前七年，即公元前213年。这一年是中华文化史中最黑暗、最寒冷的一年。

公元前 206 年，西汉建立之后，下达"征书令"，在全国范围内征集、整理、修复遭焚之书，再之后，把《诗经》《尚书》《礼记》《易经》《春秋》确立为"五经"。所谓经，是治国之书的意思。并且设立"五经博士"，地位相当于今天的院士，是国家认证的学术代表人物。同时，推出一项官员入仕选拔考试制度，即察举制，备考用书就是"五经"。察举制到唐代完善为科举制，入仕备考用书增为"十二经"，其中《春秋》衍为三经，《春秋左氏传》《春秋公羊传》《春秋穀梁传》。明清之后的科举考试，又增加《孟子》，成"十三经"。儒家十三经不是束之高阁的典藏著作，而是古代官员入仕考试用书，也可以理解为中国古代社会的治世之书。

禁书与尊书，是雾霾时代和昌明时代的标志性分野。

十

《春秋》，天子之事也。

王者之迹熄而诗亡，诗亡然后《春秋》作。

孔子成《春秋》而乱臣贼子惧。

这三句话是孟子对春秋的学术定位，他讲了三层意思：《春秋》这部史书是剖析世道和世事的。圣贤治世衰落之后，《诗经》的醒世之功被淡化，粉饰浮华之风弥漫。迷惘而失去方向感的时代里，真是万幸，《春秋》问世了。孔子所著《春秋》，是有一定震慑力的书。

在董仲舒的认识里,《春秋》既是史书,也是治世之书。

董仲舒是西汉时期的《春秋》研究专家,是当年的"五经博士",他把《春秋》的核心内容概括为"十指",即十种要旨。

> 春秋二百四十二年之文,天下之大,事变之博,无不有也。虽然,大略之要,有十指。十指者,事之所系也,王化之由得流也。举事变,见有重焉,一指也;见事变之所至者,一指也;因其所以至者而治之,一指也;强干弱枝,大本小末,一指也;别嫌疑,异同类,一指也;论贤才之义,别所长之能,一指也;亲近来远,同民所欲,一指也;承周文而反之质,一指也;木生火,火为夏,天之端,一指也;切刺讥之所罚,考变异之所加,天之端,一指也。(《春秋繁露·十指》)

《春秋》记载了二百四十二年的历史,天下之大,世事变迁之博,广有包容,概括起来有十种要旨:记录世事变迁,择重略轻,此为一旨;察世事变迁所涉及的社会诸多层面,此为二旨;根据世事变迁的态势,梳理归纳治世的原则,此为三旨;治理国家的基本原则,是强干弱枝,固本疏末,此为四旨;观察世事变迁的基本方法,是辨识嫌疑,区分异同,此为五旨;治世之首要是发现人才,以及对人才的因能任用,此为六旨;治世的长久之道,是亲近抚远,安定民心,此为七旨;治世的理想状态,是承袭西周制度,返璞归真,此为八旨;治理人间事须循守天地运行的四时大序,天之端,即以春为始,春木生火,火为夏,此为九旨;为国家著史,须明确指出治世者的失误导致的恶果，切中时弊，明察乱象，并纠察恶果的成因以及影响，此为十旨。

> 举事变，见有重焉，则百姓安矣；见事变之所至者，则得失审矣；因其所以至而治之，则事之本正矣；强干弱枝，大本小末，则君臣之分明矣；别嫌疑，异同类，则是非著矣；论贤才之义，别所长之能，则百官序矣；承周文而反之质，则化所务立矣；亲近来远，同民所欲，则仁恩达矣；木生火，火为夏，则阴阳四时之理相受而次矣；切刺讥之所罚，考变异之所加，则天所欲为行矣。（《春秋繁露·十指》）

中国古人的意识里，天地为大，民为重。重视民生，则百姓心安；考察世事变迁涉及的社会诸多层面，则见得与失；因世事发展态势而施治，可以正本清源；强干弱枝，大本小末，则国家秩序井然守度；别嫌疑，异同类，则是非卓然显见；礼贤尚能，则百官有节；承袭西周制度，则宣民教化有道；亲近抚远，安定民心，则仁行天下；以春为天之端，则阴阳四时交替守衡；切中时弊，明察乱象，是替天行道。

司马迁在《史记》中引述了董仲舒关于《春秋》写作动机的一段话：

> 余闻董生曰："周道衰废，孔子为鲁司寇，诸侯害之，大夫壅之。孔子知言之不用，道之不行也，是非二百四十二年之中，以为天下仪表，贬天子，退诸侯，

讨大夫，以达王事而已矣。"（《史记·太史公自序》）

董仲舒年长司马迁约三十五岁，司马迁尊称"生"，汉代称呼中的"生"，依唐人颜师古考注，是先生，"生，犹言先生"。我听仲舒先生说："周朝的政治衰败之后，孔子出任鲁国司寇（司法部长），诸侯陷害他，大夫排挤他，孔子自知谏言无门，政见无路，于是考辨评述二百四十二年历史的是非得失，作为世人行为的规范。《春秋》一书中，贬抑昏聩天子，抨击无道诸侯，声讨失德大夫，以彰显王道。"

司马迁身为西汉的首席史官，倍加推崇《春秋》：

夫《春秋》，上明三王之道，下辨人事之纪，别嫌疑，明是非，定犹豫，善善恶恶，贤贤贱不肖，存亡国，继绝世，补敝起废，王道之大者也。……拨乱世反之正，莫近于《春秋》。《春秋》文成数万，其指数千，万物之散聚皆在《春秋》。《春秋》之中，弑君三十六，亡国五十二，诸侯奔走不得保其社稷者，不可胜数。察其所以，皆失其本已。故《易》曰"失之毫厘，差以千里"。故曰"臣弑君，子弑父，非一旦一夕之故也，其渐久矣"。故有国者不可以不知《春秋》，前有谗而弗见，后有贼而不知。为人臣者不可以不知《春秋》，守经事而不知其宜，遭变事而不知其权。为人君父而不通于《春秋》之义者，必蒙首恶之名。为人臣子而不通于《春秋》之义者，必陷篡弑之诛，死罪之名。其实皆以为善，为之不知其义，被之空言而不敢辞。夫不通礼义之旨，至于君不君，臣不臣，父不父，子不子。夫君不君则犯，臣不臣则诛，父不父则无道，子不子则不孝。此四行者，天下之大过也。以天下之大过予之，则受而弗敢辞。故《春秋》者，礼义之大宗也。夫礼禁未然之前，法施已然之后；法之所为用者易见，而礼之所为禁者难知。……《春秋》采善贬恶，推三代之德，褒周室，非独刺讥而已也。（《史记·太史公自序》）

孔子在位听讼，文辞有可与人共者，弗独有也。至于为《春秋》，笔则笔，削则削，子夏之徒不能赞一辞。弟子受《春秋》，孔子曰："后世知丘者以《春秋》，而罪丘者亦以《春秋》。"（《史记·孔子世家》）

在司马迁的眼中，《春秋》是一部给中国史书写作树立标准的大作品。

第一，《春秋》上明三王之道（此处指夏、商、周三代开国之君，夏禹、商汤、周文王及周武王），下辨人伦纲纪，别嫌疑，明是非，定犹豫，亲善憎恶，崇尚贤良，抑止不肖，使亡国存，绝学继，补弊起废，彰著王道。

第二，《春秋》是拨乱反正之书。

第三，《春秋》数万言（近两万言），要点数千，世道兴衰之理尽在其中。《春秋》一书中，记述臣弑君事件三十六宗，亡国五十二个，诸侯四处奔走，仍不保国的不可胜数。洞察其中失德失势的教训，尽在丧本。臣弑君，子弑父，这样的恶果，不是一朝一夕的突变，均有其渐变之因。

第四，一国之君不可不知《春秋》，否则，明不辨谗人佞臣，暗不见窃国之贼。大臣不可不知《春秋》，否则，处置常规国务不得其法，遭遇突变不谙应变之策。为人君父不通《春秋》之义，必蒙首恶之名。国家之重臣不通《春秋》，必陷篡弑之罪而遭诛。

第五，君不君，臣不臣，父不父，子不子，这种有悖伦常之事发生，在于礼义之丧。君失君道则臣子犯上，臣失臣职则有杀身之险，父无德，子不孝，此四者，为天下大恶。《春秋》以此为标准评判历史人物。

第六，《春秋》是关乎礼义的典范作品，"礼义之大宗也"，礼的功用是防患于未然，法的功用是除恶于已然。法之止恶可以显见，但礼义防患于未然则难察，这是《春秋》的卓然远见之处。

第七，《春秋》并不是以抨击为主，"非独刺讥而已也"，其功在于为世人衡定标准，扬善贬恶。

第八，孔子著《春秋》，确定了史书写作的基本规则，"笔则笔，削则削"，撰写国家历史，于赞颂处则赞颂，于抨击处则抨击。

唐代历史学家刘知幾对《春秋》有些微辞，指其叙事粗枝大叶，细节疏失，"语其粗也，则丘山是弃"（《史通》）。但对《春秋》于中国史书写作的开山贡献，则极尽尊仰之敬意："逮仲尼之修《春秋》也，乃观周礼之旧法，遵鲁史之遗文；据行事，仍人道；就败以明罚，因兴以立功；假日月而定历数，藉朝聘而正礼乐；微婉

其说，志晦其文；为不刊之言，著将来之法，故能弥历千载，而其书独行。"(《史通·六家》)

孔子著《春秋》，考据西周礼仪制度，遵循鲁国国史基本脉络，据史实，守人事，述衰败以示贬罚，立兴盛以树功德。以日、月、岁、时，推衍天地运行规律，以朝觐天子框定国家礼义规则。语气婉约，不露锋芒，用意含蓄，绵里藏针。《春秋》以不容更改的言论，为后世确立了史书写作规范，所以历经千年，仍彰著于世。

中国的国家历史，为什么以"春秋"命名，刘知幾是这样诠释的：

又案儒者之说《春秋》也，以事系日，以日系月；言春以包夏，举秋以兼冬，年有四时，故错举以为所记之名也。(《史通·六家》)

考据儒家研究《春秋》的写作体例，叙事具体到日，以事系日，以日及月，春以包夏，秋以兼冬，一年四时，循而成序，因此以《春秋》命名。

十一

守拙，是我们中国人的防身术。

三四岁的小孩子，家长是进行阳光教育的。湛蓝的天空，笑呵呵的太阳，皎洁的月亮，爱眨眼的星星，爱和温暖贯穿一切。但岁齿稍长，话锋就变了，有阴沉的云雾袭来，"不要和陌生人说话"。再稍长，云层渐厚，"害人之心不可有，防人之心不可无"，

"群居防口，独坐防心"，"枪打出头鸟"，乃至还有种"厚黑学"款式的箴言，"见人只说三分话，未可全抛一片心"，"虎豹不堪骑，人心隔肚皮。休将心腹事，说与结交知"。

"大智若愚"被置顶为人生的最高境界。中国人究竟经历过什么样的磨难，才会构筑出如此橡胶坝般的内心防线？

一切文明的形成都有各自独具的历史，其成因由多种元素汇聚而得。有些成因可以堂而皇之地娓娓道来，但有些则讳莫如深，苦不堪言。我们文化性格中的"守拙"意识，就是不可堪言之一种。

春秋战国时期的国家大分裂，长达五百五十年。诸侯国群龙无首，彼此之间使坏斗狠，尔虞我诈，世态万般炎凉，民心碎了满地。

春秋二百九十五年，从公元前770年至公元前476年。这一时期，周天子只是面子上的君主，实际上已经失去对国家权力的掌控。诸侯国之间丛林政治风行，强凌弱，大吞小。西周时期究竟分封了多少个诸侯国家不可考，但最初是"八百诸侯不期而遇"，到春秋末期，孔子《春秋》中只记载一百二十个，其中，"弑君三十六，亡国五十二"，三十六个大臣弑君篡位，五十二个诸侯亡其国。

战国二百五十五年，从公元前475年到公元前221年。诸侯国割据杀伐，硝烟遍野，国家被完全撕裂，中华大地成了角斗场，不停歇地上演兼并与重组的大戏。《战国策》一书中，有记载的诸侯国是三十四个，到末期浓缩为"战国七雄"，最后由秦始皇以

"暴秦"的方式灭亡六国，天下重新归为一统。

春秋和战国的分界点，史学界有多种说法，但基本上采信司马迁《史记》中的观点："余于是因《秦记》，踵《春秋》之后，起周元王，表六国时事，讫二世，凡二百七十年，著诸所闻兴坏之端。后有君子，以览观焉。"(《史记·六国年表》)

司马迁因循《春秋》，《春秋》止笔于公元前481年，三年后，公元前479年，孔子去世。又三年，是周元王元年。中国古代的史家界定时代的起始有一个惯例，以国家君主的立与废为宗，因此，司马迁把周元王继位元年(前475年)定为战国起始之年。

我们一直津津乐道并推崇春秋战国时期百家争鸣的思想灿烂，但众多思想者并没有照亮并导引那个时代，反而加重了"小国政治"的重重泥泞。这一点应该引起我们的特别警惕。

病态的社会土壤中生长出的思想可能更具尖锐性，但如果不具备长远的导航能力，只是图谋一时一地的生存，则必定是短视的。孔子的伟大之处是着眼于社会形态的礼崩乐坏——对大国秩序感丧失的忧心忡忡。但他的思想，对正处于撕裂之中的时代是软弱无力的。孔子是时代之痛的揭示者，而不是改变者。

我在旧作《没有底线的时代，笨人是怎么守拙的》中有过记述：

> 春秋和战国，是天下无主，达人料理国家的时代。
>
> 达人，是社会精英，是文化翘楚。诸侯国君们是董事长，聘任达人出任CEO，达人们不仅是思想智库，

还是执行官，由后台走上前台，像运营企业那样各自治理国家。儒家、墨家、法家、黄老家、兵家、刑名家、阴阳五行家以及黑恶势力、车匪路霸，各彰其长，同场角逐，中国思想史中最璀璨的时代来临了，但思想者闪烁的光辉并没有照亮那个时代。思想者们为自己的思想寻找落脚点，或叫试验田。悲剧式的代表人物是孔子，从五十五岁到六十八岁，他周游列国，走了九个诸侯国，到处碰壁。儒家奉行以规则治国，礼仪天下，寻求放长线钓大鱼，但这在当年是行不通的。公元前479年孔子辞世，三年后，春秋时代结束，战国时代开启，速效政治与趋利主义的特征更加突出，诸侯国君与达人们双向选择，达人们是教练员，也是运动员，但没有裁判，没有共守的法则，一切以胜负输赢为前提。如果思想者之间的理性碰撞，固化为你死我活的政治丛林，究其本质，这样的文化生态是反文明的。诸侯列国在这样的生态中尔虞我诈，相互兼并，由三十四个（《战国策》记载）诸侯国重组为七个，即战国七雄，到公元前221年，秦始皇以"暴秦"模式吞并六国，一统天下。但仅仅过了十五年，公元前206年，秦朝这座大厦轰然倒塌。一个拥有强大军事力量的超级帝国，仅存世十五年的时间，在世界史中也是只此一例。

秦始皇灭亡六国，实现了国家统一，但他治理国家的思维方式仍是"小国政治"式的，急功近利，为所欲为。经历数百年战乱之苦的国家千疮百孔，国疲民乏，巨大的伤病之躯，被他拖着加速度奔跑，才导致大秦王朝猝死的结局。

大国建设是以大国思维为基础和前提的，国家之大，不仅在规模和版图，更重要的在于意识形态要"蹈大方"。

"三丈之木"的故事，是秦国思维模式的典型例子。

公元前356年，商鞅在秦国主持变法，也就是今天说的改革。在改革措施出台之前，做了一次旨在"取信于民"的实验。在一个大型农贸市场的南门，竖立一根三丈高的粗大原木，一旁贴出募民告示：谁将此木搬到市场北门，奖励十两黄金。十两黄金在当时是巨款，但老百姓以为是政府设置的套路，无人响应。随后又将奖金提升到五十两。有一个人豁出去了，碰碰运气，把原木搬到了北门，他果真得到了五十两黄金。

用这种不靠谱的方式构建诚信政府，是速效政治丧失民心的根本症结所在。

> 令既具，未布，恐民之不信，已乃立三丈之木于国都市南门，募民有能徙置北门者予十金。民怪之，莫敢徙。复曰"能徙者予五十金"。有一人徙之，辄予五十金，以明不欺。（《史记·商君列传》）

十二

《三国演义》是写国家分裂的书，具体写分裂之后，意识形态和人心是如何裂变的。

　　李宗吾讲《三国演义》是厚黑的鼻祖。提到"偶阅《三国志》"，事实上应是《三国演义》，《三国志》是史书，其中曹操、诸葛亮、刘备以及孙权的形象也不是野史中描写的模样。

　　　　吾自读书识字以来，见古之享大名膺厚实者，心窃异之。欲究其致此之由，渺不可得。求之六经群史，茫然也；求之诸子百家，茫然也；以为古人必有不传之秘，特吾人赋性愚鲁，莫之能识耳。穷索冥搜，忘寝与食，如是者有年。偶阅《三国志》，而始恍然大悟曰：得之矣，得之矣。古之成大事者，不外面厚心黑而已！

　　　　三国英雄，曹操其首也，曹逼天子，弑皇后，粮罄而杀主者，昼寝而杀幸姬，他如吕伯奢、孔融、杨修、董承、伏完辈，无不一一屠戮，宁我负人，无人负我，其心之黑亦云至矣。次于操者为刘备，备依曹操、依吕布、依袁绍、依刘表、依孙权，东窜西走，寄人篱下，恬不知耻，而稗史所记生平善哭之状，尚不计焉，其面之厚亦云至矣。又次则为孙权，权杀关羽，其心黑矣，而旋即讲和，权臣曹丕，其面厚矣，而旋即与绝，则犹有未尽黑未尽厚者在也。

　　　　总而言之，曹之心至黑，备之面至厚，权之面与心不厚不黑，亦厚亦黑。

《三国演义》这部小说，七分史实，三分虚构。作者罗贯中，生于元末乱世，山西人，丝绸富商人家出身，自小打下扎实的读书功底，后来又有投身反元义军做军机参谋的经历。反元义军领袖叫张士诚，盐贩出身，先反元，后又降元，再之后与朱元璋的军队苦战，兵败之后自缢。朱元璋建立明朝之后，罗贯中隐身杭州，以写作度日。作家的经历是其世界观的基础，罗贯中虽不是大开大合，但也是栉风沐雨，悲欣交集，尤其晚年，因为参加过与朱元璋的多次战争，他是需要避世的。因此他看世事，看人生，比一般作家多几分跌宕与冷眼。

《三国演义》第一回开篇即写，"话说天下大势，分久必合，合久必分"，合是必然，分也是必然。这种醒世的认识，有世态炎凉之苦，也透着颓然超脱之涩。书中写战事与战争，场面波澜壮阔，写人物的人生际遇与无常，入木三分。类似的情景，他见过，也经历过。罗贯中的文学笔法老到，视角如多棱镜一样，折射出的东西都是立体的。写忠义，濒临着伪；写信，濒临着失信；写真，濒临着失真。世事险恶与人心不测，是这部小说的底色。罗贯中是古往今来写尔虞我诈的翘楚，无人可以匹敌。权变与机心，不变与应变，预防与攻防，在他的笔端活灵活现，如入实境。《三国演义》这部书是丰富多端的，有文学笔法之美，但不宜深读，领略多了会生出不敢向善之心。

在罗贯中的笔下，三国是人才辈出的时代。但有一些残酷的历史真实被遮蔽了，这一时期，国家分裂，政治动荡失序，人祸与天灾不断，民生极度凋敝，人口由五千六百多万骤减至三千七百万（具体人口数字依据葛剑雄先生《中国人口史》）。《三国演义》由东汉建宁二年（169年）写起，到司马炎建立西晋（266年）止笔，覆盖九十七年间的历史。此间包含两个历史档期，从公元169年到220年，属东汉一朝。公元220年，曹操去世，曹丕继位，废汉献帝刘协，"皇帝逊位，魏王丕称天子。奉帝为山阳公，邑一万户，位在诸侯王上，奏事不称臣，受诏不拜"。221年，"刘备称帝于蜀，孙权亦自王于吴，于是天下遂三分矣"。（《后汉书·孝献帝纪》）从公元220年到265年，即是三足鼎立的三国，存世仅四十五年。

公元169年到220年，是《三国演义》的书写重心，这一时期的历史真实有哪些被遮蔽了呢？

首先是公元166年到168年的"党锢之祸"。

"党人"是当年的知识精英，"党锢之祸"指的是对"党人"进行杀戮和迫害的文化惨案。中国政治史中，自西汉创立学而优则仕的官员选拔制度，以读书取士，称"察举制"（隋唐之后完善为科举制）。到东汉逐渐形成士阶层，与外戚、宦官构成官场中的三方势力。东汉末年，外戚与宦官相互角逐权力，士阶层站队在外戚一边，宦官赢得主动之后，于公元166年对士阶层大开杀戒。到公元168年，仅三年间，遭杀戮、迫害、流放的"党人"及家眷有数十万之众。"党锢之祸"是中国人文化心理的标识性转折点，自此之后，文化开始与政治疏离，心生戒备。用通俗的话讲，文化人开始给自己留一手，在进取的同时，也给自己留好退路。东晋陶渊明的"不为五斗米折腰"，唐代田园诗的归隐意识，都是具体的文学呈现。

《三国演义》第一回中，仅用一句话，将这桩文化惨案简笔带过，"推其致乱之由，殆始于桓、灵二帝，桓帝禁锢善类，崇信宦官"。

再是大瘟疫。三国时期国家人口骤减的原因：一是无休止的战争，五十年间大小战事有数百场之多，士兵及平民百姓大量伤亡。二是瘟疫，《后汉书·五行志》中记载，公元169年至220年之间，发生过五次大规模的瘟疫：灵帝建宁四年（171年）三月，大疫；熹平二年（173年）正月，大疫；光和二年（179年）春，大疫；光和五年（182年）二月，大疫；中平二年（185年）正月，大疫；献帝建安二十二年（217年），大疫。

公元217年的大瘟疫，尤其惨烈，死亡人口在数百万之巨。曹操、曹植、张仲景均有文字记述：

> 白骨露于野，千里无鸡鸣。生民百遗一，念之断人肠。（曹操《嵩里行》）

> 建安二十二年，疠气流行，家家有僵尸之痛，室室有号泣之哀。或阖门而殪，或覆族而丧。（曹植《说疫气》）

> 余宗族素多，向逾二百，自建安以来，犹未十年，

其亡者三分之二，伤寒十居其七。（张仲景《伤寒杂病论》）

建安二十二年，即公元 217 年。这场瘟疫致使"千里无鸡鸣，生民百遗一"，"家家有僵尸之痛，室室有号泣之哀"。不仅平民百姓，连富贵人家和名门望族也无力幸免。张仲景家族二百余口，十年之间，疫亡三分之二。这一时期名闻青史的文学人物"建安七子"，有五位丧生于这场瘟疫，具体是王粲、应玚、刘桢、徐幹、陈琳。另外两位孔融和阮瑀，在此之前已去世。

三是连年战乱，民生极度凋敝。摘录《后汉书·孝献帝纪》中的记载，可见其悲惨程度，甚至人相食的事时有发生。

"（兴平元年七月，公元 194 年）三辅大旱，自四月至于是月……是时谷一斛五十万，豆麦一斛二十万，人相食啖，白骨委积。"三辅是京城周围地区。京畿之地尚且如此，其他地方可想而知。

"是时（建安元年八月，公元 196 年），宫室烧尽，百官披荆棘，依墙壁间，州郡各拥强兵，而委输不至；郡僚饥乏，尚书郎以下自出采稆（野生庄稼），或饥死墙壁间，或为兵士所杀。"朝廷官员落魄到这种地步，平民百姓的生活亦可想而知。"是岁（建安二年，公元 197 年）饥，江淮间民相食。"

人心在恶劣环境下是怎么裂变的呢？

比如一粒种子，在萌芽破土的时候，迎头遭遇了压在地表的石头，幼苗也是顽强的，它会沿着石缝蜿蜒扭曲着向上生长。

腹有诗书气自华：关于《诗经》和《尚书》

旧文献里的种子，以及优质土壤

比如有一棵穿越千年的古树，在经年累月的风吹雨打之中，似乎练就了金刚不坏之身，尽阅人间悲喜与世道炎凉，置身其中而缄默不语，这样的树让人们心生敬畏和敬仰。其实，这棵树所植根的土壤更加重要。正是这一方土壤，为这棵树保障着肥料、养分，还有那种神秘的风水力量。风水这个概念，用今天的词汇表述，差不多就是生态吧。

一粒种子，从萌芽破土，到成活，到长成一棵树，再到穿越千年，需要植根于怎样的生态之中呢？

《尚书》和《诗经》就是这样的大树，至今已经穿越三千年。

孔子编辑《尚书》和《诗经》的大致经过

《尚书》和《诗经》，都是经由孔子编辑成典的：

> 孔子之时，周室微而礼乐废，诗书缺。追迹三代之礼，序书传，上纪唐虞之际，下至秦穆，编次其事。（《史记·孔子世家》）

先君孔子……讨论坟典，断自唐虞以下讫于周，芟夷烦乱，剪截浮辞，举其宏纲，撮其机要，足以垂世立教，典谟训诰誓命之文，凡百篇。(孔安国《尚书·序》)

书之所起远矣，至孔子纂焉，上断于尧，下讫于秦，凡百篇，而为之序。(《汉书·艺文志》)

古者诗三千余篇，及至孔子，去其重，取可施于礼义，上采契、后稷，中述殷、周之盛，至幽、厉之缺，始于衽席，故曰："《关雎》之乱以为风始，《鹿鸣》为小雅始，《文王》为大雅始，《清庙》为颂始。"三百五篇孔子皆弦歌之，以求合韶、武、雅、颂之音。礼乐自此可得而述，以备王道，成六艺。(《史记·孔子世家》)

历史学是从史料开始的。

上述史料，讲的是《尚书》和《诗经》的内容和体例。孔子从三千多首诗里，十中取一，而成三百零五篇《诗经》。《尚书》是史官记录的国家档案文存，上启尧舜，经历夏、商、周，止于秦穆公。孔子在众多文存中，经过去粗取精，文字润色，匠心编辑，"芟夷烦乱，剪截浮辞，举其宏纲，撮其机要"，选出一百篇而成《尚书》。

有两个问题一直是谜团，由此也构成后世学人争议不休的话题：第一，孔子不是史官，也不是文官，在当年只是一位民间学者，他为什么要编辑这两部书？第二，孔子身在鲁国又逢乱世，他是怎么拿到这么多"官方资料"的?

这得先从孔子的生活背景说起。

孔子生于公元前551年,卒于公元前479年,他去世三年后,春秋时代结束。春秋和战国,是中国大历史中国家分裂最久、战争灾难连绵不绝的时期,长达五百五十年。这一阶段,按国家体制属于东周,但由于国家大分裂,社会形态沦落不堪,国之不为国,后世以《春秋》和《战国策》两部史书的名称给予历史定位。

我们今天界定春秋与战国的时间序次,沿用司马迁《史记·六国年表》中的政治判断:公元前770年,首都地区发生大规模动乱,周平王由西安迁都洛阳。从这一年起西周谢幕,东周开启,到公元前476年,为春秋时期,行世二百九十五年。公元前475年,到公元前221年,秦始皇灭六国一统天下,为战国时期,行世二百五十五年。把公元前475年作为战国时代的起始年,是根据中国古代史官界定历史节点的惯例,如果没有标志性的大事件发生,在临近的时间范围内,以新君主登基就位之年为临界点,公元前475年是周元王继位元年。

司马迁裁定历史阶段,是以政治眼光为基准的。

把五百五十年分割为春秋和战国两个阶段,不是一场赛事的上半场和下半场,也不仅仅因为战事升级,而是国家分裂程度加剧。确定春秋与战国之间的分水岭,是以诸侯列国对待周天子的态度为区分标志。春秋时期,周王室权力开始衰微,诸侯国渐而坐大坐强,各自为政,犹如一条大河,众多支流漫过了主流。周天子基本就是一个摆设,但在表面上还算国家君主。进入战国时期之后,周天子彻底丧失对国家的权力管控,连名誉君主都不是了。诸侯列国把周天子一脚踢开,各自举旗独立,彼此之间由明争暗斗,升级为大举杀伐,偌大之中国成为硝烟连天的厮杀战场。

在国家处于大分裂的峡谷地带,孔子以国家全局的眼光,抢救性编订《尚书》和《诗经》,其文化价值与历史价值都是巨大的。这两部书如悬索桥,在半空之中贯通了断裂的泱泱数百年。

在孔子的时代,以及之前,"诗"和"书"都是作为官方读物存在的。

《诗经》中的诗不是一般意义上的文学作品,而是民意调查的产物。在西周时期,大抵从周成王时候开始,当时的政府设立了一项民调制度,称"采诗",在下属的诸侯国设置采诗官,类似于作家协会或文联这样的机构,将采集到的反映民间动态的诗作,经过专业人士加工整理,再配上音乐奏唱给周天子,这是中国的诗称为"诗歌"的源头。因为是民意调查,目的是洞察民心与民怨的真实动态,规定以采集"怨刺诗"为主,这样我们就理解了《诗经》中为什么有相当数量劝诫乃至批评政府的作品存在。"采诗"这项制度,在交通、信息传播非常落后的状态下,是倾听民意最适宜的方法,是一种制度创新。

"书"也是一种文体。古代的史官记录国家大事件,以及君主治国理政的言行,称为"书","古之王者世有史官,君举必书"(《汉书·艺文志》)。"书"的出现更早一些，夏和商两代已经有相应的政府档案文存。《墨子·贵义》中记载，"昔者周公旦朝读书百篇"，周公旦读的"书"，即是这些文存。

西周是中国"文治"的开始，政府特别重视国家档案的建立和保存，并设置了专业机构——守藏室，这个机构的主官称"守藏室之史"，老子担任这一职务多年。《史记·老子韩非列传》开篇第一句："老子者，楚苦县厉乡曲仁里人也，姓李氏，名耳，字聃，周守藏室之史也。"今天有学者解读，说老子是国家图书馆馆长，严格讲，应该是中央档案馆馆长。

既然是国家档案和政府文存，这些"书"和"诗"怎么会流向民间，而至孔子手中呢？如今已经没有直接的史载记录。

这要"归功"于秦始皇的焚书之祸。秦始皇焚书，远在孔子编辑这两部书之后，为什么把这个"功劳"记在他头上呢？公元前221年，秦一统天下建立秦朝，七年后，公元前213年在全国范围内大举焚书。中国大历史在这一年转了一个急弯，并形成了巨大的黑旋涡。史书是禁书之首，焚书令第一条是"非秦记皆烧之"，不是记载秦国历史的史书全部烧掉。"秦既得意，烧天下诗书，诸侯史记尤甚，为其有所刺讥也。诗书所以复见者，多藏人家，而史记独藏周室，以故灭。惜哉，惜哉！"（《史记·六国年表》）司马迁一言，道破了其中的症结，《诗经》和《尚书》得以劫后重生，因为多藏于民间，但周王室和诸侯国的档案文存都在这场祸火中永远湮灭了。如果这些档案和文存还在，《诗经》和《尚书》也就不这么珍贵了。正因为如此，考证孔子编辑《尚书》和《诗经》的具体经过异常艰难。

有三处零散记载可以作为孔子得到这些档案文存的旁证：

> 北宫锜问曰："周室班爵禄也，如之何？"孟子曰："其详不可得闻也。诸侯恶其害己也，而皆去其籍。"
>
> （《孟子·万章》）

北宫锜问："周王室官爵和俸禄的规制是怎样的？"孟子说："详情已不可知，诸侯嫌弃那些规制损害到了自身利益，把相关档案文献都废弃了。"

孟子的这句话，透露了一个重要信息，进入春秋时期之后，列国诸侯们以周王室的中央档案文献为绊脚石，而将之废弃了。

> 子墨子南游使卫，关中载书甚多，弘唐子见而怪之，曰："吾夫子教公尚过曰：'揣曲直而已。'今夫子载书甚多，何有也？"子墨子曰："昔者周公旦朝读书百篇，夕见漆十士，故周公旦佐相天子，其修至于今。"
>
> （《墨子·贵义》）

墨子南行至卫国，车上载着多部档案文献（"关中"这个词，指车前横栏之间的区域）。一位叫弘唐子的人见到后很奇怪，问："夫子教导公尚过时说过，书只是用来揣度是非曲直的。现在车上装这么多书，有什么特别用处？"孟子说："从前周公晨起读书百篇，晚上约见七（漆，据清代毕沅考据，漆为七的假音）十贤士。周公以史书记载的政治智慧辅佐周成王的美谈，一直传扬到今天。"

墨子的生活年代比孔子略晚，他能有这么多"书"，可见周王室的档案文存是大量散失在民间的。孔子生活在鲁国，鲁国是周公旦的封地。相关文献散失在鲁国是大概率的。

> 昔孔子受端门之命，制《春秋》大义，使子夏等十四人求周史记，得百二十国宝书，九月经立。(《春秋公羊传注疏》)

孔子受周王室之命，修撰《春秋》(端门，是国之正门，指周王室。但据钱穆先生考据，此为假托之辞)，派子夏等十四位学生去搜集史料，得到一百二十个诸侯国的档案文献，用时九个月撰成《春秋》。

孔子以周王室之名修撰《春秋》，派十四位学生搜集得到一百二十个诸侯国的"宝书"，这些资料中，既有档案文存，还有诸侯国的"献诗"。孔子修撰《春秋》之余，编辑删定了《尚书》和《诗经》，这两部书在当时称为"书"和"诗"，汉代之后才称为《尚书》和《诗经》。

"诗"和"书"，是孔子"授徒设教"的核心教材。孔子"授徒设教"，做职业私塾先生，前后共有两个阶段。三十岁至三十五岁是一个阶段，六十八岁至去世是第二阶段。

孔子少年出仕，但出任的均是基层小官，做过"委吏"和"乘田"。委吏，掌管粮仓，相当于粮站的站长；乘田，掌管畜牧，相当于畜牧场负责人。三十岁辞去公职在家授徒。三十五岁起带学生周游列国。五十一岁再度出仕，先后担任鲁国中都宰、司空、司寇。五十五岁再度周游列国，六十八岁返回鲁国，晚年"授徒设教"的同时，从事著述研究，修撰《春秋》，编辑《尚书》《诗经》，作《周易》序传，"孔子晚而喜《易》，序象、系、象、说卦、文言"，"孔子以诗书礼乐教，弟子盖三千焉，身通六艺者七十有二人"。（《史记·孔子世家》）

> 孔子少年出仕，可考者仅知其曾为委吏与乘田，其历时殆不久。孔子年过三十，殆即退出仕途，在家授徒设教，至是孔子乃成为一教育家。其学既非当时一般士人之所谓学，其教亦非当时一般士人之所为教，于是孔子遂成为中国历史上特立新创的第一个以教导为人大道为职业的教育家。后世尊之曰："至圣先师"。（钱穆《孔子传》）

"克己复礼"，是孔子的最高政治理想，是指恢复西周礼制，回到西周的社会秩序形态。孔子对春秋以来，诸侯乱纲纪，废制度，国家分崩离析的现实深度忧虑，"克己复礼为仁，一日克己复礼，天下归仁焉"（《论语·颜渊》）。

孔子曾经去请教老子，被上了一课："孔子适周，将问礼于老子。老子曰：'子所言者，其人与骨皆已朽矣，独其言在耳。且君子得其时则驾，不得其时则蓬累而行。吾闻之，良贾深藏若虚，君子盛德，容貌若愚。去子之骄气与多欲，态色与淫志，是皆无益于子之身。吾所以告子，若是而已。'"（《史记·老子韩非

列传》）

孔子到达都城洛阳，就西周礼制请教老子。老子说："您所讲的这些，具体的内容都不存在了，只剩下些空泛的教条。今非昔比，君子得势可以顺势而为，生不逢时就随遇而安吧。我听说过一条法则，一流的商贾知道深藏宝物，有道君子知道雪藏自己。君子至德，大智若愚。乱世要做减法，收敛锐气与意气，放缓激进的脚步。我能告诉您的只有这些。"

老子比孔子年长二十余岁，又担任过中央档案馆馆长，姿态和口气自然就虚高一筹。这一席话，深深影响了孔子，也让孔子感受到了老子的强大气场，回来后对弟子们发了一通感慨："鸟，吾知其能飞；鱼，吾知其能游；兽，吾知其能走。走者可以为罔，游者可以为纶，飞者可以为矰。至于龙，吾不能知，其乘风云而上天？吾今日见老子，其犹龙耶！"（《史记·老子韩非列传》）

"鸟，我知道善飞。鱼，我知道善游。兽，我知道善走。善走者可陷于网，善游者可陷于钓线，善飞者可陷于矰箭。对于龙，我一点都不了解，他可能御风行于天吧？我今天见到老子，他是真龙。"

孔子和老子都是看准了时代痛点的大人物，但处事的态度和原则有区别。生于乱世，老子主张遁隐，孔子主张力行。力行就是做好自己，"为仁由己，而由人乎哉？"一个社会里，如果每个人都能做好自己，则由乱而治，秩序感就形成了。孔子这个主张的最大亮点，是君王要首先做好自己，"政者，正也，子帅以正，孰敢不正"(《论语·颜渊》)。齐景公向孔子请教为政的原则，孔子回答，"君君、臣臣、父父、子子"。君王做君王该做的，臣僚做臣僚该做的，父亲做父亲该做的，儿子做儿子该做的。

在孔子看来，一个君王，天天对老百姓讲规矩，自己却不知规矩为何物，这是一个国家最大的不仁。

《论语》这部书，是孔门弟子的课堂笔记选粹。在这部书中可以明显见到，"书"和"诗"是孔子授课的重要内容。

《论语》中，直接涉及《诗经》的有二十余处。孔子的儿子伯鱼还讲了一个细节，一天，他在院子里溜达，孔子问他："最近学诗了么？"他如实说没有。孔子说："不学诗，不知道如何深入表达自己的见解。""鲤趋而过庭。曰：'学诗乎？'对曰：'未也。''不学诗，无以言。'鲤退而学《诗》。"(《论语·季氏》)

《尚书》则是浸入了孔子的核心教育理念。

孔子的教育观念围绕着人的成长与成就而次第展开，包含人格理想、价值判断、思维形态、处事方法等诸多方面，而这一切被"仁"贯穿，"仁"是通过"君子"去体现的。"仁"和"君子"是《论语》中的热词，其中"君子"一词高密度被提及，多达一百零七次。在《尚书》中，"君子"是对在位官员的尊称，而在《论语》中，孔子又植入了"德"的理念。有位有德称"君子"，德不配位则反之。在《论语·季氏》中，孔子凝练提出了"三戒""三畏""九思"，这是具体讲"君子"德行的：

> 君子有三戒，少之时，血气未定，戒之在色；及其

壮也，血气方刚，戒之在斗；及其老也，血气既衰，戒
之在得。

　　君子有三畏，畏天命，畏大人，畏圣人之言。小人
不知天命而不畏也，狎大人，侮圣人之言。

　　君子有九思，视思明，听思聪，色思温，貌思恭，
言思忠，事思敬，疑思问，忿思难，见得思义。

《尚书》和《诗经》从最初作为教材用于教学，到升腾为哲
学思辨，经过了孔子几十年的思考与社会实证，到晚年时候，毕
其一生智慧终于编辑删定而成两部经典。因此钱穆先生盛赞曰：
"其学既非当时一般士人之所谓学，其教亦非当时一般士人之所
为教，于是孔子遂成为中国历史上特立新创的第一个以教导为人
大道为职业的教育家。"

《尚书》与《诗经》的劫难与再生

　　公元前 221 年，秦始皇一统天下，终结了长达五百五十年的
国家分裂，这是他的卓越贡献。但建立了大国，却没有构建大国
思维，几乎在所有领域，实施苛刻严酷的禁锢措施，削足适履，极
权管控。一系列的乱作为导致人心散尽，政权迅速瓦解。公元前
207 年，小皇帝子婴即位第四十六天，向刘邦投降，一个月后，他
被项羽割下了脑袋。拥有超强军事力量的大秦帝国，统一国家后
为什么仅仅存在了十五年，这成为后继的中国王朝高度警惕的焦
点问题。

一个人是生命，一个国家也是生命，生命是在生长中存活的。大范围杜绝生长，是自取灭亡。

公元前 213 年，秦朝建立七年后，下达焚书令，在全国范围内大规模禁书烧书。焚书令具体是这样的：

> 非秦记皆烧之。非博士官所职，天下敢有藏诗、书、百家语者，悉诣守尉杂烧之，有敢偶语诗、书者弃市。以古非今者族。吏见知不举者与同罪。令下三十日不烧，黥为城旦。所不去者，医药、卜筮、种树之书。

（《史记·秦始皇本纪》）

不是记载秦国历史的史书全部烧掉。

不是官方用书，私人收藏的《诗经》《尚书》，诸子百家著作，全部上缴当地政府，集中烧掉。焚书令中，用"天下"这个词，特指所有人，官宦贵族人家也不例外。

私下谈论《诗经》和《尚书》者，斩首示众。

以古非今者，诛灭九族。

普通官员收缴禁书不作为者，与私藏书者同罪论处。

郡县主官接到焚书令三十日不烧者，罚以黥刑，征为劳役。秦朝统一全国之后，各地郡县均修筑城邑。城旦，指白天筑城、晚上护城之人。

医药、卜筮、种树之书不在焚禁之列。"五经"中，只有《易经》以"卜筮"之名而幸免。

公元前 213 年，是中国文化史中最黑暗、最寒冷的一年，中华文明的成果历经毁灭性的劫难。焚烧的重点是历史和思想类著作，全国各地的历史书籍、档案文存、《诗经》和《尚书》，以及诸子百家著作，在遍地火光中化为灰烬。"及至秦始皇兼天下，燔诗书，杀术士，六学从此绝矣。"（《汉书·儒林传》）。"至秦患之，乃燔灭文章，以愚黔首。"（《汉书·艺文志》）秦始皇的焚书之害，还不止于焚书本身，更恶劣之处在于愚民，"以愚黔首"，使国民以藏书读书为罪过。

西汉从公元前206年开始纪元，开国皇帝刘邦性格粗陋，但豁达，尤为难得的是长于纳谏，不搞一言堂。刘邦从公元前202年剿灭项羽后掌控天下，到公元前195年去世，他实际在位七年多。刘邦在位期间，做出了一个惠及中华文明的伟大决策，即颁布征书令，在全国范围内征集文化典籍，并着手修复被秦始皇破坏的文化生态。

西汉研究性整理修复文化典籍的工作，持续了一百五十多年。据《汉书·艺文志》记载："大凡书，六略三十八种，五百九十六家，万三千二百六十九卷。"

汉武帝刘彻时期，以《诗经》《尚书》《礼记》《易经》《春秋》为治国之书，尊为"五经"，并推出一项官员选拔制度——察举制，熟读"五经"，再经过考试，成绩优异者可以入仕为官。察举制在唐代之后完善为科举制，一直到清朝末年。读书取士制度在中国绵延沿用两千余年。

秦始皇以《诗经》《尚书》为斩首示众之书，汉代以《诗经》

《尚书》为治国之书，这是短命时代与大时代的标识性区别。

《尚书》的残缺之痛

《尚书》的再生，是有传奇经历的。

《尚书》是中国古代政府档案文存的精粹集成，是虞、夏、商、周四个朝代政治智慧的结晶。但这样的著作，民间基本不会收藏。公元前213年那一场"秦火"之后，各诸侯国的档案文存，包括《尚书》在内，就荡然无存了。秦始皇的焚书令中，有一项稍稍"宽松"的规定，"非博士官所职，天下敢有藏诗、书，百家语者，悉诣守尉杂烧之"，博士官的藏书，是供研究用的，不在焚烧之列。秦代的博士官，是皇帝的文化政策顾问，尽管是闲职，地位还是比较高的。正是焚书令中这一条窄窄的缝隙，使《尚书》得以劫后再生。但再生之后的《尚书》，已是残缺之躯了。据《汉书·艺文志》记载："《尚书》古文经四十六卷（五十八篇），（今文）经二十九卷。"《尚书》原本一百篇，佚失数十篇。

《尚书》本百篇，伏生壁藏之，乱后求得二十九篇。

至鲁恭王坏孔子宅，又得五十八篇，孔安国传之，谓之

古文。（章太炎《经学略说》）

章太炎先生这一段话，讲了再生《尚书》的两个来源，都是在齐鲁山东挖掘出的。一是秦代博士官伏生藏在老家墙中的一部书简，战火之后得到二十九篇，称"今文尚书"。再是汉景帝之子，鲁恭（共）王刘餘扩建王府，毁坏孔子旧宅得到四十六卷，汉

代大儒孔安国经过检校整理，得五十八篇，称"古文尚书"。

《尚书》是在墙缝中复活的,《史记》和《汉书》均有生动的记载：

> 伏生者, 济南人也。故为秦博士。孝文帝时, 欲求能治《尚书》者, 天下无有, 乃闻伏生能治, 欲召之。是时伏生九十余, 老, 不能行, 于是乃诏太常使掌故晁错往受之。秦时焚书, 伏生壁藏之。其后兵大起, 流亡, 汉定, 伏生求其书, 亡数十篇, 独得二十九篇, 即以教于齐鲁之间。学者由是颇能言《尚书》, 诸山东大师无不涉《尚书》以教矣。(《史记·儒林列传》)
>
> 秦燔书禁学, 济南伏生独壁藏之。汉兴亡失, 求得二十九篇, 以教齐鲁之间。(《汉书·艺文志》)

济南大儒伏生, 在秦朝为博士官, 当年焚书时, 把一部《尚书》书简砌藏在老家的墙壁之中。此后兵荒马乱四处流亡, 汉定天下回到老家, 起出书简, 但多篇已损坏, 仅得二十九篇。伏生以此为教材在齐鲁之间授徒设教。汉文帝时, 全国通《尚书》者仅伏生一人, 但已九十岁高龄, 太常(太常是九卿之首, 主掌国家意识形态, 兼任国家太学主官)奉汉文帝诏命, 派晁错就学于伏生。掌故, 是汉代史官职位名称, 隶属太常。

晁错奉太常之命拜伏生为师, 有一点在职研究生的意思。晁错后来成为汉代的文化大人物, 他的政见文章《论贵粟疏》《守边劝农疏》《言兵事疏》, 对当时以及后世影响深远。晁错是以"今文尚书"起家的，关于他就学于伏生，以及由此受到汉文帝器重的经过，《汉书·爰盎晁错传》中有具体的记载：

> 晁错，颍川人也。……以文学为太常掌故。……孝文时，天下亡治《尚书》者，独闻齐有伏生，故秦博士，治《尚书》，年九十余，老不可征。(汉文帝)乃诏太常使人受之，太常遣错受《尚书》伏生所，还，因上书称说(悦)。诏以为太子舍人、门大夫，迁博士……上善之，于是拜错为太子家令。以其辩得幸太子，太子家号曰"智囊"。

晁错学成之后，给汉文帝汇报学习心得而令龙颜大悦，委以重任，给太子做伴读。晁错侍奉的这位太子，即是之后的汉景帝刘启。晁错一步步做起，渐而赢得刘启的信任和尊重，由太子舍人、门大夫，受拜博士学官，再到太子家令。太子舍人是近侍，陪太子读书，相当于秘书。门大夫掌太子府(东宫)事务。太子家令，既掌东宫，同时协调皇帝与太子之间事务。汉景帝即位后，他官至御史大夫，成为三公之一。

以上是"今文尚书"二十九篇的来历和经过。

"古文尚书"是带着神秘气象出土的。

> 古文尚书者，出孔子壁中。武帝末，鲁共王坏孔子宅，欲以广其宫，而得古文尚书及《礼记》《论语》《孝经》凡数十篇，皆古字也。共王往入其宅，闻鼓琴瑟钟磬之音，于是惧，乃止不坏。(《汉书·艺文志》)

> 恭王初好治宫室，坏孔子旧宅以广其宫，闻钟磬
> 琴瑟之声，遂不敢复坏，于其壁中得古文经传。(《汉
> 书·景十三王传》)

鲁恭(共)王刘馀，是汉景帝第四子。汉武帝末年，刘馀扩建王府拆毁孔子旧宅，在一阵突如其来的"鼓琴瑟钟磬之音"中，《尚书》《礼记》《论语》《孝经》数十篇书简出土，"皆古字也"，刘馀被"天外之音"吓坏了，立即叫停扩建工程。

这种"小说家言"的笔法，在正史写作中是极少见的，是特例。或实有其事，冥冥之中，天佑圣人和圣迹；或是出于史家对政治人物侵害文化和文物的劝谏之心，以天意和天心震慑荒诞的政治。

孔安国是孔门之后，汉代大儒，《尚书》研究集大成者。早年从学于伏生，门生弟子众多，司马迁即是其中一位。关于孔安国整理"古文尚书"的细节，史载不详，后世学者存疑也多。但他删定《尚书》五十八篇文献这一点是有共识的。

> 安国为今皇帝(汉武帝)博士，至临淮太守，早卒。
> (《史记·孔子世家》)

> 孔氏有古文尚书，而安国以今文读之，因以起
> 其家。逸书得十余篇，盖《尚书》兹多于是矣。(《史
> 记·儒林外传》)

> 孔安国者，孔子后也。悉得其书，以考二十九篇，
> 得多十六篇。安国献之。(《汉书·艺文志》)

所谓"今文尚书"与"古文尚书"之争，不在西汉，起于东汉。"汉人治经，有古文、今文二派。伏生时纬书未出，尚无怪诞之言。至东汉时，则今文家多附会纬书者矣。"（章太炎《经学略说》）东汉之后是三国，国家再遭分裂，汉代整理出的文化典籍多有佚失，其中"今文尚书"和"古文尚书"全部失传。到东晋时《尚书》从民间再度复出，但其中的"古文尚书"被学界疑为伪造。章太炎先生对《尚书》的多舛命运，有一句感叹："秦之焚书，《尚书》受厄最甚。"

如果把《尚书》比喻为穿越千年的古树，那么导致这棵大树残缺之痛的，是国家动荡分裂和恶劣的政治。这是这棵大树所植根土壤中的杂质，也是我们应该特别警惕并铭记的。

《诗经》，在古代中国是承重的

《诗经》是孔子编选的，在三千多首诗中，删定出三百零五首，旧称"诗三百"。这部诗集，在中国古代被奉为"经"。

经是治国宣化之书，从汉武帝时开始，中国历朝尊尚儒学，以儒家学说作为治国的指导思想，"罢黜百家，独尊儒术"。既然是以儒学治理国家，政府官员，尤其是各级主官就需要懂儒学，并由此创新出台一个国家公务员选拔制度：一个人如果想做官，先要熟读儒学著作，再经过考试，成绩优异者入仕，这就是察举制的由来。西汉的仕考用书是儒家的"五经"，《诗经》《尚书》《礼记》《易经》《春秋》。东汉时增加了《论语》和《孝经》，成为"七经"。到了唐代，这个制度进一步周密化，由察举制到科举制，考试用书扩充为"十二经"。《礼记》和《春秋》，在唐代得到特别重视。《礼记》是讲中国人行为做事的规矩的，在中国传统的观念里，治理国家的核心要义，是建立规矩国家。今天讲依法治国，古人讲以规矩治国。让老百姓遵守规矩，官员首先需要懂规矩，并带头守规矩。《礼记》由一经细化为三经，即《周礼》《仪礼》《礼记》，构成中国人的规矩大全，用以敬天、敬地、敬人伦物理。《春秋》是孔子著的史书，"孔子成《春秋》而乱臣贼子惧"。《春秋》也细化为三经，《春秋左氏传》《春秋公羊传》《春秋穀梁传》。再增加一部《尔雅》，成为"十二经"。宋代之后，又增加《孟子》，总括为"十三经"。明清两朝，在十三经之外，还有"四书"，即《论语》《孟子》《大学》《中庸》。"四书"是入仕的初级教材，是考秀才用书。如果想中举人，进进士，非啃完十三经不可。由西汉直至清朝末年废止的学而优则仕选官制度，是中国人的制度发明。以现代的眼光看，至少有三个亮点：

第一，用中国智慧治理中国。中国古代的官员，大多数是传统文化的内行，其中多位还是行家，乃至大家。尤为贵重的是，用这个官员选拔制度，守护并延续了中华文脉，并且将中国传统文化与国家治理熔为一炉，构成独到的中国方式的文化政治学。

第二，古代官员选拔有规范的制度标准，这个制度沿用了两千年，而且被不同的朝代传承袭用。古代社会尽管是"一朝天子一朝臣"，但这个制度清晰划定了一条中国古代官员文化素质的基准线。中国古代官员的综合文化素质，是高于国民平均值的。

第三，基本上是在全社会选拔人才，尤其是贫民子弟可以通过苦读书改变命运，甚至鱼跃龙门。给底层百姓以生活的希望之光，是这个制度带来的社会温暖。一个让底层百姓失去希望导航的社会，是极度危险的。中国古人讲"书香"，其实书本身无香无味，这个"香"字，指的就是改变人生命运的希望之光。

《诗经》自西汉起被重视，奉为儒家经典，深刻影响中国社会两千多年。我们从出自这部诗集的数十个成语中，也可以知见这部经典深切的力量与劲道：进退维谷、如履薄冰、毕恭毕敬、爱莫能助、哀鸿遍野、不可救药、惩前毖后、斤斤计较、耳提面命、高山仰止、忧心忡忡、信誓旦旦、衣冠楚楚、高高在上、新婚宴尔、硕大无朋、小心翼翼、天作之合、投桃报李、乔迁之喜、他山之石、战战兢兢、生不逢时、寿比南山。如此等等，不胜枚举。中国的成语，是中国智慧的结晶体，如同舍利子一样，结实有力，内涵隽永，又晶莹鲜亮。

言者无罪：中国早期的民意调查

周代的采诗官，是中国最早的职业民调人员。

春天到了，农耕在望，百事待兴，又一个轮回的忙忙碌碌即将启动。在这个节骨眼上，各诸侯国的采诗官们开始了他们的工作，这些人着官衣，手持木铎。铎是古代政府发布号令的响器，分为两种："以木为舌则曰木铎，以金为舌则曰金铎"（《周礼注疏》)。宣布政令以木铎，发布军令以金铎，"文事奋木铎，武事奋金铎"（《周礼正义》），"天下之无道也久矣，天将以夫子（孔子）为木铎"（《论语·八佾》）。深入民间，沿途征集抒写民情民怨的诗，之后由专门的音律官员整理，配上音乐，由诗而歌，进京唱给周天子。中国人称诗为"诗歌"由此开始。唱给周天子的诗有一个标准，"采诗，采取怨刺之诗也"（《汉书·食货志》）。怨刺诗，即以民怨、民伤、刺政为主要内容。这样的诗中，可能有过头的话，却是真实的心底声音，周代的政治高层据此洞察民心动向。国家如没有重大的政德和军功事件发生，泛泛的歌功颂德作品不在征集采撷之列。

古代的中国人，判断一件事情的是非曲直，首先考察"初心"，即做事情的动机。无端或没来由地恭维奉承他人，被认为是动机不纯。孔子编选《诗经》的时候，在艺术标准之外，还有一个道德人心标准，"诗三百，一言以蔽之，思无邪"。《诗经》三百零五首诗，用一句话概括，写作的初心都在人间正道上，不旁逸斜出，不走小道，也不抄近路。这也是周代初年实行的采诗制度的基本原则。

周代的老政府，重视倾听民间的真实声音，不禁言，这是特别了不起的。

采诗，后人衍为采风，取义《诗经》中的国风，指意更加具体明确，是关注民情，采集人间疾苦。

《汉书·食货志》中对采风制度的记载是，"孟春之月，群居者将散"。冬天的闲聚生活即将结束，人们要各自忙碌去了。"行人（采诗官）振木铎徇于路，以采诗，献之大师（音律官员），比其音律，以闻于天子。故曰王者不窥牖户而知天下。"这个制度的核心是最后一句话，"故曰王者不窥牖户而知天下"，周天子不用出宫廷而悉知天下事态。

采诗官由年长者担任，中央及地方均有此职位，"男年六十，女年五十，无子者官衣食之"。官衣，指着政府官员制服；食之，是享受官员待遇，但不是正式官员，用今天的话讲，是比照公务员待遇。"使之民间求诗，乡移于邑，邑移于国（诸侯国），国以闻于天子。"（《春秋公羊传注疏》）采诗官由无子者担任，是防范民调人员的挟私之心。古人重男轻女，有女儿也视为无子。

大时代是由大人物开创的，并由一系列不平凡的制度构成。在国家制度上有突破，有建立，是大时代的标识。孔子终生念念不忘的"克己复礼"，礼就是指规矩和制度，旨在重返西周的制度时代。

孟子在《离娄》中对采诗制度的兴衰做了总结，并透彻地指出了孔子超凡超常的智慧所在："王者之迹熄而诗亡，诗亡然后《春秋》作。"

诸侯国（地方势力）坐大坐强之后，周天子对国家局面失去控制（指东周之后），支流漫过主流，采诗制度就终结了，之后《春秋》问世。孔子在写作《春秋》的同时，从三千多首采诗作品中，十中取一，精选出一部《诗经》，初名为"诗"，汉代之后称

《诗经》。思想家的孔子，做了一回编辑家，应该理解为是圣人对采诗制度的致敬和缅怀。司马迁在《史记》中对此也做了记载："古者诗三千余篇，及至孔子，去其重，取可施于礼义……三百五篇孔子皆弦歌之，以求合韶、武、雅、颂之音。礼乐自此可得而述"。

《诗经》在秦始皇时期，经历过"焚书"浩劫，焚书令规定："天下敢有藏诗、书、百家语者，悉诣守尉杂烧之，有敢偶语诗、书者弃市。"到了汉代，《诗经》成为治世之书，位列"五经"之首。秦始皇焚书，《诗经》和《尚书》列为首禁之书，是禁思想。而汉代奉立"五经"，使之作为治国之书，也在于其中的思想之重，这是汉代之所以成为大时代的一个重要根基所在。

白居易在唐代对采诗制度曾发出遥远的感慨："采诗官，采诗听歌导人言。言者无罪闻者诫，下流上通上下泰。周灭秦兴至隋氏，十代采诗官不置。……君不见：厉王（周厉王）胡亥（秦二世）之末年，群臣有利君无利。君兮君兮愿听此，欲开壅蔽达人情，先向歌诗求讽刺。"

天下有道中的道，与克己复礼的礼，在内涵上是一致的。

《诗经》里的风声

《诗经》位在"五经"之首，这是司马迁的排序，《诗经》《尚书》《礼记》《易经》《春秋》。一本诗集能够承受如此之重，在于孔子编选《诗经》的眼光和出发点，既存文心，但更多的是史家态度。《诗经》的要义在世道人心，在醒时醒世。"以言时政之得失"，"以知其国之兴衰"。采诗制度是自周成王开始的文化政策，是当时的一项重要国策。采集民间创作的诗歌，旨在民意调查，"命大师陈诗，以观民风"。因为《诗经》中有国风，后世改采诗为采风。今天也讲采风，但已多少有些不同了。

南宋时的学人杨甲绘有一幅《十五国风之地理图》，这张图熔地理、文学以及文化于一炉，开启了"文化地理学"的先河。十五国风的区域，在图中是一目了然的，基本覆盖了当时的国家文化大体，沿黄河流域，自甘肃、陕西、山西、河南、河北至山东。长江流域在孔子时代是文化僻壤，"楚吴诸国无诗"。十五国风存诗一百六十篇，《周南》《召南》《豳风》，是西周时期的诗作，止于周幽王。其余的十二国风，均为周平王东迁洛阳之后，属东周，具体说是春秋时期。

《周南》十一篇，《召南》十四篇，排序在国风之首，不称国名，而以周公旦、召公奭冠之，是对周、召二公执政力的敬仰，"得二公之德教，风化尤最纯洁，故独取其诗"。南，意为教化之地。"不直称周召，而连言南者，欲见行化之地。""文王之化，被于南国，而北鄙杀伐之声，文王不能化也。"

《豳风》七篇，排在国风之尾，唱着压台的大戏。豳国在陕西的旬邑、彬州一带，是周人的发祥地，是周代立国的本源。这样的编辑次序，是孔子的特别用心。《豳风》中的七首诗，有六首与周公直接相关，《鸱鸮》是周公所作，《东山》《破斧》《伐柯》《九罴》《狼跋》写周公当年平复东部叛乱的功绩，以及东部人民对周公的敬仰。周公姬旦先被封周地，后再封鲁国，史称"鲁国公"。周武王去世之后，殷商旧贵族发动叛乱，东部一些诸侯国群起响应。周公坐镇鲁国，力克叛乱。周公是孔子心目中最高大上的人物，《豳风》中的《七月》，虽与周公无具体联系，但是写周氏部族祖脉生活方式的。这样的排序，且以"豳风"为题，既表达对周公的敬爱，也是强调鲁国是周人发源地的直接传承者。孔子是鲁国人，他用这样的方式，把周与鲁密切地联系在一起。

《邶风》《鄘风》《卫风》三十九篇，邶国、鄘国、卫国，是殷商旧地，在河南安阳、新乡一线。在周公摄政时，由于发生"三监之乱"，迁邶、鄘的国民至洛邑（洛阳），其封地合于卫。孔子编选《诗经》时，这两个诸侯国早已不存在了。清代学问家顾炎武先生认为，此为汉儒重新整理《诗经》时有意为之。"分而为三者，汉儒之误。"秦朝"焚书"，在全国范围内搞"书禁"，汉代立国后，不是口头上讲继承传统文化，而是具体去做，依靠文化老人的记忆才得以复原。仍以邶、鄘旧国之名冠之，意图是拓延历史的沧桑空间。

《王风》十篇，采于东都洛阳一带。"惟周王抚万邦，巡侯甸"，"其采于东都者，则系之王"。

《郑风》二十一篇，《齐风》十篇。郑国最初封于陕西的凤翔，后东迁华县，后再迁至河南的新郑一带。齐国在山东北部与河北西南，东连海，北界燕，西接赵。《郑风》《齐风》多录男女之情事，后人诟病"不当录于圣人之经"，"郑音好淫淫志，……齐音敖辟乔（矫）志"，被顾炎武讥为"不得诗人之趣"。

《魏风》七篇，魏国都邑原在山西夏县，后迁至河南开封。《唐风》十二篇，录自唐尧旧都临汾一带。《秦风》十篇，源自甘肃天水，沿着渭河流域。《陈风》十篇，陈国辖域在河南周口左右，旧都淮阳。《曹风》四篇，曹国在今山东西南菏泽一带。

《周南》《召南》《豳风》是《诗经》里的"正经"，是西周之诗。东周之后，"王者之迹熄而诗亡"，王室弱，诸侯兴，诗亡而史著，"诗亡然后《春秋》作"，进入这个节骨眼，不再以诗"言时政""知兴衰"，史书写作开始兴起。这一时期，诸侯国开始通行著国史，多以《春秋》作史书名称，"吾见百国《春秋》"。其中晋国的史书叫《乘》，楚国的史书叫《梼杌》。孔子在鲁史《春秋》的基础上，又兼容一百二十个诸侯国的史料，修撰而成大《春秋》。修撰《春秋》的同时，编辑出《诗经》，诗与史就是这么衔接而成的。后世通称史为"春秋"，而不称"乘"或"梼杌"，这在于《春秋》笔法的大器，以及孔子卓越的历史判断眼光。

古代的中国，没有一部小说或散文能够呈现如此广大区域里人们的精神风貌，只有《诗经》做到了，而且是沿黄河流域，循当时国家精神的主线。《诗经》是文学作品集成，但内核是史心，孔子以史家的出发点编辑而成这部诗集。冷静醒世是《诗经》的核心内存，一个人冷静清醒地活着，不会做糊涂事。一个时代以清醒为基调，则是夯实了大时代的基础。

史和诗，被一双巨人之手掌握之后

从源头上讲，中国人文化观念中的"诗意"，是接地气的，既有社会关照，也包含着对社会趋势与民心民意的清醒认识力。孔子删定《诗经》的落脚点和出发点，在于西周初年的那个民意调查制度。"诗意"不是空穴来风，不是虚无缥缈的所谓艺术境界，更不是一轮闲月，两壶烧酒。孔子对诗的基本判断，是"不读诗，无以言"，不读《诗经》，不知道如何深入地表达自己。

我们中国人还有一句老话，"文史不分家"，指的也不是笔法，而是用心和立意。这样的认知由来已久，但经由孔子之后，才成为一脉相续的传统。

《尚书》和《诗经》，是《春秋》的副产品。孔子在修著《春秋》的同时，编辑了这两部书。

"昔孔子受端门之命，制《春秋》之义，使子夏等十四人求周史记，得百二十国宝书，九月经立。"《春秋公羊传注疏》中的这个记载，讲了孔子著《春秋》的基本经过。这一段话，有三个要点：

第一，孔子以周王室之名修著《春秋》，不是私撰。第二，以鲁国国史为线索，覆盖当时一百二十个诸侯国，不是诸侯国地方史，而是"天下史"。第三，孔子用九个月时间著成《春秋》。

孔子以周王室之名，在鲁国国史的基础上修撰《春秋》，以鲁国十二位君主为线索，起于鲁隐公元年（前722年），止于鲁哀公十四年（前481年），计二百四十二年历史。《春秋》包含一百二十个诸侯国的历史，基本涵盖了当时的国家大体，因此孟子有言："《春秋》，天子之事也。"

《春秋》以鲁国十二位君主为全书的结构大线索，也是有特别用心的。鲁国是周公的封邑之地，史书称周公为"鲁周公"。鲁国国君均为周公之后，姬姓，是周王室的嫡正血脉。以鲁隐公元年为《春秋》纪事的起点，史家有两种看法：一是孔子掌握的鲁国国史资料即是如此。还有一种是推测，鲁隐公是鲁国第十四任君主，但不是严格意义上的一国之君，是摄政王。《史记·鲁周公世家》对此事是这样记载的："四十六年（前723年），惠公卒，长庶子息摄当国，行君事，是为隐公。……及惠公卒，为允少故，鲁人共令息摄政，不言即位。"鲁惠公在位四十六年，去世时，太子允（鲁桓公）年少，鲁国大臣公议，由长子息摄政。息虽是长子，却是庶出，谥号为"隐"，即含着无国君名分的意思。鲁隐公在位十一年，被大臣所杀。史家据此推测，孔子以鲁隐公元年为《春秋》编年起点，寓意春秋时代之乱的开始。

司马迁是这样解读《春秋》的：

拨乱世反之正，莫近于《春秋》。

夫《春秋》，上明三王之道，下辨人事之纪，别嫌疑，明是非，定犹豫，善善恶恶，贤贤贱不肖，存亡国，继绝世，补敝起废，王道之大者也。

《春秋》之中，弑君三十六，亡国五十二，诸侯奔走不得保其社稷者，不可胜数。

至于为《春秋》，笔则笔，削则削。

《春秋》采善贬恶，推三代之德，褒周室，非独刺讥而已也。

《春秋》是一部拨乱反正之书。

春秋时代，头小身子大。中央权力衰弱，地方势力坐大坐强，纲纪失调，国将不国。孔子于礼崩乐坏之中，思考重建西周的秩序时代。拨乱反正，是《春秋》的宏旨。

一部《春秋》之中，三十六位君主被弑，五十二个诸侯国灭亡，其中君不君与臣不臣的症结在哪里？一个好端端的国家，是怎样走下坡，直至灭亡的？记写"衰人衰世"，是《春秋》的特别用力之处。孔子以史家的透彻眼光，警醒后世与后人，并以此成就了"不知来，视诸往"的中国史书写作原则。

"笔则笔，削则削"，是《春秋》笔法的闪光之处。孔子写历史，不粉饰太平，不把历史当化妆品，不做社会美容师。书写国家历史，于颂扬处颂扬，于抨击处抨击。

孔子著《春秋》，乱臣贼子惧。但孔子不做"意见领袖"，不自我标榜"高人姿态"，"非独刺讥而已也"，而是微言彰显大义，"推三代之德，褒周室"。孔子心心念念的是中国文化传统，与西周政治的大国之道，并以之为根本原则。

"五经"的排序，司马迁和班固有区别。

《史记》中对其的排序是《诗经》《尚书》《礼记》《易经》《春秋》，《汉书》的则是《易经》《尚书》《诗经》《礼记》《春秋》。两位史学大家，一位在西汉，一位在东汉，既代表个人的学术观，也昭示着不同朝代的文化认知。"五经"是汉代认定的五部经典著作，汉代设立的"五经博士"代表着当时的国家学术水平。这五部著作，既文法卓越，同时均以史学为根基。《尚书》《春秋》是史学范畴；《诗经》是文学，但内核是史存与史思；《礼记》是社会原则与行为规矩的研究著作，基础也是史学，是对历史细节进行梳理，并做出规范和鉴别；《易经》集哲学、天文学、社会学、文学之大成，同样是在历史记忆的土壤中长成的苍劲之树。中国人讲的"文史不分家"，即是源此而出。

经由孔子这双巨手编辑而成的《尚书》和《诗经》，把史和诗密切联系在了一起。我们中国人讲的"史诗"，与西方的认知不同，不是文体的概念，也不在"宏大叙事"那个层面，中国人的"史诗"，也不是"神话"，而是"人话"，是直指世道与人心的冷静意识与文化情怀。"五经"中所包含的东西，尤其是《尚书》和《诗经》，在秦始皇时代是砍头之书，而在汉代是治国之书。我们今天的文学和历史学，在这些领域的思考欠缺得太多。承续中国文化传统、汲取典籍中的智慧重要，但认知典籍之所以成为典籍的方法，包括典籍所植根的历史土壤，以及人文生态也同样重要。

《尚书》与《诗经》的一场风云际会

国之大者，是以治国观念的蹈大方为基础的。

《多士》，是《尚书》中的一篇重要文献，是周公代表周成王作的训诫辞，训诫对象是殷商亡国之后发动叛乱又被节制的旧贵族。这篇训诫辞不足九百字，但内涵丰富，而且藏着两个了不起的政治判断：一是如何稳妥安置前朝的遗老遗少；二是清醒地对待持不同政见者，明确画出底线和红线，剥夺政治权利，但不限制人身自由，给予生活出路。其中最闪光之处，是父辈之罪不牵连后代。既斩断戴罪之人的妄念，同时赋予其新生活的希望。

在三千多年前还没有走出奴隶制度阴影的时代，有这样前瞻性的社会认知是非常了不起的。

这次训诫的背后还潜伏着一系列起伏跌宕的故事，如一部历史纪录大片。

故事的发端是周武王去世，成王年幼，由周公摄政。"成王少，周初定天下，周公恐诸侯畔周，公乃摄行政当国。"（《史记·周本纪》）"诸侯畔周"只是外患，还有内忧，周公摄政引起姬氏兄弟之间的不睦失和，以及当朝重臣召公的猜疑。

《尚书·周书》中，《君奭》《大诰》《金滕》《召诰》《洛诰》《多士》六篇文献记载的史实，构成这部纪录大片的主线索，《多士》是剧情高潮。《诗经·豳风》中的《鸱鸮》《东山》《破斧》《伐柯》《九罭》《狼跋》六首诗，与这一系列事件密切关联，是穿插于这部纪录大片中的主题曲。《尚书》与《诗经》相互映照，钩沉出三千多年前的这一段沧桑史。

从周公摄政，到遭遇阻力辞摄政王，东就鲁国，之后朝廷迎归周公，营建洛阳城，再到代表成王致训诫辞，历时七年。七年之间发生的事情，是这样一步一步展开的。

周公摄政引起的危机

周文王与正妃太姒生有十个儿子，长子伯邑考，次子姬发，三子管叔鲜，四子姬旦，五子蔡叔度，六子曹叔振铎，七子成叔武，八子霍叔处，九子康叔封，十子冉季载。

长子伯邑考在殷商时"质于殷"，后被商纣王所杀。一种说法是文王被囚禁羑里城时，纣王把伯邑考烹为肉羹，给文王喝下。此为小说家言，不可信。

次子姬发和四子姬旦最为出类拔萃，是文王的左右手，姬发即武王，姬旦即周公。

姬旦最初的封地在周，今陕西岐山一带，因此称"周公"。后东封鲁国，史称"鲁周公"。周公为人孝顺仁厚，先尊奉文王，后辅佐武王，一心一意，谨慎作为，深得文王和武王的器重。"自文王在时，旦为子孝，笃仁，异于群子。及武王即位，旦常辅翼武王，用事居多。"(《史记·鲁周公世家》)

公元前 1046 年，武王举兵伐纣，殷商亡国，周朝建立。灭亡殷商后，武王封商纣王的儿子武庚襄理殷地，以延嗣族脉。派弟弟管叔鲜、蔡叔度、霍叔处做监国，史称"三监"。"封纣子武庚禄父，使管叔、蔡叔傅之，以续殷祀。"(《史记·鲁周公世家》)

公元前 1043 年，武王去世，成王年幼，周公出任摄政王。"其后武王既崩，成王少，在强（襁）葆（褓）之中。周公恐天下闻武王崩而畔（叛），周公乃践阼代成王摄行政当国。"(《史记·鲁周公世家》)践阼，是即位登基的意思。古代祭祀的大殿之前分东西两个阶级，东阶为主阶，称"阼阶"，君主由阼阶上位。"周公乃践阼"，周公是臣子，代表成王由阼阶祭天告祖，引起管叔鲜等兄弟之间不睦失和，当朝重臣召公对此事也持不同意见，"召公为保，周公为师，相成王为左右。召公不说"(《尚书·君奭》)。此时召公为太保，周公为太师，周公摄政理国，却有践阼之举，有"亲政"之嫌，召公不悦。周朝的政局由此产生了严重危机。

周公权衡利弊之后，慎重做出决定，辞去摄政王，到封地鲁国去。但自己不就任鲁君，让儿子伯禽受封治理鲁国。在受封仪式上，他告诫儿子说："我是文王之子，武王之弟，成王叔父，我是德高望重的，但每天仍勤于事务，为礼贤纳士，我甚至一沐三捉发，一饭三吐哺。你要记住，天下贤人难得，治理鲁国，切忌骄慢于人。""我文王之子，武王之弟，成王之叔父，我于天下亦不贱矣。然我一沐三捉发，一饭三吐哺，起以待士，犹恐失天下之贤人。子之鲁，慎无以国骄人。"（《史记·鲁周公世家》）

周公是有预见力的，不就位鲁国君主，而以周朝太师身份居鲁，他知道国家有大事在等待着他。

与召公的一次谈心

这是一篇千古美谈。

《尚书》中的《君奭》一文，记载着周公与召公的具体谈话内容，尽是掏心窝子的话。召公名姬奭，与周公、毕公为当年的"三公"，均为股肱重臣。召公最初的封地在召，今陕西宝鸡凤翔一带，后北封燕国，史称"燕召公"。毕公名姬高，是文王第十五子，周公异母弟弟，封地在毕，今陕西咸阳一带。召公与周公、毕公为族亲，无血缘。武王去世后，周公摄政，引发朝政不稳。周公放弃摄政王位，东去鲁国之前，与召公进行了这次谈心。周公的思路很清晰，毕公是他的异母弟弟，不需要思想沟通。

周公年长，直呼召公的名字奭，称君奭，以示尊重。

周公与召公的这次谈心，有三个智慧高点，颇具现代意识：第一，贤良人才对国家之兴盛的重要；第二，建立秩序社会是国家长治久安的基础；第三，敬天地，是信仰，继承传统，把文王、武王开创的事业传承下去，上承和下传，不仅是信念，也是信仰。

谈心的要点是这样的：

君奭，上天亡商，我们周氏一族担负使命，得以立国。国运如何长治久安是当下我们必须思考的问题。你曾经讲过，我可以承担治国的重任，我实在不敢当。当下民心安定是最大的事情，谁有能力做到这一点？我们要期待这样的人物出现。国运长久，在于我们的后代子孙能够恪守周氏族脉几十代人的传统。如果丢掉这个传统，忘记初心使命，国将不国。成王年幼，让他知晓光大周氏族脉传统的重要，是当务之急。我不具备这样的能力。天道宏伟，但我们也不能一味地靠天吃饭，事在人为。遵循文王和武王的治国理念，就是顺天而行。

君奭，成汤建立商朝，有伊尹辅佐，传至太甲（第四任君主）时，还是伊尹襄助，得以格于皇天。太戊（第九任君主）有伊尹之子伊陟和臣扈，祖乙（第十三任君主）有巫贤，武丁（第二十二任君主）有甘盘。这些老成持重的功德之臣使商朝得以传承数百年。天建有德，商朝传承百年的成功之处，是域内众属国守序循规，各级官员勤于事务。国家之兴，建立秩序社会至关重要。国成为其国，在于群臣尽心尽职。国君一声令下，四方诸侯能够群起响应。

君奭，殷商之兴，在于重用贤良之士；殷商之衰，在于失去贤良之士。我们应该清醒地认识到这一点，并使之成为治国理政的法宝。

君奭，文王以仁德治国，敬天尊贤，把虢叔、闳夭、散宜生、泰颠、南宫括这些贤良之士团结在身边。这些人勤勉于事，克己奉行，才使文王的功德弘扬天下。君臣一体，同心同德，才能得天独厚。武王秉承天德，天心于怀，才使我们四人有禄有位。我们四人竭力同心，辅助武王建立克商建国的大业。如今你我责任重大。成王年幼，尽心尽责辅佐他是你我的天职。

君奭，你我都应该认识到一点，我们的事业无比崇高，但今后的路也是泥泞难行的。武王曾经坦露过他的心迹，他寄希望于我们二人协力同心，勤政以辅助幼主，传承光大周氏族脉。

君奭，你身居国家太保一职，我信赖你。希望你理解我这一番话的用心，吸取殷商失国的教训，感念上天的兴周之德。

君奭，我今天对你敞开心扉，希望不久之后我们再见面的时候，听到你这样的话："你我同心，共度时艰。"我还有一个愿望，愿你今后为国家多多选用栋梁贤良人才，这是我们周氏族脉的传统。你我两人，性情相通。我今天说了太多的话，用心只有一个，就是辅佐成王，把文王以来开创的事业永远延嗣下去。

君奭，我再说最后一句，事情在开始的时候，都是顺利的，但往后会艰难起来。"祇若兹，往敬用治。"记住初心和初衷，以此为大原则，治理我们的国家。

周公讲的"惟兹四人"，指周公、召公、毕公，还有师尚父，即姜太公。

《史记·周本纪》记载："其明日，除道，修社及商纣宫。及期，百夫荷罕旗以先驱。武王弟叔振铎奉陈常车，周公旦把大钺，毕公把小钺，以夹武王，……召公奭赞采，师尚父牵牲。"

古代有一个规矩，灭亡一个国家之后，要做两件大事：一是祭祀土地神（社神），二是祭天神。周武王灭商进入都城朝歌，按惯例举行这两项仪式。祭祀土地之神时，武王的六弟振铎执掌仪仗之车，周公持大钺，毕公持小钺，护卫武王。在进入商纣王大殿举行祭天大典时，召公手捧"赞采"（祭天的布帛），姜太公"牵牲"（牲，祭天的牲畜）。

召公对周公产生疑虑，是有原因的。武王去世后，成王即位，周公与召公分陕而治。《尚书正义》中记载："自陕而东者，周公主之；自陕而西者，召公主之。"但周公出任摄政王，践阼而上位，召公由此存疑。周公辞职东就鲁国，临行之前与他的这次倾诉衷肠，召公感动深切，自此与周公同心如初。

君　奭

《君奭》一文，是《尚书·周书》第十二篇文献。此文作于何时，说法不一。一说周公居鲁还政之后，一说是就鲁之前。我认为后者为妥。

> 召公为保，周公为师，相成王为左右。召公不说，周公作《君奭》。

> 周公若曰："君奭！弗吊，天降丧于殷，殷既坠厥命，我有周既受。我不敢知曰：厥基永孚于休。若天棐忱，我亦不敢知曰：其终出于不祥。呜呼！君已曰'时

我',我亦不敢宁于上帝命,弗永远念天威越我民;罔尤违,惟人。在我后嗣子孙,大弗克恭上下,遏佚前人光在家,不知天命不易,天难谌,乃其坠命,弗克经历。嗣前人,恭明德,在今。予小子旦非克有正,迪惟前人光施于我冲子。又曰:'天不可信',我道惟宁王德延,天不庸释于文王受命。"

公曰:"君奭!我闻在昔成汤既受命,时则有若伊尹,格于皇天。在太甲,时则有若保衡。在太戊,时则有若伊陟、臣扈,格于上帝;巫咸乂王家。在祖乙,时则有若巫贤。在武丁,时则有若甘盘。率惟兹有陈,保乂有殷,故殷礼陟配天,多历年所。天惟纯佑命,则商实百姓王人,罔不秉德明恤,小臣屏侯甸,矧咸奔走。惟兹惟德称,用乂厥辟,故一人有事于四方,若卜筮罔不是孚。"

公曰:"君奭!天寿平格,保乂有殷,有殷嗣,天灭威。今汝永念,则有固命,厥乱明我新造邦。"

公曰:"君奭!在昔上帝割申劝宁王之德,其集大命于厥躬。惟文王尚克修和我有夏;亦惟有若虢叔,有若闳夭,有若散宜生,有若泰颠,有若南宫括。"又曰:"无能往来,兹迪彝教,文王蔑德降于国人。亦惟纯佑秉德,迪知天威,乃惟时昭文王,迪见冒闻于上帝,惟时受有殷命哉!武王惟兹四人,尚迪有禄。后暨武王,诞将天威,咸刘厥敌。惟兹四人昭武王,惟冒丕单称德。今在予小子旦，若游大川，予往暨汝奭其济。小子同未在位，诞无我责，收罔勖不及。耇造德不降，我则鸣鸟不闻，矧曰其有能格？"

公曰："呜呼！君肆其监于兹！我受命无疆惟休，亦大惟艰。告君，乃猷裕我，不以后人迷。"

公曰："前人敷乃心，乃悉命汝，作汝民极。曰：'汝明勖偶王，在亶。乘兹大命，惟文王德丕承，无疆之恤。'"

公曰："君！告汝，朕允保奭。其汝克敬，以予监于殷丧大否，肆念我天威。予不允，惟若兹诰，予惟曰：'襄我二人，汝有合哉？'言曰：'在时二人。天休兹至，惟时二人弗戡。'其汝克敬德，明我俊民，在让后人于丕时。呜呼！笃棐时二人，我式克至于今日休？我咸成文王功于不怠，丕冒海隅出日，罔不率俾。"

公曰："君！予不惠若兹多诰，予惟用闵于天越民。"

公曰："呜呼！君！惟乃知民德亦罔不能厥初，惟其终。祗若兹，往敬用治。"

三监之乱的祸根

管叔鲜是周公三哥，他联手五弟蔡叔度、八弟霍叔处，给武庚撑腰发动叛乱，史称"三监之乱"。

三监之乱实质上是夺位之乱。商朝君主的传位制度，是"兄终弟及",君主去世,由长弟嗣位。周武王去世后,由其子姬诵嗣位,即周成王,是"父终子及"。周公践阼摄政,有"兄终弟及"之嫌。周公排行老四,由此引起三哥管叔鲜的不满。管叔鲜在朝内朝外大肆散布言论,说周公有篡弑之心,"周公将不利于成王"。一时间人心惶惶,周成王也回避周公。周公从大局出发,辞摄政王位,由都城镐京东去封地鲁国。临行之前,与召公话别,促膝谈心,成就了《君奭》那篇千古美谈。

周公东就鲁国之后,朝野归于平静。管叔鲜以为时机已经成熟,以长兄身份联合蔡叔度、霍叔处,策动武庚在殷地(今河南安阳、鹤壁一带)举起反周旗帜。此时周朝建国不满三年,国基不稳,民心未定,东方的徐国(今江苏宿迁泗洪一带)、奄国(今山东曲阜一带)等诸侯国以及淮河流域一些族群趁机举兵,多方军事力量蜂拥作乱,渐成泱泱之势。面对危机,朝廷大臣有两派意见:一派主剿叛军,倡议迎回周公;一派主和,倾向于和管叔鲜谈判。周成王身边的人已经明晓管叔鲜散布的流言是离间之计,但对周公仍然心存忌惮,迫不得已迎回周公,商议戡乱之策。周公制定了两步走的计划,先平三监之乱,再声讨徐国和奄国的逆反。成王授权周公领兵东征,平复三监之乱费时三年,又经过两年多的时间剿灭徐、奄及淮夷各部。

周公是一位思想政治工作的高手

周公东征之前,给大臣们做了一次战前动员报告,既明察秋毫，又极具煽动力。由史官记录下来，即《尚书》中的《大诰》一文。

《大诰》全文约九百字。

做动员报告之前，周公用文王遗留下来的大宝龟进行了一次占卜，得到的卜辞是"有大艰于西土，西土人亦不静"。这个卜辞是预设的，是周公为这次报告埋下的伏笔：我们国家有来自东方的灾难，自此我们周人将国无宁日。

周公的报告讲了六层意思：

第一，我受成王之诰命，跟诸位讲话。刚才占卜的结果大家已经见到，我们的国家正面临来自东方的灾难，危机迫在眉睫，我们需要团结一致，共度时艰。

第二，三监是成王的长辈，是我们应该尊重的人，但他们和殷人一起反叛。"我国有疵"，这场灾难的动因首先产生于我们内部，祸起萧墙，三监背叛了我们，和殷人站在了一起。殷人亡我之心不死，他们要夺回他们已经失去的权力，重新统治。我要率领你们去讨伐敌人和背叛我们大周的人。

第三，战争一旦发动，将士就要流血，百姓也不得安宁，这是令人悲痛的事情，但我们只能这么做，以短暂的牺牲，换取今后长久的和平。

第四，诸位都是辅佐过文王的老臣，请回想一下从前，我们付出那么巨大的辛劳，经历千辛万苦打下江山，建立起周朝。我们是伟大的英雄文王之后，我们要永远捍卫文王开创的事业。

第五，我曾经追随武王讨伐殷人，我清楚地知道这次远征会面临多大的困难，但我们必须迎难而上。父辈为我们规划了大厦的蓝图，我们要做夯实地基的工作；父辈为我们拓荒开垦了土地，我们要在土地上播种，还要获得丰收。文王和武王的事业不能毁在我们手中！

第六，殷人不顺从上天的意旨才导致他们失去国家，现在他们的后人又在发动叛乱，是更大的不敬天。我们要替天行道，像铲除土地上的杂草一样消灭他们，来保卫我们美好的疆土。

大　诰

《大诰》是出征之前的动员令，是一篇戡乱檄文，沉着，冷静，有理，有据，看问题一针见血，同时富于感情，刚柔并济。

武王崩，三监及淮夷叛，周公相成王，将黜殷，作《大诰》。

王若曰："猷！大诰尔多邦越尔御事。弗吊，天降割于我家，不少延。洪惟我幼冲人，嗣无疆大历服。弗造哲，迪民康，矧曰：'其有能格知天命。'已，予惟小子，若涉渊水，予惟往求朕攸济。敷贲敷前人受命，兹不忘大功。予不敢闭于天降威，用宁王遗我大宝龟，绍天明。即命曰：'有大艰于西土，西土人亦不静。'越兹蠢。殷小腆，诞敢纪其叙。天降威，知我国有疵，民不康，曰：'予复！'反鄙我周邦。今蠢今翼，日民献有十夫予翼，以于敉宁武图功。我有大事，休，朕卜并吉。

肆予告我友邦君，越尹氏、庶士、御事，曰：'予得吉卜，予惟以尔庶邦于伐殷逋播臣。'尔庶邦君，越庶士、御事，罔不反曰：'艰大，民不静，亦惟在王宫、邦君室。越予小子考，翼不可征，王害不违卜？'

肆予冲人永思艰，曰：'呜呼！允蠢鳏寡，哀哉！'予造天役，遗大投艰于朕身。越予冲人，不卬自恤。义尔邦君，越尔多士、尹氏、御事，绥予曰：'无毖于恤，不可不成乃宁考图功。'已，予惟小子，不敢替上帝命。天休于宁王，兴我小邦周，宁王惟卜用，克绥受兹命。今天其相民，矧亦惟卜用。呜呼！天明畏，弼我丕丕基。"

王曰："尔惟旧人，尔丕克远省，尔知宁王若勤哉！天閟毖我成功所，予不敢不极卒宁王图事。肆予大化诱我友邦君。天棐忱辞，其考我民，予曷其不于前宁人图功攸终？天亦惟用勤毖我民，若有疾，予曷敢不于前宁人攸受休毕。"

王曰："若昔，朕其逝。朕言艰日思，若考作室，既底法，厥子乃弗肯堂，矧肯构？厥父菑，厥子乃弗肯播，矧肯获？厥考翼，其肯曰：'予有后，弗弃基？肆予曷敢不越卬敉宁王大命？'若兄考，乃有友伐厥子，民养其劝弗救？"

王曰："呜呼！肆哉，尔庶邦君，越尔御事。爽邦

由哲，亦惟十人，迪知上帝命。越天棐忱。尔时罔敢易
法，矧今天降戾于周邦。惟大艰人诞邻胥伐于厥室，尔
亦不知天命不易。"

予永念曰："天惟丧殷，若穑夫，予曷敢不终朕亩。
天亦惟休于前宁人，予曷其极卜，敢弗于从率宁人有指
疆土，矧今卜并吉。肆朕诞以尔东征。天命不僭，卜陈
惟若兹。"

《尚书》中的一篇准小说

《金縢》是《尚书·周书》的第三篇。这篇文献有如史话，笔
法讲究，故事曲折，颇具小说味道。

古代每逢大事，均向老天爷"请示"，举行占卜，得到的卜
辞，要密封于金丝缄封的匣匮之内，作为国家档案予以保存。金
縢，是指匣匮外表金丝织就的网络，相当于今天重要文件外包装
上的"绝密"印鉴。

《金縢》具体记述周成王与周公消除隔阂的过程。

"既克商二年"，周朝建国第二年，武王得了一场大病。文王
十五岁生武王，九十七岁去世，又十年，武王克商，又两年，"王
有疾"，这么推算一下，此时武王已是九十三岁的老人了。

姜太公和召公提议举行占卜，周公说我们要举行一场特殊的
占卜，为武王祈福。

在一片开阔地上构筑起高耸的三座祭坛，分别供奉太王（古

公亶父）、季历（文王父亲）、文王的神位。周公主持祭礼，他身边放着玉璧，手持玉珪，"植璧秉珪"，向"太王、王季、文王"祷告。

史官宣读周公写在典册上的祝祷辞：三位列祖在上，你们的长孙姬发得了重病，一定是你们想念他，让他到天上去侍奉你们。请让我姬旦代替他去吧，我仁厚能干，多才多艺，尤其擅于服侍鬼神，你们的长孙姬发在这一点上不如我。姬发如今肩负你们的使命和重托，做保国安民的事业。现在我通过神龟接受你们的命令，如果答应我的祈求，我就带着玉璧和玉珪赴死。如果不答应我的请求，我就抛掉玉璧和玉珪。

宣读祝祷辞之后，在太王、季历、文王神位前分别放置宝龟，进行占卜，三次卜辞均为大吉。周公向众臣宣布：列祖列宗保佑我们武王安然无恙！然后命令史官将写有祝祷辞的典册和卜辞密封于金滕匣匮之中。

第二天武王痊愈康复。

"公乃自以为功，为三坛同墠"，这句话的意思是，周公以自己为人质，代替武王赴死。

武王去世后，周公摄政，管叔鲜散布流言，成王与周公之间产生隔阂。周公东居鲁国两年，这期间平复三监叛乱，周公写《鸱鸮》诗献给成王，诗中隐约含有成王听信流言的怨言，隔阂进一步加深。

三年之后的秋天，庄稼长势很好，但临近成熟时候，雷电交加，大风怒作，庄稼成片倒伏在土地上，树木被风连根拔起。天降灾祸以噩兆，成王率众臣工筑坛祭天，意外发现了金縢匣匮中之前的祝祷辞。姜太公和召公找到当年的史官，史官回禀说："这是事实，但周公命令我严守秘密，不得外传。"

成王手捧祝祷辞，哭着说："不用占卜了，仁厚的周公德行广大，感天动地。是我太年轻了，我要以国家礼仪亲自迎归周公。"

自此后，成王与周公尽释前嫌。

金　縢

《尚书》是纪言体史书，"上所言，下为史所书，故曰《尚书》也"（《史通》）。但《金縢》这一篇是个例，情景呈现式的笔法如小说的叙事结构。

武王有疾，周公作《金縢》。

既克商二年，王有疾，弗豫。二公曰："我其为王穆卜。"周公曰："未可以戚我先王？"公乃自以为功，为三坛同墠。为坛于南方，北面，周公立焉。植璧秉珪，乃告太王、王季、文王。

史乃册，祝曰："惟尔元孙某，遘厉虐疾。若尔三王是有丕子之责于天，以旦代某之身。予仁若考能，多材多艺，能事鬼神。乃元孙不若旦多材多艺，不能事鬼神。乃命于帝庭，敷佑四方，用能定尔子孙于下地。四方之民罔不祗畏。呜呼！无坠天之降宝命，我先王亦永有依归。今我即命于元龟，尔之许我，我其以璧与珪归俟尔命；尔不许我，我乃屏璧与珪。"

乃卜三龟，一习吉。启籥见书，乃并是吉。公曰："体！王其罔害。予小子新命于三王，惟永终是图。兹攸俟，能念予一人。"

公归，乃纳册于金縢之匮中。王翼日乃瘳。

武王既丧，管叔及其群弟乃流言于国，曰："公将不利于孺子。"周公乃告二公曰："我之弗辟，我无以告我先王。"周公居东二年，则罪人斯得。于后，公乃为诗以贻王，名之曰《鸱鸮》。王亦未敢诮公。

秋，大熟，未获，天大雷电以风，禾尽偃，大木斯拔，邦人大恐。王与大夫尽弁以启金縢之书，乃得周公所自以为功代武王之说。二公及王乃问诸史与百执事。对曰："信，噫！公命我勿敢言。"

王执书以泣，曰："其勿穆卜！昔公勤劳王家，惟予冲人弗及知。今天动威以彰周公之德，惟朕小子其新迎，我国家礼亦宜之。"

王出郊，天乃雨，反风，禾则尽起。二公命邦人，凡大木所偃，尽起而筑之。岁则大熟。

构筑洛阳城与"致政成王"

公元前 1036 年，召公姬奭奉成王之命，由都城丰京（今西安）出发，沿黄河而下，实地考察洛邑的城建地址，完成地表整理和地基构建工作之后，周公赶赴施工现场，审核城址，举行奠基典礼，宣布开工命令。当年年底，洛邑第一期工程竣工。

周朝历法的三月，相当于今天的农历正月，"周历"因袭"黄帝历"，以冬至所在月（农历十一月）为岁首一月。洛邑是农历正月底开工建设的，符合北方的气候条件，再早些，天寒地冻，不利于土木施工，再晚些，不能保证年内完工。

也在这一年，周公"致政成王"，完成摄政使命，周成王亲政。

> 周公行政七年，成王长，周公反（返）政成王，北面就群臣之位。成王在丰（丰京），使召公复营洛邑，如武王之意。周公复卜申视，卒营筑。（《史记·周本纪》）

> 成王七年二月乙未，王朝步自周，至丰，使太保召公先之洛相土，其三月，周公往营成周洛邑，卜居焉，曰吉，遂国之。（《史记·鲁周公世家》）

洛邑的城址，是周武王灭亡殷商之后，与周公一起选定的，因此《史记·周本纪》载"使召公复营洛邑，如武王之意"。武王克殷商之后，班师返回长安的途中，选定洛邑的城址范围，并依照周王室的结构布局做出规划，"营周居于洛邑而后去"。为什么选定这个地方，武王讲得很具体："从洛水湾到伊水湾，地势平坦无险阻，这里曾是夏朝人民的居住地。我南望三涂（九泉山），北望岳北，仔细观察黄河的走势，洛水、伊水在此交汇，这样的地貌合乎天象。""自洛汭延于伊汭，居易毋固（涸），其有夏之居。我南望三涂，北望岳鄙，顾詹有河，粤詹洛伊，毋远无室。"（《史记·周本纪》）

武王选定洛邑作为丰京的陪都，旨在经由洛邑，强化对东部诸侯国的管理。

《召诰》是《尚书·周书》中的第八篇文献，召公考察洛邑城址，周公举行奠基典礼并宣布开工命令的过程，其均有详细记载：

> 惟二月既望，越六日乙未，王朝步自周，则至于丰。
> 惟太保先周公相宅，越若来三月，惟丙午朏，越三日戊
> 申，太保朝至于洛，卜宅。厥既得卜，则经营。越三日
> 庚戌，太保乃以庶殷攻位于洛汭。越五日甲寅，位成。

腊月十六日之后，再过六天，周成王由周祖源之地，抵达丰京。召公奉命先于周公勘察洛邑城址，从丰京出发。正月初三中途小驻。朏，在古代是每个月初三的代称。又三日到达洛地，对武王之前规划的王室宗庙基地逐一占卜，均为吉兆。开始动工基建。三天之后，召公率领众多当地居民考察洛水湾，以及汇入黄河地带。又五日，地基建设竣工。

> 若翼日乙卯，周公朝至于洛，则达观于新邑营。越
> 三日丁巳，用牲于郊，牛二。越翼日戊午，乃社于新
> 邑，牛一，羊一，豕一。越七日甲子，周公乃朝用书，
> 命庶殷，侯、甸、男、邦伯。厥既命殷庶，庶殷丕作。

（地基竣工）第二天早晨，周公抵达洛邑工地，全面视察新邑

的规模，以及建设规划，"则达观于新邑营"。营，在此处是规划的意思。三天之后，举行地基落成祭天典礼，以两头牛祭天。再一日，举行祭地典礼，以一牛、一羊、一猪祭地。七日之后是甲子日，这一天早晨，周公向当地百姓，以及诸侯国首领代表宣布开工命令，洛邑城建设全面开始。"殷庶"，指殷地百姓。

《洛诰》是《尚书·周书》的第九篇文献，作于洛邑建成之后，此时周公已经"致政成王"。

诰辞的内容是成王与周公的谈话，谈话地点在新邑，即洛邑。

周公向成王禀告洛邑建设情况，并献上洛邑城建图和祈祀天地的卜辞。成王以晚辈口气向周公致谢致敬，感激他为国操劳。委托周公留在洛邑，妥善做好治理四方和安置百姓工作。周成王的谈话之中，还透露出一个重要信息，虽然已经亲政即位，但尚没有举行"改元建祀"之礼，"公，予小子其退，即辟于周"。"即辟于周"，指在宗周（丰京）举行"改元建祀"仪礼。

《洛诰》是成王与周公消解隔膜之后的首次谈心，选取部分谈话内容，领略一下叔侄两人各自的风度和风采。

> 周公拜手稽首曰："朕复子明辟，王如弗敢及天基命定命，予乃胤保大相东土，其基作用民明辟。予惟乙卯，朝至于洛师。我卜河朔黎水，我乃卜涧水东，瀍水西，惟洛食。我又卜瀍水东，亦惟洛食。伻来，以图及献卜。"

　　周公行君臣跪拜大礼，上奏说："我已经致政，您仍谦逊不举行即位建元典礼。我与太保召公忙于洛邑建设，祈望您尽早开始履行圣明君主治理国家的责任。"

　　"拜手稽首"，是周朝谒见君主大礼，"拜手"，先跪再拜，"稽首"，叩首。"辟"，指君主，或君主之位。这次是周公致政卸任后首次谒见成王，因此周公隆重行跪拜大礼。

　　"我于乙卯日早晨到达洛地，先占卜了黄河以北的黎水，不吉。再占卜涧水以东，瀍水以西之地，大吉。又占卜瀍水以西之地，也是大吉。我让使者献上洛邑城图和卜辞。"

　　　王拜手稽首曰："公不敢不敬天之休，来相宅，其
　　　作周匹休。公既定宅，伻来，来视予卜，休，恒吉。我
　　　二人共贞。公其以予万亿年敬天之休。拜手稽首
　　　诲言。"

　　成王复行跪拜大礼，说："公舍弃天之福荫，不辞辛劳来洛邑相宅，建成了与宗周京城相匹配的新邑。这是壮举！我看了城图和卜辞，两处卜辞均是大吉。今后让我们二人共担光大周朝伟业的责任，盼望聆听您的教诲。"

　　周公行跪拜之礼，是臣敬君。成王回跪拜大礼，是晚辈敬长辈。礼有序，人有德，君臣叔侄两人开启西周秩序社会的基础风范。

　　　周公曰："王，肇称殷礼，祀于新邑，咸秩无文。予
　　　齐百工，伻从王于周，予惟曰'庶有事。'今王即命曰：

'记功，宗以功作元祀。'惟命曰：'汝受命笃弼，丕视功载，乃汝其悉自教工。'"

公曰："已！汝惟冲子惟终。汝其敬识百辟享，亦识其有不享。享多仪，仪不及物，惟曰不享。惟不役志于享。凡民惟曰不享，惟事其爽侮。乃惟孺子颁，朕不暇听。"

周公禀告："君主在上，盼望您在新邑以殷礼召见四方诸侯，并祭祀文王和武王，各项准备工作已经井然有序，确保万无一失。届时，我将协同百官奉驾，希望您重视我这个请求！如蒙允许，请您降下两道王命："臣公和各国诸侯因功记赏，功勋卓著者配享宗庙祭祀。臣工和各国诸侯肩负起治理国家的使命，各自恪守职责和本分，以建功业。"

周公禀告："您作为嫡传天子，请担负上天赋予的使命，既光大列祖列宗的荣光，也要恭谨领悟治世之道的利害。四方呈献的贡享，应以礼仪规矩为上，失了礼仪之道，贡享再多也无益。国民漠视规矩，国家就会出现政乱。我已经致政，请您尽早履任天子使命。"

王若曰："公，明保予冲子。公称丕显德，以予小子扬文武烈，奉答天命，和恒四方民，居师，惇宗将礼，称秩元祀，咸秩无文。惟公德明光于上下，勤施于四方，旁作穆穆，迓衡不迷。文武勤教，予冲子夙夜毖祀。"

王曰："公功棐迪笃，罔不若时。"

成王答复："公的教诲一直给我启迪。您功德广大，教导我恢宏文王武王的基业，上敬天命，下和四方百姓。如今新邑落成，祭祀追远，开辟纪元，建立秩序。公的贤德光耀天地，惠邦安民，一切事项井然有序。今后我将勤敬持国，以光大文王武王开创的事业。公，您教导的道理，我会逐一铭记在心。"

王曰："公！予小子其退，即辟于周，命公后。四方迪乱未定，于宗礼亦未克敉，公功迪将，其后监我士师工，诞保文武受民，乱为四辅。"

王曰："公定，予往已。公功肃将祗欢，公无困哉！我惟无斁其康事，公勿替刑，四方其世享。"

成王说："公，我将返回宗周，以国家礼仪举行即位改元之礼。请您在新邑主政事务，如今天下局势尚不安定，大周根基未稳，有赖于您引领军政百官，佑护文王武王开启的治国安民功业。"

成王说："公，您留在新邑吧，我不日即返回京师。您全面主理新邑的事务，请不要再挽留我。我今后会不松懈地学习您教导我的治国之道，以使大周的四方臣民过上太平日子。"

成王在洛邑主持祭祀文王、武王典礼之后，返回京师丰京。

周公在洛邑主政国务，其中一项重要工作，是在洛邑附近建了一个生活区，把殷商参与叛乱的旧贵族，从殷地各处移民安置其中，集中管理，消除了再生祸乱的隐患。

多士，持不同政见者们

多士，指殷商的遗老遗少。周代的史书中称这些人为"殷顽民"，意即顽固不化分子，用现代汉语表述，是持不同政见者。

商朝大约始于公元前1600年，亡于公元前1046年，历经三十一位国君，行世五百五十余年。开国之君成汤灭夏建商，最初定都在亳（今河南商丘），之后数次迁都，到第十九位国君盘庚时，由奄（今山东曲阜）迁到殷地（今河南安阳、鹤壁一带），终于安定下来，直到纣王丧国。殷作为国都王畿之地二百五十余年，因而也称殷商。

公元前1046年，周武王灭商建国，两年后武王去世，殷地人起兵谋反，周公率军历经三年平叛止乱。虽然战乱之火被平息，但殷地的旧贵族"复商之心"仍在，残余势力仍然活跃，周公在不停的"剿匪"奔波中实施了一项"移民工程"计划，把对周朝持有二心的殷地各方代表人物，移民至新建成的洛邑，集中管理，监视居住。移民工作结束后，周公奉成王之命，给这些"殷顽民"进行了一次集体训诫谈话，即是《多士》这篇文献。周公称这些人为"多士"，是尊称，用现代汉语表述，相当于"诸位"。

> 成周既成，洛阳下都。迁殷顽民，殷大夫心不则德义之经，故徙近王都叔诲之。周公以王命诰命，称成王命告令之，作《多士》。(《尚书正义》)

《多士》是《尚书·周书》的第十篇文献。《多士》讲了四层意思：

第一，商纣王不敬天地，暴虐民心，乱德乱政，终失天下。

第二，当年夏桀失敬天地，商汤取而代之，建立商朝。从商汤到帝乙二十九位君王不敢违背天德，治理殷商。纣王反其道而行，苍天才降下亡国之祸。周取代商，如同商当年取代夏一样，是替天行道，是历史的大趋势。

第三，商取代夏朝建立政权之初，重用了夏代的一些官员，但那些官员是拥护夏代政权的。武王灭亡纣王建国之后，行善政，宽恤纣王之子武庚，让他襄理殷地，以延嗣族脉。但武庚和你们趁武王去世、我们有失君之痛时谋反叛逆，这是把你们这些人移民安置在洛邑的原因。我现在代表成王宣布，赦免你们的叛逆罪，但剥夺你们的政治权利。如果你们顺从大周的统治，将不限制你们的人身自由，还会给你们土地，让你们在此安居乐业。

第四，周公讲的最后一句话意味深远，"尔小子乃兴，从尔迁"。你们后辈的兴旺发达，从你们搬迁到这里开始。古代统治者对叛逆为乱的人，是灭门诛族斩草除根的。周公的这个政策，具有开创价值，父辈之罪并不株连后代。

周公是一位有远见卓识的政治家，对待持不同政见者，着眼于心悦诚服，从长计议。洛邑在西周时是陪都，到春秋时期虽然成为都城，却不是政治中心，春秋时期国家开始分裂，周天子只是名誉上的君主。但洛邑在文化上渐而成为一方厚土，到战国，以及秦汉，从洛邑走出了很多历史的大人物。

孟子有一句话,可与周公对待多士的"宽政"相呼应:"以力服人者,非心服也,力不赡也。以德服人者,中心悦而诚服也。"（《孟子·公孙丑》）

多　士

惟三月,周公初于新邑洛,用告商王士。

王若曰:"尔殷遗多士,弗吊旻天,大降丧于殷,我有周佑命,将天明威,致王罚,敕殷命终于帝。肆尔多士!非我小国敢弋殷命。惟天不畀允罔固乱,弼我,我其敢求位?惟帝不畀,惟我下民秉为,惟天明畏。

我闻曰:'上帝引逸。'有夏不适逸;则惟帝降格,向于时夏。弗克庸帝,大淫泆有辞。惟时天罔念闻,厥惟废元命,降致罚;乃命尔先祖成汤革夏,俊民甸四方。

自成汤至于帝乙,罔不明德恤祀。亦惟天丕建,保乂有殷,殷王亦罔敢失帝,罔不配天其泽。

在今后嗣王,诞罔显于天,矧曰其有听念于先王勤家?诞淫厥泆,罔顾于天显民祗,惟时上帝不保,降若兹大丧。惟天不畀不明厥德,凡四方小大邦丧,罔非有辞于罚。"

王若曰:"尔殷多士,今惟我周王丕灵承帝事,有命曰:'割殷。'告敕于帝。惟我事不贰适,惟尔王家我适。予其曰：'惟尔洪无度，我不尔动，自乃邑。'予亦念天，即于殷大戾，肆不正。"

王曰："猷！告尔多士，予惟时其迁居西尔，非我一人奉德不康宁，时惟天命。无违，朕不敢有后，无我怨。

惟尔知，惟殷先人有册有典，殷革夏命。今尔又曰：'夏迪简在王庭，有服在百僚。'予一人惟听用德，肆予敢求于天邑商，予惟率肆矜尔。非予罪，时惟天命。"

王曰："多士，昔朕来自奄，予大降尔四国民命。我乃明致天罚，移尔遐逖，比事臣我宗多逊。"

王曰："告尔殷多士，今予惟不尔杀，予惟时命有申。今朕作大邑于兹洛，予惟四方罔攸宾，亦惟尔多士攸服奔走臣我多逊。尔乃尚有尔土，尔乃尚宁干止。尔克敬，天惟畀矜尔；尔不克敬，尔不啻不有尔土，予亦致天之罚于尔躬！今尔惟时宅尔邑，继尔居；尔厥有干有年于兹洛。尔小子乃兴，从尔迁。"

王曰："又曰时予，乃或言尔攸居。"

主题曲：《诗经》中的六首诗

《诗经》中的《豳风》，存诗七首，排序在十五国风的最后，却是《诗经》中最早的诗，成诗时间在西周初年，均与周公有关。

孔子编选《诗经》，把《豳风》置于十五国风之尾，是有特别用心的。豳国是周的发祥地，在今陕西旬邑、彬州一带。周公初封周，后封鲁。鲁国原是小国，平复乱逆以后，把奄国纳入鲁国，以曲阜为都邑。孔子身在鲁国，把与周公相关联的诗一并编入《豳风》，意在强调豳地与鲁地的传承脉络，鲁国为周王室的直接沿袭之地。

《豳风》中的六首诗，《鸱鸮》《东山》《破斧》《伐柯》《九罭》《狼跋》，与西周初年一场政局动荡大事件密切关联，如同这部历史文献大片的主题曲。

鸱　鸮

周公东居鲁国之后，三监发动叛乱，成王无奈之中请周公出山，以平定乱局。周公先平复三监之乱，再剿徐国、奄国，以及淮夷乱军。此期间，周公作《鸱鸮》献给成王。

> 东土以集，周公归报成王，乃为诗贻王，命之曰《鸱
>
> 鸮》。王亦未敢训（诮）周公。（《史记·鲁周公世家》）

周公这首苦中含怨的诗，成王读后很不高兴，却也敢怒不敢言，但与周公的隔阂进一步加深。

鸱鸮，是猫头鹰一类的凶相之鸟。

> 鸱鸮，鸱鸮，既取我子，无毁我室。恩斯勤斯，鬻
>
> 子之闵斯。
>
> 迨天之未阴雨，彻彼桑土，绸缪牖户。今女下民，

或敢侮予？

　　予手拮据，予所捋荼。予所蓄租，予口卒瘏，曰予
未有室家。

　　予羽谯谯，予尾翛翛，予室翘翘。风雨所漂摇，予
维音哓哓！

猫头鹰，猫头鹰，你已经抓走我的雏子不要再毁我的鸟巢。谁能体谅一只老鸟的辛苦，为了儿女的安危而忧心。趁着天晴未雨的时候，剥取桑树的树皮，修补我的门窗。你们这些人，不会再来侵扰吧？我的手指已经拘挛不伸，因为采撷太多的树枝、草叶。还要贮存过冬的食物，我的长喙满是伤痕，在这不安的鸟巢之中。我周身的羽毛如枯草，长尾不再秀丽，鸟巢在半空之中。和着风雨飘摇，只有我的鸣叫之声，不绝如缕！

东　山

《东山》是劳军诗，是以一位东征士兵思乡念家的笔意，尽写东征三年之苦。作者当为西周大夫。

　　我徂东山，慆慆不归。我来自东，零雨其濛。我东
曰归，我心西悲。制彼裳衣，勿士行枚。蜎蜎者蠋，烝
在桑野。敦彼独宿，亦在车下。

　　我徂东山，慆慆不归。我来自东，零雨其濛。果臝
之实，亦施于宇。伊威在室，蟏蛸在户。町畽鹿场，熠
耀宵行。不可畏也，伊可怀也。

我徂东山，慆慆不归。我来自东，零雨其濛。鹳鸣
于垤，妇叹于室。洒扫穹窒，我征聿至。有敦瓜苦，烝
在栗薪。自我不见，于今三年。

我徂东山，慆慆不归。我来自东，零雨其濛。仓
庚于飞，熠耀其羽。之子于归，皇驳其马。亲结其缡，
九十其仪。其新孔嘉，其旧如之何？

在东方的疆场上，太久太久了，今日凯旋。细雨蒙蒙湿透了
我的思归之心。接到西归的命令，遥望家乡悲欣交织。脱下戎装
一身轻盈，我将远离这血腥的杀场。一只蚕缓缓地爬行，寻找着
桑树，那是它的家。我曲缩着身子，小憩在战车之下。

在东方的疆场上，太久太久了，今日凯旋。细雨蒙蒙湿透了
我的思归之心，葫芦垂挂着，弯曲的藤蔓，缠绕在屋檐下。潮湿
的屋子里，虫子成了主人。窗棂上，密布着蛛网，田地上，野鹿在
奔跑，萤火虫的光亮在夜晚闪烁。故园已经荒芜，仍然是我思念
于怀的地方。

在东方的疆场上，太久太久了，今日凯旋。细雨蒙蒙湿透了
我的思归之心。一只白鹳，在土丘上轻轻鸣叫，妻子在屋中叹息。
打扫房屋，堵塞鼠洞，念着我的归期。结婚那天剖瓠而成的瓢，
置弃在柴垛上。我们分别不见，已经整整三年。

在东方的疆场上，太久太久了，今日凯旋。细雨蒙蒙湿透了
我的思归之心。黄鹂浅翔，羽毛鲜艳亮丽。她成为新嫁娘的那一
天，迎亲的骏马红黄相间。岳母亲手给她维系丝佩，吉祥的礼仪

一道又一道。她当时的美貌历历在眼前，现在的她怎么样了呢？

破　斧

《破斧》具体抒写周公率军东征之艰辛，以及东土百姓对周公的感念。诗中的"四国"，有两种诗解：一是周灭殷后，分王畿之地为邶国、鄘国、卫国，作为管叔鲜、蔡叔度、霍叔处的属邑，并监理武庚的殷地，此为四国；另一种是泛指东方叛逆之国。

　　既破我斧，又缺我斨。周公东征，四国是皇。哀
我人斯，亦孔之将。

　　既破我斧，又缺我锜。周公东征，四国是吪。哀
我人斯，亦孔之嘉。

　　既破我斧，又缺我銶。周公东征，四国是遒。哀
我人斯，亦孔之休。

战斧已经残损，斨也残缺。周公东征，四方之国闻风惶惶。周公的恩德广大，怜悯我们东土的平民百姓。

战斧已经破损，锜也残缺。周公东征，四国的叛逆已被感化。周公的恩德历历可见，佑护我们东土的平民百姓。

战斧已经破损，銶也残缺。周公东征，四国已经安定。周公的恩德，在东土的百姓中广为传诵。

伐　柯

《伐柯》是一首寓言诗，极富哲理意义。做斧柄要用斧子伐

木，娶妻要以媒妁为桥梁。此诗意在劝谏周成王，治理国家如果却弃周公不用，是悖理之举。

伐柯如何？匪斧不克。取妻如何？匪媒不得。

伐柯伐柯，其则不远。我觏之子，笾豆有践。

如果做斧柄，是需要斧子伐木的。如果娶妻，是需要媒妁之约的。简单的斧柄之中，蕴藏着大的规矩。有一位美好的姑娘是家政能手，正在等待迎娶。

九　罭

九罭，是捕小鱼的网。周公东征，平叛抚民，深得东土之民的爱戴。此诗意在挽留周公居留鲁国。

九罭之鱼，鳟鲂。我觏之子，衮衣绣裳。

鸿飞遵渚，公归无所，於女信处。

鸿飞遵陆，公归不复，於女信宿。

是以有衮衣兮，无以我公归兮，无使我心悲兮。

一张小网，捕到了大鱼。我赞美的是一位贵人，衣着锦绣，气宇轩昂。鸿雁在水边飞翔，我敬仰的人呵，却无所归依，请屈就在此吧。鸿雁在田野飞翔，我敬仰的人呵，一去将不返，请屈就在此吧。藏起他的行装，留住敬仰的人，我的心才会充盈而不再悲伤。

狼　跋

《狼跋》一诗，应为西周大夫所作，以狼的不堪之态，反衬周公的进退从容。

> 狼跋其胡，载疐其尾。公孙硕肤，赤舄几几。
>
> 狼疐其尾，载跋其胡。公孙硕肤，德音不瑕？

一匹狼，前行触磕了下巴，后退踩了尾巴。周公身姿健硕，足蹬红靴，气宇非凡。一匹狼，后退踩了尾巴，前行又触磕了下巴。周公身姿健硕，从容有度，德被八方。

周公是西周政治的总设计师

周公是中国大宰相的开端人物，有智慧，有胸襟，有境界，也富于感情。政治人物如果失之情感缺位，僵硬如铁，他所在的那个时代就会是冷冰冰的。后世尊周公为圣人，即含着这样的寓意，既有超拔高耸的政治性格，同时也是一位有血有肉有常人体温的人。

《昊天有成命》是一首描述周成王时代社会秩序和精神风貌的诗，全诗只有七句。严格讲，周成王时代是由周公缔造的。

> 昊天有成命，二后受之。成王不敢康，夙夜基命宥
>
> 谧。於缉熙！单厥心，肆其靖之。

周成王时代，是西周第一个黄金时代。《昊天有成命》这首诗，是颂扬时代品质的。西汉文学家贾谊解读这首诗时，以"鬼不厉祟，民不怨谤"概括那个大时代。

> 夫昊天有成命，颂之盛德也。其《诗》曰："昊天有

成命，二后受之。成王不敢康，夙夜基命宥谧。"谧者，
宁也，亿也。命者，制令也。基者，经也，势也。夙，
早也。康，安也。后，王。二后，文王、武王。成王者，
武王之子，文王之孙也。文王有大德，而功未就，武王
有大功，而治未成。及成王承嗣，仁以临民，故称"昊
天"焉。不敢怠安，蚤（早）兴夜寐，以继文王之业。
布文陈纪，经制度，设牺牲，使四海之内，懿然葆德，
各遵其道，故曰"有成"。承顺武王之功，奉扬文王之
德。九州之民，四荒之国，歌谣文武之烈，累九译而请
朝，致贡职以供祀，故曰"二后受之"。方是时也，天地
调和，神民顺亿，鬼不厉祟，民不谤怨，故曰"宥谧"。

（《新书·礼容语下》）

文王有大德，但灭亡殷商的大业未竟。武王灭商建国，却没
有实现国家大治。成王继位之后，施以仁政，因此称"昊天"。不
敢懈怠，夜以继日，秉承文王开创的事业，规划国家纲纪，设立
社会制度，循天地秩序，承祖脉传统，四海之内懿然葆德，各循
其道，因此称"有成"。承顺武王之功，奉扬文王之德，九州之民，
赞誉文王武王业绩。四方邻国遣使者呈献贡品，因此称"二后受
之"。那个时代，天地调和，神人谐穆，鬼不作祟，民不怨谤，因
此称"宥谧"。

西周是中国历史中第一个具备国家政治框架的时代，开启了
以制度治国的帷幕，这是周公的创世贡献。

周公居摄，而作六典之职，谓之《周礼》。营邑于土中。七年致政成王，以此礼授之，使居洛邑，治天下。(《周礼·天官冢宰》)

周公摄政七年，做了七件大事。"一年救乱，二年克殷，三年践奄。四年建侯卫，五年营成周，六年制礼乐，七年致政成王。"(《尚书大传》)一是武王去世后，摄政理国，稳定朝政局面。二是平复三监及殷商旧贵族叛乱。三是剿灭奄国及江淮流域祸乱，东就鲁国，稳定东部局势。四是建立嫡长子袭位制，分封诸侯。五是营建洛邑。六是著《周官》，设官分职，典立制度，经纬社会秩序。七是致政成王。

《周官》是中国第一部政治大典，设官分职，构建国家管理框架。这部书具备完整的治国思想体系，上循天地神明，下以王权政治为主脉，分系政治、经济、教育、军事、社会管理、民众习俗等领域。"礼"是贯穿其中的核心纽带。礼即是规矩，天子、诸侯、公卿、大夫、士、邦民，均以礼行事，以规矩治国，构建天地相安、万众相和的礼仪之邦。《周官》一书，在西汉之后，称为《周礼》，与《仪礼》《礼记》并称"三礼"，再之后世，成为儒家十三经中的经典。

《周官》共六章，具体是《天官冢宰》《地官司徒》《春官宗伯》《夏官司马》《秋官司寇》《冬官司空》，天官、地官、春官、夏官、秋官、冬官之下，各设置多层官职，详尽规定其职务及职能，甚至每一官职具体人数都做出编制安排。据孙诒让《周礼正义》统计，六官因冬官佚失，五官机构的供职人员为五万七千零七十九人，如计入冬官人数，《周官》设计的国家官员总数则在六万以上。西周的六官制度，到后世，衍进为吏、户、礼、兵、刑、工六部。

《周官》六章每一章开篇，均以"惟王建国，辨方正位，体国经野，设官分职，以为民极"为序言，旨在强调国家设官分职的意义。

《周官》一书，是中国古代政治制度以及政治理念的集大成作品。

周公的标志性贡献，在《周官》官僚体制之外，还有三项制度创新，均是开山鼻祖式的。

第一，嫡长子继帝位，余子分封制。商代帝位传承是"兄终弟及"，西周实行嫡长子继位，这在当时是一项重大改革。嫡长子，是皇后所生长子，嫔妃生的儿子，不在继位序列之内。这是维护"正统"传承秩序、预防宫廷政乱的制度设计。

第二，君主制、诸侯分封制、宗法家长制三者融合。从周天子到每个诸侯国均建宗庙，推崇"明德有序，孝友为宗"。"其始祖被全疆域人众供奉，保持着一种准亲属关系"（黄仁宇），社会关系与血缘关系相生相存，结构"人情社会"，是中国古代社会的政治基础。

第三，对待持不同政见者，采取剥夺政治权利，但给予自由生活空间，同时明确有罪者的后代不承担罪责，"尔小子乃兴，从尔迁"。

《尚书》和《诗经》是孔子编辑而成的

周公的了不起之处，是在部落制为主体的蛮荒时代，进行社会制度的整体设计和创立，使西周一朝成为中国政治史中第一座具备制度文明意义的灯塔，照耀并导航后世，成为孔子心心念念却梦寐难回的社会秩序黄金时代。

晚年的孔子，在修著史书《春秋》的同时，编辑删定了《尚书》和《诗经》这两部经典著作，以此向伟大的西周时代致敬。

孔子是这样心系西周秩序社会的：

子曰："甚矣吾衰也！久矣吾不复梦见周公。"（《论语·述而》）我衰老得厉害了，已经很久没有梦见周公了。

子曰："周监于二代，郁郁乎文哉，吾从周。"（《论语·八佾》）西周的礼仪制度兼容借鉴夏和商两代，丰富而有序，我心向往之。

子畏于匡，曰："文王既没，文不在兹乎？天之将丧斯文也，后死者不得于斯文也。天之未丧斯文也，匡人其如予何！"（《论语·子罕》）文王已经不在世，礼仪风范不是应该由我体现吗？如果上天想让斯文扫地，我是命该如此。如果上天想让礼仪风范传承下去，匡人又奈我如何呢！

孔子周游列国时，在卫国的匡城被当地人围困。这场事故出于误会，当地人把孔子误认为是鲁国的阳虎，阳虎曾带人掠扰过匡城。弟子们想迎战突围，被孔子制止。子路弹琴，孔子和之，唱出了上面这三句话。这件事记录在《孔子家语》一书内，这三句话收录于《论语·子罕》中。

　　子曰："天下有道，则礼乐征伐自天子出。天下无道，则礼乐征伐自诸侯出。自诸侯出，盖十世希不失矣。自大夫出，五世希不失矣。陪臣执国命，三世希不失矣。天下有道，则政不在大夫。天下有道，则庶人不议。"（《论语·季氏》）天下有道，国家的政令和军令出自天子。天下无道，政令和军令出自诸侯。令出于诸侯，十世而亡国。令出于大夫，五世而亡国。令出于属臣，三世而亡国。天下有道，国家的权柄不会旁落。天下有道，百姓不会怨声载道。

　　孔子的这番感慨，是对他所处时代的清醒研判。西周之后，周平王东迁洛邑，开启了春秋时代。诸侯乱政，不再听命于周天子，国家陷于礼崩乐坏的失序世态之中。

　　孔子蚤作，负手曳杖，消摇于门，歌曰："泰山其颓乎？梁木其坏乎？哲人其萎乎？"既歌而入，当户而坐。子贡闻之曰："泰山其颓，则吾将安仰？梁木其坏、哲人其萎，则吾将安放？夫子殆将病也。"遂趋而入。夫子曰："赐！尔来何迟也？夏后氏殡于东阶之上，则犹在阼也；殷人殡于两楹之间，则与宾主夹之也；周人殡于西阶之上，则犹宾之也。而丘也，殷人也。予畴昔之夜，梦坐奠于两楹之间。夫明王不兴，而天下其孰能宗予？予殆将死也。"盖寝疾七日而没。

（《礼记·檀弓》）

孔子临终前，给自己解梦，预感很准的。

这一天，孔子起得很早，背着手，拖曳着手杖，在大门外散步，边走边唱："泰山将崩！栋梁将损！哲人将病！"歌罢回到屋内，当门而坐。

子贡听见，自言自语说："泰山崩了，我何以仰望？栋梁损、哲人病，我何以依靠？夫子的身体生病了吧。"于是疾步赶到屋内。

"赐，"孔子叫着子贡（端木赐，字子贡）的名字，"你怎么姗姗来迟呢？我昨晚做了一个梦。夏人将灵柩停置在东阶君王之位上。殷人将灵柩停置在门厅的两楹柱之中，介于宾主之间。周人将灵柩停置在西阶之位上。我孔丘，是殷人之后（商代曾定都于奄，即曲阜，周公平定东夷之乱时，收复奄地，纳入鲁国版图，因此孔子自称殷人之后）。昨晚我梦见自己坐在两楹之间接受祭品（家中的两楹之间，是户主之位）。当今之世没有贤明之君，谁能够尊重我呢？我大限将至了。"

卧床七天之后，孔子去世。

孔子生于公元前551年9月28日，卒于公元前479年4月11日，享年七十三岁。他去世三年之后，春秋时代结束。

《尚书》和《诗经》是由孔子编辑而成的。孔子的伟大由多项成就共筑，其中一项就是编辑《尚书》和《诗经》，一双巨手把"史"和"诗"密切联系在了一起，形成了中国人特立独行的史诗意识。

王者不臣

周公当年的制度贡献，还有一项为"王者不臣"，这也是有中国式民主亮光的。其实所谓民主思维，是对执政者王权的制约意识。

王者不臣，指君主不能当作臣子对待的人，共有八种人，"所不臣者三"，"暂不臣者五"。

> 王者所不臣者三，何也？谓二王之后，妻之父母，夷狄也。（《白虎通义》）

君主不当作臣子对待的三种人：一是"二王之后"，上溯前两代君主的后人，此举措是尊重前代，接续世道传统。二是"妻之父母"，"妻者，与己一体，蒙承宗庙，欲得其欢心，上承先祖，下继万世，传于无穷，故不臣也"。三是"夷狄"，"夷狄者，与中国绝域异俗，非中和气所生，非礼义所能比，故不臣也"。这是与周围邻国为友的观念。在当时，尚不知道疆域之外的世界，也不了解域外之国，中国之外，均视为夷狄。到后来对外部世界有了认知之后，又形成"远亲不如近邻"的观念。至于"远交近攻"之策，是特指处于敌对关系的邻国而言。

> 王者有暂不臣者五，谓祭尸，授受之师，将帅用兵，三老，五更。（《白虎通义》）

君主暂时不当作臣子对待的五种人：一是"祭尸"，尸，不是尸体的意思，是活人，是祭祀时祖先的代表者，一般由孙辈中的杰出者担任。夏、商、周时，祭祀是国家的重要之事，"国之大事，在祀与戎"。到后世，祭祖时不再用"尸"，而以神像或牌位代表。二是"授受之师"，"不臣授受之师者，尊师重道，欲使极陈天人之意也。故《礼·学记》曰：'当其为师，则弗臣也。当其为尸，则不臣也。'"尊师重道，是儒家的核心理念，"所以尊师重道，为教化之本"。三是"将帅用兵"，"不臣将帅用兵者，重士众为敌国，国不可从外治，兵不可从内御，欲成其威，一其令"。将在外君命有所不受，不把战事之中的将帅当作臣子对待，旨在树立将帅权威，克敌制胜。"国不可从外治，兵不可从内御"，是中国古代治国治军的核心思想。"三老"是掌教化的乡官，是基层官员。"五更"也是乡官，用以安置年老致仕官员，"卿以七十之龄，可充五更之选"。在古代，官员退休之后，择其德高心善者，到基层任五更，做民心教化工作。君主不把三老五更当作臣子对待，旨在民心至上，是中国版本的民主思想。

周公的了不起之处，是建立了中国古代政治的系统思维模式，有政治，有民主，还有宽松的社会生态意识，由此构成了儒家的治世之道。汉代之后，中国确立了"尊儒术"的政治方略，以儒家学说作为治理国家的指导思想，多个朝代遵循周公开创的儒家治世之道，但基本都有一个大的遗憾，就是普遍缺失周公强调的宽松的社会生态意识。

国之大者，大在长远，如何长治久安？是需要再三思量的课题。

册命之辞：
中国古代官员的任职谈话

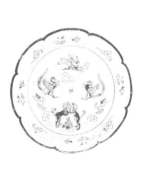

中国官制的起和伏

在中国古代，官员不仅是职业，还是身份的象征，要称呼老爷的。官大一级压死人，这句话指的不是个体职级的力道，是就整个官制体系而言的。

中国古代社会结束部落制之后，构建的第一个制度体系，就是职官体系。时间是西周初年的周成王时期，顶层设计人是当年的摄政王周公姬旦。这个官制体系严谨而缜密，自周天子以下，分列天官冢宰、地官司徒、春官宗伯、夏官司马、秋官司寇、冬官司空六个序列。每个序列层级分明，从主官到僚属，职责与职能清晰具体，甚至规定了职数与编制。天官六十三职，地官七十八职，春官七十职，夏官七十职，秋官六十六职，冬官佚失，到汉代以《考工记》补入"工匠"三十职，共三百七十七职主官。前五个官衙序列供职人数五万七千零七十九人，如果加上佚失的冬官序列人员，总数在六万以上。

关于官制体系的著作，在周代初名《周官》，西汉后改为《周礼》，为儒家十三经之一。

周公姬旦设计出台的这个官制体系，以现代的眼光看，有两个重要问题没有妥善解决，或者称为设计缺失。一是什么样的人有资格担任官职？是全社会大多数人的代表，还是少数有特殊地位和身份的人？二是担任相应官职的人需要具备什么样的资质？职官体系是国家管理的脉络和框架，职责不仅是国家管理，还须推动社会进步，各层级官员需要具备怎样的能力和水平，才能称职。这两个重要的问题被忽视，甚至是漠视了。

周公姬旦设计并生产出了一部质量上乘的车子，但没有车辆使用说明，对驾驶员的资质和能力也没有做出规范性要求。事情是由人干出来的，再好的制度，如果执行者水平有限，或思考方式发生偏差，结果会大打折扣的。

西周的官员选拔延续商代的贵族世袭制，普通百姓即便再有能力，也没有渠道参与国家管理。后来创新出一种"贵族推举制"，经由名门望族推荐可以入仕为官，也就是说，有势力的个体可以成立"干部培训中心"。有能力而无社会身份的平民，如果想出人头地，只能投身依附于显宦人家。这个制度的实质是对政府公权的一种极大削弱，在政府之外，生成无数个有社会影响力的"帮派组织"。有些贵族的门下客卿多达数千人，其中"战国四公子"最为著名。齐国的孟尝君、魏国的信陵君、赵国的平原君、楚国的春申君，同时向多个诸侯国输送官员。"贵族推举制"是旧中国"帮派气候"的肇始和源头。

一直到汉代，具体是汉武帝时期，官员选拔的首个"中国标准"出台了，即察举制。

汉武帝刘彻是大皇帝，他首创并践行以儒家学说为治国方略，即"罢黜百家，独尊儒术"。一个古代的皇帝，不搞"一言堂"，不以"朕的旨意"为核心，而以一门中国传统文化为治国的理论基础，这是很了不起的。所谓"罢黜百家"，是指法家、纵横家、黄老之学等其他学说，不适用于治国，但并不限制其在民间的学用和传播。西汉自汉文帝时起，废除"妖言获罪令"，不禁言论，由此成为古代社会唯一一个没有禁书的时代。

尊崇儒学是汉代的国家意识形态，是社会精神走向的导航航标。同时也落地生根，既然以儒家学说作为治国的指导思想，各级官员就要做儒学的内行，于是确立了"五经"制度，《诗经》《尚书》《礼记》《易经》《春秋》成为官员必读书目。

察举制是一种革命性的创新，官员选拔面向社会，贵族和平民一视同仁。一个人熟读"五经"之后，再经过严格的专业考试，成绩优秀者，就取得了官员的上岗证。这是这项制度的精华所在。通过"规定动作"掌握了"特别技能"之后，才有资质参与国家管理，这个"特别技能"就是儒家的智慧。这个学而优则仕的制度，成为自汉代至清朝两千年间官员选拔的基本方法。

汉武帝还带了一个好头，也是开先河，给官考中的学霸以特别礼遇。依察举制的规定，每一届官考中的最优秀者，皇帝隆重接见，并亲自手书榜单，由重要官员到全国各郡县宣读颂扬，以彰显其名，"即有秀才异等，辄以名闻"（《史记·儒林列传》）。后世的科考状元，皇帝以女儿许配招为驸马，也是由此启发而来。

由察举制到科举制的官员选拔制度，有四个闪光点：

第一，终结了贵族制，从全社会中遴选人才。中国是大国，地域广阔，民族多，人口众，如果以贵族世袭治理，会形成先板结、再动荡分裂的局面。

第二，这种官员选拔制度，熔国家治理、吏治建设、传承中华文化于一炉。中国地大物博，地域之间文化差异大，朝代更替也多，而且朝代与朝代之间不是顺治，是割裂和革命。这种"三合一"制度，确保中华传统文化为主动脉渊源传承。最有代表价值的是元朝和清朝，这两个朝代是蒙古族和满族治理国家，正是因为这种选官制度的存在，中华传统文化没有出现割裂和断流。

第三，以中国文化为基础选拔官员，既涵育着中国心，也给官员的权柄中增加了文化厚度，不是单薄的权治，而是以中国智慧治理国家。

第四，给社会底层人带来了希望亮光，平民百姓通过自己的努力，可以改变命运。读中国古代历史，我看见了一个了不起的现象，也是事实，凡是给社会底层百姓带来希望，并有宽敞生活出路的时代，都是大时代。

《周官》的制度设计

《周官》是一部政治工具书。

《周官》是中国第一部完整叙述国家机构设置，以及职能分工的专著，包含官制、田制、税制、法制、礼制、军制等内容。据汉代学者郑玄考据，《周官》的作者是周公姬旦："周公居摄作六典之职，谓之《周礼》。营邑于土中，七年，致政成王，以此礼授之，使居洛邑，治天下。"

这一段话，包含着西周初年一系列重大历史事件，周武王去世之后，成王袭位，因年幼由叔父周公旦任摄政王，总理国家行政。周公居摄期间作《周官》，创立国家管理制度。当时的国都在西安，为强化对东部地区的管控，修筑洛邑，即洛阳城。周公摄政七年，还政于周成王。

《周官》一书在秦朝经历焚书之祸，列为禁书，一度湮没。到汉武帝时，献王刘德从民间发现《周官》真本，献于朝廷，但秘而不传。到西汉末年，经学家刘向、刘歆父子校点典籍，此书立为官学，才首度公开。但此时仍称《周官》，到东汉时，郑玄为《周官》疏注，正式定名《周礼》。

献王刘德是汉景帝次子，汉武帝刘彻兄长，受封为河间王，去世后谥号"献"，史称"河间献王"。此公对中国古典书籍的保护和整理贡献巨大。《汉书·景十三王传》中，对献王刘德的特殊贡献有具体记载：

> 河间献王德以孝景（汉景帝）前二年（公元前155年）立，修学好古，实事求是。从民得善书，必为好写与之，留其真，加金帛赐以招之。緐（由）是四方道术之人不远千里，或有先祖旧书，多奉以奏献王者，故得书多，与汉朝等。……献王所得书皆古文先秦旧书，《周官》《尚书》《礼》（《仪礼》）《礼记》《孟子》《老子》之属，皆经传说记，七十子之徒（孔门弟子）所论。其学举六艺，立《毛氏诗》《左氏春秋》博士。修礼乐，被服儒术，造次必于儒者。山东诸儒多从而游。……武帝时，献王来朝，献雅乐，对三雍宫及诏策所问三十余事。其对推道术而言，得事之中，文约指明。

《周官》把国家管理分为六个系统功能区：天官冢宰、地官司徒、春官宗伯、夏官司马、秋官司寇、冬官司空。六官的总原则是，"惟王建国，辨方正位，体国经野，设官分职，以为民极"。

天官冢宰掌"邦治"，即国家政务之官，"乃立天官冢宰，使帅其属，而掌邦治，以佐王均邦国"。天官的编制，上起"大宰"，下至"夏采"，共六十三职位。"大宰"也称"冢宰"，是天官序列最高职官，也是六官之首，百官首长，职掌天下政务，辅佐周天子治天下。

地官司徒掌"邦教"，即国家教务之官，"乃立地官司徒，使帅其属，而掌邦教，以佐王安扰邦国"。地官的编制，上起"大司徒"，下至"槁人"，共七十八职位，"大司徒"是最高首长。地官司徒所掌"邦教"，不仅仅是国民教育，土地之上的事务均是其辖制之责任。归纳着说，具体职能有八个方面：一是官员政教；二是职掌税赋、力役，"掌建邦之土地之图与其人民之数"；三是职掌山川湖泽物产；四是指导农业生产；五是职掌粮食物流与仓储；六是市场监管与督查；七是国民教育和风化训诫；八是祭祀事务。

春官宗伯掌"邦礼"，即国家礼政之官，"乃立春官宗伯，使帅其属，而掌邦礼，以佐王和邦国"。春官的编制，上起"大宗伯"，下至"神仕"，共七十职位，"大宗伯"是最高首长。礼政在中国古代社会是国之大事，具体职能有七个方面：一是职掌国家礼仪事务；二是职掌乐事；三是职掌卜筮；四是职掌巫祝；五是职掌日月星辰观测及历法；六是职掌天子车行旗帜；七是职掌宗庙祭器及文书管理。

夏官司马掌"军政"，"乃立夏官司马，使帅其属而掌邦政，以佐王平邦国"。夏官的编制，上起"大司马"，下至"都司马"（家司马），共七十职位。"大司马"为最高首长。具体职能有四个方面：一是统帅军政事务；二是邦国划界分疆，通财度量，徕民致贡；三是执掌马政及马匹驯养；四是执掌天子车行。

秋官司寇掌"邦禁"，即国家司法官，"乃立秋官司寇，使帅其属而掌邦禁，以佐王刑邦国"。秋官的编制，上起"大司寇"，下至"家士"，共六十六职位，"大司寇"为最高首长。具体职能有六个方面：一是职掌刑法狱讼；二是职掌各项禁令；三是职掌隶民；四是职掌盟约事务；五是职掌王国与诸侯国及域外国（蛮夷）纠纷事务；六是职掌辟除。

冬官职事失传，秦始皇的焚书之祸，致使《周官》中"冬官"佚失。汉代以《考工记》补入。依《周官·天官》中的记载，冬官掌"事典"，即国家事务官。职能涉及"富邦国，养万民，生百物"。

依《周官》设计，国家有六种职业，"百工"是其中一种。"国有六职"，指王公、士大夫、百工、商旅、农夫、妇功。"坐而论道，谓之王公。作而行之，谓之士大夫。审曲面执，以饬五材，以辨民器，谓之百工。通四方之珍异以资之，谓之商旅。饬力以长地财，谓之农夫。治丝麻以成之，谓之妇功。"

《考工记》记载"工匠"六种：攻木之工、攻金之工、攻皮之工、设色之工、刮摩之工、搏埴之工。

攻木之工七种：轮、舆、弓、庐、匠、车、梓。攻金之工六种：筑、冶、凫（乐器）、栗（量器）、段、桃（刀刃兵器）。攻皮之工五种：函（铠甲、皮甲）、鲍（皮革）、韗（皮鼓）、韦（皮加工）、裘。设色之工五种：画、缋、钟（羽毛染艺）、筐（布帛印花）、㡛

（丝染）。刮摩之工五种：玉、榔、雕、矢、磬。搏埴之工两种：陶、瓬。

《周官》以天、地、春、夏、秋、冬六个功能系统结构为国家管理框架，到隋唐之后，定型为吏、户、礼、兵、刑、工六部制度。

太仆正与大司徒

《冏命》和《君牙》是《尚书》中的两篇文献，文章体例旧称"册命之辞"，就是史官记录下来的官员任前谈话。谈话人是周穆王，被谈话人是太仆正伯冏和大司徒君牙。

这两个职务有代表意义，大司徒位高权重，太仆正职级不是很高，但职位显赫，是国家领导人事务总管。

太仆正又称"太御"，是掌管周天子事务的总负责人。《周礼》官制中有"太御"和"大仆"之职，太御是中大夫，是周天子近侍之臣的主官。大仆是近侍之臣，职位下大夫，"大仆掌正王之服位，出入王之大命，掌诸侯之复逆"。大仆负责周天子出行，以及礼仪规制，对外发布王命，掌管诸侯大臣的奏章和上书。"太御中大夫，大仆下大夫，……则官高于大仆，故以为《周礼》太御者，知非《周礼》大仆。"（《尚书正义》）到汉代时，"太御"职能分解为"光禄勋"和"太仆"，均加封"卿"爵，位列九卿。

汉代以"三公九卿"为国家管理的最高机构框架，皇帝之下，设立三公和九卿。三公具体是：丞相，总理国家事务；太尉，掌国家军政；御史大夫，掌国务监察。九卿具体是：太常，主管意识形态；光禄勋，皇帝事务总管；卫尉，首都地区卫戍军队首长；太仆，主管皇帝出行，兼管国家马政，在古代，马是重要的军政物资，由国家管控；廷尉，主管司法；大鸿胪，主管礼仪外交；宗正，主管皇族事务；大司农，主管国家财政；少府，主管宫廷财政。

古代有"加官晋爵"制度，为强调一个职位的重要，晋授职级，九卿即在此列。大司徒地位显赫，是命官，职能兼容民政部和财政部，到后世衍为户部。周代的大司徒权限更宽，还兼着国土资源部和税务总局的职责，掌"土地之图与其人民之数"。古代以土地的面积和类型计量税收，"以土均之法，辨五物九等，制天下之地征，以作民职，以令地贡，以敛财赋，以均齐天下之政"（《周礼·地官司徒》）。此外，还执掌民事、民政、风化、人民就业等相关事务，其职责与职能的规定也是很具体的。

比如社会分工和就业指导方面，周代把天下事物分为十二个门类："颁职事十有二于邦国都鄙，使以登万民：一曰稼穑，二曰树艺，三曰作材，四曰阜蕃，五曰饬材，六曰通财，七曰化材，八曰敛材，九曰生材，十曰学艺，十有一曰世事，十有二曰服事。"

职业分十二门类，使王畿之地及诸侯国百姓各从其业。一是材料谷物种植。二是瓜果菜蔬，"树艺，即园圃毓草木"。三是渔猎，山林川泽之材物采集获捕。四是畜牧养殖。五是材料加工产业，"饬材"指"百工饬化八材"，古代的饬化八材，指珍珠、象牙、玉料、石料、木材、金属材料、皮革、鸟羽。六是商贸业。七是女性从事的丝麻纺织业，"化材"指"嫔妇化治丝枲"。八是物流集散，"敛材"指"聚敛疏材"。九是佣工，"生材"指"闲民无常职，转移执事"。十是职业培训。十一是世袭行业，"世事"指"累世专业相传，凡巫医卜筮诸艺事"。十二是杂役服务行业，"谓若府史胥徒，庶人在官者，是公家服事者"。

再比如宣化教民方面的"六养制度"："以保息六养万民：一曰慈幼，二曰养老，三曰振穷，四曰恤贫，五曰宽疾，六曰安富。"

西周是中国社会治理改革的第一个大时代，终结了商朝的神权模式，完成了由天神到人的华丽转身，进而奠定了以敬天为基础的人伦物理道德的社会形态。这种文化转型的标识之一即是"六养"，以"慈幼、养老、振穷、恤贫、宽疾、安富"构建社会维稳体系，其中"宽疾"和"安富"是有现代意识的。"宽疾"是残疾人保障制度，"不劳役之"，《礼记·王制》又进一步做出具体规定："瘖、聋、跛、断者，侏儒、百工，各以其器食之。""安富"是与"振穷、恤贫"对应而言的，"安富，平其徭役不专取"，"言徭役均平，又不专取，则富者安，故曰安富"。"安富"，意在减消人们的仇富心理，使富人心安。"振穷"和"恤贫"是社会公平，"安富"也是社会公平。

大司徒还兼管基础教育和精神文明建设："以乡三物教万民，

而宾兴之。一曰六德，知、仁、圣、义、忠、和。二曰六行，孝、友、睦、姻、任、恤。三曰六艺，礼、乐、射、御、书、数。"（《周礼·地官司徒》）

《冏命》：领导身边工作人员训诫书

伯冏受命担任太仆正，任职之前，周穆王与他谈话，史官记录下来，即是《冏命》这篇文献。谈话的核心内容，是怎样做一名合格的君主身边的工作人员。

> 伯冏，惟予弗克于德，嗣先人宅丕后，怵惕惟厉，
> 中夜以兴，思免厥愆。昔在文武，聪明齐圣，小大之
> 臣，咸怀忠良，其侍御仆从，罔匪正人。

周穆王说话坦诚实在，而且自律自谦："伯冏，我的水平和能力有限，继承国家君主大位之后，人轻任重，心中怵惧，如入险境，常常夜不能寐，思考如何避免过错。过去的文王和武王，无所不闻，无所不见。各级官员，心系忠良，左右近侍之臣，均为中正之人。"

"惟予弗克于德"，克的本义有肩负的意思，"克，肩也，象屋下刻木之形"（《说文解字》）。"弗克于德"，是德不配位。周穆王自我评价修养不太够，德不配位。"丕后"，指国家君主大位。"怵惕惟厉"，怵惕是忧虑、警惕，厉是险境之意。心存敬畏之心，如履

薄冰。"思免厥愆"，愆指行为和思想上的过失，思考如何避免出现过失。

惟予一人无良，实赖左右前后有位之士，匡其不

及，绳愆纠谬，格其非心，俾克绍先烈。

我的不善，依赖前后左右的近侍之臣来匡辅。匡智之不及，纠行为不检点，格正非妄之心，以继续先王事业。

今予命汝作大正，正于群仆侍御之臣，懋乃后德，

交修不逮。

伯冏，我任命你担任太仆正，总领并匡正近侍之臣。尽力匡辅我的品行，你与同僚齐心匡助我的不逮之处。

慎简乃僚，无以巧言令色，便辟侧媚，其惟吉士。

慎重选拔属下，不要任用巧言令色、逢迎取宠之人。要任人以贤。巧言是花言巧语，令色是伪装，均为侧媚取宠之指向。"便辟"，朱熹的注解是虚饰不实之人，"谓习于容止，少诚实也"。

仆臣正，厥后克正，仆臣谀，厥后自圣；后德惟

臣，不德惟臣。

周穆王的这句话被后人尊为醒世名言，左右近臣人品端正，君主才能自觉端正。左右近臣一味献媚，君主会自以为圣明。君主之明在于近臣，君主失明也在于近臣。

尔无昵于憸人，充耳目之官，迪上以非先王之典；

非人其吉，惟货其吉；若时瘰厥官；惟尔大弗克祗厥

辟，惟予汝辜。

你要远离小人，如果以小人充当耳目近臣，会导引君主背离先王之法。如果任用一名官员，不是因为他的品质和才能，而是由于他行贿，就会败坏官职之德。一旦你这样做了，就是对君主大不敬，我会不留情面地处罚你。

王曰："呜呼，钦哉！永弼乃后于彝宪。"

周穆王最后说："记住，保持虔敬之心是第一位的，并以此为最高原则，辅助君主依照国家基本礼法做事办事。"

命官之德：尔身克正，罔敢弗正

　　周穆王授命老臣君牙担任大司徒，任职之前的谈话，被史官记录下来而成《君牙》。

　　　　呜呼！君牙。惟乃祖乃父，世笃忠贞，服劳王家，

　　　　厥有成绩，纪于太常。惟予小子，嗣守文、武、成、康

　　　　遗绪，亦惟先王之臣克左右乱四方。心之忧危，若蹈

　　　　虎尾，涉于春冰。

　　君牙，您的祖辈与父辈，世代忠正，致力于辅佐我大周王室，其卓著功勋记载于太常旗上。我承续文王、武王、成王、康王的体统，寄厚望于您等老臣，助我治理四方国家。对于国之大业，我还年轻，心存忧惧，如蹈虎尾，如履薄冰。

　　"厥有成绩，纪于太常"这句话中，隐含着中国社会秩序的一个文化传统。

　　太常，是等级最高的旗帜，又称"三辰旗"。

　　中国古代的旗帜分为九个层级，太常、旗、旃、物、旗、旐、旗、旛、旌。在周代，举行国家大典的时候，由大司马颁授旗帜，

周天子的乘车之上竖立太常旗，诸侯乘车之上竖立旂旗，列卿乘车之上竖立旃旗，将帅乘车之上竖立军旗，州邑乘车之上竖立旗旗，县邑乘车之上竖立旐旗，都邑公车之上竖立旞旗，都邑之外公车之上竖立旌旗。九种旗的旗面上，均明示书写各自官事，以及主官姓名。在典仪现场，九旗分列飘扬，以彰著社会秩序的不同层面。

> 司常掌九旗之物名，各有属，以待国事。日月为常，交龙为旂，通帛为旃，杂帛为物，熊虎为旗，鸟隼为旟，龟蛇为旐，全羽为旞，析羽为旌。及国之大阅，赞司马颁旗物：王建太常，诸侯建旂，孤卿建旜，大夫、士建物，师都建旗，州里建旟，县鄙建旐，道车载旞，斿车载旌。皆画其象焉，官府各象其事，州里各象其名，家各象其号。（《周礼·春官宗伯》）

九旗的旗面图案，即古人讲的"章物"，各有不同。太常旗为日、月、星辰。旂旗为交龙。旃旗的旗面正幅与装饰物为同一种颜色的帛，即"通帛"。物旗为"杂帛"，指不同颜色。军队统帅的旗面为熊虎。旟旗为鸟隼。旐旗为龟蛇。旞旗和旌旗的区别在旗杆顶端的饰物。全羽，指每根羽毛都染五种颜色；析羽，每根羽毛只染一种颜色。

太常，"谓有日月星辰之章"，"悬象著明，莫大于日月"，日、月、星辰的运行规律为天地太常之道，寓意君主循天地常道治理国家，因而旗语为"太常"。对国家有重大贡献的功勋之臣姓名，记于太常旗上，标榜为国家的楷模和荣耀。

君牙的祖父和父亲，都是记录于太常旗上的国家功勋人物。

今命尔予翼，作股肱心膂，缵乃旧服。无忝祖考，

弘敷五典，式和民则。

君牙，我任命你为我的辅佐之臣，做我的股肱心腹，承续你祖上之位。不要愧对你祖先的德望，深入探究五常之道，以顺民和安民为治国之法度。

五典，即五常。五常的最初之义为父义、母慈、兄友、弟恭、子孝五种伦常次序。到汉代之后，丰富为仁、义、礼、智、信。在上古时期，以五典为治国理民的基本原则。《尚书》中的《尧典》和《皋陶谟》也有关于五典的记载。"慎徽五典，五典克从"，"天叙有典，敕我五典五惇哉"。

尔身克正，罔敢弗正。民心罔中，惟尔之中。夏

暑雨，小民惟日怨咨。冬祁寒，小民亦惟日怨咨。厥

惟艰哉！思其艰以图其易，民乃宁。

尔身克正，罔敢弗正。民心罔中，惟尔之中。"这句话是这篇文章的核心之处，身为命官，你行为端正，就没有人敢不端正。老百姓心中没有行为的准绳，你就是准绳。夏季酷热多雨，老百姓哀怨连连；冬季天寒地冻，百姓哀怨难忍。老百姓的日子艰辛难熬呢！洞察到百姓的艰辛之处，思考并找到脱困解难的具体办法，民心则安然可定。

王若曰："君牙，乃惟由先正旧典时式，民之治乱

在兹。率乃祖考之攸行。昭乃辟之有乂。"

穆王说："君牙，你肩负祖上的职任，应尽心恪守先王老臣之风范，百姓或治或乱取于你的所作所为。在你先辈业绩的基础上，进一步发扬光大，拓宽我大周的治世之道。"

周穆王的敬畏心

一国之君的大心脏是怎么跳动的？

考量中国的吏治史，这是绕不过去的硬核题目。君主的性格、思维方式，以及胸襟、志向、趣味，往往决定着一个时期的社会成色，这是古代中国的政治特色。甚至可以这么说，在古代的专制制度下，君主之心的厚薄，基本呈示着时代品质的高与低。

周穆王姬满，是西周第五位君主，史称"穆天子"。西周前四位君主分别是，开国之君武王姬发、成王姬诵（成王即位初年，由叔父周公姬旦摄政七年）、康王姬钊、昭王姬瑕。中国历史上首个有记载的"治世"，称"成康之治"，指的是成王和康王执政时期。事实上，这两位君主自身并没有特别的作为，所谓的"治世"，主要是武王姬发和周公姬旦创立国家之后的成果延伸，尤其是周公姬旦的治国韬略。武王灭亡殷商，建立周期，但仅仅三年之后就去世了。成王年幼，由周公摄政，总理国家事务，周公是"成康之治"的总设计师。

成王和康王是"享成之君"，是活在祖宗光环里的君主。"成康之治"繁荣的表面下，潜伏着两个巨大阴影：一是内政疲弱，"王道微缺"，祖宗的老本吃得差不多了；再是外困，国家安全出现危机，来自"东夷"和"南夷"的侵扰和挑衅日趋严重。西周统治的核心区是黄河流域，当年的外患不是北方，而是东南和南方。在东南的淮河领域有徐国，在长江流域有荆楚国，在江淮之际有虎方国和扬越国。这些都是古老的部落壮大而成的国家，原本与周王室的关系时好时坏，成康时期，弱主执政，渐而变得肆无忌惮。再之后战事升级，周昭王就是在征讨荆楚国的途中病逝的，"昭王南巡狩不返，卒于江上（汉水）"。

周昭王非命征途，穆王于悲痛之中即位。

穆王即位这一年已经五十岁了，在位时间五十五年，"穆王即位，春秋已五十矣"，"穆王立五十五年，崩"。（《史记·周本纪》）这位长寿至一百零五岁的政治老人在他的任内创造了多项奇迹。

首先是化解边疆危机，通过一系列南征北战，实现了和南睦北，稳定东南和南方诸侯国，实现了休戚与共。又两次北征犬戎，令其远遁。关于北征犬戎，在当年是存在争议的。据《国语·周语》记载，大臣祭公谋父直接提出反对意见，主张睦邻友好："先王耀德不观兵。夫兵戢而时动，动则威，观则玩，玩则无震，是故周文公之颂曰：'载戢干戈，载櫜弓矢。'"这句话的意思是，周氏族脉的传统是耀明文德，不轻易显示兵威。兵威应收敛，一旦发威，必须收到大效果。一味显示兵威，是黩武。穷兵黩武是于事无益的。因此周公姬旦的《颂》诗有言，"收起楯载，藏起弓衣"。
周穆王坚持出兵北征，应该是预防南疆动荡局势的重演。

其次是修订刑法，"作修刑辟"，初步建立以法治国的政治理
念。西周刑法制度的亮点在于"祥刑"，制定严格的刑法条文，但
在执行的时候从宽处之。《尚书·吕刑》中具体阐述了周穆王的法
治思想，其中有两点具有现代人的思维：一是审断同一种罪行，
对于惯犯与偶犯要区别对待。"非终惟终在人"，"惟终"指一贯犯
罪，"非终"指偶犯。二是法官对待罪犯，不要像一般人那样去仇
视，要有悲哀怜悯的心理，"哀敬折狱"，一个人犯罪，不仅是个人
的事情，还是社会的悲哀。这句话很重要，比如官员犯罪，贪官
人人憎恨，但审判者和执法者要清醒地认识到，官员犯罪，不仅
是社会的悲哀，还是社会进程中的成本和代价。由这句话后来衍
生出"刑不上大夫"，刑不上大夫，不是官员有特权，可以免于刑
罚，是指官员犯罪，依罪行当罚则罚，当斩则斩，但不要特别强
调刑罚的形式。具体是说，不要把官员太多的罪状和罪证公布于
众，否则会招致老百姓对政府的不信任或仇视。仇官心理一旦被
放大之后，会成为动摇国家根基的隐患。

再次是强化执政理念，"王道衰微，穆王闵文、武之道缺，乃
命伯同申诫太仆国之政，作《同命》，复宁"（《史记·周本纪》）。
《同命》这篇文献，就是在这种背景之下形成的。

周穆王的了不起之处，还在于胸中跳动着的一颗敬畏心。敬
天地，敬祖脉传统，敬人事。用今天的话说，是爱祖国，爱人民。

"怵惕惟厉"，"心之忧危，若蹈虎尾，涉于春冰"。周穆王作为一国之君，没有"一览众山小"的心理，始终保持一颗虔敬之心，如踩虎尾，如履薄冰。"惟予一人无良，实赖左右前后有位之士，匡其不及，绳愆纠谬，格其非心，俾克绍先烈。"周穆王和下属谈话，态度诚恳，我这个人没有什么水平，多多拜托诸位帮助我。"夏暑雨，小民惟曰怨咨。冬祁寒，小民亦惟曰怨咨。厥惟艰哉！"周穆王特别叮嘱大司徒君牙，要记住老百姓的日子不好过呢。

"仆臣谀，厥后自圣"，这是周穆王最清醒的认知，一位君主如果整天被阿谀谄媚之臣紧密围绕着起哄，大脑会失去判断力的。

在制衡与失衡之间：《汉书》认识笔记

九个细节

皇帝任性之后

刘邦是大皇帝，做事情由着性子，信手拈来，信脚拈去。取出《汉书·高帝纪》里的三件事，事不大，件件惊心。从中可见刘邦性格里的粗疏大器，更可领略史家班固的胆与识。

汉元年是公元前206年，不属于开国建元。这一年刘邦带队伍先项羽攻入咸阳城，由沛公升格为汉王，但势力和实力比项羽差很多，直到汉五年十二月在垓下决战，灭亡项羽，才掌控国家局面。大决战前三年，汉二年四月，他们之间还打过一场恶仗。刘邦率领五国诸侯联军，趁项羽大本营彭城（今江苏徐州一带）空虚之际，攻入城中，顺便把项羽女友货赂收入自己帐下，并且大摆酒席庆贺。"收羽美人货赂，置酒高会。"此时项羽正和齐军作战，闻讯后，立即率三万精兵，星夜行军，夕发朝至，刘邦的几十万联军如同乌合之众，不堪一击，死伤惨重。"大破汉军，多杀士卒，睢水为之不流"，刘邦本人也陷入重重包围之中，但在危急时刻，天佑刘邦，"大风从西北起，折木发屋，扬砂石，昼晦，楚军大乱，而汉王得与数十骑遁去"。逃跑途中经过老家沛县，偶遇逃难的儿子和女儿，携带上一起跑，"汉王道逢孝惠、鲁元，载行"。但很快被楚军骑兵追上，刘邦把俩孩子推下车自己跑了，幸亏夏侯婴，俩孩子得以保命。"楚骑追汉王，汉王急，推堕二子。滕公（夏侯婴）下收载，遂得脱。"

汉五年二月，刘邦转战途中在汜水之阳（今山东菏泽定陶区一带）即皇帝位。都城拟沿袭周朝定在洛阳。一个叫娄敬的普通士兵（戍卒）给刘邦建议："如今天下未定，定都洛阳不如长安，依据黄河秦岭之险要，进可攻，退可守。"刘邦又简单征求了张良的意见，当天即拔营西行。破格重用娄敬，连升数级，且赐国姓，改娄敬为刘敬。"上（刘邦）以问张良，良因劝上。是日，车驾西都长安。拜娄敬为奉春君，赐姓刘氏。"刘邦的直觉是精准的，因而才敢把定国都这样的事，搞成了说走就走的旅行。

刘邦定都长安后，很少待在都城，直到汉十二年去世，其大部分时间和精力都用于"边疆维稳"和"剿匪平叛"。北方匈奴是终汉一朝的最大外患，始终没有解决好，汉武帝时期是处理最好的，但也是时有反复，究其原因，是刘邦开了个坏头。汉七年十月，刘邦不听劝阻，率大军从楼烦北伐，遭遇极寒天气，近二三成的士兵冻掉手指脚趾。"至楼烦，会大寒，士卒堕指者什二三。"大军被围困七天，情境危急，命悬一线。最后用一个下三烂的办法才得以脱困。私下送重金给匈奴单于的王后，并附一批美女图，告诉王后：汉皇帝被围困，准备献一批美女给单于。王后担心失宠，说服单于放刘邦一条生路。劝阻刘邦北伐的是娄敬，此时已更名为刘敬。刘邦很恼火，不但不听还撤了他的职。从楼烦侥幸脱困后，刘敬官复原职，并给刘邦上谏了缓解北方危机的"和亲政策"，并担任首位"和亲大使"。汉代的"和亲政策"是从汉七年开始的，以后成了规则，匈奴新单于即位后，汉朝廷选一位皇室女子下嫁单于做阏氏，用今天的话说，叫用美女换和平。

中国的朝代里，解决"边疆危机"最成功的是清朝，南收台湾，西定青藏、新疆。清朝是满蒙联合执政，王后为蒙古族。满蒙自身是北方民族，但这只是外在原因，内因是攘外的政策得体。而汉代的"和亲政策"，从实质上说，是大国的屈辱。

这一仗，刘邦输了一百五十年

这是一场保家卫国之战。

公元前200年农历十月，刘邦与匈奴单于冒顿在山西大同一带高峰对决，三十二万步兵对垒三十万骑兵。此战之前，刘邦有一个严重疏失，对北方冬天的寒冷缺乏准备，汉家军近二三成的士兵被冻掉脚趾和手指，"卒之堕指者十二三"（《汉书·匈奴传》）。冒顿单于成功实施"诱敌深入"和"擒贼先擒王"战术，分割包围，把刘邦死死围困在大同的白登山，整整七天。刘邦派人私下向冒顿王后（阏氏）重金行贿，得以侥幸生还。

冒顿和刘邦是同时代的英雄，但粗糙不羁至极。公元前209年，冒顿弑杀父王，自立为单于。"冒顿杀父代立，妻群母（以父王群妃为妻），以力为威。"（《汉书·郦陆朱刘叔孙传》）这一年他二十六岁，之后横刀立马，兼并整饬匈奴数十个部落，再之后疯狂扩张，东进辽东东胡，西到帕米尔，北抵贝加尔湖，南至长城脚下，黄河岸边，一统辽阔的草原和戈壁，不到十年时间，一个彪悍的匈奴帝国强势崛起。公元前 200 年，与汉朝军队决战的时候，冒顿三十五岁，刘邦五十七岁。

这一年是汉七年。事实上，刘邦是在汉五年春天称帝，六月定都长安，十二月灭项羽，统一中国不足两年的时间。这一时期，北部边疆不断报急，边关多处吃紧，匈奴在边境沿线掳人口，抢财物，杀官吏。在此之前一年，为强化边防，刘邦封异姓诸侯韩王信为代王，重兵驻守山西北部，驻地在马邑（今山西朔州），但不久，韩王信在重压之下投降匈奴。"徙韩王信于代，都马邑。匈奴大攻围马邑，韩信降匈奴。"（《汉书·匈奴传》）匈奴顺势大举南下，破雁门关之后，又连下太原、晋阳。刘邦是在这样的危机之下挂帅出兵的，这一仗是实实在在的保家卫国之战。

但这一仗打输了，不仅军事上输了，国家的体面也随之扫地。自此开启了中原大国向塞外强权屈尊纳贡的先河。每年向匈奴呈送金银财物之外，还和亲。

贾谊是汉文帝时的博士，即皇帝的文化顾问。他上书奏说："今天的形势好比人之倒悬，脚在上，头在下，脚在指挥脑袋。匈奴对汉天子发号施令，掌控着皇帝的权柄。汉天子向匈奴进贡，行臣子礼数。但没有人能扭转这样的势态，是我们国家缺乏人才呀。"

这样的"倒悬"之势是从汉武帝开始改变的。汉武帝刘彻公元前140年即位，第二年即启动了丝绸之路计划。丝绸之路最初是军事之路，派张骞去联合西域的国家，共同抵抗匈奴。汉武帝雄才大略，兴军事，强贸易，振奋国力。从即位起，终止与匈奴和亲（与乌孙国两次和亲，乌孙国，今新疆伊塞克湖一带）。在与西域多个国家的往来中，引进了"良马利刃"，综合实力大增。汉武帝在位五十四年，彻底扭转了国家的"倒悬"，汉朝人民自此站起来了。公元前87年，汉武帝去世。又三十多年之后，公元前51年，汉宣帝甘露三年，呼韩邪单于第一次以臣子的身份朝觐汉天子，从公元前200年，到公元前51年，是艰辛漫长的一百五十年。

长安城大移民

长安城是一座移民城市。

秦国时候，关中这片土地文化是薄弱的。秦始皇"焚书坑儒"之后，进一步恶化成文化沙漠，把周朝遗传的文化因子荡涤得干干净净。秦朝由公元前221年到前206年，存世仅十五年。一个时代，突出强调军事，而作为基础的文化和经济是粗糙的。一把弓过于僵硬，会断的。

汉五年五月（前202年），刘邦迁都长安。汉九年（前198年），开始实施一项叫"强干弱枝"的首都移民计划，由六国向首都大移民。当年的长安，因为多年兵乱，人口荒疏，经济落后，秦地之外的六国相对比较发达。移民的动因是政治需要，旨在削弱六国势力，因此被称为"强干弱枝"。首批移民达十万人，这些人不是普通百姓，是齐国、楚国的贵族、富豪和显要，"十一月，徙齐、楚大族昭氏、屈氏、景氏、怀氏、田氏五姓关中，与利田、宅"（《汉书·高帝纪》）。十万人口在当年是大数字，刘邦的儿子汉惠帝刘盈筑长安城的时候，做过一次人口普查，城区总人口仅二十四万，"户八万八百，口二十四万六千二百"（《汉书·地理志》）。刘邦迁都长安后，并没有筑城。他一生劳碌，去世的前一年仍在奔波"剿余匪"。刘邦崩于汉十二年四月（前195年），享寿六十二岁。关于长安城的修建，《史记》和《汉书》的记载不一致，分录之："（汉惠帝）三年，方筑长安城，四年就半，五年六年城就。诸侯来会，十月朝贺。"（《史记·吕太后本纪》）"（元年）春正月，城长安。"（《汉书·惠帝纪》）刘盈一生羸弱，听命于母亲吕后，司马迁瞧不起他，《史记》不设惠帝本纪，设《吕太后本纪》。史官不把皇上看在眼里，这骨头真够硬的。

　　移民人口摆在城市什么位置，也彰显了刘邦的政治智慧。第一批十万人安置在长陵（刘邦陵园），在陵区一侧建筑长陵邑，以便约束管理。长陵邑是汉代的"开发区"，今天的开发区以经济为核心，汉代是国家维稳。咸阳的"五陵邑"，就是汉代的五个"开发区"，具体是长陵邑（刘邦陵）、安陵邑（惠帝刘盈陵）、阳陵邑（景帝刘启陵）、茂陵邑（武帝刘彻陵）、平陵邑（昭帝刘弗陵）。五陵邑是当年长安城北的五个卫星城，是高大上社区，引领着首都长安，乃至全国的生活风尚；也是强势特区，五陵邑的领导人，尤其是长陵邑领导，职级高半格，相当于副省级，一般的京官是不敢惹的。至西汉末年，茂陵邑人口为二十七万多，"户六万一千八百八十七，口二十七万七千二百七十七"，长陵邑人口十八万，"户五万五千五十七，口十七万九千四百六十九"，另外三个陵邑没有具体人口数字记载。

西汉累计七次大移民，从前198年到汉元帝永光四年冬十月（前40年），一百五十八年间移民总人口近四十万，至西汉末年，移民后裔规模达百万，约占首都地区一半人口。

"强干弱枝"计划对国家维稳是成功的，同时优化了首善之地的人口结构，给长安打下了包容型城市的底子。

冒顿单于与吕后的一次互通国书

冒顿是匈奴划时代的领袖，一生充满传奇，是大单于，但也粗劣僭越至极。

公元前209年，冒顿弑父王头曼，自立单于。这次政变不是阴谋，是公开的。在一次狩猎中，冒顿把一支响箭射向父亲的头部，他的麾下立即众箭齐发，老单于现场殒命。冒顿多年来就是这么操练手下的，响箭是信号弹，是超级号令，也是狗眼里的骨头，扔向哪里狗群扑向哪里。

这一年，南中国相对应的是秦二世元年，但三年后，大秦帝国轰然崩塌。偌大的秦朝只存世十五年，如此短命的朝代，后世执国者当引以为大的警戒。与此同时，冒顿的帝国在北方迅速崛起。公元前200年，即汉七年，冒顿与汉高祖刘邦亲自挂帅的汉军在大同一带首度交手，三十万骑兵把三十二万步兵分割包围。刘邦依靠给冒顿的王后秘密送厚礼，才买出一条逃生路。此后，戍边的汉将纷纷倒戈率众降北，已经危及大厦初起的汉朝，刘邦于无奈之中，送"翁主"给冒顿做阏氏，每年还要奉送大量财物，以换取边疆苟安。皇帝的女儿叫公主，诸侯的女儿叫翁主。原本是要送公主的，但刘邦只有一个女儿，在吕后的软缠硬磨下才临行换人。"于是高祖患之，乃使刘敬奉宗室女翁主为单于阏氏，岁奉匈奴絮缯酒食物各有数，约为兄弟以和亲。"

汉十二年，刘邦去世，冒顿派使者给吕后送来国书，但不是吊唁，而是上门提亲，语气也极其粗鲁傲慢，说你是一个人，我也一个人，我想在中原多走走，咱俩凑合起来过日子吧。"孤偾（仆）之君，生于沮泽之中，长于平野牛马之城，数至边境，愿游中国。陛下独立，孤偾独居，两主不乐，无以自虞，愿以所有，易其所无。"

吕后有王者风范，忍下了此等巨大羞辱，且依国家礼仪回奉国书："单于不忘弊邑，赐之以书，弊邑恐惧。退日自图，年老气衰，发齿堕落，行步失度，单于过听，不足以自污。弊邑无罪，宜在见赦。窃有御车二乘，马二驷，以奉常驾。""退日自图"这句话是对提亲一事的答复，但软中见硬，柔里用刚。"我照着镜子端详了自己，年老气衰，发齿脱落，走路都打晃，单于您误听他人言了，不要亏了自己。"单于看了回书，立即再派来使者认错，"未尝闻中国礼仪，陛下幸而赦之"。这是礼仪的力量，国力疲弱的时候，用礼仪也能抵挡一下。

但认错归认错，此后经年，匈奴在边境滋事不断，掠妇女，抢钱粮，杀边吏。汉朝廷的回应多以修书抗议为主，抗议国书的抬头是这样的："皇帝敬问匈奴大单于无恙"。冒顿回复的抬头则是这样："天所立匈奴大单于敬问皇帝无恙"。冒顿去世后，他的儿子老上单于即位，国书的抬头写成这样："天地所生日月所置匈奴大单于敬问汉皇帝无恙。"更为甚者，汉朝廷的国书函匣规格是一尺一，"以尺一牍"，匈奴的函匣是一尺二，"以尺二寸牍"。处处压过汉朝廷一头。

汉文帝刘恒时期，边境冲突最为频仍，尽管有"和亲"、"通关市"（边境贸易）、"给遗单于"（大量奉送财物）三项政策，但匈奴大军不时入境侵扰，最多时达十四万军队侵境，"岁（每年）入边，杀略人民甚众"。侵扰地点几乎覆盖北方边境，东部在云中（今内蒙古南）、辽东，中部在句注（今山西雁门）、飞狐口（今张家口蔚县），西部在北地（今甘肃庆阳一带）、朝那萧关（今陕甘宁沿线），汉朝当时已进入全民备战模式，"烽火通于甘泉（今咸阳淳化），长安"。汉景帝刘启即位后，因为匈奴内部不团结，"终景帝世，时时小入盗边，无大寇"。（《汉书·匈奴传》）一直到汉武帝刘彻执国后，国家综合实力强大起来，中华再兴，这种局面才得到彻底改善。

罪己诏

罪己诏是皇帝的告全民检讨书。

国家发生了天灾，地震、大旱、大涝，或年景失序，以及内乱和外患等重大人祸，古代的皇帝要颁布罪己诏，向国民做出深刻反省。用今天的观点看，这至少是一种很有实效的干部教育方式，在灾难面前，皇帝当了第一责任人，大臣们自然会更加谦恭待民。

"文景之治"指的是汉文帝和汉景帝时代。汉文帝刘恒执政从公元前179年到公元前157年，在位二十三年，颁布过四次罪己诏，如果算上遗诏，共五份检讨书。

公元前179年是汉文帝即位元年，四月，发生大地震，"齐楚地震，二十九山同日崩，大水溃出"。第二年十一月又发生日食，古人科学认识水平低，认为日食是老天爷发出的震怒讯号，"十一月癸卯（十一月三十日）晦，日有食之"。

刘恒发布第一次罪己诏，说："我这个皇帝德不配位，执政水平弱，上天才降灾难以告诫，十一月又有日食发生，这是上天在追责，还有比这更大的么！""人主不德，布政不均，则天示之灾，以戒不治。乃十一月晦，日有食之，适见于天，灾莫大焉！"由此做出三条"改过"承诺：第一，全国范围内征召"直言极谏者"，广开言路，以匡正我的不足；第二，给老百姓减税赋；第三，宫廷卫队和皇室公务员大量裁员，裁撤人员去基层或戍边。

公元前 168 年三月，汉文帝继位第十二年，颁布第二份罪己诏，对前十年的执政进行反思："道民之路，在于务本。朕亲率天下农，十年于今，而野不加辟。岁一不登，民有饥色，是从事焉尚寡，而吏未加务也。吾诏书数下，岁劝民种树，而功未兴，是吏奉吾诏不勤，而劝民不明也。且吾农民甚苦，而吏莫之省，将何以劝焉？其赐农民今年租税之半。"

导民之道，在于农本。我亲自带头耕作以兴农，至今已经十年，而荒野未多开垦，每遇不好年景，百姓仍是民不聊生，这是我尚农的决心不够充分，各级官员也没有足够重视。朝廷多次颁布诏书，每年劝民种树，但收效甚微，这是各级官员执行朝廷政策不够勤勉。我们的农民负担过重，官员们却视而不见，这样何以兴农？今年免除农民一半赋税。

第二年（前 167 年），汉文帝再次颁诏，全部免除农田租税，"其除田之租税"。这项免农业税政策实施了十一年，直至汉景帝继位。

公元前 166 年冬天，匈奴入侵边境，掠民财，杀北地郡都尉。汉文帝欲亲征，在母亲极力反对下乃止。第二年春颁发罪己诏，讲古代贤君"先民后己，至明之极"，而在今朝，国家有了好事，大臣们在祭祀时归功于我，这是对不起老百姓的行为。我向大臣们诚心告诫，今后祭祀时再不要这么做了。

公元前 157 年 6 月，汉文帝崩，遗诏也如罪己诏，对执政的二十三年做了回顾和省思，情真意切，检讨自己"承天抚民"的工作存在诸多不足，特别反对大办丧事，"厚葬以破业，重服以伤生，吾甚不取"，并对国葬规格做出了一系列具体限制：如遗诏发布三天之后停止悼念活动，居丧期间不得限制国人的婚嫁，孝带不许超过三尺，不许用布帛覆盖灵车，不许羽林军护灵。特别说到霸陵是因山守势而造，目的是简朴节约，身后不得另兴土木。西汉十一位皇帝，汉文帝的霸陵是最简朴的，甚至可以说有些简陋。刘恒不是口头上讲"以民为本"，他身体力行地做到了。

汉文帝第一份罪己诏是公元前178年11月颁布的，第二年五月还颁布一道废止"因言获罪"的诏令："古之治天下，朝有进善之旌，诽谤之木，所以通治道而来谏者也。今法有诽谤、诀言之罪，是使众臣不敢尽情，而上无由闻过失也。将何以来远方之贤良？其除之。"（《汉书·文帝纪》）后人在研究汉文帝的治世思想时，对这份旨在广开言路的诏书极为重视。

汉文帝是汉代第三位皇帝。惠帝刘盈无后嗣，之后吕后摄政八年，再之后，大臣们从高祖刘邦多位儿子中海选出刘恒嗣位。大臣们的眼睛还是雪亮的，汉朝自此开启宽民爱民的"文景之治"模式。

《食货志》里的一笔良心账

《食货志》是阐述汉代三农问题及国家财政手段的大文章。

"食货"的定义是："洪范八政，一曰食，二曰货。食谓农殖嘉谷可食之物，货谓布帛可衣，及金、刀、龟、贝，所以分财布利通有无者也。二者，生民之本，兴自神农之世。"

今天有一个时尚词，叫新农村建设。《食货志》里讲的，是中国的老农村建设。以前的史官，是记录国家历史的官员，也是给国家做顶层设计的行家。在《食货志》里，班固规划了一个村庄蓝图：八户人家，井田一方，九百亩为一村落。每户"各受私田百亩，公田十亩，是为八百八十亩，余二十亩以为庐舍"。八户人家各拥有两处屋所，农忙时田野里一处，秋收后邑里一处。"在野曰庐，在邑曰里。""春令民毕出在野，冬则毕入于邑。"每户受十亩公田，是预防邻里纠纷。谁家房基地宽了，谁家的庄稼爬到别人地里去了，这一类的隐怨可免除。"出入相友，守望相助，疾病相救，民是以和睦。"

以前的百姓不叫公民，叫子民，皇帝是家长，老有所养，少有所教是国家义务。"民年二十受田，六十归田。七十以上，上所养也；十岁以下，上所长也；十一以上，上所强也。"人到七十古来稀，七十岁以上的老人，国家要赡养。十岁以下的孩子，地方政府有责任保护他们健康成长。十一岁到二十岁"受田"之前，地方政府要督促他们奋发好强。教育是政府的重要工作。"里有序而乡有庠，序以明教，庠则行礼而视化焉。""八岁入小学，学六甲五方书计之事，始知室家长幼之节。十五入大学，学先圣礼乐，而知朝廷君臣之礼。其有秀异者，移乡学于庠序；庠序之异者，移国学于少学。诸侯岁共少学之异者于天子。"在小学学习做人做事的道理，十五岁以后才进行专业教育。班固的这个设计在当时是合情合理的，在小学学习做人，年龄大一些，再学习别的。

"理民之道，地著为本"，农民安心生产生活，踏实过日子，国家才会平稳安定。怎么让农民安心呢？班固为农民说话，也为农民算了一笔良心账，读着既触目，也让人沉思。以五口人家为例，种田一百亩，以亩产一石半计，收成是一百五十石，上缴百分之十的农业税，十五石。月人均口粮一石半，全家一年约需九十石填饱肚子。余粮四十五石。当年每石粮食市场价是三十钱，销售后，收入一千三百五十钱。再日常开销、衣物等项，每人每年三百钱，需一千五百钱；教育、祭祀（社间尝新、春秋之祠）费用约三百钱。五口之家辛苦劳务一年，净亏四百五十钱，且"不幸疾病死丧之费，及上赋敛，又未与此"。

面对农民的这种生存压力，政府必须介入，这是政府的应尽之责。班固例举了战国时期的"魏国模式"，鼓励增产增收与政府平准粮价相结合：丰收年，政府以高于市场价格收购粮食，作为国家储备；灾年，再以低价开仓济民救市。班固清醒地认识到，平准市价的最大受益者不是农民，而是政府。"籴甚贵伤民，甚贱伤农。民伤则离散，农伤则国贫，故甚贵与甚贱，其伤一也。善为国者，使民毋伤而农益劝。"

《食货志》里还细致地介绍了几种先进的农耕方法，包括新发明的农用机械，该算作当时的农业高科技。

汉文帝的伟大之举是减免农业税。先由十分之一减至十五分之一，后听从贾谊晁错建言，全部免除，"乃下诏赐民十二年租税之半。明年，遂除民田之租税"。十三年后，景帝二年，又大幅降为三十分之一，"令民半出田租，三十而税一也"。

2004 年，中国部分省市试点免除农业税，2006 年起全国免除农业税，取消烟叶以外的农林特产税。这是一项大好的政策，中国延续了几千年的"皇粮国税"终于走进了历史博物馆。

汉文帝大减赋税之外，还减了什么

汉代初年的赋税有三种：田税、算赋和傅籍。

田税就是缴皇粮，土地是皇帝的，农民种田，按收成上缴。孟子的理想税率是"什一而税，王者之政"，收获十石谷子，上交一石。汉代立国后，让利于民，田税是"十五税一"，收十五石，上交一石。算赋是人头税，也称口钱，七岁到十四岁，每人每年二十钱，"以食天子"。十五岁到五十六岁，每人每年一百二十钱，"为治库兵车马"。傅籍是每个男丁为国家义务工作。有力役和兵役两种。力役指国家的建设工程，修路、治河、筑城等。兵役是义务兵，汉代实行全民皆兵制度，当时国家人口少，汉代初年不足四千万，而匈奴正值鼎盛期，北方边境线绵长，西自陕甘宁，东到北京及辽宁南部，几千公里的地带。匈奴入境犯边烧杀抢掠事件，不是偶尔，而是常态。按汉代律法，男子到二十二岁，开始服力役和兵役，"年二十二傅之畴官"，有爵位者到五十六岁"免老"，普通百姓的"免老"年限是六十岁。力役每人每年一个月，缴二百钱可抵工。兵役是每人每年三天，缴三百钱可免役。国家用收缴的钱去募工和募兵。汉代的田税是低的，"十五税一"约为百分之六。算赋和傅籍对普通百姓是不轻的压力。

汉文帝刘恒是汉代第四位皇帝，依次为高祖刘邦、惠帝刘盈、高后吕后。公元前188年，刘盈去世，时年二十三岁。吕后临朝称制。八年后，吕后去世，时年六十二岁。刘盈无后嗣，三公九卿公议推举刘恒为皇帝。刘恒是刘邦的第四子，时在太原为代王。后来的事实证明，当年那个三公九卿领导集体是英明的，临危决断，秉持大义，选出了一位好皇帝。如果挟私弄权，把一个差劲的推上大位，汉朝的气数也就尽了。

刘恒是大孝子，"二十四孝"里的"为母尝药"，讲的就是他的典故。他即位的当年，朝廷就颁布具体的养老措施："年八十已上，赐米人月一石，肉二十斤，酒五斗。其九十已上，又赐帛人二匹，絮三斤。"九十岁以上老人由地方主官送到家里，不足九十岁者由具体的农政官员送到家里。各郡（省）的主官，亲自督查此项政策的实施。并且明确规定，养老米必须是当年的新米，"今闻吏禀当受鬻者，或以陈粟，岂称养老之意哉！"

公元前179年刘恒即皇帝位，即位元年颁布养老法令，第二年诏令全国，减田租一半，由"十五税一"降为"三十税一"。"农，天下之大本也，民所恃以生也，而民或不务本而事末，故生不遂。朕忧其然,故今兹亲率群臣农以劝之,其赐天下民今年田租之半。"执政第十三年,公元前167年六月,再诏令全国,全部免除田租。"农,天下之本,务莫大焉。……其除田之租税。"这项大免税政策,持续了十一年,直至汉文帝去世。十一年免除皇粮,是中国统一的大历史里,由秦朝到清朝,二千多年间仅有的一次。这一时期,人头税也由一百二十钱降为四十钱。

刘恒二十三岁即皇帝位,在位二十三年。他的执政时期里,国家发生灾难,他带头承担责任,多次颁发罪己诏。"天下治乱,在予一人,唯二三执政犹吾股肱也。"皇帝自己承担罪责,是开明政治。在大幅减免赋税之外,还给国家做了多项"减法",具体是:

执政元年十二月,废除"一人有罪,并其室家"律令。

二年五月,废除"因言获罪"律令。"古之治天下,朝有进善之旌,诽谤之木,所以通治道而来谏者也。今法有诽谤妖言之罪,是使众臣不敢尽情,而上无由闻过失也。将何以来远方之贤良?其除之……朕甚不取。自今以来,有犯此者,勿听治。"

二年十一月,大幅缩减宫廷卫队及皇帝身边工作人员。"其罢卫将军军。太仆见马遗财足,余皆以给传置。"卫将军是宫廷卫队最高长官。太仆是九卿之一,掌管皇帝出行。传置是驿站。减员下来的工作人员以及马匹交驿站,卫兵去戍边。

十二年三月,"除关无用传"。关,指环绕首都长安地区(称关中）的五处关隘（扦关、郧关、函谷关、武关、临晋关）。传，是身份证明。汉初，为了国家"维稳"，进出首都地区的人员、物资实行严格的登记检查制度，在每处关隘设亭障、驻士卒，严防死守。

十二年五月，除肉刑法。

后元七年（前157年）文帝崩，遗诏颁令全国，简化国丧仪程，颁布多项"不准"，令到三日后，除丧服。不准禁止国丧期间老百姓的嫁娶、祭祀以及食酒肉；不准大量披麻戴孝，头与腰的孝带不准超过三寸；不准用布帛覆盖灵车；不准派羽林军守灵；不准组织百姓到宫殿哭灵。所葬霸陵因山势而建，不准另起坟陵。宫中夫人以下全部遣返归家。"其令天下吏民：令到出临三日，皆释服。无禁取（娶）妇嫁女祠祀饮酒食肉。……带无过三寸。无布车及兵器。无发民哭临宫殿中。殿中当临者，皆以旦夕各十五举音，礼毕罢。非旦夕临时，禁无得擅哭。……布告天下，使明知朕意。霸陵山川因其故，无有所改。归夫人以下至少使。"

中国自秦朝大一统之后，首个"治世"，即是"文景之治"。汉文帝以身作则，亲民爱民这句话，不是挂在嘴边的口头禅，而是落在实处。特别是给国家"松绑"的政策措施，给百废待兴的汉代初期，夯实了了不起的治国基础。

算缗和告缗

缗，是旧时串铜钱的绳子，由此成了量词，一缗，为一千文。算缗是汉武帝颁行的营业税种，课征对象是工商业者及手工行当，旧称"贾人末作"。末作即末业，农为本，商贾为末。

算缗的征收方式是经营者自行申报财产，"各以其物自占"，依财产纳税。"率缗钱二千而算一"，一算是一百二十文，两千文缴一百二十，税率为百分之六，小业主减半，"率缗钱四千算一"。（《汉书·食货志》）算缗里还有车船税，"轺车"缴纳一算，轺车是以前的豪华私家车，是奢侈品。轺即遥，"四向远望之车也"（《释名》）。"吏比者、三老、北边骑士"的轺车是公务车，不在征收之列。"商贾人轺车二算，船五丈以上一算。"如果隐匿不报，或不据实申报，惩罚是严厉的，"匿不自占，占不悉，戍边一岁，没入缗钱"。算缗令是公元前119年颁行的，为确保政令畅通，作为配套措施，公元前118年和公元前114年，两度发布"告缗令"，鼓励百姓检举揭发，"有能告者，以其半畀之"，检举人可获得罚没金一半的奖励。

算缗是中国大历史里农业税之外的首项财产税，为开拓之属。功益处在于不加重农民负担，"富国非一道"，"富国何必用本农"，"无利业则本业何出"。西汉初年的农业税是十分之一，比较高，文帝先后免了十一年税，降为十五分之一，景帝再大幅降为三十分之一。汉武帝是有作为的皇帝，有作为，就是多做大事情。武帝北征匈奴，南威夷越，又好大喜功，在赏赐上也是大手笔，"北至朔方，东封泰山，巡海上，旁北边以归。所过赏赐，用帛百余万匹，钱、金以巨万计"。举一个武帝的实例，汉使赴身毒国（印度）出访，中途在昆明国受阻，未遂而返。武帝"乃大修昆明池"，在西安西南郊凿湖四十里，"作昆明池象之，以习水战"。造大小战船几百艘，"治楼船，高十余丈，旗帜加其上，甚壮"。武帝外交上稍受挫折，即展现武力雄风。大作为是以国库坚实为前提的，武帝没有增加农业税，而是把手伸进了商人的口袋。

汉代的商人有市籍，即城市户口。"贾人有市籍，及家属，皆无得名田。敢犯令，没入田货。"国家明文规定，贾人名下不能有土地。早先的城市户口和今天的农村户口差不多，不太受人爱戴。

告缗这道法令值得反思。告缗的收效是巨大的，"得民财物以亿计，奴婢以千万数，田，大县数百顷，小县百余顷，宅亦如之"。但是，"商贾中家以上大率破"，武帝时期的商贸业陷入了毁灭性的泥沼。比这更可怕的是，告缗使民风败恶，倡导诚信反而使诚信沦丧，百姓风行给政府打小报告，做政府的密探，"民偷甘食好衣，不事畜藏之产业"。

武帝时期有一位纳税楷模叫卜式，洛阳人，以养羊为业，后来发展成规模化养殖，有几千头吧。他在两次战争中受到武帝重奖，并且被破格提拔为官。一次是北战匈奴，卜式上书，愿捐出一半家产。"天子乃超拜式为中郎，赐爵左庶长，田十顷，布告天下。""超拜"，即是破格提拔。另一次是南征，卜式又上书，"愿父子死南粤。天子下诏褒扬，赐爵关内侯，黄金四十斤，田十顷，布告天下"。后又拜御史大夫，由地方官晋为京官，但不久卜式就失宠了，因为对车船税提了反对意见。"船有算，商者少，物贵。""上不说（悦）"，"贬为太子太傅"，名噪一时的卜式去履任闲职了。

经济政策是用来富国的，如果沦为政府敛钱的手段，就是误国了。

给力的细节

《高帝纪第一》是《汉书》首篇，《高祖本纪》是《史记》第八篇，均是传记汉高祖刘邦的。史官因史料成史，班固取材于司马迁，或讲《汉书》"剥离"于《史记》，但两位史家的着力点区别是很大的。我找出几个细节，是《史记》里没有的，或是被司马迁简笔带过的，由此看看班固的观史方法，以及著史笔法。

汉二年三月，项羽与刘邦在彭城有一场恶战，刘邦险些丧命。《史记》是一句话略过："与汉大战彭城灵壁东睢水上，大破汉军，多杀士卒，睢水为之不流。"《汉书》写得完整，先写起因，刘邦老毛病犯了，收编了项羽的女友。"汉王遂入彭城，收羽美人货赂，置酒高会。羽闻之，令其将击齐，而自以精兵三万人从鲁出胡陵。至萧，晨击汉军。"再写战况之惨烈，以及天佑刘邦，"多杀士卒，睢水为之不流。围汉王三匝。大风从西北起，折木发屋，扬沙石，昼晦，楚军大乱，而汉王得与数十骑遁去"。之后还有一个细节，《史记》也是绕过去不表的。"过沛（刘邦老家），使人求室家，室家亦已亡（出逃），不相得。汉王道逢孝惠、鲁元，载行。楚骑追汉王，汉王急，推堕二子。"这个细节很给力，刘邦做帝王是天意，是天命，但做人很差劲，危难来临，自己的孩子也是能黢出去的。

汉五年十二月项羽命终垓下，刘邦掌控大局形势，但只有鲁国不降，这件事班固写得全面。"楚地悉定，独鲁不下。汉王引天下兵，欲屠之，为其守节礼义之国，乃持羽头示其父兄，鲁乃降。初，怀王封羽为鲁公，及死，鲁又为之坚守，故以鲁公葬羽于谷城。汉王为发丧，哭临而去。"鲁国此前是项羽的封地，"为其守节礼义"而不降，刘邦以鲁公的规格安葬项羽，且"哭临而去"。汉六年，天下安定，因功行赏封侯，《汉书》记写得多，也生动。"上已封大功臣二十余人，其余争功，未得行封。"这是生动之一，诸臣争功，行封工作进行不下去了。张良献计是生动之二。刘邦见群臣三三两两地私下议论，担心酿乱，找张良问破局之策。张良说："您已为天子，如今行封的都是您的爱臣，诛杀的都是仇怨。臣子们对此很是忧虑，您现在封一位平生最讨厌的人，困局就解开了。""三月，上置酒，封雍齿。"雍齿是刘邦的沛县乡党，最初随刘邦起兵反秦，但出身贵族，骨子里瞧不上刘邦，也是第一个背叛他的人。"封雍齿为什方侯。""群臣皆喜，曰：'雍齿且侯，吾属亡（无）患矣。'"这两个细节彰示了刘邦政治家的一面。

楚汉决战前，有两个决定刘邦得天下的细节，班固看得清楚，也写得明白。一是鸿门宴，再是"三老"政策。

汉元年冬十月，刘邦先入关中，兵至灞上（今西安东郊），十一月项羽自西破函谷关，进入关中，屯兵鸿门（今西安临潼东北）。两人之前有约，先入关中者为王。当时刘邦部队十万，项羽四十万，实力悬殊。"沛公从百余骑，驱之鸿门，见谢项羽。""沛公以樊哙、张良故，得解归。"《史记》此处用的是简笔。《汉书》则极尽笔墨，先写刘邦与张良夜见项伯。第二天在鸿门宴上，范增决议立杀刘邦，项庄舞剑，项伯侧应，樊哙挺身护主，刘邦以如厕为借口趁机逃走，张良留守献玉斗，范增摔玉斗。人物神态鲜明，栩栩如生。刘邦君臣响应，项羽失明独断，尽在纸上。

"三老"是得民心的具体政策，相当于当时的"人大代表"。这个细节《史记》里没有。"举民年五十以上，有修行，能帅众为善，置以为三老，乡一人。择乡三老一人为县三老，与县令、丞、尉以事相教，复勿徭戍。以十月赐酒肉。""三老"由乡而县逐级选出，与县令、县丞、县尉共议大事，免除徭役兵役，每年十月发放酒肉慰问品。

司马迁是职业史官，注意维护帝王形象。班固半路出家，最初还是"个人写作"，史评叫"在家私撰"，手脚不受束缚，既写刘邦的帝王心之大，也写其人心之小。班固"在家私撰"是有基础的，他有一位祖父叫班斿，他亲祖父的二哥，官至谏大夫。谏大夫是监察官，相当于今天的中纪委。汉代监察官动真格的，不是摆设。其分谏官和台官，台官监督百官，谏官谏议皇帝。东汉末年台谏合流，枪口一致朝向百官，使对皇帝的制约名存实亡。班彪的另一项工作，是与刘向一同校阅皇家秘书，并受赐皇家藏书副本，班固得以有机缘读到国史。班固的父亲班彪学问大，事业心也大："所著赋、论、书、记、奏事合九篇。""又成《史记后传》数十篇。"建武三十年（54年）班彪卒，这一年班固二十三岁，由洛阳太学终止学业回到扶风安陵（今陕西咸阳）老家，二十七岁着手整理父亲的《史记后传》，开始"私撰《汉书》"，三十一岁以"私改国史"入狱。汉明帝刘庄看到"罪书"后大加赞赏，同年特赦，召诣校书郎、兰台令史，成为职业史官，第二年诏令修撰《汉书》，自公元63年至公元82年，班固从三十二岁到五十一岁，凡二十年，《汉书》乃成。

汉代的"一国两治"

汉代的"一国两治"

汉代的"一国两治",不是体制创新,而是封建遗存。

"封建"这个词,专指周代的分封诸侯建制国家。汉代改封建制为帝国制,但也部分保留了封建制。刘邦在建国后,分天下为六十二郡,郡相当于今天的省,在郡之外,还分封了十位异姓功臣王和十一位刘氏同姓王。这些诸侯王国,是当年的特别行政区,有独立的行政权和经济权,并且也有一定的军事权。但诸侯王国权力过重,给国家埋下了隐患的种子。

十位异姓功臣王是打江山时期分封的,国家的政权稍事稳定后,刘邦即以"非刘氏而王者,天下共击之"(《汉书·张陈王周传》)的名义,诛除了其中的七位,具体是,韩王信(都城初在今山西太原,古称晋阳,后迁朔州,古称马邑),赵王张耳(都城在今河北邢台,古称襄国),齐王韩信(都城在今山东淄博,古称临淄),淮南王英布(都城初在今安徽六安,古称六,后迁淮南寿县,古称寿春),梁王彭越(都城在今山东菏泽,古称定陶),燕王先封臧荼，臧荼反叛被诛后，再封卢绾（都城在今北京房山区，古称蓟城）。另外的三位异姓王，一位是长沙王吴芮（都城在今湖南临湘），吴芮深得刘邦信任，他的后代得以享国，传位五世，至汉文帝时，因无后嗣除国。还有两位异姓王地处南疆，南越王赵佗（都城在今广州，古称番禺），传位至汉武帝时期，因谋反被除国。闽越王无诸（都城在今福建冶山，古称冶城），传位至汉武帝时期除国。

刘邦诛灭异姓王的同时，册封了十一位同姓王。十一位同姓王中，有七位是刘邦的儿子：长子刘肥，封齐王；三子刘如意，封赵王；四子刘恒，封代王；五子刘恢，封梁王；六子刘友，封淮阳王；七子刘长，封淮南王；八子刘建，封燕王。刘邦共有八个儿子，史称"两帝六王"，二子汉惠帝刘盈，四子汉文帝刘恒，刘恒即帝位之前，被封代王。

刘邦的胞兄刘喜，初封代王，镇守北方，匈奴入侵代国，刘喜弃国而逃，被贬为郃阳侯。刘喜儿子刘濞，受封吴王。刘邦的异母弟刘交，受封楚王。刘邦的族兄刘贾，一说为堂兄，受封荆王。

汉代隐患的爆发是在建国五十年之后，吴王刘濞坐拥扬州，盘踞富庶之地，构建了自己的独立王国，长达二十年不进京朝奉皇帝。在经济上，吴国垄断着半壁江山的盐业，并且依仗境内的铜矿资源发行货币。汉景帝三年（前 154 年），刘濞联合楚王、赵王等七国刘氏诸侯王举兵反汉，纵然三个月之后即被平定，但留下的教训是苦涩而沉重的，当年特别行政区的待遇太过特别，大汉的江山险些命丧在自家王爷手中。

刘邦册封刘濞为吴王时，是第一次见到这个侄子，很反感他的面相，"若状有反相"，《汉书·荆燕吴传》记载，刘邦当时拍打着刘濞的背部，说："五十年后东南有人谋反，不会是你吧？"

由家国到国家

秦汉之前的周代，中国的政治体制是家族制，也可以说是改良版的部落联盟体。

西周从公元前 1046 年到公元前 771 年，春秋和战国，从公元前 770 年，一直到秦朝建立的公元前 221 年。周天子是国家元首，是联盟领袖，也是最大的家长。各诸侯国王是地方长官，但也是一个个家长。周天子分封建立了数百个国家，最多时达到八百多个，到孔子著《春秋》的时候，有据可查的还有一百二十个。周代是家国天下，是典型的血缘政治。国家的政务，也是家务，家国合一。周天子是国君，但天下不是他一个人的，是他和各诸侯王的。最初被分封的诸侯王，都是周天子的亲戚或盟友，也算是一种共和。周天子去世，把王位传给儿子。诸侯国王去世，也是把王位传给自己的儿子。到战国时诸侯列强纷争天下，就是一些诸侯王坐大坐强了，支流漫过了主流。

秦汉之后，变封建制为帝国制，一切权力收归中央。普天之下，只有皇帝一个人可以传位给儿子，地方官如郡守县令等实行退休制，由朝廷任免。

公元前 221 年，秦统一天下，自首都地区之外，在全国设置三十六郡，郡下置县，每郡辖制二十个至四十个县不等，县的总数在九百到一千之间。秦朝存世仅有十五年，其郡县制只是个架构概念，没有什么实质内容。秦朝的郡区域面积大，一郡差不多等于战国时候的一国，甚或大于一国。这样的区划规模，于今天是可行的，但在交通和信息均严重落后的古代，政府在施政上掣肘太多。汉代建国后，即着手进行行政区划改革，给国家重新布局，基本上是打碎了重来。后来国力不断增强，边疆地区逐步稳定与界定，及少数民族地区内附，又不断新置郡县。（中国边境的首次整体界定，是在汉代完成的。汉之前，国家边境线是模糊的，无论东南西北，到处都是"有争议地区"。）汉代的设郡置县工作是渐次完成的，自汉高祖刘邦，到汉昭帝刘弗陵（西汉第七位皇帝，含吕后）时，共置一百零三个郡，一千三百一十四个县，每郡辖制十到二十个县不等。刘邦开国设置六十二郡；汉文帝刘恒时六十八郡；汉景帝刘启时七十四郡；汉武帝刘彻开疆拓土，"开广三边"，增置二十八郡，为一百零二郡；汉昭帝刘弗陵增置一郡，合为一百零三郡。"本秦京师为内史，分天下作三十六郡。汉兴，以其郡大，稍复开置，又立诸侯王国。武帝开广三边。故自高祖增二十六，文、景各六，武帝二十八，昭帝一，讫于孝平（汉平帝，公元 1 年即位），凡郡国一百三，县邑千三百一十四，道三十二，侯国二百四十一。地东西九千三百二里，南北

万三千三百六十八里……民户千二百二十三万三千六十二，口
五千九百五十九万四千九百七十八。汉极盛矣。"(《汉书·地
理志》)

由封建制到郡县制，由家国天下，到国家天下，是中国政治
史的一个转折性进步。这个帝国体制，一直沿用两千余年，至清
朝结束。

汉代中央政府对地方的治理，是帝国时代里的范本，"西汉
吏治，后世称美"。汉代后来的昏聩出在中央层面，皇权被相权
架空、外戚摄政等，这些因素导致西汉十一位皇帝，竟有五位无
后嗣。而唐朝的失政，乃至亡国，祸根则在地方治理上。唐代改
郡县制为州县制，三百五十八个州，一千五百七十三个县。为管
控州县，中央政府增强了监察机构的权力，设置御史台。唐代的
御史权重，监察内地州县的叫观察处置史，监察边疆的叫节度
使，不仅监察，还坐地为实，是地方军政最高长官。汉代的御史
（刺史）无行政权，职级也比郡守低很多。唐代后来发生"安史之
乱"，即是节度使反过来以地方制挟中央。

通货膨胀

汉代通货膨胀的主因，是货币失控。

汉代建国后，自公元前206年至汉武帝元狩五年（前118
年），近九十年的时间里，一直袭用秦朝的"半两钱"。货币也不
由国家统一发行，允许民间私铸。秦"半两"是中国最早的统一

货币，铜铸，圆形方孔，因币面有"半两"二字而得名，"铜钱质如周钱，文曰'半两'，重如其文"（《汉书·食货志》）。"重如其文"指币的体重，一枚十二铢，古制二十四铢为一两。"汉兴，以为秦钱重难用"，吕后主政后，缩水为一枚八铢，汉文帝时，再缩至一枚四铢，但币面上仍写"半两"。说是"钱重难用"，实际上是原材料（铜）紧缺。汉代的山林物产收入不入国库，归皇室，铜矿的采炼、制币和流通掌控在少数贵族以及巨贾手里，钱币私铸，让这一部分人暴富起来，"吴以诸侯即山铸钱，富埒天子……邓通，大夫也，以铸钱财过王者。故吴、邓钱布天下"。这一时期，民间也大量仿制，钱币"制假"并不违法，因而成为"社会职业"，"民亦盗铸，不可胜数"。市井不法商贾还出奇招，把重钱用刀锉薄锉小，用铜屑再铸，有的钱小如榆树荚，仅重一两克，被笑称"榆荚半两"，还有"剪边半两"，即用剪刀剪下边沿的钱币。西汉中期以前，货币流通之滥是我们今天难以想象的，导致钱轻米贵，物价飞涨，民怨载道，"钱益多而轻，物益少而贵"。汉文帝时，贾谊上书直谏当时的币制乱象，主张中央政府统一发行货币。"市肆异用，钱文大乱"，"今农事弃捐而采铜者日蕃，释其耒耨，冶镕炊炭，奸钱日多，五谷不为多"。当时藩郡势力强大，汉文帝有心无力，直到公元前118年，汉武帝改革币制，发行"五铢钱"（因币面有"五铢"二字而得名），铸币权收归中央，私铸钱币以死罪论处。

任何改革都是有社会疼痛的，重大改革往往是剧痛。"自造白金、五铢钱后五岁，而赦吏民之坐盗铸金钱死者数十万人。其不发觉相杀者，不可胜计。赦自出者百余万人。然不能半自出，天下大氐无虑皆铸金钱矣。"公元前118年后五年间，以私铸罪处死者数十万人，畏罪自杀者不可胜数。自首被赦免者百余万人，但自首者不到实际人数的一半，天下人大概都在仿铸新币。《汉书·食货志》里的这段描述让人脊背阵阵发凉，西汉这一时期的全国总人口在四千五百万上下，涉案者已近十分之一。

　　汉武帝抑制通货膨胀的手段是政治高压，那时候不讲按经济规律办事这种话。严惩私铸，不手软，不留情，后来"犯法者众，吏不能尽诛"，不得已才"赦自出者"。对商贾严格管控，西汉对商业从业者的政策一直苛刻，刘邦规定"贾人不得衣丝乘车"，吕后时，"复弛商贾之律，然市井子孙亦不得仕宦为吏"。武帝时期给商人建立市籍，并开始征收工商税——算缗。缗是串钱用的绳子。商人自行申报财产，依收入纳税，税率约为百分之六。汉代的工商税并不高，可怕的是同时推出的告缗制度，告缗是鼓励全民举报，政策规定，对财产申报不实的商家查没家产、奴婢和土地，举报者获罚没金一半的奖励。重奖之下有"勇夫"，一时间，出现了大量的"举报专业户"，以举报为职业。国家也由此敛财无数，告缗制度实质上是对商家的一次洗劫。"得民财物以亿计，奴婢以千万数，田，大县数百顷，小县百余顷，宅亦如之。于是商贾中家以上大率破，民偷甘食好衣，不事畜藏之产业。"中国的工商业在汉武帝时期遭到重创，中等以上商家几乎悉数破产，更大的教训是，全民举报败恶了民风，人性中恶的东西被以"正义"的名义激活了。

职务侵占

汉代的大司农位列九卿，主管国家财政、田租、赋税。九卿与三公共理国政。三公相当于政治局常委，九卿是政治局委员。

九卿分别是：太常"掌宗庙礼仪"，掌管国家祭祀、礼仪，兼管"选试博士"（教育）。光禄勋"掌宫殿掖门户"，是皇家的大门房，总领宫内事务。卫尉"掌宫门卫屯兵"，是卫戍区首领。太仆"掌舆马"，兼皇帝车队队长。廷尉"掌刑辟"，执掌国法之外的皇法。大鸿胪"掌诸归义蛮夷"，诸王晋拜、列侯受封，及外国使节贡献。宗正"掌亲属"，打理皇族事务。大司农"掌谷货"，"司农领天下钱谷，以供国之常用"。少府是皇帝的小金库，"掌山海池泽之税，以给共养"。田税、赋税归属国家，山林湖泽的物产税收归皇室。

田延年是汉昭帝和汉宣帝两朝大司农。

在汉昭帝刘弗陵与汉宣帝刘询之间，还有一个准皇帝，昌邑王刘贺，在位仅二十一天，不足满月，在"试用期"即被废黜。

汉昭帝是暴崩，储君未嗣，大将军霍光总理朝纲，仓促间拥立昌邑王，但这位新君过于不争气，居丧期间沉溺淫行，干了不少荒唐事。但霍光再行废黜新君是经过思量的，大臣拥立皇帝，言立则立，言废则废，臣威侵主，是犯朝野忌讳的。于是霍光找来大司农田延年商议，田延年是他的门人故吏，有知遇之恩，也是一手提拔起来的放心干部，由长史到河东郡太守，再到大司农。田延年领会了霍光的用心，在朝廷百官议废时指责霍光，说："当年武帝把幼主昭帝托付于您，是寄厚望于您的忠贤能使汉家帝业安泰，如今昭帝大行，新君又是这样的不孝，昌邑王不废，您死后有何面目见先帝？"之后，"延年按剑，廷叱群臣"（《汉书·酷吏传》），"今日之议，不得旋踵，群臣后应者，臣请剑斩之"（《后汉书·李杜列传》）。昌邑王被废后，宣帝刘询即位，田延年以"决疑定策"之功受封阳成侯。

田延年东窗事发起于一宗奸商囤积居奇案。焦氏和贾氏是当时的两大商业集团，大量囤积"炭苇"等丧葬物资，当年是土葬，炭和苇草是墓穴必需品。这些东西被囤积后导致市场紧缺，物价飞涨。焦氏和贾氏的运气不好，正赶上昭帝暴崩，田延年上书，"商贾或豫收方上不祥器物，冀其疾用，欲以求利，非臣民所当为。请没入县官"。"方上"在汉代专指皇帝陵区，还有一个词"方中"，指天子预修的墓穴。"没入县官"是充公没收。焦氏、贾氏因亏损"数千万"而破产，为出怨气，他们向朝廷实名举报田延年的一桩"职务侵占"行为。昭帝大行后，平陵土建工程紧急上马，"方上事暴起"。其中有一项，租用三万辆牛车拉运沙子，每辆车租金一千钱，田延年主管此事，把租金虚增一千钱，利用职权把三千万据为己有。"车直（值）千钱，延年上簿（列入计划）诈增僦直车二千，凡六千万，盗取其半。"霍光知道此事后，找来田延年询问虚实，并且暗示，如有其事，我会让你过关的。田延年说，我出身大将军门下，确无此事。霍光下令追查到底，罪证落实后，霍光仍让御史大夫捎话给田延年可以从宽处理，御史大夫是三公之一，相当于中纪委一把手。田延年谢绝荫护，把自己关在家中数天，"使者召延年诣廷尉，闻鼓声，自刎死，国除"。办案人员到后，田延年听到"警笛"声，以刀自刎。"国除"，指废除阳成侯爵位。从这件事的结局看，田延年也是条汉子，不牵涉有恩于自己的人。

田延年被《汉书》定性为酷吏，在河东（今山西运城临汾一带）太守任上，以暴力执政闻名，霹雳手段多，"诛锄豪强，奸邪不敢发"。班固记载的十余位酷吏，善终的不多。

全民举报

"市井"这个词，是市场的意思。在古代，没有商店和农贸中心，商贩们多聚在井边，人们来担水，顺便购物。"若朝聚井汲水，便将货物于井边货卖，故言市井也。"（《史记正义·平准书》）后来有规模了，形成了商业，城里有市，农村也约定俗成有了赶集的集市。另外一种说法是源自井田，依古制，一井为二十亩田，人们在田里干活，贩夫们在田畔守株待兔。第一种解释妥当些，后一种大概是死脑筋又肯用功的读书人瞎猜出来的。

本事，指正经事，是本业，对应着末业。中国古代重农抑商，"上农除末"（《史记·秦始皇本纪》），农为本，商为末，这是

"市井""货色"这类词的词根里有贬义的基础。改革开放,经济成为"一个中心,两个基本点"之后,本与末的界限不存在了,这是社会进步与繁荣的标志,但应该认识到,已有的原则被破坏,新原则尚未树立起来,经济成为社会里唯一"核心"的时候,是乱象丛生的,人心里长了草,不进行田间管理的话,社会品质会霉变。

汉代受益于商业,也是重创中国商业的样板。

汉代的商人有"市籍",即城市户口。当年的城市户口没有社会地位,商人不能穿丝绸,不能坐豪车,商人的后代不能做官。汉武帝刘彻是大帝,志存高远,霹雳手段多,因此财力消耗也大。北击匈奴,南降诸越,西通百域,东接渤海。丝绸之路在这样的意识形态下应运而生了,中国同西域的往来,由农作物开始,四千年前左右吧,西域的小麦传至中原,黄河沿线的谷类种植技术也交流过去。汉武帝时期,由单一而多元,由零散的脚印到踩出了一条宽敞的道路,这条路是强大国家的政治路,也是贸易路和商业路。

为填充庞大的国家用度,汉武帝实行了比较完整的商业税,即算缗制度,为保障税收,还配套推行了告缗制度。

算缗制度包含两项基本内容:第一,工商业者、高利贷者,不论有无市籍,均要据实向政府申报财产。一缗为一千钱,两缗上缴一算,一算为一百二十钱。小手工业者,相当于今天的个体户,纳税减半。第二,除"官吏、三老、北边骑士",有轺车(当年的豪车）的家庭，一辆车上缴一算，商用轺车加倍。五丈以上的船，一船上缴一算。

告缗制度也有两项基本内容：第一，隐匿不报，或呈报不实的人，罚戍边一年，并没收全部财产，鼓励国人检举揭发，对"有功"人员，奖励没收的一半财物；第二，禁止有市籍的商人及子女拥有土地和仆人，违抗者罚没全部财产。

算缗和告缗是萝卜两头切，是把一根蜡烛的两头同时点燃。算缗的正常税收远不及告缗的罚没，"即治郡国缗钱，得民财物以亿计，奴婢以千万数，田，大县数百顷，小县百余顷，宅亦如之"。告缗带来了非常严重的后果："商贾中家以上大率破，民偷甘食好衣，不事畜藏之产业，而县官有盐铁缗钱之故，用益饶矣。"政府有钱了，财政宽裕了，但商业被摧毁了，中等以上的商家几乎全部破产。

更可怕的是，举国鼓励告状，重赏之下遍地"勇夫"，匿名、实名举报者比比皆是，蔚然成风。百姓不再勤劳致富，民心和民风败坏了。国家的蛋糕是做大了，但做蛋糕的手有点脏，这是汉武帝给我们今天的告诫。

在养羊大户和政治明星之间

卜式是汉武帝时期的养羊大户，规模化养殖，由"羊百余"，"至千余头"（《汉书·公孙弘卜式兒宽传》）。一千多只羊在今天看来不算什么，但在西汉时候的中原地带，是超大规模。当时的北方草原，从宁夏到内蒙古，均是匈奴的领地。

汉武帝一生雄心壮志，开疆拓土，给国家增置了二十八个郡，由于不停地南征北战，造成国库空虚，于是在土地田租税之外，开始征收算缗。卜式就生活在这样的时代背景之下。卜式是河南郡人，今洛阳一带。他是守"孝悌"的楷模，兄弟俩分家的时候，他把田宅留给弟弟，自己带一百多只羊上山，十年后发展至"千余头"。后来弟弟败光家产，卜式又分出资财帮助，成为乡里美谈。

据史料载，卜式有过三次重要的纳税记录，其实应属捐资性质。这种捐资的背后藏着他的难言之隐。

第一次正值与匈奴的拉锯战期间，卜式给皇帝上书，愿捐出一半家产给国家。"式上书，愿输家财半助边"。汉武帝被感动了，派使臣去问卜式是不是想做官，卜式答："我是养羊的，做不了官，也不愿做。"再问："有受冤屈的事么？"卜式答："我平时不与人争，没有冤家。"又问："为什么捐钱呢？"卜式答："天子征匈奴，如果贤能之人肯献身，有钱人肯献钱，灭亡匈奴就指日可待了。"但这次捐资未遂，汉武帝征求丞相公孙弘的意见，公孙弘洞察出了卜式的隐机，说："这个人说的这些话，不是人之常情，他有大的图谋，希望陛下不要准允。"

这隐机是什么呢？

汉代重农抑商，商人没有社会地位。汉初，刘邦甚至对商人的生活方式做出硬性规定："令贾人不得衣丝乘车，重租税以困辱之。"(《史记·平准书》),商人不能像贵族那样穿丝绸衣服,不能乘坐辂车(供休闲用的轻便马车)。到吕后时,"市井子孙亦不得仕官为吏",经商者的子孙不能出仕。到汉武帝时,给商人打入另册,建立"市籍"制度,即商人户口,一人有市籍,全家都不允许购置土地。"贾人有市籍,及家属,皆无得名田。"(《汉书·食货志》)实施算缗税之后,虽然允许商人购置辂车,但税收加倍。卜式的捐资其实是给自己争取社会地位。

卜式第二次捐资捕捉到了一次良机。匈奴的浑邪王率四万兵众南降汉朝,被安置在河南郡,但朝廷和地方均拿不出安置费用,卜式给河南郡守送去二十万钱,燃眉之急得以解决。郡守上书奏报朝廷,汉武帝认出了卜式的名字。这一年是公元前121年,汉武帝元狩二年。

接下来,卜式又承担了汉武帝"赐"的一次"更赋"。"更赋"是一种"以钱代役"的特殊税赋。汉代的北方边疆一直紧迫,西起陕甘宁,东至北京沿线,绵延几千里,均受制于兵强马壮的匈奴。当时全国总人口四千五百万左右,不得已实行全民皆兵制度,二十三岁至五十六岁间的男子,每人每年戍边三天,如果不能赴任,需上缴三百钱,此举措也称"过更"。汉武帝"赐"卜式承担四百人的"更赋",即交纳十二万钱。"乃赐式外徭四百人,式又尽复与官"。之后卜式就交了华盖运,被召入京,先任中郎,再拜缑氏令,再转任齐郡相(与郡守同级别),直至御史大夫(与丞相、太尉并"三公",掌全国官员监察,也称副丞相)。卜式不仅为自己争取到了政治地位，还成了被火箭式提拔的政治明星。

卜式初任中郎时，并不愿为官，汉武帝说："上林苑（皇家御苑）中有羊，你去负责养吧。"这位中郎每天穿着布衣草鞋放羊，一年后，羊群迅速繁殖扩大，汉武帝知道后夸奖他，卜式说："养羊和治民一个道理，只要让它们按时起居，把带头闹事的羊除掉，以免败坏群体，这样差不多就行了。"汉武帝听后觉得很新奇，于是卜式由羊倌转入仕途。

卜式的经历像一段传奇，他带来了中国政治史里的一个重要转变，纵然重农轻商的根基仍然牢固，但商界出身的人不再受政治歧视了，再之后，官与商之间的界限也模模糊糊了。

九畴与八政

《洪范》一文出于《尚书》，讲帝王术的，是对话体例。

武王克服殷商典立周朝，向箕子问政，箕子以大禹治水、洪水就范开题，讲述了天子必须具备的九门学问。后人称之为"洪范九畴"。"洪范"这个词由此被引义为崇高规范。

箕子是商朝的持不同政见者。《论语》里有一句话："微子去之，箕子为之奴，比干谏而死。孔子曰，殷有三仁。"这句话有点笼统，但微言大义，点出了殷商失国的最大症结是失仁。《史记·微子世家》讲得具体，也形象生动。微子、箕子、比干是殷商重臣，也是纣王的反对党。微子是纣王的长兄，箕子和比干辈分高，是亲叔叔。三位政治人物三种人生走向、三种结局。微子先流亡，后投诚武王，"肉袒面缚，左牵羊，右把茅，膝行而前以告。于是武王乃释微子，复其位如故"。微子后来鼻祖宋国。比干因直谏遭挖心而惨死。箕子先装疯，再为奴，后远走东北，开疆拓土，建立了朝鲜国。"武王既克殷，访问箕子。"这次访问的成果就是留传下了《洪范》这个大文章。武王给箕子的报酬也是巨大的，"于是武王乃封箕子于朝鲜而不臣也"。

《洪范》九畴的具体内容是：一曰五行（水火木金土）；敬用五事（貌言视听思）；农用八政（食、货、祀、司空、司徒、司寇、礼、兵）；协用五纪（岁、月、日、星辰、历数）；建用皇极；乂用三德（正直、刚克、柔克）；明用稽疑（卜筮）；念用庶征（天地的预兆征象）；向用五福（寿、富、康宁、攸好德、考终命），威用六极（凶短折、疾、忧、贫、恶、弱）。《洪范》一文浓缩中国传统文化的精髓，被后朝高度重视，是太子的必读书，也是皇帝的工具书。

九畴里的农用八政，讲国家管理的八个层面，是最早的"国八条"。食，泛指农业。货，金融，财税、工商贸易。祀是敬，是谢天谢地。"天子祭天地，祭四方"，"诸侯祭域内山川"。古人很少讲重整旧河山、人定胜天这一类硬茬子话。我们这一时代建国六十余年，在江河治理上下手太过重，黄河时而断流，以及一些中小河流严重缩水甚至干涸问题应视为教训被吸取。司空是城乡基本建设。司徒是教育。司寇即司法。礼是法律行规，政府的文风，百姓的民风及精神文明。兵指军事。古代的干部考核，也是以"八政"做基础的，比如唐朝的"四善二十七最"，考核官员业务能力的各项指标规定得很具体。在古人的认识里，一个公务员，仅有政治觉悟，是不称职的。

《洪范》九畴，是《汉书》写作的指导思想，也是《汉书》成为一部中国大书的基本所在。这对我们今人修史或著书依然具有启发意义。

政治秀

丞相，是国家副职。丞是承，相是辅，相从木和目，也含着省察的寓意，以目观木，可察山川地势的风向。丞相也被称为"宰相"，在古代，王族和望族最重要的家事是祭祀，祭祀时重要的仪程是宰杀牲牛。"象征这一意义，当时替天子诸侯及一切贵族公卿管家的都称宰"（钱穆《中国历代政治得失》），从这个角度讲，丞相也是皇帝的大管家。

皇权与相权的关系从来都是中国大政治里最重要的，也是最微妙敏感的。在汉代，丞相位列三公之首，与太尉、御史大夫分治国家事务，皇帝之下，丞相是政府首长，太尉是军事首长，御史大夫是纪律检查首长。丞相下辖十三曹，相当于今天国务院的十三个部委。需说明的是，十三曹中有兵曹，汉代常规部队不过七八万人，但全民皆兵，每个男子二十岁至六十岁每年要服兵役（此年限史载有分歧），国家每年搞一个月"预备役训练"，征募和协调工作由兵曹担任，这支部队也承担着今天"武警"的部分职能。汉代丞相的权力是很大的，如果和太尉联手的话，皇权就被架空了。西汉和东汉都发生过这样的事情，比如王莽，不仅是架空，干脆一脚蹬开皇帝，自己篡了大位。

黄霸是汉宣帝刘询的丞相，由颍川太守擢升太子太傅，做太子的老师，再升迁御史大夫，而后丞相。黄霸的政声是治理郡县有方，主要是精神文明建设搞得好。皇帝有诏书赞谕："颍川太守霸，宣布诏令，百姓乡化，孝子、弟弟、贞妇、顺孙日以众多，田者让畔，道不拾遗，养视鳏寡，赡助贫穷，狱或八年亡重罪囚，吏民乡于教化，兴于行谊，可谓贤人君子矣。"（《汉书·循吏传》）乡民不为小事争斗、盗贼不兴，鳏寡有所养，贫困有所助，为任八年没有重大刑事犯罪。

黄霸任丞相后，即在全国推广这一模式，郡国进京述职汇报工作的官员被分为三等："有耕者让畔，男女异路，道不拾遗，及举孝子、弟弟、贞妇者为一辈，先上殿，举而不知其人数者次之，不为条教者在后叩头谢。"有典型成果的为第一等，有具体措施、典型不突出的为第二等，既无措施也无典型的为末等。"叩头谢"，指的是要做出深刻检讨。汉代名臣张敞时任京兆尹，他对黄丞相这项措施很不满，上书汉宣帝，措辞相当严厉。张敞认为国家治理的根本是教化民风民心，这种抓道德表象的政策不仅会使官员弄虚作假，"敢挟诈伪以奸名誉"，还会导致民风败坏，"浇淳散朴，并行伪貌，有名亡实，倾摇解怠，甚者为妖"。刘询虽不是大帝，却是明君，他不在乎损伤自己的面子，因为有诏书在先，果断采纳了张敞的诤言，这场政治秀由此被终结。

地位暴露人格，如果黄霸不做丞相，肯定会有很多人相信他是大丞相的材料。不幸的是，黄霸做了丞相，于是就有了《汉书·循吏传》的史评："霸材长于治民，及为丞相，总纲纪号令，风采不及丙、魏、于定国（丙吉、魏相、于定国均是汉宣帝时的丞相），功名损于治郡。"但黄霸也确是善政的地方大员，是难得的好官，任太守时，体恤民苦，廉政俭朴，"霸以外宽内明得吏民心，户口岁增，治为天下第一"。世上的事情，开始时都是千头万端的，但到了高耸地带，难处差不多只剩下一个，就是叫格局或境界的那种东西，这道大坎迈不过去，就别硬撑了，认命吧。

老政治的痛点

脏唐臭汉

"脏唐臭汉，何况咱们这宗人家。谁家没风流事，别讨我说出来。连那边大老爷这么利害，琏叔还和那小姨娘不干净呢。凤姑娘那样刚强，瑞叔还想他的账。那一件瞒了我！"话是贾蓉说出口的，但根子在作者心里，曹雪芹讲脏唐臭汉，指的是朝廷及权贵人物的"淫失之行"。

我列举大汉雄风腋下的几桩"汉臭"：

"（汉惠帝）四年冬十月壬寅，立皇后张氏。"（《汉书·惠帝纪》）"太后立帝姊鲁元公主女为皇后。"（《汉书·高后纪》）两句史话指的是同一件事，汉惠帝刘盈娶的是外甥女。刘盈的胞姐鲁元公主，下嫁赵王张敖，生女张嫣，吕后做主，把外孙女嫁给儿子。

"孝武陈皇后，长公主嫖女也。"（《汉书·外戚传》）汉武帝刘彻的首位皇后陈阿娇，是长公主刘嫖的女儿，刘嫖是汉文帝女儿，汉景帝胞姐，武帝刘彻的亲姑姑，封馆陶公主，下嫁堂邑侯陈午，生女乳名阿娇。（"金屋藏娇"一词即源于此。）刘盈娶外甥女，刘彻娶表妹，均无后。

"（武）帝姑馆陶公主，号窦太主，堂邑侯陈午尚之。午死，主寡居，年五十余矣。近幸董偃。……出则执辔，入则侍内。"（《汉书·东方朔传》）馆陶公主刘嫖豢养董偃，从十三岁起，至十八岁"圆房"收为内侍，武帝刘彻去看望姑姑兼岳母，称呼董偃"主人翁"，今天主人翁一词是人民群众，在汉朝专指长公主的小鲜肉。"后数岁，窦太主卒，与董君会葬于霸陵。"董偃因舆论压力，三十岁郁郁早逝。刘嫖弃丈夫，与董偃合葬，且葬于父皇汉文帝霸陵，属于入祖坟。刘嫖也算敢为天下先的女子。

"元朔中，偃言齐王内有淫失之行，上拜偃为齐相。……乃使人以王与姊奸事动王。王以为终不得脱，恐效燕王论死，乃自杀。"（《汉书·严朱吾丘主父徐严终王贾传》）元朔是汉武帝年号，从公元前 128 年到公元前 123 年。偃是主父偃，武帝刘彻的大臣，他向武帝告发齐王与胞姐有淫乱行为，并由此出任齐相，到齐赴任后，让人捎话给齐王，说皇上已知奸情。齐王在极度恐惧中自杀。因为此前不久，燕王才因为乱伦被处死。主父偃有政治才华，但人品差，爱告黑状，下场很惨，被诛杀全族。

"帝作列肆于后宫，使诸采女贩卖，更相盗窃争斗。帝著商贾服，从之饮宴为乐，又于西园弄狗，著进贤冠，带绶。又驾四驴，帝躬自操辔，驱驰周旋。"（《后汉书·孝灵帝纪》）东汉汉灵帝刘宏是亡国皇帝，也是无耻荒淫衰君，在位二十一年。十二岁即位那一年，即在宦官操盘下发动文化大清洗（党锢之祸），杀捕文化贤臣数千人。刘宏偏好一出"市场经济"的后宫游戏，在后宫建商业一条街，宫女依柜台俏卖，他装扮成商人沿街选购，随兴淫乐。还有更恶劣的，给狗穿上官服，佩上印绶，出入宫殿，"狗官"一词由此而起。他业余时间在后宫搞自驾游，驾四驴车。范晔给刘宏的史评是，"灵帝负乘，委体宦孽。征亡备兆，《小雅》尽缺"。

清代学者顾炎武有一名言，"士大夫无耻，是谓国耻"，对此深恶痛绝。

酷吏的隐患

酷吏的行为常常被人当作官员的榜样，是好政治的一种，他们不瞻前顾后，不徇私情，做事果断，甚至是手段霹雳。我在此提醒还需要看到酷吏的另一面，冷血、为达到目的不择手段，且常采用极端办法。这样的官员多了，社会温度会降低，世间的生态会缺少温暖感。司马迁和班固著史，把官员分为循吏和酷吏两种。循吏循礼恒情、守职守度，酷吏政声酷烈、守职无度。《史记》记载了十一位酷吏，《汉书》记载了十四位，排在首位的均是郅都。

郅都是这样进入仕途快车道的：西汉的上林苑，是中国史里最大的皇家园林，占地三百里，八条河流融汇其中，"荡荡乎八川，分流相背异态"（《汉书·司马相如传》)，是兰亭的射猎御苑，还是羽林军演习操练重地。这一天，汉景帝（刘启）入苑狩猎，行至中途，皇妃贾夫人内急，才进厕所，一只野猪也进去了，景帝示意中郎将（相当于侍卫长）郅都去救，郅都原地不动，"贾姬如厕，野彘入厕，上目都，都不行"（《汉书·酷吏传》）。景帝自己带人往厕所跑，郅都跪横着挡在路前，说："失去了一个皇姬可以再选一个，天下女人多着呢。您要是发生意外，我对国家和太后怎么交代？"僵持之中，贾夫人从厕所中出来了，野猪也出来走了。郅都这种行为的风险是极大的，贾夫人不是一般的皇妃，是赵敬肃王（刘彭祖）和中山靖王（刘胜）两位皇子的妈妈。但事后，太后窦夫人大悦，赏黄金百斤，景帝也赐百斤。

郅都是山西洪洞人，文帝时是宫内侍从，景帝时任侍卫长，以胆大直谏闻名，常在朝廷上折伤大臣。郅都廉洁，同窗旧友包括六亲在内，一概不领私情，常说的一句话是，"我舍小家为大家，现当守职而守，老婆孩子的事情也跟我无关"。"己背亲而出，身固当奉死节官下，终不顾妻子矣。"野猪林事件后，连擢升两级外放济南郡，任主官太守。济南郡当时有一大户，是车匪路霸型，宗族三百余家，比较嚣张，郅都到任后，第一件事先把大户的首恶就地正法。一年后，济南郡的社会治安呈大好局面，不仅盗贼不生，路上丢了东西也没人敢捡。"至则诛瞷氏首恶，余皆股栗。居岁余，郡中不拾遗。"

公元前 148 年发生的一件事使郅都先被免职，再被斩首。

公元前 153 年，汉景帝立长子刘荣为太子，三年后废太子封为临江王，又两年后，刘荣因"宗庙改私宅"被召入京，由中尉府审理。此时郅都任职中尉。汉代的首都地区全由卫尉和中尉分掌，权重卫尉是九卿之一，中尉比照九卿，实际权力高于卫尉。卫尉统率南军，徼巡宫中。中尉又"执金吾"，统率北军，卫戍京师，拘捕犯法官员，有执法权，且负责天子之行，"职主先导"，皇帝外出，中尉骑马走在前列。刘荣到案后，向狱史要刀笔，想亲手写一封信给父皇，那时没有纸，字是写在木片或竹板上的，因而需要以刀制册。郅都严词不允许给，大将军窦婴是窦太后的侄子，私下派人送去刀笔，废太子刘荣惊惧之中自杀。窦太后为长孙的这种人生终局大怒，又不便用极刑，于是罢免郅都一切职务。

此时，正值匈奴屡屡犯边，杀吏掠民侵财之事不断，"中（元）二年二月（前 148 年），匈奴入燕，遂不和亲"（《史记·孝景本纪》），"六月，匈奴入雁门，至武泉，入上郡，取苑马，吏卒战死者二千人"（《汉书·景帝纪》），"八月，匈奴入上郡"（《史记·孝景本纪》）。景帝爱惜人才，启用郅都为雁门太守。匈奴慑于郅都的威猛，引兵后撤，但使用反间计，放出郅都有心归北的口风。景帝明知是诈，但在窦太后的支持下，还是把郅都杀了。自郅都赴任到被杀的几年间，匈奴不敢犯边，"竟都死不近雁门"（《汉书·酷吏传》）。这位良将大吏，没有死在匈奴弓箭下，亡命在窦太后爱孙子的那颗妇人之心上。

东汉末年的两次文化大清洗

说是两次，其实是前后脚，是两位皇帝被宦官裹胁着做出的下三烂事。公元166年到168年，三年间，当时的一大批文化精英或被砍头，或自尽，或沉狱，或被发配边陲。"中央"直接办的案子有七百多人蒙难，受牵连者数千人。"地方当局"与"中央"保持高度一致，"制诏州郡大举钩党"，具体细节已无从考据，"于是天下豪杰及儒学行义者，一切结为党人"(《后汉书·孝灵帝记》)，"诸所蔓衍，皆天下善士"(《后汉书·党锢列传》)。

这两次文化暴行，史称"党锢之祸"。短短几年间，辽阔的疆域内，再无清醒者的声音，却也直接动摇了汉朝的根基。"朝野崩离，纲纪文章荡然矣。"东汉是公元220年终结的，但大约从190年起，国家形态就开始被不断地"挟天子以令诸侯"，实际上已经名存实亡了。施暴的起因是权力的角逐，宦官与外戚、贵族争权，知识分子们站在外戚、贵族一列，但宦官那一边有皇帝当领队，文化精英们的下场就可想而知了。罪名是，"养太学游士，交结诸郡生徒，更相驱驰，共为部党，诽讪朝廷，疑乱风俗"。说白了，就是文人们嘴欠，妄议朝廷。

汉桓帝延熹九年(166年)，"冬十二月，……司隶校尉李膺等二百余人受诬为党人，并坐下狱，书名王府"(《后汉书·孝桓帝纪》)，"书名王府"的意思是，把个人资料信息输入王府公簿，以示永不录用。

168年正月，汉桓帝继位，刚十二岁，还是个孩子。九月，再开杀戮，"中常侍（东汉官职，宦官首领）曹节矫诏（假托皇诏）诛太傅陈蕃、大将军窦武及尚书令尹勋、侍中刘瑜、屯骑校尉冯述，皆夷其族"（《后汉书·孝灵帝纪》）。陈蕃、窦武、尹勋、刘瑜、冯述，还有前边提到的李膺，均为当时的文坛领袖，"皆夷其族"，即满门抄斩。第二年十月，又一批名士"下狱，死者百余人，妻子徙边（妻儿老小发配边陲），诸附从者，锢及五属（殃及五族）"。

汉代儒学是核心，是显学，一枝独秀。读书人讲求"经明行修"，以忧国忧民舍生取义为己任。党锢之祸是一个分水岭，自此后，中国的文学开始与社会政治疏离，自觉地保持一定距离。魏晋的道学，以及再之后的佛学，兼容进入中国人的文化血液，成了儒释道一锅煮的局面，做实了孟子的那句话，"达则兼济天下，穷则独善其身"，而在汉代，读书人无论达与不达，都是以兼济天下为先的。后来宋代振兴的儒学，已是理学，升腾到哲学层面。而汉代的儒学，在社会学范畴。

《古诗十九首》是伴着这场文化浩劫相生的一组文学作品，与汉代文风最显著的分别是，文人们不再言志，文化对政治不再抱幻想，文学人生隐入日常也守常。《青青河畔草》《涉江采芙蓉》《庭中有奇树》《东城高且长》《生年不满百》《孟冬寒气至》《明月何皎皎》……十九首诗名字放在一起，实在是一座高耸的锦灰堆。在汉代，太坏的政治，彻底革了一把中国文化的命。

老政治的痛点

酷吏是速效政治的畸形儿。

酷吏只讲目的，只讲成败，甚至为了政绩和政声，而不择手段。比如土地，能高产的就是好地，只是一味地求连续增产，却不养护土地；再比如果树，长出大果子的就是好树，不问果子的成长过程，也不问果子的品质。

班固的《汉书》记写了十四位酷吏，严延年是其中之一。

严延年是东海郡下邳人，今江苏邳州一带。年轻时崇尚法家，研究刑名学。法家治世之道的核心是三个字，利、威、名。以得民为"利"，得民不是安定民心，而是得影响，一块石头扔进湖里，要能听到扑通声音，水的波纹也要广泛散开。说白了，就是要政声。"威"指执政的霹雳手段，要有耸听的威言，要有震慑力的威行。"名"是法家的终极理想，不是简单的名望、名誉，而是名分与社会实际相呼应融合，把社会治化成一个不发异声的铁桶。

严延年初入政道便栽了两个大跟头。他的第一个职务是监察官助理，旧称"侍御史"。汉代的纪检干部权力很大，上可质询天子，下可劾责百官。严延年给汉宣帝上奏章，连续弹劾两个重臣，一是霍去病的弟弟霍光，霍光是汉武帝的托孤重臣，一手带大汉昭帝，到汉宣帝时已是三朝元老，大司马兼大将军，相当于一国总理。一是财政部长兼农业部领导田延年，旧称"大司农"。

后果可想而知，严延年以死罪入狱。但不知用什么方式，后来从牢中逃出了，《汉书》里没交代，只写"延年亡命"，并且"会赦出"，遇到皇帝大赦，重新出山做官，"诣御史府，复为掾"，到御史府报到，再次成为监察官属员。

严延年栽的第二个跟头是因杀无辜被免职。重新为官不久，被汉宣帝任命为平陵邑令，平陵是汉昭帝刘弗陵的陵园，汉代有陵邑制度，在帝陵一侧，建邑城，从全国各地选迁人口居住，能够移民陵邑的不是普通人家，均是各地的大户，以及社会各界代表人物。陵邑制度的目的是"强干弱枝"，壮大首都地区，削弱地方势力。担任平陵邑令是汉宣帝对严延年的赏识和重用，但"杀不辜，去官"，严延年因暴力执政，再次被免。

严延年仕途的转折点是从军，参加西羌平叛，后因军功卓著被提拔为涿郡太守。涿郡在今天的北京一带，郡治在涿州，与匈奴交邻，民风蛮悍，社会治安极差。郡内有两个大家族，均是黑社会性质的，当地流传有一句民谚，"宁负二千石（郡守级），无负豪大家"，可见这两个家族的嚣张。严延年到任后，首先斩了一名看风向办事的官员，接下来，从重从快诛杀两大家族各数十名负罪者，快刀斩乱麻，社会秩序转乱为安，"郡中震恐，路不拾遗"。

三年后，严延年转任河南太守，河南郡郡治在洛阳，也属于首都长安延伸的京畿重地。严延年的执政思路是除霸、除恶、安民，"其治务在摧折豪强，扶助贫弱"。但他执法没有标准，"众人所谓当死者，一朝出之。所谓当生者，诡杀之"。在大家看来，应该处死的，突然有一天无罪释放；可以从轻处理的，却莫名其妙被杀掉。严延年精通法律条文，又写得一手上乘的断案文书，法律在严延年手里，不是天秤，是猴皮筋。他想处死的，没有人可以活下来。每年的冬决时候，各县的死囚统一押至行刑地，经常是"流血数里"，河南郡百姓送他一个恶称，叫"屠伯"。

严延年对下属官员极其苛刻，俯首听命的，"厚遇之如骨肉"，反之则人生多叵测。他的副职中有一位老臣，常年生活在惊恐之中，有一天自己卜得一个死卦，以为灾难将至，便私自跑到长安，给皇帝上书列举了严延年的十大罪状，为证明不是诬告，之后服药自尽。皇帝下诏严查，严延年被处"弃市"，斩首示众。

严延年的痛点不是手段的严酷，而是内心深处的暴戾与不仁，究其根子，问题该是出在法家身上。

汉文帝的隐私梦

汉文帝刘恒是由大臣公选出来的皇帝。

汉十一年（公元前196年），刘恒被封为代王，时年八岁。代国的辖区在晋、冀、内蒙古交合地带，南抵太原，北接匈奴。汉十二年刘邦去世，汉惠帝刘盈即位，在位七年。刘盈平庸无为，不仅没有政绩，连后嗣也没有。之后是吕后"居上位"八年，公元前180年，吕后殁，由大臣公议，推举出偏安一隅的刘恒做国家元首。

刘恒的生母薄姬，地位并不高，最初是刘邦一位部下的妾。这位部下叫魏豹，先是随刘邦打项羽，后投奔项羽，被刘邦剿灭。有一天，刘邦去女战俘的工坊（输织室）闲走，见到薄姬，一高兴，就收编入帐下了。但薄姬并不受宠，生下皇子刘恒后，一年之中难得见到龙颜。正因为如此，刘邦驾崩后，她才被硬心肠的吕后放过一马，特准出宫，随儿子刘恒居住在代国。刘恒很爱妈妈，做皇帝之后更加殷切。刘恒早母亲两年去世，但立有遗诏，诏令薄太后（薄姬）百年后不入长陵（刘邦陵，长安城北，今陕西咸阳市内），从葬南陵（霸陵，刘恒陵，长安城南，今陕西西安白鹿原上）。

刘恒以宽民俭政著称，在位二十三年，"宫室苑囿车骑服御无所增益"，刘恒的陵墓，是西汉所有皇帝中最简约的，为避免大兴土木，因山建陵，"治霸陵，皆瓦器，不得以金、银、铜、锡为饰，因其山，不起坟"（《汉书·文帝纪》）。公元前157年，文帝驾崩，在遗诏中对国丧礼仪做了硬性规定，其从简程度是破例的。"当今之世，咸嘉生而恶死，厚葬以破业，重服以伤生，吾甚不取。"

再选取刘恒执政的五个宽民细节：

即位第二年（前178年）五月，废除吕后颁布的"因言获罪"令，"今法有诽谤妖言之罪，是使众臣不敢尽情，而上（皇帝）无由闻过失也。将何以来远方之贤良？其除之"。

同年十一月，发生日食，"日有食之"，颁罪己诏。中国古人认为，发生地震、旱涝灾害以及日食等，是人间有逆天行为，因而天降灾难。汉文帝是汉代皇帝中第一位颁罪己诏的，"人主不德，布政不均，则天示之灾，以戒不治……举贤良方正直言极谏者，以匡朕之不逮……其罢卫将军服。太仆见马遗财足，余皆以给传置"。后边的两条是针对皇帝本人的，大幅度缩编宫廷卫队，太仆核准马匹车辆额度，超出部分划拨驿站使用。

即位十二年二月，遣散汉惠帝后宫嫔妃宫人，准许出嫁。"出孝惠皇帝后宫美人，令得嫁。"

同年三月，农业税减半。

即位十三年六月，诏令全国免除农业税，这项免税政策实行了十一年，直到驾崩为止。"诏曰：农，天下之本，务莫大焉。今勤身从事而有租税之赋，是谓本末者无以异也，其于劝农之道未备。其除田之租税。赐天下孤寡布帛絮各有数。"

汉文帝也有隐私，一天中午，他做了一个梦，梦中的自己要上天却飞不起来，焦急之间，一个黄头郎（汉代掌管船渡的基层吏员）从后边猛推了他一把，于是飘然飞起。他在半空中寻找这个出手相助的黄头郎，见到的是个背影，能看清楚的是其后腰中间挽了个布带结。"有一黄头郎推上天，顾见其衣尻带后穿。"（《汉书·佞幸传》）梦醒后，他带人到长安城外的灞水渡口，后腰挽着结的黄头郎只有一位，叫邓通，蜀郡人（今四川），木讷，话语不多，老实本分，甚至还有些呆头呆脑。汉文帝极喜欢，找宫廷术师给他相面，术师说邓通"当贫饿死"。汉文帝说，我是皇帝呀，我要让他富贵。于是官至上大夫，还赐给邓通蜀郡的一座铜矿，特准他可以私铸钱。文帝之后，景帝即位，有人告发邓通向境外走私铜钱。"人有告通盗出徼外铸钱"，案件查实后，抄没邓通全部家产，最终"竟不得名一钱，寄死人家"。

汉文帝一生谨言慎行，在邓通身上，也算任性了一回。

丝绸之路不仅是一条路

丝绸之路不仅是一条路

丝绸之路不仅是一条路，重要的是世界观。

中国在汉代之前，走的是自强与自安的国家路线，因自得而自在，和外国基本没有往来，也没有对世界的认识，只有"天下"这个概念。"天下"在西周时期是这么界定的：用"五服"做区划，以首都地区（京畿）为核心，向东南西北四外延伸，每五百里为一服，五百里之内称"甸服"，一千里内称"侯服"，一千五百里内称"宾服"，两千里内称"要服"，两千五百里内称"荒服"。方圆五千里，泱泱大国，是为天下。"先王之制，邦内甸服，邦外侯服，侯卫宾服，夷蛮要服，戎翟荒服。"（《史记·周本纪》）"中国"这个词最早出现在夏代，但含义与今天不同。夏代先民开始筑城而居，"禹都阳城"，住在城里的人称"中国人"或"中国民"，简称"国人"。《说文解字》的注解是，"夏者，中国之人也"。"中国"即"国中"的意思，用以区别无组织的游牧部落。西周的"五服"观念，针对"国人"是一种大的进步，有行政区划意识了。

中国的大历史，至少有一半是和北方民族的砥砺交融史，也是以汉代为分水岭。汉代之前的北方民族犬戎、匈奴等，南侵中原的目的比较单纯，就是掠夺女人、粮食、金银、财物。汉代之后，开始对政权有想法，因此后世的历史里，有南北朝，有南宋和北宋，元朝是蒙古人建立的，清朝是满族建立的。

中原与北方民族的最早交恶，始于西周第五位君主周穆王的北征犬戎。据史书记载，那次北伐战绩一般，"得四白狼四白鹿以归"，但后果很严重，"自是荒服者不至"，从此以后，犬戎不来朝贡了。又过了两百年，西周被犬戎终结。周幽王治国无道，却是个恋爱脑，偏宠褒姒，废申后，逐太子，大臣申侯恼怒之下引来犬戎的大军，在骊山脚下杀死幽王，抢走褒姒，再把京城扫荡一空后班师北归。这一年是公元前771年。

秦朝建立后，匈奴在甘肃庆阳、陕西榆林一带屡屡犯边。公元前215年，秦始皇遣大将军蒙恬率军三十万御北，用了大约六年时间，收复了黄河以南的失地，把匈奴驱至黄河以北，并把秦、赵、燕三国的旧长城连通，修筑了一条西起甘肃临洮、东至辽东的万里边防线，即今天人们常挂在嘴边的"万里长城"。

汉代建国，正值匈奴强盛期，纵有和亲政策，匈奴每年仍然大肆入侵边境，杀官吏，掠民财。汉与匈奴的边境线长达数千里，西起陕甘宁，中间是山西、河北，东至北京、辽东，西汉中期之前的国家要务主要是戍边。汉文帝时的贾谊，写过一篇文章——《解县》，指出汉与匈奴的关系呈"倒悬"之势，是大国屈辱。这种

"倒悬"的态势从刘邦开始，经历了惠帝刘盈、吕后、文帝刘恒、景帝刘启，到汉武帝刘彻执政的中后期，国家综合实力大增，又开启了丝绸之路，才有所改善，但在军事上仍处于对峙期，汉军每打一次胜仗，匈奴均在他处疯狂报复。再经过昭帝刘弗陵，直到汉宣帝刘询时，汉军把匈奴赶到贝加尔湖一带，边疆的维稳警报才算彻底解除。

丝绸之路最初是军事路、外交路，汉武帝派使臣联合西域的大宛、乌孙、大月氏等国，成立了一个松散的合作联盟，旨在孤立和削弱匈奴势力。之后是民生路、商业路、世贸路，再之后发展成了当时世界上最繁忙的物流大通道。由长安到西域，到中亚，到西亚，再延至欧洲。物质交流的同时，中国文化、印度的佛文化、伊斯兰文化、基督文化也相互交集共生。

"和亲"与"倒悬"

软骨头，指的不是骨头，是怯懦的心。怯懦有天生的，也有迫于无奈的，俗话叫示弱。

汉代的和亲政策是大国的屈辱之举，是用美女换和平，是礼仪之邦向野性的引弓之国示弱。这段辛酸和无奈的历史持续了大约一百五十年，具体的时间节点是，从公元前200年"平城之围"，到公元前51年（汉宣帝甘露三年），匈奴的呼韩邪单于首次以臣子身份入汉朝觐。这中间经历了七位皇帝和一位虽无帝名、却是实际的柄国者吕后，依次为高祖刘邦、惠帝刘盈、吕后、文帝刘恒、景帝刘启、武帝刘彻、昭帝刘弗陵、宣帝刘询。

匈奴一统北国称霸的时间约一百五十年，与和亲政策的时间范畴相对应，共经历十二位单于——冒顿单于、老上单于、军臣单于、伊稚斜单于、乌维单于、儿单于、呴犁湖单于、且鞮侯单于、狐鹿姑单于、壶衍鞮单于、虚闾权渠单于、握衍朐鞮单于。之后匈奴内部出现大分裂，形成"军阀"割据时代。呼韩邪单于以臣子身份朝觐汉朝，是五单于并存时期。他到长安城来，是来寻求保护伞的。

关于和亲的细节，《汉书》中《匈奴传》《西域传》和诸帝王纪的记载不尽相同，主要是时间上有些出入。有确实记载的，自高祖至宣帝，对匈奴和亲八次，对西域乌孙国和亲三次。具体是，高祖刘邦一次，惠帝刘盈一次，文帝刘恒三次，景帝刘启两次，武帝刘彻即位后提议一次被匈奴拒绝，后与乌孙国和亲两次，宣帝刘询与匈奴和乌孙国各一次。

与匈奴八次和亲的细节如下：

汉高祖七年（前200年），"平城之围"后首次和亲，"乃使刘敬（原名娄敬，和亲政策顶级设计人，赐姓刘），奉宗室女翁主为单于阏氏，岁奉匈奴絮缯酒食物各有数，约为兄弟以和亲"（《汉书·匈奴传》）。

汉惠帝三年（前192年），"以宗室女为公主，嫁匈奴单于"（《汉书·惠帝纪》）。

汉文帝即位后，提议和亲。"至孝文即位，复修和亲。"汉文帝四年（前176年），冒顿单于致汉文帝国书，问及和亲事，"天所立匈奴大单于敬问皇帝无恙，前时皇帝言和亲事，称书意合欢"。"汉许之。"（《汉书·匈奴传》）

以上三次和亲，嫁冒顿单于。

汉文帝六年（前174年），"冒顿死，子稽粥立，号曰老上单于。老上稽粥单于初立，文帝复遣宗人女翁主为单于阏氏"（《汉书·匈奴传》）。

汉文帝后元二年（前162年），"六月，……匈奴和亲"（《汉书·文帝纪》）。

以上两次和亲，嫁老上单于。

军臣单于即位后，拒绝与汉和亲，大肆侵扰掠边。"军臣单于立岁余，匈奴复绝和亲，大入上郡（今陕西榆林一带）、云中各三万骑，所杀略甚众。"（《汉书·匈奴传》）

汉景帝二年（前155年），"秋，与匈奴和亲"。汉景帝五年（前152年），"遣公主嫁匈奴单于"。（《汉书·景帝纪》）

以上两次和亲，嫁军臣单于。

汉武帝即位（前140年）后，积极推行边境贸易，给匈奴最优惠待遇。"武帝即位，明和亲约束，厚遇关市，饶给之。匈奴自单于以下皆亲汉，往来长城下。"（《汉书·匈奴传》）

汉武帝元封六年（前105年）、太初三年（前102年），两次与西域乌孙国和亲。汉武帝中后期，汉朝国力强盛，又联手西域诸国，与匈奴关系发生结构性变化，但仍处于军事对峙期，互有胜负，汉军每在一地取胜后，匈奴则在他处疯狂报复。

汉昭帝时期无和亲，匈奴提出和亲，汉朝不响应。始元二年（前85年），"狐鹿姑单于欲求和亲，会病死"。"壶衍鞮单于既立，风谓（即捎话，非正式国书）汉使者，言欲和亲。"（《汉书·匈奴传》）

汉宣帝神爵二年（前60年），"匈奴单于遣名王奉献，贺正月，始和亲"（《汉书·宣帝纪》）。此时，汉与匈奴关系已有本质变化，匈奴派重要使臣入汉"奉献，贺正月"。

公元前51年，呼韩邪单于首次以臣子身份入汉朝觐，"汉宠以殊礼，位在诸侯王上"。公元前33年，呼韩邪单于第三次朝汉，"单于自言愿婿汉氏以自亲"（《汉书·匈奴传》），汉元帝赐王昭君嫁单于。这一年汉元帝改元，称竟宁元年。

贾谊是汉文帝时的博士，相当于皇帝的文化顾问。他给汉文帝的奏折中，称和亲政策是"倒悬"，是跛脚，是偏瘫，是国之大病。

> 天下之势方倒悬，窃愿陛下省之也。凡天子者，天下之首也，何也？上也。蛮夷者，天下之足也，何也？下也。蛮夷征令，是主上之操也；天子共（供）贡，是臣下之礼也。足反居上，首顾居下，是倒悬之势也。天下倒悬，莫之能解，犹为国有人乎？非特倒悬而已也，又类躄（跛脚），且病痱（偏瘫）。夫躄者一面病，痱者一方痛。今西郡、北郡，虽有长爵不轻得复（很

高爵位的人也不能免除徭役，复，此处为徭役，指戍边），五尺以上不轻得息（不能安居乐业），苦甚矣！

中地左戍，延行数千里，粮食馈饷至难也。斥候者（瞭望哨兵）望烽燧而不敢卧，将吏戍者或介胄而睡。而匈奴欺侮侵掠，未知息时，于焉望信威广德难。（贾谊《新书·解县》）

天子、蛮夷、首、足、上、下，这种观念是不妥当的，没有与邻为善的平等相处意识。但贾谊对国情态势分析有大眼光："蛮夷征令，是主上之操也；天子共（供）贡，是臣下之礼也。"听命于匈奴，大国丧失发言权。给匈奴奉贡，是臣子的行为，向他国俯首称臣，是屈辱。"中地左戍，延行数千里，粮食馈饷至难也。"由内地到边境戍边，长途跋涉千里，军费支出巨大。汉代中期时候，全国人口约四千五百万，常规部队仅七八万人，而与匈奴的边境线长达数千里，汉代不得已实施全民皆兵政策，国民二十三岁至五十六岁，每年每人均有三天兵役义务。

"而匈奴欺侮侵掠，未知息时，于焉望信威广德难。"在有和亲纳贡的政策下，匈奴每年仍要大肆侵边，不知何时能止，大国之威从何谈起。贾谊无奈地发出感慨："天下倒悬，莫之能解，犹为国有人乎？"国家有难，无人能解，是国家没有栋梁人才。

中国自汉代起，才开始以世界的眼光，重构国家的格局，这是汉代的大器之处，是"汉唐气派"的元点所在。但这个大是多么来之不易，历经了太多的韬光养晦和自强不息。对大国崛起之前压抑地带的反思与内省，应是十分重要的基础课。

与丝绸之路相关的物产

丝绸之路不是务虚的外交词汇，有很具体的实际内容。

德国地理学家李希霍芬在中国考察了四年（1868—1872年），之后写出了五卷本著作《中国——亲身旅行的成果和以之为根据的研究》。书中首次命名"丝绸之路"，"从公元前114年到公元127年间，连接中国与河中（指中亚阿姆河与锡尔河之间）以及中国与印度，以丝绸之路贸易为媒介的西域交通路线"。公元前114年是西汉汉武帝元鼎三年，这一年，丝绸之路的开拓人物张骞去世，公元127年是东汉汉顺帝永建二年，这二百四十年被认为是丝绸之路的首个高潮期。1910年，德国人赫尔曼在《中国与叙利亚之间的古代丝绸之路》一书中，进一步定义："我们应该把这个名称的含义延伸到通往西方的叙利亚的道路上。丝绸之路，即从长安到叙利亚。其实，丝绸之路这一概念是有局限的，讲东西交通和中西交通，既包括交通线，又包括所有的各种交流。例如，文化、艺术、科技、宗教等各个方面。因此，我们把丝绸之路定义为：古代和中世纪从黄河流域和长江流域，经印度、中亚、西亚，连接北非和欧洲，以丝绸贸易为主要媒介的文化交流之路。"

经由这一条物流大通道，中国的物产，如丝绸、茶叶、瓷器，包括五谷种植技术被输出，同时良种马、苜蓿（军马的主饲料，汉时又名"怀风"，"首蓿一名怀风，时人或谓之光风。风在其间，常萧萧然"，还叫连枝草等。有多个名字，是因为此植物刚被引入，尚无定名）、葡萄（汉代写为蒲桃）、樱桃、胡麻、胡椒、胡萝卜、芫荽、石榴（安石榴）等，也多从这条路而来，再落地生根。

汉武帝刘彻爱马，在位五十四年，他的坐骑有多匹来自大宛国（今中亚费尔干纳盆地一带），有一副马具来自身毒国。"武帝时，身毒国献连环羁（马笼头），皆以白玉作之（皮革之上镶玉），马（玛）瑙石为勒，白光琉璃为鞍，鞍在暗室中，常照十余丈，如昼日。自是长安始盛饰鞍马，竞加雕镂，或一马之饰直百金。"（《西京杂记》）

《西京杂记》载，汉宣帝刘询生不逢时，几个月大时，因"巫蛊之祸"受牵扯坐牢，入狱时，胳膊上佩戴着祖母史良娣编织的彩色丝绳，上面系着一枚产自印度的宝镜，镜面如八铢钱大小，民间说法宝镜可照见妖邪，佩戴者得赐天福，因此宣帝才能转危为安。宣帝即位后每次见到这枚宝镜，都会长时间哭泣。

丝绸之路得以宽广和壮大，是接着地气的，和民生息息相关。国家倡行的政策，失去老百姓的参与和响应，是不可能成为大政的。

以丝绸为罪证的一桩宫廷命案

公元前 71 年是汉宣帝即位第三年，霍光的妻子霍显买通宫廷女医官淳于衍，毒死许皇后。第二年，霍光的小女儿霍成君被立为皇后。霍光时任大司马、大将军，领尚书事，是当时的国家二号人物。

西汉十一位皇帝，有五位无后嗣，分别是惠帝刘盈、昭帝刘弗陵、成帝刘骜、哀帝刘欣、平帝刘衎。在嫔妃如织如梭的后宫，却高瀑断流，还有十一分之五的高比例，放在世界政治史里也是唯一的。无后嗣的皇帝山崩后，需要在皇室支嗣中海选继位者，三公和九卿均有推举权，但决策人物只有两位，主要是太后，还有柄持时政的重臣。汉代的皇后被废被立是经常发生的事情，但皇后一旦熬成太后，权力就了不得了，收掌皇帝玺绶，对选择新皇帝有决定性的权力。外戚揽权，是汉代政治脸谱上的一个大瘰子，显眼也扎眼。

太后干预国政由吕后开始。刘邦去世后，刘盈即位，但基本上是个摆设，十六岁登基，在位七年，二十三岁崩，一切都是妈妈说了算。司马迁著《史记》，体例上甚至不设《孝惠本纪》，而是《吕太后本纪》。在司马迁眼里，刘盈就不算个皇帝。刘盈二十岁那一年，吕后为确保对权力的掌控，立外孙女张嫣为皇后，张嫣是鲁元公主的女儿，是刘盈的亲外甥女，张嫣封后时十二岁，十五岁守寡，无后嗣。

昭帝刘弗陵是武帝刘彻最小的儿子，霍光受武帝托孤遗命，辅佐幼主。刘弗陵八岁即位，十一岁时立霍光的外孙女上官氏为皇后，上官皇后时年六岁。汉昭帝在位十三年，二十一岁崩。上官皇后十五岁守寡，无后嗣，却成了中国历史上最年轻的太皇太后。但这个太皇太后，比新任皇后的辈分低，在家里要叫姨。汉代的后宫这个乱呐。

成帝刘骜和哀帝刘欣均是十九岁即帝位，刘骜在位二十五年，四十四岁时崩，刘欣在位七年，二十五岁崩。这两位皇帝哥哥都是双性恋男神，是公开模式的，朝野尽知。刘骜的男宠叫张放，出双入对形影不离，太后实在看不下去了，下旨流放外地，刘骜仍是"玺书劳问不绝"，后来有赵飞燕赵合德姐妹花出现，乾坤才得以回转，张放则在异地忧思而死。刘欣的男宠叫董贤，小帅哥一个。两人也是双宿双飞的，有一次哥俩合寝，刘欣先醒来起身，但被董贤压住衣袖，不忍叫醒，便用剑割断衣袖，此即"断袖"一典的源头。刘骜和刘欣是汉代第九帝和第十帝，均无后嗣。当时的汉王朝已呈大厦将倾的颓相，国家将亡，皇帝有无后嗣已属无所谓了。

汉平帝刘衎九岁即位，十四岁崩。刘衎在位时，国家政权事实上已经不姓刘了，由王莽把持着，刘衎只能算个门面而已。

霍光是霍去病同父异母的弟弟，是武帝第二任皇后卫子夫的外甥。武帝六十六岁那一年，命画工给霍光画了一幅《周公负成王朝诸侯图》，以周公佑护周成王的寓意，拜托霍光辅佐幼主。四年后，八岁的刘弗陵即昭帝位，霍光不辱使命，以"大将军领尚书事"相国，秉政勤恳，老成谋国。霍光有个大家庭，生了七女一男，外孙女上官氏六岁时被封为汉昭帝皇后，宣帝即位后，小女儿霍成君又被封后，但此举也为后来霍家被满门抄斩埋下了孽因。

汉宣帝自幼生长在民间，昭帝无后嗣，通过"海选"入宫为帝。在民间娶许氏为妻，并育有一子（汉元帝刘奭），继大位后，许氏被封为许皇后。霍光的妻子霍显，一心谋求女儿入宫，买通宫内医宦淳于衍，毒死许皇后。为酬谢淳于衍，霍显专门建了一个小型丝绸厂，引进最新式的机械和最新的工艺，请名师织造丝绸，同时赠金钱、送宅院和奴婢。但淳于衍仍不满足，和人抱怨说："我给霍家办了这么大的事，就得到这点回报。"这个细节记载在《西京杂记》中。"霍光妻遗淳于衍。蒲桃（葡萄花纹是新工艺图案）锦二十四匹，散花绫二十五匹。绫出钜鹿（今河北邢台）陈宝光家。宝光妻传其法，霍显召入其第，使作之。机用一百二十镊，六十日成一匹，匹直万钱。又与走珠一琲（珠十贯为一琲），绿绫百端，钱百万，黄金百两。为起第宅，奴婢不可胜数。衍犹怨曰，吾为尔成何功，而报我若是哉。"

恶有恶报，事情很快败露了，前后只有短短的五年时间。公元前71年，许皇后被毒身亡，第二年霍成君封后。两年后，公元前68年，霍光去世。再一年，公元前67年，汉宣帝立太子刘奭。皇后（霍成君）与母亲霍显再施毒计，阴谋毒死太子，却被太子的侍女发现。此时霍光已去世，保护伞没有了，水落石出，许皇后的死因也随之大白于天下。霍光家族，连同霍去病的后辈，数十个大家庭满门被斩。

大人物恃权力作孽，迟早会遭报应的。

汉代的吴和越

公元前 494 年，越王勾践伐吴，大败，之后卧薪尝胆，韬光养晦。过了二十二年，公元前 473 年再伐吴，取得完胜，夫差自刎，吴亡国。勾践之后又过了六代，越国被楚灭，"后六世为楚所灭"（《汉书·地理志》）。

公元前 221 年秦始皇灭楚，越旧部避秦乱散入浙江东部、闽中和闽北山区。汉代立国第十一年（前 196 年），刘邦封侄子刘濞为吴王。吴藩国都邑在扬州，初辖三郡：东阳郡（郡治在今浙江金华）、鄣郡（郡治在今江西吉安）、吴郡（郡治在今江苏苏州），共领五十三个县。公元前 154 年，刘濞牵头，七个藩国发动叛乱，三个月后平复，吴国被撤藩。至西汉末年，吴地共存七个郡：会稽、九江、豫章、庐江、广陵、六安、临淮。

越分东越和南越。

东越有两脉，闽越和东瓯，均是越王勾践的后代。刘邦和项羽争天下时，东越助汉，汉五年（前 202 年），封立闽越王，都邑在东冶（今福建武夷山）。汉惠帝三年（前 192 年），封立东海王，又称东瓯王，都邑在东瓯（今浙江温州永嘉）。吴王刘濞发动叛乱，东瓯王先是随吴，后杀吴王。汉武帝建元三年（前 138 年），闽越伐东瓯，东瓯王求汉保护，得以解围，后又向汉朝廷申请内迁。东瓯国全国整体移民，分散内迁安置到江、淮之间。

汉武帝元鼎六年（前111年），闽越反汉，闽越王被诛。武帝下诏，闽越国民全部内迁，也是分散安置在江、淮之间。至此，勾践的两脉后代均返乡，虽然不是回故里，但也算叶落归根。

南越在秦朝时设郡，郡治在番禺。南越王赵佗是河北正定人，秦时初为南海郡的一个县令，后深得郡尉信任而得以继任。汉十一年（前196年），刘邦封赵佗为南越王。

刘邦时期，汉与南越的关系有点"一国两制"的意思，南越有完全的自治权，不受汉节制约束。"与剖符通使，和集百越。毋为南边患害，与长沙接境。"（《史记·南越尉佗传》）吕后时期，汉朝廷限制相互间的贸易往来，尤其禁止铁器南运。赵佗宣布独立，自号"南越武帝"，此后不断北犯，攻掠长沙周边诸县。

汉文帝继位后，委派官员修葺赵佗在正定的祖坟，且按时节祭扫。赵佗大为感动，自撤帝号以蕃臣事汉。汉武帝元鼎五年，南越相国吕嘉谋反，杀南越王及汉使臣。一年后叛军被剿，诛吕嘉，南越国灭。自赵佗称王后，南越国经五代而亡。

西汉时期，最大的外患是北方匈奴，吴和越则是最大的内患。吴国牵头的"七国之乱"，给国家造成很大动乱，也让朝廷找到充分的理由终结了藩国制。汉的藩国相当于自治区，但比今天的自治区权限大，经济是独立的，而且"宫室百官同制京师"（《汉书·诸侯王表》）。汉代建国后，封异姓功臣王国七个，同姓王国九个，侯国一百多个，国家一半的区域是由各个"自治区"构成。而吴国是"自治区"里的龙头老大，经济强大，百姓安居乐业，在当时，吴国的百姓是不纳税赋的，"无赋，国用饶足"(《汉书·荆燕吴传》)。"七国之乱"平复后，所有王国裁撤，集权中央，到汉武帝时期，基本上恢复了秦始皇时的郡县国家。

汉代之前吴越的民风，与今天江浙地区差异很大，"吴、粤（越）之君皆好勇，故其民至今好用剑，轻死易发"(《汉书·地理志》)，从孔子编选《诗经》时的"楚无诗"，到秦汉的"楚人轻悍，又素骄"(《汉书·荆燕吴传》)，究其根本，是文化上的薄弱所致。这种局面自宋之后，再经明、清，及至近现代，重科举，尚儒养仁，经济上甲天下，文化上也是蔚为大观。

仅仅天养人是不够的，人之大更需自我修养。

经济膨胀的背后与身后：关于吴王刘濞

藩国，是汉代的"自治区"。

公元前202年，刘邦封了七个异姓王（南越王赵佗、闽越王无诸不在序内），九个同姓王，各有属国，这些王国有独立的经济权、民政权，还有一定的军事权。异姓王很快被废，刘邦晚年说过一句话："非刘氏而王，天下共击之。"(《史记·吕太后本纪》)刘邦铲除异姓王，不是天下为公，是一己私念。同姓诸王国随着社会的发展，势力渐而坐大，到文帝、景帝时期，已经对中央政府构成威胁。吴国是典型的独立王国，到"七国之乱"时，吴王刘濞连续二十多年"称病"，不进京述职朝奉。

吴国的经济实力雄厚，按GDP计算的话，人均比例在全国遥遥领先，藩国内实行全民免税，"百姓无赋"。西汉前期，北方匈奴经常犯扰边境，国家的戍边压力很大。朝廷规定，国内二十三岁至五十六岁男子，每人每年有三天的义务兵役期。只有吴国出钱不出人，按市场价外买雇佣士兵。"卒践更，辄与平贾。"（《史记·吴王濞列传》）其他郡国犯了罪的人，跑到吴国避罪，吴国有法令给予保护。这是刘濞吸引人才的一种手段，堪比水泊梁山聚英才的模式。

吴国的经济来源主要是铜和盐，是当年的"资源大省"。盐是民用物资，广销江淮多地。铜是铸货币的原材料，本该是国控物资，却被吴国占据着。汉代初年因陋就简，多种制度因袭秦朝，"汉袭秦制"，其中之一就是货币。汉代建国后，沿袭使用秦朝的半两钱，到汉武帝元狩五年才由中央政府统一发行五铢钱，严禁民间私铸，在此之前，是允许民间私铸的。吴国大量盗铸钱币，辖区内的豫章郡（郡治在今江西南昌）有铜矿，"招致天下亡命者盗铸钱"（《汉书·荆燕吴传》），采矿、冶炼、铸币一条龙生产。吴国的财富，用盐挣来一部分，更多的是自己盗铸"生产"出来的。"七国之乱"时，刘濞给其他六国的"诏书"中，有这么土豪的奖励条款："能斩捕大将（大将军）者，赐金五千斤，封万户；列将（将军），三千斤，封五千户；裨将（副将），二千斤，封二千户；二千石（郡守级官职），千斤，封千户……寡人金钱，在天下者往往而有，非必取于吴，诸王日夜用之不能尽。有当赐者告寡人，寡人且往遗（送）之。"（《汉书·荆燕吴传》）

刘濞是汉高祖刘邦哥哥刘仲的儿子，刘仲在公元前 201 年被封为代王（辖今山西、河北北部），匈奴入侵，刘仲弃城而逃，公元前 199 年降为郃阳侯（今陕西合阳）。公元前 196 年，刘濞二十岁时被封为吴王。从二十岁封王到六十二岁起兵谋反，主掌吴地四十二年。刘濞反汉，还有一个起因：汉文帝时，他的儿子吴太子进京入宫，与皇太子（汉景帝刘启）玩耍时，因不恭被皇太子失手打死，刘濞自此"称病"不朝。

刘邦封刘濞为吴王之前，没有见过这位侄子，受封召见时，见其面相有异状，但悔之已晚，就拍着他的背说："五十年后东南有人谋反，不会是你吧？"

刘邦发现文化的亮光之后

主旋律

罢黜百家，独尊儒术，是汉代的主旋律。

一户讲究的人家，房子再多，但装修的时候是遵循一个主调子的。一个好的公园，设计上是有轴心的。一个国家，如果不被外族殖民，是有自身的价值观的。国家的文化品格，不宜搞万国博览会，什么都重视，就是什么都不重视。

汉代的核心是皇帝，这是最大的政治，但判断是非的标准，不是靠皇帝的那张金嘴，而是儒家学说，以儒学共识，塑造国家伦理。"是故简六艺以赡养之，诗书序其志，礼乐纯其美，易春秋明其知。六学皆大，而各有所长。诗道志，故长于质。礼制节，故长于文。乐咏德，故长于风。书著功，故长于事。易本天地，故长于数。春秋正是非，故长于治人。"（《春秋繁露·玉杯》）

汉代召开过两次文艺座谈会，是学术研讨会性质。一次在西汉，汉宣帝甘露三年（前51年）的石渠阁会议，一次在东汉初年，汉章帝建初四年（79年）的白虎观会。两次会议都是皇帝主持，但主讲人不是皇帝，而是当年的多位儒学名宿，"诏诸儒讲五经同异"（《汉书·宣帝纪》）。会议是开放包容的，以《诗经》《尚书》《礼记》《易经》《春秋》，还有《乐经》为基础材料，与会专家各自阐述自己的研究心得，各抒己见，也允许各持己见。会期均在一个月左右，会后形成了两部论文集，《石渠议奏》和《白虎通义》。《石渠议奏》据记载有一百五十五篇文章，可惜已失传。《白虎通义》侥幸还在，共十卷，不足两万字，但内容翔实具体，且义理繁茂。我们读一读目录，看看当年的座谈会上讲了些什么：卷一，爵，号，谥；卷二，五祀，社稷，礼乐；卷三，封公侯，京师，五行；卷四，三军，诛伐，谏诤，乡射，致仕，辟雍，灾变，耕桑；卷五，封禅，巡狩，考黜；卷六，王者不臣，蓍龟，圣人，八风，商贾；卷七，文质，三正，三教，三纲六纪；卷八，性情，寿命，宗族，姓名，天地，日月，四时，衣裳，五刑，五经；卷九，嫁娶；卷十，绋冕，丧服，崩薨。汉代的儒学在社会学范畴，与国计民生、世相百态关联密切。到了宋代，摇身成理学，入了哲学的境地。

叔孙通这个人

我们今天见到的先秦典籍，超过百分之九十都是汉代重新整理出来的。公元前 221 年秦统一全国，七年后即下达焚书令，全国范围内实行书禁，首禁之书是各诸侯国的史书，《诗经》《尚书》和诸子百家著作这些均在必烧之列。又过了七年，秦朝这座大厦就崩塌了。

　　汉代的开国皇帝刘邦，并不尊重文化，但汉代政府怎么就重视文化了呢？这要从一个叫叔孙通的人说起。

　　叔孙通是大儒，饱学，还达观。本是秦朝的博士，后投奔刘邦。刘邦第一次见到叔孙通，见他穿戴着儒生冠服，很反感。第二次再见时，他就换了一身楚地习俗的衣着。刘邦出生在楚地，一下子就高兴了。刘邦称帝后，随他一起"闹革命"的老弟兄仍改不了老习惯，随意闯宫上殿，随便拍肩膀，以及酒后撒酒疯的事经常发生，刘邦为此很堵心。叔孙通上奏："我是一介书生，干不了大事，就替皇帝制定一套宫廷朝见礼仪吧。"获准后，挑选了三十位弟子，耗时一个月，制定并操练了一套臣子朝贺皇帝的礼仪。汉七年十月，长乐宫落成，"诸侯群臣朝十月"，"朝十月"是正月大典，汉初，仍沿袭秦朝历法"颛顼历"，一年岁首的正月是冬至所在月份之前的一个月，即今天的农历十月。为与后世的正月大典相区别，汉代袭用"颛顼历"的这一阶段（截止于汉武帝太初元年），史书均称为"朝十月"。

　　这套礼仪在"朝十月"大典中首次启用，从天未亮开始，到正午结束，诸侯王及文武百官在司仪官和仪仗官的号令下，依职级次序上殿。"引诸侯王以下至吏六百石（六百石，汉官秩，以官员的薪俸代指职级），以次奉贺，自诸侯王以下莫不震恐肃敬"。朝仪结束后，刘邦深度感慨："我到今天才知道做皇帝的威严尊贵！"由此，叔孙通得到重用，官拜奉常。奉常是九卿之首，掌国家祭祀、典章制度、文化教育，后改称"太常"。叔孙通随即又奏请皇帝给弟子们安排工作，这三十人均被委以重任，授为郎，成为汉代初年首批职业文化官员。两年后，叔孙通晋升太子太傅，做太子刘盈的老师。刘盈即皇帝位后，叔孙通再任奉常。这一阶段，大致有十二年时间，叔孙通带领着这个文化团队，初步完成了国家的文化布局工作，典章立制，兴官学，劝私塾，下达征书令，在全国范围内广泛征集民间佚书，"定宗庙仪法，及稍定汉诸仪法，皆通所论著也"（《汉书·郦陆朱刘叔孙传》）。刘邦个人没有文化，因为重用了叔孙通，为建设一个文化型国家打下了比较好的底子。

董仲舒的察史方法

历史的学名叫"春秋"，而不叫"冬夏"，是有机心的。

孔子写《春秋》，一万八千言。以鲁国十二位君主（隐、桓、庄、闵、僖、文、宣、成、襄、昭、定、哀）为线索，覆盖一百二十个诸侯国。《春秋》详己而略人"，记载史事，鲁国详细，他国简约。周朝的国体是粗糙的"联邦制"，最多时兼容八百个"加盟国家"，到孔子生存时代，还有一百二十多个。

《春秋》把历史分为三个时期，"有见，有闻，有传闻"。见，指孔子亲历的时代，所见三代六十一年，鲁昭公、鲁定公、鲁哀公。闻，指听亲历者讲述的上代，所闻四代八十五年，鲁文公、鲁宣公、鲁成公、鲁襄公。传闻，指据史载记述的遥远时代，传闻五代九十六年，鲁隐公、鲁桓公、鲁庄公、鲁闵公、鲁僖公。"于所见，微其辞"，孔子写当世，用笔隐讳，有所顾忌。"于所闻，痛其祸"，写听人讲述的上代，就带感情了，于祸国的事情，下笔不含糊，也伤感。"于传闻，杀其恩，与情俱也"，据史料而成的远代，感情淡了，直抒胸臆，就事论事。孔圣人写他所处的时代，也是不掉以轻心的，怕掉脑袋，担心被割了吃饭的家伙。

"不知来，视诸往"，是《春秋》的立书基本。未来蕴藏于往事之中，往事千头万绪，如天空，天是空的么？朗朗苍穹，于没眼的人一无所见，于有心的人无物不有。"弗能察，寂若无；能察之，无物不在。""天亦人之曾祖父也"，老天爷比爷爷辈分还高，但老爷爷言辞金贵，不随便说话的，"天不言，使人发其意；弗为，使人行其中"。一个时代里，人们对天的认识有多大，这个时代就有多大。

董仲舒把"王"这个字读出了深意："古之造文者，三画而连其中，谓之王。三画者，天、地与人也，而连其中者，通其道也。"贯通了天地人，是王。疏忽了地和人，天也是枉为的。"知广大有而博，惟人道为可以参天。"天育万物，但人是世道上参天的树。

世间有春夏秋冬，"春气爱，秋气严，夏气乐，冬气哀"。"春主生，夏主养，冬主藏，秋主收。生溉其乐以养，死溉其哀以藏，为人子者也。故四时之比，父子之道。"春生夏，秋藏于冬，循父子之道。以天地四时喻人间历史，以"春秋"命名就够了。

董仲舒的察史方法，讲究慧眼识珠玉，好高却不骛远，下扎实细致功夫，一部《春秋繁露》，是得了天地独厚的。

历　险

公元前 135 年，发生了两场火灾，火情不太大，但起火的地方要紧，"（建元）六年春二月乙未，辽东高庙灾。夏四月壬子，高园便殿火，上素服五日"。汉高祖刘邦山崩后，朝廷颁令，各郡国均建庙以纪念，这些庙统称"高庙"。高园指刘邦的陵园长陵，便殿不是主殿，相当于贵宾休息室。两次火灾后，武帝刘彻素服五日。中国的皇帝以年号纪元自汉武帝开始，在位五十四年，用了十一个年号，建元、元光、元朔、元狩、元鼎、元封、太初、天汉、太始、征和、后元。建元六年是其执政的第六个年头，这一年刘彻二十二岁。

刘彻十六岁即位，执政的前两个纪元内天灾连连，二十八岁之前的汉武帝，坐皇位比坐针毡还难受：

"（建元）三年春，河水溢于平原，大饥，人相食。"黄河泛滥，人吃人。

"四年夏，有风赤如血。六月，旱。"汉代版的沙尘暴。大旱。

"秋八月，有星孛于东方，长竟天。"彗星出现于东方天空，拖着长尾巴，直至天边。

"（元光二年）夏六月，……单于入塞。"匈奴犯边境。

"三年春，河水徙，从顿丘东南流入渤海。"黄河改道。

"夏五月，……河水决濮阳，泛郡十六。"黄河泛滥。

"（四年）夏四月，陨霜杀草。"孟夏飞雪，庄稼遭殃。

"五月，地震。"天灾，地震。

"五年，……秋七月，大风拔木。"天灾，飓风。

"八月，螟。"大面积虫灾。

"（六年）夏，大旱，蝗。"蝗灾。

"秋，匈奴盗边。"匈奴犯边境。

公元前 134 年，武帝在全国诏征高端文化人才，当年的话叫"贤良文学"，和今天的"德艺双馨"差不多，但"贤良文学"不是荣誉称号，有实际待遇，还是皇帝的文化顾问，要以书面形式回答皇帝的不时垂问。"贤良明于古今王事之体，受策察问，咸以书对，著之于篇，朕亲览焉。"（《汉书·武帝纪》）"欲闻大道之要，至论之极。"（《汉书·董仲舒传》）于是，就有了汉武帝与董仲舒著名的"天人三策"答对。

汉武帝提问的均不是一时之策，而是着眼于求解国家兴亡，长治久安之道。比如："三代受命，其符安在？灾异之变，何缘而起？性命之情，或夭或寿，或仁或鄙，习闻其号，未烛厥理。伊欲风流而令行，刑轻而奸改，百姓和乐，政事宣昭，何修何饬而膏露降，百谷登，德润四海，泽臻草木，三光全，寒暑平，受天之祜，享鬼神之灵，德泽洋溢，施乎方外，延及群生？"董仲舒对这个问题的回答是他的成名作，先后以三篇"对策"主要阐述了四个观点：第一，"王道之端，得之于正"，"正心以正朝廷，正朝廷以正百官，正百官以正万民，正万民以正四方"。中国人纪元，每年的一月叫"正月"，也是得于"王道之端"。第二，尊尚儒学，以接通因秦朝而断裂的中国文脉。第三，"兴太学，置明师"，给国家养人才；改革干部选拔制度，以能任职，"量材而授官，录德而定位"。第四，提出"天人感应"说。

董仲舒的"天人三策"不仅被汉武帝赞誉，也入史家法眼，全文收录《汉书·董仲舒传》。后来董仲舒把其中的"天人感应"论点单列成文，写成《灾异记》，而支撑论点的论据，就是公元前135年发生的那两场火灾。但这个文章犯了皇颜，汉武帝大怒，先降死罪，后又下诏特赦，再之后，董仲舒回到河北衡水老家，"以修学著书为事"。汉武帝刘彻是大帝，对饱学的人发自内心尊敬，有了问题，仍派专人不远千里去征求意见，"仲舒在家，朝廷如有大议，使使者及廷尉张汤就其家而问之，其对皆有明法"。

汉元光元年（前134年）七月，长安城里下了场冰雹，汉武帝派一个叫鲍敞的人去请教董仲舒，此事记载于《西京杂记》里。

汉武帝执政的前十二年历经坎坷，是历险，因为历险，才有了大汉的盛世。董仲舒直言获罪，也是历险，书生意气散尽后，成就一代大儒。这一对君臣，在历险中各自的人性都得到了弘扬和进步。

董仲舒说冰雹

汉武帝元光元年七月，长安城里下了场冰雹，一个叫鲍敞的人去请教董仲舒。董老是当年的学术带头人，史书里记载，汉武帝有疑难问题会派专人去求教。这位鲍敞，可能是一位使者。

鲍敞问："冰雹是什么东西？是什么气生成的？""雹何物也，何气而生之？"

答："冰雹是阴气胁迫阳气形成的。天地间的气，阴阳各占一半，二者和合，轮回运行。四月（农历）是正阳之月，阳气主导。十月是正阴之月，阴气主导。二月和八月，阴阳二气势均力敌，相互激荡，'运动抑扬，更相动薄'。风雨云雾雷电雪雹就这样产生了。气向上升腾为雨，向下笼罩为雾。风是呼出的气，云是气雾。雷是阴阳气相搏产生的声音，电是相互撞击闪烁的火光。阴阳二气开始蒸腾的时候，若有若无，若实若虚，若方若圆。二气凝结，攒聚相合，达到一定重量，就形成雨降落下来。寒冷的月份，雨滴初凝的时候，还轻还小，被风吹袭，飘散为雪。冰雹是雪珠一类的东西，阴气突兀上升，才会形成雹灾。（如果）太平盛世，刮风不会使树枝噼啪乱响，使种子开壳植物萌芽而已。下雨不会击破土壤，滋润植物的叶和茎而已。雷声不惊怵恐怖，发号令使人启发而已。闪电不刺眼，宣示光耀而已。雾不妨碍远望，使大地沉浸在水汽里而已。雪不压迫树枝，消灭毒物害虫而已。云呈五彩祥瑞。露珠味甘，滋润肥沃土地。这是因为圣人治理国家，阴阳和谐。（如果）政治腐败，阴阳失和，风破房屋，暴雨冲破河湖泛滥成灾，大雪塞堵牛眼，冰雹砸死驴马。此为阴阳二气相互激荡带来的不祥妖气。""太平之世，则风不鸣条，开甲散萌而已。雨不破块，润叶津茎而已。雷不惊人，号令启发而已。电不眩目，宣示光耀而已。雾不塞望，浸淫被泊而已。雪不封条，凌殄毒害而已。云则五色而为庆，三色而成矞。雾则结味而成甘，结润而成膏。此圣人之在上，则阴阳和风雨时也。政多纰缪，则阴阳不调，风发屋，雨溢河，雪至牛目，雹杀驴马，此皆阴阳相荡而为褭渗之妖也。"（《西京杂记》）

董仲舒"天人感应"学说的闪亮之处，是对皇帝的制约。给皇帝提意见仅有胆识不够，还需要智慧，要讲究点艺术手法。在这次冰雹答问的前一年，即公元前135年（汉武帝建元六年），董仲舒险些丧命。那一年2月和4月，辽东高庙，长陵高园殿发生两起火灾，董仲舒认为这是劝谏武帝的良机，以天降灾异，是国家政策出了问题为核心内容，写了一个奏章，还没呈上去，他一个叫主父偃的学生到家里做客，偷走奏章，作为"反动言论"呈报给武帝，武帝大怒，下令斩首，怒火平息后，又以国家高端人才下诏免死。自此后，董仲舒在河北衡水老家，开始了学术研究生涯。但武帝有重大问题，仍派专人不远千里去征求意见。主父偃这个人，一生以打小报告为职业，老师、朋友、亲戚都不放过。因小报告升官，最后也死在小报告上。

给国家领导人上课，坚持己见，不昧良心是重要的，会得到明君的尊重和重视。汉武帝接受董仲舒也有个过程，有人谏言："浩大的汉朝不应畏惧董仲舒的言论，不仅不畏惧，还应多多听取，以彰显天子的胸襟和威严。"汉武帝做到了，做得还不错。

汉武帝写的歌词

汉武帝写过歌词，抄两首诸位看看。

> 秋风起兮白云飞，草木黄落兮雁南归。兰有秀兮菊有芳，怀佳人兮不能忘。泛楼船兮济汾河，横中流兮扬素波。箫鼓鸣兮发棹歌，欢乐极兮哀情多。少壮几时兮奈老何！（《秋风辞》）

> 天马徕，从西极，涉流沙，九夷服。

> 天马徕，出泉水，虎脊两，化若鬼。

> 天马徕，历无草，径千里，循东道。

> 天马徕，执徐时，将摇举，谁与期？

> 天马徕，开远门，竦予身，逝昆仑。

> 天马徕，龙之媒，游阊阖，观玉台。（《天马歌》）

《秋风辞》和《天马歌》我们后来称为"乐府诗"，其实是歌词，配上音乐吟唱的。魏晋之后照这种式样再写的，叫乐府诗就名副其实了。乐府是汉代的礼乐机构，承担着国家祭祀、庆典以及让国家领导人开心娱乐的功能，在相关仪式上，礼之乐之，歌之舞之。汉武帝时，设立乐府，"至武帝定郊祀之礼……乃立乐府"（《汉书·礼乐志》）。朝廷设立乐府，是针对当时礼崩乐坏的局面，同时在社会上兴办教育，"立大学以教于国，设庠序以化于邑"。汉武帝抓国家的精神文明建设，有形式主义的一面，更有务实切实的作为，尤其是兴大学，有着旷世功业。至汉成帝时，乐府的编制在八百人以上，规模盛大，《汉书》中有三百童子彻夜吟咏的记载。吟咏的歌词内容涉及广泛，有对天地的敬仰，有郊祀、燕射等宫廷礼仪场景，也有述说民间疾苦、壮士疆场难归，以及男女愁怨的底层人民生活。汉代设立乐府，初衷在"礼节民心，乐和民声"（《礼记·乐记》），因而反映普通人心声的占着重要部分，守着《诗经》怨刺诗的传统。汉哀帝时，下诏裁撤乐府建制，乐府中大量的"专业艺术工作者"或进入贵族人家，或散落民间自谋职业，民间演艺机构的雏形自此出现。再到魏晋和唐宋之后，演绎形成门类多种、地方趣味浓郁的民间说唱及茶肆书场，茶肆书场以及专业的说书艺人，又促进了中国小说的繁荣。中国旧小说的体裁是章回体，章与章之间，以"上回说到"和"且听下回分解"相连接。中国古典小说是文学与说唱艺术的共同体。

汉武帝刘彻是大帝，尚儒崇武，重文轻商，文治武功，皇皇伟业，但不可仰承之处也是有的，比如好大喜功，不太心疼百姓。汉武帝时期国强民不富，贫富两极分化严重。任用酷吏多，酷吏就是暴力执法的野蛮干部。《史记》《汉书》记载的酷吏，武帝一朝占着多数。也不太心疼干部，仅以丞相为例，武帝一朝有十三位丞相，依任序是卫绾、窦婴、许昌、田蚡、薛泽、公孙弘、李蔡、庄青翟、赵周、石庆、公孙贺、刘屈氂、田千秋。十三人中仅公孙弘、石庆、田千秋善终，老于任上。田蚡病死，但晚年精神失常，田蚡死后，武帝说过一句话："使武安侯（田蚡）在者，族矣。"（《史记·魏其武安侯列传》）田蚡要是还活着，我要满门抄斩。卫绾、许昌、薛泽被罢免，李蔡、庄青翟、赵周自杀，窦婴、刘屈氂被诛，公孙贺父子同诛，灭族。

探讨中国传统文学，不能回避传统政治，也回避不开。《史记》和《汉书》，基本上是当朝人写当朝事，司马迁写到汉武帝为止，班固生活在东汉初年，写西汉全过程。两位史家不仅心明眼亮，更是遵守着史家的良心和良知，说实话，说真话。以中国的历史经验去看，一个朝代里的文人，如果只是文学家在发声，而史家沉默着，这个时代的文心成色是不够的。

刘邦发现文化的亮光之后

刘邦是率性而为的皇帝，不待见读书人，甚至见到儒生的穿戴都烦。起兵之初，有儒生上门投附，要么避而不见，要么直接出手把冠帽摘下来当尿壶。"通儒服（叔孙通，汉初大儒），汉王憎之，乃变其服，服短衣，楚制。汉王喜。""沛公不喜儒，诸客冠儒冠来者，沛公辄解其冠，溺其中。"《汉书》记载这些细节，用笔不忌皇帝讳，用心却大器深远，就是这么一位性格不羁的领袖，身边却吸引团结着多位重量级文化人物。汉定天下后，武将的命运多有不测，但文化人受到尊重，讲真话讲实话的，不仅不压制，还受到重用。"初，高祖不修文学，而性明达，好谋，能听……初顺民心作三章之约。天下既定，命萧何次律令，韩信申军法，张苍定章程，叔孙通制礼仪，陆贾造《新语》。"

陆贾是汉代"文化治国"的最初顶层设计者，因是近臣，顶撞刘邦也多，最典型的一次是，刘邦骂他："老子是在马上得到的天下，和《诗经》《尚书》有狗屁关系！""乃公居马上得之，安事诗书！"陆贾不慌不忙地说："在马上得到的天下，还要在马上治理么？古代的贤君明主，均是文武并用。假如秦始皇统一天下后，行仁义，法先圣，陛下是没有机会得到天下的。"刘邦听后"有惭色"，说："你把秦朝失天下，以及古来治国成败之道全部写出来给我。"陆贾写一篇，刘邦认真读一篇，这就是陆贾所著《新语》（十二篇）的始末。据传《新语》这个书名，是刘邦所赐，对他而言，这些"老货"都是新鲜话。

叔孙通是大儒，学问在陆贾之上，原为秦朝博士，是秦二世的文化顾问。他第一次见刘邦时因穿戴儒服遭到冷遇，但之后被刘邦封为奉常。奉常，后改为太常，位列九卿之首，主管国家意识形态，兼管教育、文化、礼仪工作。再之后，兼任太子太傅，做太子刘盈的老师。汉初的朝廷礼仪、政策条例多由叔孙通牵头修订，并且带出了一个三十人的工作团队，均是他学有所成的弟子，这些人被刘邦任命为郎中，分派进入朝廷多个部门，成为汉代初年首批专职文化干部。叔孙通还有一个贡献，制定并实施征书令。秦始皇公元前213年下达禁书令，焚书范围包括各诸侯国史书，《诗经》《尚书》以及诸子百家著作。汉代建国不久，即颁行征书令，在全国范围内抢救整理文化典籍。"汉初，改秦之败，大收篇籍，广开献书之路。"这项工作，被长期坚持下来，几乎终西汉一朝，至西汉末年，共修复整理书籍六个门类（六艺、诸子、诗赋、兵书、术数、方技）三十八种，约计一万三千多册书籍。我们今天见到的先秦著作，百分之九十以上都是经由汉代整理出来的。

张苍是天文学家，"苍本好书，无所不观，无所不通，而尤善律历"（《史记·张丞相列传》)，也通数学，增订、删补《九章算术》。张苍原为秦朝御史，"明习天下图书计籍，则主四方文书"（《汉书·张周赵任申屠传》)，被刘邦重用，任为"计相"，主掌国家计簿（人事、赋税、户口)，汉初的历法、音律均由张苍主持制定。张苍在汉文帝时任丞相十余年，进一步完善典章制度。张苍长寿，享年一百余岁。但晚年牙齿全无后，主食人乳，成为后世人的褒贬谈资。"苍之免相后，老，口中无齿，食乳，女子为乳母。妻妾以百数，尝孕者不复幸。"（《史记·张丞相列传》)

刘邦实际在位七年，汉五年称帝，汉十二年去世，享年六十二岁。刘邦个人没有文化，不按规则做事，长于打破各种框框，但识人，"能听"，善于吸纳多方有识之见，发现文化的亮光之后，转"打破"为"建树"，章程和制度建立后，他带头遵守，不反复，不出尔反尔，为西汉一朝扎实的文化生态预留了宽阔的空间。

没有禁书的时代

"五经"：汉代的大众读物

"五经"成为汉代的普及读本，与"四书"是明清两朝的普及读本一个缘由，出于科举和仕途的需要。中国古代的科举考试，不仅仅是国家人才的成长道路，还是穷门小户的希望之光和生活出路，底层人家的孩子，只要苦读书，就有出人头地的机会。

汉代还没有科举考试，是察举制，也就是推荐制。汉武帝时期的推荐标准是："郡国县官有好文学，敬长上，肃政教，顺乡里，出入不悖，所闻，令相长丞（县令、侯相、县长、县丞）上属所二千石。二千石谨察可者，常与计偕，诣太常，得受业如弟子。一岁皆辄课，能通一艺以上，补文学掌故缺；其高第可以为郎中，太常籍奏。即有秀才异等，辄以名闻。"（《汉书·儒林传》）推荐对象是"有好文学"，指读书出众的。汉代，"文学"一词比今天含义厚实，有写作的一面，但更多指读书，且能从中读出学问的。政审标准是"敬长上，肃政教，顺乡里，出入不悖"。"所闻"，发现这样的人才后，"令相长丞"上报给"二千石"。"二千石"是以级别工资代指郡守及诸王相。"二千石"考察通过后,要带着考生及具体的推荐者赴京城长安,到太常处报到。太常是九卿之首,掌管国家礼仪、宗律、天地祭祀,还分管文化教育。入门太常后,经过一年的预科学习,结业时严格考试,读通"一艺"(一艺指一经,汉代六艺指"五经",再加上《乐经》)以上,"补文学掌故缺"。"文学"和"掌故"均是官职,也相当于资格学位,"文学"是学官,"掌故"是史官。学业突出的直选为郎中,汉代的官职中,带"中"字的都是中央机关干部。"太常籍奏",指进入国管后备干部序列。"既有秀才异等,辄以名闻",其中特别突出的,直接奏报皇上,告示天下。这是汉代选拔人才的机制,同时还有退出机制,"其不事学若下材,及不能通一艺,辄罢之,而请诸能称者"。连一本经都读不通的,劝退,再递补另选。汉代读书讲究读通读透。"延文学儒者数百人,而公孙弘以治《春秋》白衣为天子三公,封以平津侯。天下之学士靡然乡风矣。"(《史记·儒林列传》)汉代的公务员有读书风气,因为书读好了可以仕进。公孙弘是汉武帝时的丞相,也是《春秋》研究专家,还是人才选拔和退出机制的顶层设计者。

汉代的文化生态不是一时之功,而是累朝积淀而成的。汉武帝在国家人才选拔主渠道外,还设置有更高层面的学术机构,设置博士官,相当于今天的社会科学院。博士官招研究生,"为博士官置弟子五十人,复其身"。博士弟子不是一般的研究生,要精通"五经"的。"复其身"是很高的待遇,一般官员都享受不到,终生免税赋。武帝之后，汉昭帝"增博士弟子员满百人"，汉宣帝"增倍之"，是二百人。汉元帝时增为一千人，而且"能通一经者皆复"，通一经，就可以终生免税赋。到了汉成帝时期，"增弟子员三千人"。读通一门经，就可以光耀门第，还可以终生免税赋，这对普通人家是多么具体的诱惑和鼓励。

我们今天读到的"五经"，是经由汉代"抢救文化遗产"重新整理的，整理工作难度极大，因为"焚书坑儒"几乎毁绝了民间存书，仅有《易经》因"卜筮"之名侥幸逃过劫难。更致命的是，项羽攻入咸阳城燃烧了三个月的那场火，使皇宫的"国家藏本"荡然无存。所谓的整理工作，是依靠老读书人的"文化记忆"，说白了就是背书而得。后来在孔子老宅夹墙里发现了部分善本，但也由此有了经学的"新旧"之争。

汉代的经学研究，守着"夫子不以空言说经"的方法，下踏实的笨功夫："古之学者耕且养，三年而通一艺，存其大体。""诗以正言，义之用也；礼以明体，明者著见，故无训也；书以广听，知之术也；春秋以断事，信之符也。……而易为之原。故曰'易不可见，则乾坤或几乎息矣'，言与天地为终始也。"汉代经学研究最大的亮点是允许各抒己见，也允许各持己见，形成了多家学派，"凡易十三家，二百九十四篇"，"凡书九家，四百一十二篇"，"凡诗六家，四百一十六卷"，"凡礼十三家，五百五十五篇"，"凡春秋二十三家，九百四十八篇"。（《汉书·艺文志》）汉代的经学研究，是中国文化的旷世功德，是在废墟之上重整旗鼓，是中国文化的集大成和再出发。

　　班固对西汉文化生态是这么总结的："自武帝立五经博士，开弟子员，设科射策，劝以官禄，讫于元始（汉平帝年号），百有余年，传业者浸盛，支叶蕃滋，一经说至百余万言，大师众至千余人，盖禄利之路然也。"（《汉书·儒林传》）从汉武帝到汉平帝，百余年形成的浓郁的文风和学风，在于"禄利之路然也"，是政府的禄和利起的推动功用。如今倡导全民阅读，是天大的好事，形成踏实的读书风气，还需要更多跟进实际的作为。

汉朝的两次文化座谈会

　　一次叫石渠阁会议，一次叫白虎观会议，都是由皇帝主持的。议题基本一致，研究探讨"五经"——《诗经》《尚书》《礼记》《易经》《春秋》。"讲议五经同异。"

　　石渠阁会议是西汉召开的，在甘露三年由汉宣帝刘询主持。石渠阁是皇家藏书馆，在未央宫内。"诏诸儒讲五经同异，太子太傅萧望之等平奏其议，上亲称制临决焉。"（《汉书·宣帝纪》）参会人员均是当时大儒，萧望之做学术主持。会后辑录《石渠议奏》。据记载，收入议奏一百五十五篇，今此书已佚失。白虎观会议是东汉初年召开的，在建初四年十一月，由汉章帝刘炟主持，这次会议时间长，"连月乃罢"，开了一个多月。参会人员也不限诸儒，"于是下太常，将、大夫、博士、议郎、郎官及诸生、诸儒会白虎观，讲议五经同异"（《后汉书·肃宗孝章帝纪》）。会后由班固辑为《白虎通义》，"顾命史臣，著为通义"（《后汉书·儒林列传》）。此书侥幸还传在世间。

汉代自武帝始，将文化建设视为治国之重，"今礼坏乐崩，朕甚闵焉。故详延天下方闻之士，咸荐诸朝。其令礼官劝学，讲议洽闻，举遗兴礼，以为天下先"（《汉书·武帝纪》）。武帝时，常年备博士五十人。昭帝、宣帝、元帝、成帝延续这项制度，并扩而大之。五代帝王不懈推进文化建设，打下了扎实的文明国家的基础。到成帝末年，增至三千人。遥想当年的长安城里，汇集着来自全国的三千"五经"研习专家，那时的政府，真的可称作重视文化工作。

"五经"学术研讨会，是在这样的背景下召开的。

汉代重视文化建设，重视"五经"的研究和学习，并不是停留在理论层面，也不搞"形象工程"，是以"五经"作为基础材料，建筑社会公共文明的大房子。古代人以"五经"为抓手，深入解剖，整理出看得见摸得着的东西，作为行为规范，用以指引人们的日常生活。中国的"礼教"就是这么出台的。

"以礼入教"，礼是规矩的总称，在家，在社会，在各个行当里，在朝廷上，各有一系列具体的规矩，即所谓"君君臣臣父父子子""三纲五常"等。"以礼入教"是中国古人探索出的专制状态下的文化模式，是中国制造。在中国以前的旧农村，哪怕是文盲村，没有人念过什么书，但"仁义礼智信"这些儒家核心东西是深入人心的。这都是"以礼入教"的教化成果。

汉大儒董仲舒还创立了"天人感应"说，核心的话是"屈民而伸君，屈君而伸天"，君与臣、民共戴天。国家发生地震、涝灾、旱灾、大瘟疫，还有日食等，是天对君王的言行不满造成的，于是天降灾难，以示对君王的惩罚。"天人感应"的价值在于对皇帝专制的制约。

汉代的史学，是前沿学科

汉代的史学是显学，也是时尚，是前沿学科。

《史记》《汉书》既是中国社会观察与考察的大成作品，在文体上也有开创之功。汉以前的文章，都是囫囵着去写的，自这两本书始，才有了体裁类别的讲究。以今天的眼光看，《春秋繁露》《新书》《新序》是历史学专著，董仲舒是《春秋》研究的大家，晚年以讲学为主业，《春秋繁露》是他讲学的核心要义，这本书中贯通着《春秋》和《易经》，由史及文，以中国人的思维构筑中国哲学。贾谊的《新书》和刘向的《新序》是当年呈给皇帝的奏书。以历史上的人物和事件为基本材料，向皇帝阐述当朝时政的要务。"以古刺今"，"言得失，陈法戒"，"助观览，补遗阙"，进而"以戒天子"。

一个时代的文学昭示着一个时代的精神品质，一个时代的史学成果代表着一个时代的精神深度。看一个时代是清醒沉实，还是虚化侈靡，看这个时代的文学与史学作品就知道了大概。

汉代史学走强，是有社会成因的。汉代是中国社会大转型期，是国家转型期，由分封建国制向中央集权制转型。"大一统"自秦朝开始，但寿命太短，仅十五年，成型却未定型，类于交响乐的序曲，也像高速路的辅路。新型国家的根本所在，是建构国家伦理和社会伦理。

秦代实行"焚书坑儒"，此种文化酷政之下，民间藏书基本上绝迹了，但当年的国家图书馆还有，也允许博士官存书，但公元前206年项羽那一把火，所有存书随咸阳城化为废墟。不好的政治对文化的连续伤害，对文化是灭顶之灾。

汉代是在这样的背景下整理国故，继承并弘扬传统的，以"六艺"（《诗经》《尚书》《礼记》《易经》《春秋》《乐经》）为主轴，依靠文化老人的记忆，重新挖掘整理出大量古代文献著述，进而打通了中国文脉。汉代的民间和政府，敬重读书有成的人，汉代的政府重视读书，创立了以书取士的选官制度，甚至多年未被提拔的官员，"通一艺，……迁滞留（升职）"（《汉书·儒林传》）。民间读书讲学风气随之浓郁，在汉元帝时期大师专家达到一千人以上。

历史观，是观人心，也观我心，以观者的利益利害为出发点是不可取的。恨一个人便编造证据去诬陷，去诋毁；爱一个人则没有根据地编造，去制造。写历史，或写历史题材的文章，要守中国传统史学观的底线，"以史制君""君史两立"的旧话不宜讲，但"以古鉴今"是要因循的，讲历史是为了今天的时代清醒。因而那类"以古悦今""以古媚今"乃至从史中找乐子戏说历史的文章还是少写为宜。

纪和传

纪和传在体例上是有区别的。

纪和传的源头是《史记》和《汉书》。唐代史学家刘知幾这么定位，"纪传之兴，肇于《史》《汉》"，"盖纪者，编年也"，"既以编年为主，唯叙天子一人"，"纲纪庶品，网罗万物"。"传者，列事也"，"列事者，录人臣之行状"。"有大事可书者，则见之于年月，其书事委曲，付之列传。"纪和传的区别在于：纪重写人，写皇帝一生的大概要略；传重在叙事，写功臣和社会贤达突出贡献的事迹。"纪以包举大端，传以委曲细事"，"传纪之不同，犹诗赋之有别"。

《史记》《汉书》在写法上是革命性的，是中国史书写作的创新。汉代之前的史学著作，具体例之功的有四本，《尚书》是纪言体，《春秋》是纪事体，《左传》是编年体，《国语》是国别体。但这四本书有着共同缺陷，记人不充沛，述事不翔实。重要人物和重要事件均是简要概括，或用一两句话笼罩。在具体写法上也欠生动，《左传》《国语》被称为"《春秋》的内传和外传"，是对《春秋》的发扬和补助，虽然笔法也多姿多元，但仍囿于专业读者，不适宜广泛的社会阅读。《史记》《汉书》出现，中国的史书写作终于翻开了新的一页。

《史记》《汉书》被称为"纪传体"，因为纪和传占着主体。《史记》一百三十篇文章，"本纪"十二篇，"世家"三十篇，"列传"七十篇，"表"十篇，"书"八篇。《汉书》一百篇文章，"纪"十二篇，"传"七十篇，"表"八篇，"志"十篇。"世家"是记写诸侯的，介于"本纪"和"列传"之间，班固著《汉书》时，不设"世家"，皇帝入"纪"，其他人物一并入"传"。"书"也是司马迁的体例发明，是记述社会多方面生活的，天文、地理、礼乐、刑律、历法、农工商贸。班固的《汉书》改"书"为"志"，又增加了文化、五行等内容。

刘知幾在肯定司马迁的体例之功外，也从史学角度指出他的不足，比如标准不够严谨，项羽不是帝王，却入"本纪"，屈原和贾谊不属于一个朝代，却并为一"传"。《史记》的内容上自黄帝，下至汉武帝，约三千年历史。刘知幾认为这么长的时间跨度，用"纪传"体覆盖不住。"寻《史记》疆宇辽阔，年月遐长，而分以纪传，散以书表，每论家国一政，而胡越相悬（北方南方相距遥遥）；叙君臣一时，而参商是隔（参商二星不同时出没）。此为其体之失者也。"刘知幾推崇《汉书》的断代史写作方法，上自汉高祖刘邦，下至王莽，终西汉一朝，认为是历史写作的范本。

《史记》《汉书》这两部大作品，也是应时代的，是生逢其时。秦朝统一了全国，但只存在十几年时间，是大一统社会的序曲，社会形态至汉代才逐步完备和健全。

"自六义（艺）不作，文章生焉"，自《诗经》《尚书》《礼记》

《乐经》《易经》《春秋》之后，文章讲究写法了，这是《史记》《汉书》开创的局面。但文章仅讲究写法并不够，我们今天的纪实、传记、新写实，还有那个洋气的非虚构，在强调写法的同时，更应多学习《史记》《汉书》清醒认识社会的眼光，省世道，察人心，知得失。写现实的文章，失去了清醒，便一文不值。

在汉代，文学意味着什么

"文学"这个词，在汉代的观念里，比今天宽，也厚实。

文学一指文章经籍，《诗经》《尚书》《礼记》《易经》《春秋》"五经"之学。《史记·儒林列传》写到刘邦杀项羽之后："高皇帝诛项籍，举兵围鲁，鲁中诸儒尚讲诵习礼乐，弦歌之音不绝，……齐鲁之间于文学，自古以来，其天性也。""言诗于鲁则申培公，于齐则辕固生，于燕则韩太傅。言尚书自济南伏生。言礼自鲁高堂生。言易自菑川田生。言春秋于齐鲁自胡毋生，于赵自董仲舒。"

司马迁借公孙弘之口给文学的定义是："明天人分际，通古今之义，文章尔雅，训辞深厚，恩施甚美。"当年的文学家有三个硬条件：饱学与真知灼见；文章笔法讲究；还得"恩施甚美"，这个"美"字相当于今天美学里的美，不是表面的，是深层次的。杜甫有一句诗，与此遥相呼应："文章千古事，声名岂浪垂。"

在汉代，文学还是一种选官制度，当时科举考试未兴，是察举制、推荐制，地方大员向中央举荐的人才里，即有贤良文学一科。贤良文学是当年的高端人才，属特举。大致的流程是，依皇帝诏令，地方官吏把举子送至朝廷，皇上廷试，举子策对，之后按见识高矮授官。皇上高兴了，会追加提问，一策之后，还有二或三，董仲舒的"天人三策"就是这么出笼的。贾谊和晁错都是经历这种严格遴选脱颖而出的。

汉代是依靠农民取得的政权，天下打下来了，但管理国家的经验比较少。汉代"汉袭秦制"，国家管理的多方制度沿袭秦朝。军事上沿用"二十等军功爵"，货币用"秦半两"。历法用秦始皇颁行的"颛顼历"。以"颛顼历"纪年，一年伊始的首月，是今天农历的十月，而且不叫正月，称"端月"。汉朝经历了刘邦、吕后、文帝、景帝之后，武帝是大帝，不仅开疆守土，还建规立制。实行货币改革，停"秦半两"，用五铢钱。维新历法，废"颛顼历"，颁行"太初历"，我们今天的农历纪年方法，是由"太初历"完善而成的。

汉武帝在文化上的贡献也是伟大的，尚武更崇文，"今上（武帝）即位。……于是招方正贤良文学之士……延文学儒者数百人……治礼次治掌故，以文学礼义为官……自此以来，则公卿大夫士吏，斌斌多文学之士矣"（《史记·儒林列传》）。"武帝即位，举贤良文学之士前后百数。"（《汉书·董仲舒传》）文学在武帝时期是显学，全国瞩目。

汉武帝对文化人物是尊重的，西安老城文昌门内有一条街，叫下马陵，董仲舒祠就在这条街上，坊间闲传汉武帝经过，每每下马步行。董仲舒的"罢黜百家，独尊儒术"，是循着孔子"克己复礼"的未竟事业朝前走，是对没有主体宗教信仰国家的一种科学实践。礼是规矩，一切按规矩来，由礼而理，以礼入教。董仲舒有一句名言，"屈民而伸君，屈君而伸天"，百姓守规矩，使皇帝有威严，皇帝守规矩，使天地显正大。

汉代的文学观是大方大器的，强调"文章尔雅，训辞深厚"，但"明天人分际，通古今之义"是写在前边的。比如贾谊的文章，《吊屈原赋》《鹏鸟赋》文辞讲究，但《过秦论》被《史记》收录，《论积贮疏》《论铸币疏》被《汉书》收录，因其洞察社会趋势与走向，看破世道焦点所在。文学作品被史家采信，是大手笔。

文风与民风，不是两张皮

文风是什么呢？比如一个作家，开始写作的阶段，评论家评论的时候，会说有个性，有特点。等到成气候了，成为文坛大家，就叫有风格，有格局。比这个评价再高的，叫"开一代文风"。一个人的写作风格，扭转并改变了一个时代的风气，这是很不容易的，这样的人就进入文学史了。宋代的苏轼写过一个文章，《潮州韩文公庙碑》，里边有一句话，"文起八代之衰"，这句话是评价唐代韩愈的，说他的文章扭转并改变了八个朝代的衰颓势头。苏轼这个评价不是说大话，他的这个认识是中肯的。清代康熙年间的

《古文观止》，是质量上乘的中国古代散文选集，编选者有文化自信，称之"古文观止"，读完这本书，就可以刹车了，别的不用读了。这部文选上自周代，下止明代，包容二百二十一篇文章，其中韩愈一个人被选入了二十四篇，超过十分之一。说韩愈是伟大作家，不是苏轼一个人的看法，是多个朝代人的共识。

文风与民风是相对应的，也是相呼应的。

民风是老百姓过日子的方式积淀形成的。中国地大物博，老百姓过日子方式差异很大，老话叫"一方水土养一方人"。中国有三十几个省，省与省之间，哪怕是相邻的，区别也很大，比如河北与河南，江苏与浙江，云南与贵州，陕西与山西，广东与广西。即使一个省内，差异也明显，比如我们陕西，陕北、陕南和关中地区，民居、饮食、婚丧嫁娶，都是迥然不同的。再往细里看一下，陕南的汉中、安康、商洛是有区别的，陕北的榆林、延安是有区别的，关中的西府和东府是有区别的。不仅如此，县与县都是有差异的，甚至相邻的两个村子也有不同，老话叫"十里不同俗"。这种差异是近距离的，但在差异中，还有共通之处。即使距离遥远，也相通相连。宋代的李之仪写过一首词："我住长江头，君住长江尾。日日思君不见君，共饮长江水。"这是写爱情的，但也道出了中国文化伦理的一个特征，在地大物博的差异之中，有一条隐秘的、神性的联系通道。比如黄河上游的青海，中游的陕西、山西，下游的山东，差异是明显的，但其中的神性联系情结，也是显著的。

　　一个好的作家，既要写出民风之间的区别，写出地域的独到之处，也要发现民风之间的神性关联，"中国气派"不在虚无缥缈的云端，就在这一堆日常琐碎的具体事物之中，就看你脑力、眼力和笔力的功夫和修为了。写出既是区域的，也是中国的，才是大手笔。

　　民风的策源地在民间，是老百姓怎么过日子。但文风的策源地在政府，是由官方主导着的。看一个时期的文风，是朴素沉实的，还是浮华虚饰的，看看政府的文书，看这些"官样文章"，就能知道大概了。我们今天的文风，说实在话，表面文章有，言之无物的有，车轱辘话有。毛主席当年讲"改造我们的文风"，习近平主席这几年也在着重讲"改进文风"，都是大领袖的大眼光。

　　文风是关乎文化生态的，也关乎社会风气。政府的"官样文章"与作家的"民间写作"，都在这个生态之中，是一个湖泊里不同种类的鱼。一个时代里，与"官样文章"相比，作家写作的"清醒者"就会显得另类，从这个角度看，一个作家，如果能做到"开一代文风"就显得特别珍贵了。

　　韩愈开"八代文风"，何其贵重！

　　中国古代以汉代的文风为重为尊，苏轼评价韩愈上接八代，是从东汉算起。韩愈倡导的"古文运动"是文风革命，核心内容是推崇汉代文章的质朴和清醒。杜甫在《偶题》中，开明宗义讲明了他的文学认识："文章千古事，得失寸心知。作者皆殊列，名声邑浪垂。骚人嗟不见，汉道盛于斯。"文章千古事，写作者要以心知得失，知社会得失，知人性得失。进入历史的作家都是独具个性的，没有浪得虚名的。这样的文章之道已经失传了，但在汉代，是很普遍的认识。

我们今天的文学，有没有背离杜甫的这种认识呢？现在各种文学奖盛行，如果只是以奖论文学，就是浪得虚名。

"汉道盛于斯"，汉代的文风是需要我们踏实去研究的。"汉唐气派"这个词，指示的基本就是中国气派。

中国古代官员是有文化自信的

中国古代的官员，是有文化自信的。因为是学而优则仕，要熟读儒家经典，再经过科举考试，成绩突出的，才能取得国家公务员的上岗资格。这种国家干部选拔模式，由西汉至清末，由察举制到科举制，用了大约两千年。尽管弊症也多，但至少有两个好处：因为是以读书取士，基本保证了官员的文化素质在全体国民的平均值以上，其中有众多官员，自身就是中国文化的专家，甚至是大家。对底层人的大门是敞开的，给普通人以希望之光，平头百姓只要读书有成，就有改变命运的机会。

西汉进行干部体制改革，最初是无奈之举，因为新的权贵阶层出现了，建国功臣的二代和三代在地方坐大坐强，甚至爆发了"七国之乱"，已经危及国家安全，迫切需要对公务员的结构进行大换血。西汉的察举制，是推荐制，被推荐者的基础配置，是《诗经》《尚书》《礼记》《易经》《春秋》这五部经典读得出众。隋唐之后科举来了，必须经过严格规范的考试，考试范围扩大到"十二经"。到宋代，收入《孟子》，成为众所熟知的"十三经"。明、清两朝的科举考试范围缩小了，重点是"四书"，《论语》《孟子》，之外还有《大学》和《中庸》，后两部书是"三礼"中的部分章节。熟读了"四书"，考个秀才是可以的，但要中举人，进进士，不研究十三经是过不了关的。古代的官员都是经过儒家经典浸泡蒸煮过的，有中国心，自然是中国气派。

秦始皇的焚书政策是公元前213年实施的，在全国范围内大面积毁书，不单是书禁，主要是思想禁，禁书的重点是六国的史书、《诗经》《尚书》以及诸子百家著作。秦朝这个大帝国仅存在了十五个年头，不是被陈胜、吴广的队伍打垮的，是自己把自己弄崩溃的。西汉建立之后，吸取秦的教训，开书禁，解放思想，并且把思想同中国传统智慧密切联系在一起。熟读了"五经"，才能做官，这是西汉帝国的大器之处。

古代的干部教育，重视中国智慧的同时，还重视对《礼记》这部书的研究和普及，礼是规矩，礼仪之邦是规矩之国的意思。《礼记》是中国规矩和中国秩序集大成著作。中国古代的政治，要求国民守规矩，更要求官员懂规矩，用规矩，并带头守规矩。通常礼和乐关联在一起表述，即礼乐制度。乐是《乐经》，孔子晚年删定"六经"，"五经"之外还有《乐经》，但这本书毁于秦火，佚失了。汉代儒生凭记忆整理出一部分，并入《礼记》之中。乐的核心是心态，一个人做成大事，健康的心态很重要。一个大国，尤其要有大国心态。"广博易良，《乐》教也"，"《乐》之失，奢"。奢是过分，也含有形式化的意思，要防止过分之举，也要以形式主义为戒。

黄帝给我们带来的

当规矩和文明沦落之后

公元前 213 年，秦始皇下达焚书令，全国范围内实施大面积书禁。公元前 206 年，秦朝灭亡，一个浩大的帝国只存世十五年，其中的教训应该深刻反思。也在这一年，项羽率兵进了咸阳城，放了一把烧了三个月的火，整个秦皇城，包括国家馆存图书，全部化为尘埃。秦始皇的焚书之害，是恶劣的政治对中国文化传统的一次大扫荡，也是对战国以降百家争鸣宽松文化生态的终结。

从文化的角度看，由秦国终结思想活跃的战国时代，本身就是个悲剧，因为是法家胜出。法家是只讲胜负而不择手段的代表，打着文化旗帜做反文化的事情。《史记·商君列传》里有一个"三丈之木"的典型案例，商鞅在一系列改革措施出台之前，搞了个取信于民的测试，把一根三丈高的木头竖立在市场的南门。市场是人多眼杂之地，便于广告。在木头边上贴出一张告示：谁把这根木头搬到市场北门，奖励十金。告示贴了三天，没有人理会，因为奖金高得离谱，老百姓以为是政府设下的骗局。三天后更换告示，把奖金提升到五十金。一个混混抱着赌徒心理把木头搬到北门，于是他得到了五十金。这是典型的秦政府思维模式，实质上不是取信于民，而是不管他们做的事情多么出格，多么不靠谱，都不要去怀疑，只管相信并遵守就够了。秦国在公元前 221 年实现国家统一，十五年后，帝国大厦崩溃。大秦政府不是让陈胜吴广的游击队打垮的，而是失信于民，民心丧尽。春天到了，一棵树上的叶子绿了，漫山遍野的就都绿了。

有一句老话，叫"腹有诗书气自华"，具体指的是一个人读了《诗经》《尚书》之后，气质就不一样了。秦朝高度警惕《诗经》和《尚书》，在于这两部书的思想价值。《诗经》是一部诗歌集，但位列"五经"之首。《诗经》的源头在周代，周代的政府发明了一种民意调查方法，叫采风，采风就是采诗，采撷民间创作的诗歌作品，政府设置采诗官，类似于文联这样的机构，上到中央、下到各诸侯国都有这样的编制岗位。基层的采诗官把搜集到的诗上呈诸侯国，诸侯国再择优上呈周天子，还要配上音乐朗诵，这就是当年的"献诗"制度。采诗官采诗以及诸侯所献诗有一个基本标准，就是以"怨刺诗"为主，相当于讽刺诗。讽刺诗里边可能有过头的话，但心态是真实的。赞美诗里全是动听的语言，但可能掺假，会有邀功的东西。周天子凭借这些诗洞察各地的民俗、民风、民情、民心和民意。《诗经》中"国风"一百六十首，是沿着黄河流域，上自甘肃、陕西，下至河北、山东十五个地域里先民生态的真实写照。当年的长江流域文化欠发达，旧称"楚无诗"。"男女有不得其所者，因相与歌咏，各言其伤……孟春之月，群居者将散，行人振木铎徇于路，以采诗，献之太师，比其音律，以闻于天子。故曰王者不窥牖户而知天下。"

孔子在这些诗的基础上编选出《诗经》，收录三百零五首作品。孔子当年身在鲁国，是怎么拿到这些原始资料的呢？《春秋公羊传注疏》里有一句话："昔孔子受端门之命，制《春秋》之义，使子夏等十四人求周史记，得百二十国宝书，九月经立。"这句话里包含着多层信息，孔子受周天子诰命著《春秋》，派子夏等十四位弟子去搜集，得到一百二十个诸侯国的历史资料。这些诗歌是作为国史资料拿到手的。孔子著《春秋》之后，又捎带着编辑出《诗经》，其中最重要的一个信息是，孔子不是以文学眼光编辑这部诗集的，而是以史家的态度，以醒世的眼光。

《尚书》，顾名思义，是高大上之书，集中国古代政治智慧之大全。《尚书》收录的是自尧舜到夏商周，两千余年间中国古代政治领袖及政治大家（如周公）的治世言论和标志性行为，有些是史官记录整理的，有些是当时的演讲录。《尚书》是孔子在晚年删定的，被视为治世大典。

《诗经》和《尚书》作为头号思想禁书，遭秦火毁灭，尤其是《尚书》，至今仍存"今文"与"古文"的真伪之争。"五经"中，只有《易经》作为卜筮之书逃过劫难。公元前213年和公元前206年的两次火灾，断绝了中华文脉，浩瀚的中国大地上几无文字，成为荒蛮之野。必须感谢汉代，感谢汉代初年的政治人物和文化大家所做的抢救性工作，我们今天见到的先秦诸子著作，有百分之九十以上都是经由他们复原的，"汉儒附会而得"。秦朝视《诗经》《尚书》为国家妖孽，汉代吸取教训，尊崇儒学，不仅把"五经"作为治国的指导思想，甚至是官员们的必读书。汉武帝开始的察举制，到后来发展为科举制，是中国古代官员选拔制度。只有读通了"五经"，再经过严格的考试，其中成绩优秀的，才能取得国家公务员的上岗资格。

《汉书·艺文志》中，对汉朝几代政府抢救整理典籍文献的状况有具体的记述："汉兴，改秦之败，大收篇籍，广开献书之路。迄孝武（汉武帝）世，书缺简脱，礼坏乐崩，圣上喟然而称曰：'朕甚闵焉！'于是建藏书之策，置写书之官，下及诸子传说（传记、学说），皆充秘府（国家保存）。至成帝（汉成帝）时，以书颇散亡（不成体系，不具规模），使谒者（皇帝传令官）陈农求遗书于天下。""至元始（汉平帝年号）中，征天下通小学（文字学、训诂学）者以百数，各令记字于庭中。""大凡书，六略三十八种，五百九十六家，万三千二百六十九卷。"（《汉书·艺文志》）《汉书·儒林传》对政府在文化上所做的"退耕还林"工作这样评述："自武帝立五经博士，开弟子员，设科射策，劝以官禄，讫于元始，百有余年，传业者浸盛，支叶蕃滋，一经说至百余万言，大师众至千余人，盖禄利之路然也。"禄利之路，指的是政府以实际措施推动文化复兴，百姓从读书著书中可以得到实惠。

公元前206年汉朝立国，汉高祖刘邦是成功登顶的草莽英雄，他骨子里蔑视文化。爱爆粗口，最出格的事情之一，是把儒生的帽子当溺具。但他识时务，而且具备超凡的洞察力。汉代初年，他重用了两位文化人，一位叫陆贾，楚国人，追随他多年，深得器重。陆贾和刘邦在一起时，常常念叨《诗经》和《尚书》的重要性。有一天，刘邦烦了，骂他："老子是在马背上得到的天下，和《诗经》《尚书》有屁关系。""乃公居马上得之，安事诗书！"陆贾回禀："马背上取得天下，难道还在马背上治天下？""马上得之，宁可以马上治乎？"陆贾以吴王夫差和秦始皇失天下的惨痛史实直言上谏，刘邦被警醒了，让他以国家得失为核心撰写秦国及前朝的史识文章奏上。"试为我著秦所以失天下，吾所以得之者，及古成败之国。"陆贾由此著《新语》十二篇，每一篇均得到刘邦的高度重视。

另一位叫叔孙通，鲁国薛县人，今山东滕州。叔孙通背景复杂，是大儒，曾受诏为秦朝博士，后降汉。最初并不被重视，第一次见刘邦时，因为身着儒生冠服，甚至遭到臭骂，退下去换了行头再行晋见。"通儒服，汉王憎之，乃变其服，服短衣，楚制。汉王喜。"（《汉书·郦陆朱刘叔孙传》）

刘邦起于草莽，打天下的时候和手下称兄道弟，不太讲究上下级之间的规矩。登基做了皇帝之后，一些老部下，尤其是身边的近臣，仍然不讲礼数，酒后拍肩膀，甚至瞎胡闹的醉态之事时有发生，刘邦为此深感头疼。"群臣饮争功，醉或妄呼，拔剑击柱，上患之。"叔孙通上奏说："大户人家讲究规矩，大国更应该重视规矩。上古的圣明君主，比如三皇五帝都有各自的礼仪，把臣子的行为规范在制度的笼子里。我是一介儒生，什么也做不了，给您制定一套朝廷礼仪制度吧。"之后叔孙通奉旨组建了一个近百人的工作班子，以自己的三十位儒生弟子为基本，再挑选部分懂点文化的官员，在长安郊外，从起草制定到实际操练，用了一个月的时间，一套秩序分明又简易可行的朝礼仪程正式出台。汉七年长乐宫落成，举办十月朝会（汉初沿袭秦历法，以冬十月为正月，十月朝会相当于新年大典），这套朝礼仪程得以首次实施，在司仪官的旗帜和号令引领下，诸侯及六百石以上官员（相当于司局级）依次入宫上殿，文武臣属分列就班，依职序层级向皇帝贺朝，井然有序，蔚然大观。朝会结束后，刘邦感慨着说："我到今天才知道做皇帝的尊贵。"叔孙通自此受重用，拜为奉常，即太常，是主管国家意识形态的重臣，位列九卿之首。汉九年再拜为太子太傅，做太子刘盈的老师。刘盈即位后，叔孙通得以进一步推行"把规矩挺在前面"的多项制度建设。刘邦从汉五年即位，到汉十二年去世，从公元前202年到公元前195年，实际在位七年，他自己没有文化，也反感儒生，但他开启了重规矩、建制度的先河，为终汉一朝尊崇儒学、构建礼仪之邦的文化生态夯实了基础。

有一种史家看法，认为汉代的文化复兴受益于一个前提，就是刘邦去世早，仅享年六十二岁，如果再活个二三十年，以他的粗鄙性格，不知道会把国家折腾成什么模样。这种观点不太厚道，再说历史也不允许假设。

反粒子

先说个老故事，或许叫寓言更恰当些。其实，寓言就是下潜了深度的故事。

这是关于老子和孔子观念之争的故事，很难得。

背景是春秋末年，主人公是一个陕西人，依当年的身份叫秦人。秦人姓逢，逢家有个儿子小时候是神童，早慧，但长大以后却患了"迷惘之疾"，"闻歌以为哭，视白以为黑，飨香以为朽，尝甘以为苦，行非以为是。意之所之，天地四方，水火寒暑，无不倒错者焉"。小逢得的是颠倒黑白、混淆是非病，是思想病。老逢很着急，打听到鲁国有一位大名鼎鼎的"君子"，是专治这种病的行家（故事里没有明说，估计指孔子），就带着小逢出国看病。途经陈国时偶遇老子，有病乱投医，先请老子给瞧瞧。老逢这个人身份不低，至少是重量级公务员，可以随时随地约见大腕级文化人。

老子了解了小逢的情况后，对老逢说了一通别开生面的话，对今天极富启示。老子开门见山讲了两层意思。第一层是诘问老逢，你凭什么判断这种情况是病呢？如今天下普遍"惑于是非，昏于利害，同疾者多，固莫有觉者"。这句话很厉害，如果是病，也是社会流行病，是通病。如果不是人病，那一定是社会病了。如同今天评判社会百态的那句话，价值观混乱，导致社会认识底线和道德底线下行。

老子讲的第二层意思是：一个人价值观迷惘了，对一个家庭不算什么。一个家庭迷惘了，对一个村子不算什么。一个村子迷惘了，对一个国家不算什么。一个国家迷惘了，对整个世界不算什么。整个世界迷惘了，那也是一种社会大同。如果天下人都和小逢一样，你老逢就成了迷惘症患者。老子的结束语是，我这种认识"未必非迷"，但我知道，鲁国那位"君子"，是迷惘的集大成者，根本帮不了你儿子，趁着还没走多远，给盘缠留点面子，节省下来打道回府吧，"荣汝之粮，不若遄归也"。

《列子》里的这个故事没有下文，也没有交代老逢去没去鲁国。好寓言的价值，就在于激活认识领域的多种可能。

反粒子是现代物理学里的一个概念，我对此一窍不通，从课本里抄来一句释词："在原子核以下层次的物质的单独形态，以及轻子和光子，统称为粒子。……所有的粒子，都有与其质量、寿命、自旋、同位旋相同，但电荷、重子数、轻子数、奇异数等量子数异号的粒子存在，称为该种粒子的反粒子。除了某些中性玻色子外，粒子和反粒子是两种不同的粒子。"一位学物理的学生告诉我：粒子和反粒子是20世纪30年代人类对物质的认识成果，90年代之后有了延续，又捕获了反物质。粒子和反粒子都是正常的物质存在，却是两种存在方向。粒子和反粒子相遇的话，就可怕了，二者湮灭，产生核反应，释放出极端能量。

我对反粒子肤浅的理解是，有一个正数，就有一个相对应的负数，中间至少隔着一个零。正数和负数不是一分为二那个层面，更不是正数是正确的，负数是倒行逆施，有时恰恰相反。负数的可贵之处，在于难于被发现，难于被捕捉到。人们整天为正数奔忙，疏忽了相对应的那个客观存在，就埋下"昏于利害"的种子。

子不语

袁枚在《子不语》中，记述了三个酒鬼故事。尽管都是不着边际的道听途说，但文字的背后，潜隐着世道人心中的一些硬道理。

偷酒的夜叉

滦河的上游叫闪电河，再逆流上溯，就到了发源地，内蒙古草原与河北山地的混成地带，形貌奇异，风啸常年不止。河水经多伦县折头向东南，走承德，穿燕山，沿迁西、滦县、卢龙，在乐亭县汇入渤海。《水经注》里记载滦河为"濡水"，由发源地写起，"濡水从塞外来"，一直到入海止笔。整条路线图被描绘得婉转跌宕，九曲回肠。

在中国古代，凡入海的河流都尊为大河，皇帝每年要亲祭的。皇帝祭"四渎"，黄河、长江、淮河、济水。滦河入海却不在其列，是因为这条河的"出身"，"濡水从塞外来"。在西汉之前，塞外是匈奴胡人的领地，与中原相抗拒。

　　滦河出燕山之后，到入渤海之间，如今是唐山和秦皇岛的地界。在清朝，这一片区域称直隶永平府。河水进入这一阶段，势头汹涌，浩大湍急，急流之间有险象，这一桩故事就这样发生了。

　　渤海龙王脾气不好，但谱大，好铺排，每年都要修筑龙宫，增置楼堂馆所。所用的工程材料，均走水道由滦河运达，担任河道运输总管的是黄白二龙。燕山古北口内生长一种百年老树，这是龙宫的重要建材。龙王选用建筑木材，与人世间不同，不仅取树干，还要有枝丫，而且须是"百枝木"，每棵树一百条枝丫，多一枝少一枝均不可。龙王派遣一位夜叉在山地督查选定树木，并司职守护。"百枝木"砍伐妥当之后，由黄白二龙负责运走。

　　"百枝木"在滦河水中运输，是直立航行的，树枝上悬挂着一盏红灯，但凡人的肉眼只见灯不见树。关外的商客贩木材进关内，要等到每年滦河水势高涨时候，方能放木排顺流运输成行。商人们以红灯为航标，尾随而行，可以安全避险。就这样，人神两安地过了多年。

　　夜叉是护法神，也称"捷疾鬼"，行动神速，可以超音速飞驰，千里万里一念即到。夜叉面貌独特，两只眼睛在脸上不是横列，而是上下竖排。坊间比喻女子为"母夜叉"，不是指丑陋或凶狠，而是形容性格不稳定，脾气随时爆发。夜叉脾气是差了一些，但心态达观，也乐观，震慑人而不祸害人。由夜叉担任基层领导，对老百姓是一种福音。龙王选任干部，还是挺有水平的。

　　长话短说，这一天，"百枝木"运抵龙宫后生了变故，验收时发现缺失一枝。一路倒查回去，问题出在原产地。龙王大怒，责令夜叉寻找。夜叉做样子的功夫非同小可，接到上级指令，执行起来不过夜的，雷厉而行，一时间风雨大作，山石皆飞。样子做足了之后，夜叉潜入一山民家中，把酿造的八缸酒，一夜偷喝个干干净净。山民们恐惧再有可怕的事发生，连夜伐了一棵"百枝木"置于滦河中，故事就这么有头有尾地结束了。

这位夜叉，以这样的方式了断一件惊天的案子，够智慧的。

贪酒鬼

一个杭州人叫袁观澜，四十岁未娶。邻家女儿靓丽出众，一来二去两人私订了终身。邻居却嫌弃袁观澜家境贫寒，严厉割断了两人的往来。女儿心忧成疾，痨病而逝。

故事就从这里开始了。

袁观澜夜夜以酒浇愁，无声而泣。这一晚又持酒独酌，恍惚间，见墙角里，半蹲着一个蓬头人物朝他微笑，手里还牵着一根官绳，却看不见牵着什么。袁观澜初以为是官府的差役，招呼说："老爷，想喝一杯么？"蓬头人接连点头，于是倒了一壶端过去，他嗅了一下，却不肯饮。又问："是嫌凉么？"又点了点头。袁观澜把酒热了，再端过去，蓬头人仍是嗅而不饮，却一嗅再嗅，渐而满面通红，口大张着，不再合上。此时袁观澜已知其是异类，壮着胆子把杯里的酒慢慢倒入张着的口中，每倒入一滴，蓬头人身子一缩，一壶酒倒毕之后，身子小如婴儿，痴迷不动，但官绳仍紧握在手中。袁观澜牵动官绳，见到那一端系着的竟是邻家女儿。欣喜之中，急忙搬出酒瓮，把蓬头人投入其中，又画了八卦符镇压锁定。

一切料理妥当之后，解开官绳，与女子相拥入室，拜堂成亲。年壮正四十的袁观澜，全不惧此时的邻家女已然异类，精神倍发，女子更是悲欣交集，海枯石烂不顾一切。两情不舍，一个背水陈兵，一个魂牵魄萦，受尽了煎熬的一对痴男怨女，隔着尘世做了被底鸳鸯。

这女子也是稀奇，夜里声形俱现，太阳升起，只闻其声不见其形，这么半阴半阳的日子过去了一年。有一天，女子兴奋地告诉袁观澜："我终于可以再生了，与君郎做一世光明正大的夫妻。邻村有一个富家女，明天气数告尽，我可以借她的身体复活。君郎按照我的办法去做，还可以得到一笔丰厚的陪嫁。"

第二天，袁观澜赶到邻村，果然见到一户人家刚刚丧女，他对悲痛欲绝的父母说："如果你们把女儿许配与我，我有丹药救活她。"全家大喜过望，当下答应了婚事。袁观澜让一家人回避，俯身在女子耳畔低语了片刻，女子竟跃然起身，活泼如初。全村人都跑来祝贺，敬天谢地贺新人。当天就操办仪式入了洞房，一件丧事化成了喜事。

这故事看着荒唐，却也是在讲一个道理，两个真心相爱的人，是能感天动地的。造物主派了贪酒的差役，做了一回稀里糊涂的月下老者。

官话鬼

这一个故事的缘起，是一场庙会。

河东运使吴云从，升职做了刑部郎中。初到京城，一切都觉着新鲜。这一天恰逢庙会，家人抱着小公子去凑热闹，逛的时辰长了，小公子在路边撒了一泡尿。尿过之后，孩子却哭闹不止，家人怎么哄也没有结果。败了兴致，只好废然而返。

半夜时候，小公子忽然开口说话，声音却是陌生的，操着官府腔，一口官话："怎么小孩子这般无礼，尿在我头上？我跟你没完！"接下来吵闹纠缠了一夜，天明方止。

吴云从很是气恼，知道儿子误撞了难缠鬼。早上起来到城隍庙烧一纸文书投诉："我南方人也，无故小儿撞着说官话鬼，猖獗可恨，托为拿究。"吴云从是刑部郎中，以公文格式作文书，城隍见后，纵是阴阳两界，但官心相通，立即着令查处，这一夜于是相安无事。

第三天晚上，小公子病又发作，这次说话声音由一个变成多个，仍是官话："你不过是个官儿罢了，竟这样糟蹋我们的老四，咱们兄弟今日来替他报仇出气，快备些酒来喝喝。"夫人迫不得已，急忙应酬："给你们喝，给你们喝，但不要闹。"于是一鬼喝毕，一鬼又喝。其中一鬼还嚷嚷着讨要前门外的杨家血灌肠做下酒菜。这个细节露了馅，杨家血灌肠是南方的物产，以血和糯米混合灌制而成。吴云从是南方人，知道血灌肠的来历，判断这几个鬼也是南来客，于是上前扇了几个巴掌，说："狗奴才强转舌根，学说官话，再说还打。"

天明之后，吴云从再到城隍庙投诉沟通："官话鬼又来了，求神惩治。"这一天晚上，吴云从听见院子里鞭挞声不断，几个鬼连连求饶。

自此以后小公子病愈体安，一家人再无忧心事。

官话，通常指官府话，也指京城的方言。但明清两朝有些例外，明朝的官话是南京话，尽管第三任皇帝朱棣迁都北京，但南京官话的习俗一直袭用，而且一直沿用到清朝中期。在相当长的时期里，北京城的高端聚会场所，所流行的不是京片子，而是江淮方言。《子不语》的编纂者袁枚，生于康熙末年（1716 年），卒于嘉庆初年（1798 年），享年八十三岁。这个时间段内，正是清朝政府极力推行以北京方言为官话的时候。官话鬼这个故事，呈现的即是南京官话与北京官话交织变化时期特定的语言氛围。

墙里秋千墙外道

写中国农村，要警惕"失真"

写农村，应警惕一种"失真"，但中国作家"失真"着写农村，是有传统的。

比如田园诗。中国的农村，自古以来都是超负荷的。所谓的"农本"，就是国家的核心重量由农村和农民承担，桑梓之苦远重于田园之乐。中国古代的读书人有一句座右铭，"达则兼济天下，穷则独善其身"，得志时候书生报国，意气风发，大袖飘飘走天下，失意了，或者致仕退休了，为修养身心和人格，归隐乡间一隅。田园于是成了古代文人们独善其身的"公共场所"。说白了，田园诗是中国古代的"知识分子写作"，是求身心舒坦，或文化妥协的一种寄托方式，察其动机，不是为了写出真实的乡村中国，更无探究世道民心，乃至民风动向的精神取向。

田园诗也有一个亮点，给自己放松。精神放松，但人品和文品独立。隐身，但不沦落。

田园诗，按照文学史里的惯例，是从东晋的陶渊明说起，实际上还应该再往前推，源头是东汉末年的《古诗十九首》，这十九首诗都是匿名作品，写这种"日常生活诗"之所以匿名，是因为背后潜藏着一次极其血腥的文化伤痛。

这个话题说起来有点长，我简单说一下梗概。自西汉起，具体是汉武帝时，中国开启了学而优则仕选官模式，即科举制的前身察举制，读书出众者通过考试入仕为官。这个制度催生形成了古代知识分子阶层——士群体。西汉之前的中国社会，文化人是天空里的鹰或燕，各飞各的，没有形成群体力量。到东汉，这个群体进一步充实扩大，全国已有一半以上的官员是读书人出身。东汉末年，具体是公元166年和公元168年，发生了两次针对文化人的大清洗，即"党锢之祸"，几千名官员被诛杀流放，几十万人受牵连（含家眷），当时的全国人口约六千五百万。事发起因是外戚和宦官角逐权力，士群体选边站队，站在外戚一方，宦官借皇帝之威得势后大开杀戮。

《古诗十九首》的背景就是这样的政治生态和社会形态。

《古诗十九首》整体是平静冲和的，"人生天地间，忽如远行客"，"西北有高楼，上与浮云齐"，"涉江采芙蓉，兰泽多芳草"，"明月皎夜光，促织鸣东壁"，"东城高且长，逶迤自相属"，"去者日以疏，生者日以亲"，"生年不满百，常怀千岁忧"，"白露沾野草，时节忽复易"。这样的诗和一场文化浩劫构成怎么样的一种孽缘因果？是文化隐身，但不是逃逸，也不是对恶劣政治的失望，而是不再抱希望。《古诗十九首》是中国文化心理的一个重要转折点，此之后，才有魏晋名士的夸张和变异，才有陶渊明的逃隐和现实遮蔽，再至唐之后，定型为田园诗这样的格局。

中国农业社会几千年，但旧文学史里，竟没有一部直视农村现实和农民苦衷的重量级作品。田园诗中也有一些个例："老农家贫在山住，耕种山田三四亩。苗疏税多不得食，输入官仓化为土。""春种一粒粟，秋收万颗子。四海无闲田，农夫犹饿死。""锄禾日当午，汗滴禾下土。谁知盘中餐，粒粒皆辛苦？"但也仅是个例而已。

当下的中国农村正在经历前所未有的大转型，在脱胎换骨般变化着，我们通过具体数字看这种变化，当下有二亿六千万"农民工"，这是中国职业中的"新人类"，分布在中国所有的城市，包括县城。在这个群体的背后，还有几千万的留守老人和留守儿童。今天的农村问题，已不再是简单的文明和落后、进步与保守，已经关乎于中国的社会进程，以及未来趋势。

八股文的另一面

八股文是应试作文，明清两朝应用了几百年，今天不仅被一脚踢开，还成了世上最烂文章的代名词。一种文体被人们如此厌烦，在世界文学史里也是少见的。

八股文是遵命文学。科举是皇命，总考官是皇帝。贡生、举人、进士这些名目，是向皇帝贡奉、举荐、进呈之意的直率表达。皇帝的命令依古训叫"制"，因此八股文的别名又叫"制艺"，也叫"制义"，指写文章既是手艺活，也要显示大义。八股文还叫"四书文"，明清的科考，"乡试"和"会试"需考三场，首场以"四书"为命题考试范围，作"八股文"。首场的应试文章不入考官法眼，二场、三场所写的"论""判""案"等，基本也就废了。称"四书文"还有一层含义，考生所作八股文的立论依据，要遵循朱熹的《四书章句集注》，不得擅自发挥。也就是说，标准答案只能是朱熹注的"四书"，这项硬性规定出自明朝。朱元璋学习唐朝李世民攀文化亲戚的做法，李唐攀老子李耳为远祖，朱明攀朱熹为近亲，于是宋代的朱熹跨朝代成了明朝的讲师团团长。清袭明制，一直到1905年八股科考被废止。其实在宋代，朱熹的学问并不是最好的，陕西的关中大儒张载就在其上，这基本上是当时的共识，张载百年后，是被"请入"文庙侍孔子的。后来的文庙，朱熹取代了张载，也起于朱皇帝的攀亲。可见，文人被皇帝攀上，是有好果子吃的。

八股是文章体裁，很程式化，由破题、承题、起讲、入手、起股、中股、后股、束股构成，每一股均有严格的规定。全是"规定动作"，没有"自选动作"，写作者不能自由发挥。八股文过于强调技巧，讲究精雕细琢、修字炼句、对偶对仗，但也因此伤了文章整体的浑然大方，有佳句无名文，这是一弊。这一弊也带来一点益处，后来楹联的大兴也受惠于此。再一弊是取悦龙颜，用张中行先生的话讲："著文，撇开自己，眼看皇帝，心想皇帝。还能写出什么来呢？"

八股文大的益处是使"四书"成为普及读物，不仅要读通，还要读透，否则考题也弄不懂。因为是命题作文，作文题目均取自"四书"里的原字句。有一字或几个字的"小题"，有两句三句以至全文的"大题"，还有比较荒唐的截搭题，"截取句子的头尾，或前一句的尾搭上后一句的头，或截前一章的尾搭后一章的头，更有隔篇截搭的"（启功语）。比如"王速出令反"这个考题，截搭《孟子》的"王速出令，反其旄倪，止其重器"一语。

八股文是一位历史老人，显赫了几百年。至于它遵在上者之命，也不必太责备求全，做这档子生意的又不止它独门一家。八股文已废止一百多年了，时至今日，各种面貌的新八股也还有。

八股文有一个突出的好价值，是在文风层面，用最简洁的话说明白道理。八股文是应试文章，写作者中举之后就是官员。官员经过这种简洁写作训练之后，政府公文和文件就清爽了。我们今天这个时代，公文写作方面还需要再磨炼。

透过忠义的面纱

一部文学作品中，什么是最重要的？

以小说为例子吧。《红楼梦》中宝黛的爱情故事是一条主线，却不是主要的。作者的真实用心也并不系在这一处，而是把故事里和外的所有东西浑然一体，融会贯通。宝玉出生时候，一个鲜活的生命，口中衔着一块玉。这条生命是活生生的，而这块玉是个谜，是小说家付诸匠心的障眼法。这块玉是小说，其余的都是人生。《红楼梦》这部书所含的学养，也是今天的作家不好比的，中国园林、建筑、中医药、服饰、饮食、佛与道由虚而实的幡然借用，还有那一手硬实的古典诗词功夫。

《三国演义》是讲中国故事的大书，是故事集锦，主要讲人心莫测的那一部分，有菜根谭式的，还有厚黑学领域的。《三国演义》的棋高一处，在于透视出中国社会伦理的变化规律，分久必合，合久必分。作者罗贯中生活在元明两朝之间，经历错杂丰富。元朝是蒙古人治理中国，是草原政治文化和中原政治文化兼容的时代。他又是出生在江南丝绸富商家庭，小时候受过扎实的儒学教育，因而他的文化视角是多棱多角的。

《水浒传》这部书的好处是有局限的：主角是所谓罪犯、强盗和土匪，写"负面人"的"正面人生"，有阅读快感。但施耐庵的世界观需要区别着去认识，毛泽东主席的评论是："《水浒》这部书，好就好在投降。做反面教材，使人民都知道投降派"，"《水浒》只反贪官，不反皇帝"。金圣叹的评论是："无恶不归朝廷，无美不归绿林，已为盗者读之而自豪，未为盗者读之而为盗也"，"施耐庵传宋江，而题其书曰《水浒》，恶之至，迸之至，不与同中国也，而后世不知何等好乱之徒，乃谬加以忠义之目"。

《儒林外史》成书在清朝乾隆年间，作者吴敬梓出身于世族，"举人、进士，我和表兄两家车载斗量，也不是甚么出奇东西"，但他是一介白丁，科举不第，还是个"败家子"，"乡里传为子弟戒"。他是饱尝世态冷热的人，穷困潦倒又不失性情，以"倾酒歌呼穷日夜"为"暖足，销寒"。《儒林外史》看世界的视角是冷眼，透彻入骨地写了一群中国旧读书人。鲁迅评价是"秉持公心，指摘时弊"。

《儒林外史》第四十六回，吴敬梓借乡野老汉成老爹的口，讲了一句话，"三十年河东，三十年河西"。这是讲中国社会规律的，是民间视角。用上个世纪一百年的起伏，也可以印验。这期间均是河东与河西的规律在起伏。

好作品不在文辞，花拳绣腿或整容整出个好面相没用处，也没益处。中国作家要写出中国智慧，写出中国的世道人心，也要写出中国的变化趋势，以及显的或隐的规律。比如当下写农村和城市的，哪一位写出三十年之后中国农村和城市的走势，就叫有预见，就可以称为划时代的作家。

博览群书这样的思路

读书和吃饭一个道理，吃饭长身体，读书长脑力，长精神。有人说读书是雅事，我觉着是苦事，需要辛苦扎实去做的一件事。一说雅，就虚了，弄虚就会有假。

我们中国人有重视读书的传统，有一句老话，"万般皆下品，唯有读书高"。还有一句,"书中自有黄金屋,书中自有颜如玉",听着俗,但话粗理端。今天的话说得文明,叫"知识改变命运"。以前不仅老百姓重视读书,皇帝也重视,一个人把书读好了,科举考试中了状元,皇帝会把女儿许配给他。

中国人重视读书的这个传统,是古代政府用一项制度推动着形成的。在汉代,具体是汉武帝时期,推出一项国家公务员选拔制度,叫察举制,半推荐半考试模式,各地推荐"读书种子"到长安,经过一年的集中学习,之后考试。考五本书,儒家经典著作"五经",《诗经》《尚书》《礼记》《易经》《春秋》。读通一经的,就拿到了做官的"上岗证","通一艺以上,补文学掌故缺","文学"和"掌故"是两个职位,相当于文秘和地方志官员。读通"五经"的学霸,待遇很高,皇帝亲自手书嘉奖令。汉代设置"五经博士",相当于今天的院士,学术地位很高。这个制度起到了推动全民读书的效果,到东汉时候,形成了一个读书人的社会阶层——士群体。隋唐之后,这项制度进一步完善为科举制,直到清末废止。从西汉到清末,这个以读书取士的制度,沿用了两千余年。

博览群书这样的说法,是片面的。人这一辈子,像树一样,先要扎根,之后有节有序地慢慢往上生长。大人物如大树,都是深扎根的。中国的读书传统讲读通读透。"半部论语治天下",吃透了《论语》,有半本就足够做成大事了。如果是学者做学问,更要警惕"博览",东挪一点,西凑一点,法国搞个观点,古希腊选个看法，就成"学术地沟油"了，于己有损，于人有害。

儒家十三经我们今天视为典藏之书，书一被藏，束之高阁，就不好好读了。而在古代，是国家公务员"国考"用书。秀才、举人、进士，直至状元，这些"功名"，代表着对十三经的熟读程度。

明清科举考试的文章体裁是八股文，也称时文和制义。八股文的写作，规范严格，限制很多，甚至每一段落都有字数要求，不许抒情，不许肆意发挥。我们今天把这个文体骂得一文不值，我觉着应该先弄明白，这个文体是干什么用的。这是准官员们考试时规定使用的文体，是对官员书写公文的一种基础训练，言简意赅，规范守度，杜绝废话、套话和滥发挥。中国古代政府的公文、文件、文献材料，书写上都是很讲究的，我们今天的政府公文书写，与古代比较，进步的空间蛮大的。

科举考试，是我们中国的智慧创造，用今天的眼光看，至少有两个亮点。第一，科举考试的大门是开放的，底层的百姓可以通过科举改变人生命运。让底层百姓有盼头，有希望的亮光，是这个制度最了不起的地方。普通人进入国家管理机构，废除宗亲制、贵族制，也应视为一种制度民主。第二，科举考试是智慧中国建设的一种探索和实践。从汉代开始，把儒家思想确立为治理国家的指导思想，这个制度的实施，使官员们成为儒家学说的内行，熟读原典著作，考试再优异，才能拿到"上岗证"。用儒家思想治国，官员们首先应该懂儒学，做儒学的行家。科举制度，成功地做到了这一点，不是用权力，而是用智慧管理国家。官员手中的权力，融入了中国传统智慧的内涵。

写文章要说人话

写文章是说话。说人话，说实话，说中肯的话。

说人话，不要说神话，除非你是老天爷。不要说鬼话，除非你是无常。也不要说官话，就是个官，也要去掉官气，官气在官场流通，在文章里要清除。也不要说梦话，文章千古事，要清醒着写文章。

说正常人的话，说健康人的话，说有良心的话，如果再有点良知，差不多就齐活了。

说实话，"实"这个字里有结实、果实、现实等内涵。结实是瓷实，不虚妄，有实质内容。果实是结果，好文章都是有思想的，但这思想须是深思熟虑之后的，如同植物的果实，成熟饱满才有价值。如果是青涩的，用坊间的话说叫不够成儿。说一个人没脑子，脑洞辽阔，是指欠思量。一篇洋洋洒洒的文章，如果缺乏实实在在的见解，也属于脑洞辽阔。农民种庄稼，不仅仅看秧苗长势喜人，最终是看收成的。文学写作，要关注现实，也要切合现实，伟大的作品中，既有时代的气息，还透视着社会特征和规律，以及趋势。什么是社会趋势呢？比如"三十年河东，三十年河西"，这是讲"中国之变"的，这句话出自《儒林外史》，《儒林外史》是清代乾隆皇帝年间成书的一本小说。我们用上世纪一百年做观照，这期间的变均是天翻地覆式的，是典型的河东与河西。一本书里有这样的认知和思考，是可以烛照人间的，这样的作家自然也会驻存青史。

真话也是实话，是落在实处的话，是掷地有声的话。真话是不穿漂亮衣裳的，不乔装打扮，没有扮相，素面朝天。真话可能不中听，甚至刺耳，可能还讨人嫌。真话的难得之处，是在对事物的认知上有突破，有新发现。

实话可以实说，也可以打比方说、举例子说，遇到脾气不好又强势的听者，还可以绕弯子说，但无论怎么说，说话者的心态要平和。跳着脚说，挥舞着拳头说，精神抖擞着说，呼哧带喘着说，义愤填膺怒发冲冠着说，是说话时表情丰富。如果觉着解气过瘾，可以这么既歌之又舞之，但不宜养成这么说话的习惯，太劳碌身体。

真话不在高耸处，真话是寻常的话，是普通话。只不过说得少了，才构成耸人听闻。建设文明社会，民风朴素重要，文风实实在在同样重要。

说中肯的话，是把话说到点子上，切中要害。肯，是动物身上特殊部位的肉，紧紧附在骨头上，俗话叫贴骨肉。手艺高超的屠宰师傅，一刀过去，骨肉分离，叫中肯。

"中肯"这个词有典故,出自庄子《养生主》,大家耳熟能详的老段子"庖丁解牛",那位传奇的王室屠宰师傅,讲述自己刀法之所以能做到"中肯"的奥秘:一是多年的磨砺,再是"依乎天理"。多年体力和心力的修为,找到了迎刃而解的规律。

切中要害,箭中靶心,是水到渠成的磨砺结果。历练的过程是重要的,过程磨砺人,也涵养人。庄子用这个寓言告诫我们,不要把人活成锥子,逮哪儿扎哪儿,逮着谁扎谁,天天跟意见领袖似的。这样的人,做邻居也得躲着走。

做人和写文章,都是宽厚着好。写文章的宽厚不是做老好人,比如"浪花朵朵"和"惊涛拍岸",这两个词暴露了身处的是"浅滩"和"岸边","波澜不惊"这个词,多了平缓,但见深度和广度,更见力度。

中肯的话,是有原则、守边界的话。生活里,说大话的人是不招待见的。大话不是空话,是一望无涯,不着边际,没着落。佛法无边,佛可以说,但人不行。文章是写给人看的,话是说给人听的,因此要中肯,也要让人接受。中肯的话也是家常话,"老僧只说家常话",修行中的小和尚才言不离经、手不释卷的。"逢人只说三分话,未可全抛一片心",这样的话是说给大街上的陌生人的,这不是家常话,是客气话。

写文章,要爱惜语言,神枪手是心疼手中的武器的。

我们的古汉语博大精深,言简意赅,老到沉实。现代汉语才走过一百年的道路,一百年,对人来说是高寿,但对十几亿人使用的一门语言，还年轻着，因为年轻，我们更应该爱惜。

回首现代汉语的百年道路，有两个基本点值得检讨。一是自卑心理，白话文被倡导的时候，是中国大历史里严重落后与昏聩的阶段，向国外学习得多，向古汉语学习得少，至今这种心理阴影仍在，一些没有消化妥当的翻译词、译文句仍然显著。今天强调建立文化自信，有太多的基本东西需要被认识到。再是文风上受特殊年代的影响，语言风格过于浮华，外包装太多，不实在，而且情绪化，是狂轰滥炸式的，太不爱惜语言。现代的文学是用现代汉语做基础材料的，做大建筑，基础材料仅仅过关不行，还要过硬。

今天的文章写作，文学标准太不清晰，甚至可以说很杂乱。比如在散文这个概念之外，还有杂文、随笔、小品文等名目。小说以长篇、中篇、短篇区分，这是体量上的区分，但在内涵上守着一个整体。诗歌是多元的，也在一个大屋檐下。但散文、杂文、随笔、小品文之间是怎么一回事儿？散文是中国文学传统中的一种体裁认定，韵文之外皆为散文。杂文、随笔、小品文，是现代文学启动后的分别命名，其实从文学属性上讲并未脱离散文的疆域。这种在体裁上"闹独立"，对文学是构成丰富，还是构成伤害？还有一个事实，在文学研究界，如果把西方文论的东西拿掉，所剩的东西不太多。当代文学研究，有点类似当下的汽车制造业，部分生产线是进口的，没有完全实现"中国制造"。也就是说，我们目前还没有建立起中国人思维基础上的当代文学评价体

系。不仅文学研究界，在不少领域，我们都欠缺自己的标准。中
国的经济总量在世界上排名第二，这是改革开放以来取得的巨大
成就，但这个排名标准是西方的。经济、教育、医疗、环保，以及
工业和农业的一些具体指标，所使用的标准，"国产化"程度不太
高。建设强大国家，应该强大在根子上。我们已经到了建立中国
人标准的时候了，包括中国人的文学标准。

当说真话需要陈述动机的时候

一个撒谎者被抓住把柄，需要交代清楚为什么时，是难堪的，弄不好会身败名裂。而说真话，被要求陈述动机的时候，后果比难堪严重多了，身败名裂是稀松平常的事，项上人头能否保住都要托老天爷的福。

中国大历史里，这样的人和事俯拾皆是。

汉代有一个文化人物，以说实话、说真话见长，却是平安一生，基本上福禄两全，这个人叫东方朔。东方朔所服务的上家，可不是脾气好的皇帝，而是汉武帝刘彻。汉武帝在位五十四年，任用过十三位丞相，其中有七位不得善终，或被处死，或被赐自尽。

东方朔是一个值得研究和探讨的文化个例。

以一步险棋出头

《史记》这部书，把东方朔纳入《滑稽列传》，并不是司马迁的初衷。

司马迁比东方朔年长二十岁左右，基本是同时代人。同代人之间不作正传，是中国史书写作的一个不成文的传统，原因是不方便下定论。司马迁在《滑稽列传》里只写了三个人，春秋时期的淳于髡和优孟、秦朝时的优旃。司马迁去世后，不知什么原因，《史记》散失《武帝本纪》《礼书》等十余篇文献，由稍后的经学大家褚少孙寻访名家，搜寻史料补缀完善而成。褚少孙在《滑稽列传》原有三位人物的基础上，又补写了六章，并做出专门说明："褚先生曰：臣幸得以经术为郎，而好读外家传语。窃不逊让，复作故事滑稽之语六章，编之于左。可以览观扬意，以示后世好事者读之，以游心骇耳，以附益上方太史公之三章。"（《史记·滑稽列传》）

《史记》中的东方朔传，在褚少孙补写的六章之内。

班固在《汉书》中，给东方朔独立作传，而且篇幅较长，应该是对他特立独行性格的重视。他对东方朔的史评是："诙达多端，不名一行，应谐似优，不穷似智，正谏似直，秽德似隐。"（《汉书·东方朔传》）

褚少孙是汉成帝时期的经学博士，距东方朔生活的时代较近，他记写东方朔多以传闻记事。班固是东汉初年人，以史据资料述人。认识东方朔，把《汉书》和《史记》结合着看，人物更清晰全面一些。

东方朔是山东滨州惠民县人，西汉时称平原郡厌次县。

公元前140年，汉武帝刘彻即皇帝位。当年十月，"诏丞相、御史、列侯、中二千石、二千石、诸侯相举贤良方正直言极谏之士"(《汉书·武帝纪》)。这是中国历史上首次在全国范围内大规模遴选人才，由丞相到地方首长齐抓共管，"中二千石"是中央部委领导，"二千石"是郡守（省）级领导，"诸侯相"是诸侯国的丞相。东方朔被平原郡推举入朝，来到都城长安这一年，他二十二岁。

这一批人才由卫尉属下的公车司马令统一节制，称"待诏公车"，意思是等待皇帝诏命的专家。"待诏公车"的第一份差使，是向皇帝做自我介绍，并把对国家治理的谏言写成册书上奏，称"公车上书"。汉武帝刘彻亲自批阅这些册书。事实上这是他广泛听取治国意见的一种方式，是汉武帝发明的中国式的政治民主。因为皇帝的重视，每一位待诏都费尽心神撰写册书。

东方朔的上书最为显著，多达"三千奏牍"。当时纸张还没有发明出来，牍是写字用的竹简，或木片，相当于稿纸。每一页牍片大约可容下三十余字，三千奏牍，有九万余言。公车令派两名工作人员抬着东方朔的上书进宫，汉武帝耗时两个月才读完。"朔初入长安，至公车上书，凡用三千奏牍。公车令两人共持举其书，仅然能胜之。人主从上方读之，止，辄乙其处，读之二月乃尽。"(《史记·滑稽列传》)这段话中，记述了汉武帝读奏牍认真的细节，从最上面一页读起，需要停下来时，则在相应之处做一个记号，就这样，两个月终于读完。

东方朔的"鸿篇巨制"并没有引起汉武帝的重视，《史记》中没有说明原因，班固在《汉书》中摘引了其中一段自我介绍的话，算是揭开了谜团。问题出在东方朔的文风不实在，过于粉饰自己，"朔文辞不逊，高自称誉"（《汉书·东方朔传》）。

> 臣朔少失父母，长养兄嫂。年十三学书，三冬文史足用。十五学击剑。十六学诗书，诵二十二万言。十九学孙吴兵法，战阵之具，钲鼓之教，亦诵二十二万言。凡臣朔固已诵四十四万言。又常服子路之言。臣朔年二十二，长九尺三寸，目若悬珠，齿若编贝，勇若孟贲，捷若庆忌，廉若鲍叔，信若尾生。若此，可以为天子大臣矣。臣朔昧死再拜以闻。（《汉书·东方朔传》）

东方朔的"高自称誉"让自己吃到了苦果，很长时间被闲置。史书中没有交代时间，用的是"久之"这个词，或许是一年，或许是两年。东方朔坐不住了，为了得到汉武帝的重视，他铤而走险，做了一件很出格的事情。棋手但凡下险棋，一定是到了迫不得已的时候，拼一下最后的输赢。

东方朔使出的这一颗惊险棋子，让他赢得了政治生命。

汉武帝有一个"皇家艺术表演团"，成员全部是侏儒，这些人也是郎官待遇，与"待诏公车"一样，月俸一囊粟，钱二百四十，东方朔对此颇有微词。这一天，他走进艺术团工作室，吓唬侏儒们说："你们这些人大祸临头了，皇上认为你们于朝廷无益，耕田力作不及旁人，身处官位不能治民，从军上战场不能杀敌，于国于民没有一点用处，白白浪费衣服粮食，皇上今天要把你们全部杀掉。"侏儒们被这番话吓傻了，哭泣不止。东方朔接着说："皇上过一会儿要从这里经过，你们快叩头请求免死吧。"汉武帝经过的时候，见这些人跪在路边，哭成一片。弄清原委之后，着人宣来东方朔，严肃责问这样做的理由。

> 朔绐驺朱儒，曰："上以若曹无益于县官，耕田力作固不及人，临众处官不能治民，从军击虏不任兵事，无益于国用，徒索衣食，今欲尽杀若曹。"朱儒大恐，啼泣。朔教曰："上即过，叩头请罪。"居有顷，闻上过，朱儒皆号泣顿首。上问："何为？"对曰："东方朔言上欲尽诛臣等。"上知朔多端，召问朔："何恐朱儒为？"（《汉书·东方朔传》）

东方朔为自己说的话陈述动机的时候到了。

> 对曰："臣朔生亦言，死亦言。朱儒长三尺余，奉一囊粟，钱二百四十。臣朔长九尺余，亦奉一囊粟，钱二百四十。朱儒饱欲死，臣朔饥欲死。臣言可用，幸异其礼；不可用，罢之，无令但索长安米。"上大笑，因使待诏金马门，稍得亲近。（《汉书·东方朔传》）

东方朔的回答，都是积压在心底的实话，因而自带三分理直气壮。但机智有趣，诙谐守度，一下子拉近了汉武帝与他的心理距离。

臣东方朔活着这么说，死也这么说。这些侏儒身高三尺，月俸一袋粟，钱二百四十。我身高九尺，也是一袋粟，钱二百四十。侏儒能撑死，我能饿死。如果皇上认为我可用，请提高我的生活待遇。如果不可用，请放我回家，不要让我在此白白浪费长安城的粮食。

东方朔的话讲得很巧妙，只是拿自己的身高和收入与侏儒比较。但弦外之音是，我是以"贤良方正直言极谏之士"特诏入宫的国家人才，却与倡优同等待遇，这就是皇帝的人才政策么？还有一点挺重要，只说提高生活待遇，"幸异其礼"，没说提拔的话。跟皇帝直接要官，基本不会有好下场。

汉武帝开始喜欢他了。东方朔自此之后升职"待诏金马门"，这是一步有实质价值的跨越升迁。公车署在理论上是皇帝的文化参谋团队，却是在外围，连面见皇帝的机会几乎都没有。金马门署是内廷承值，是近侍，类似于机要秘书。"金马门者，宦署门也，门傍有铜马，故谓之曰金马门。"(《史记·滑稽列传》)

隔空猜物

接下来发生的一件事，让东方朔在汉武帝心中有了重要位置。

汉代宫廷中流行一种高手之间的智力游戏，熔奇门心法和占卜数理于一炉。这种游戏是专业级别的，普通人玩不了，古代称为"射覆"，用今天的话讲，叫隔空猜物。射覆是古代星占术"大六壬"中最深奥的一种，"六壬以射覆为先锋，奇门以克应为微

妙"。基本方法是用盂、盆、罐一类器具，覆盖住一种物体，星象
师运用八卦和五行原理隔空辨识物体的形状、大小、颜色、死活
等。汉武帝对这种游戏很着迷，并且别出心裁，不断增加难度。
让一个人待在一间屋子里，星象师在另一间屋子，隔空说出人的
性别、衣着、颜色、站立或坐卧、年长或年幼。或在墙的那一边摆
放一盆植物，星象师在墙这边，说出植物的名称，几茎几枝，花开
几朵。

《红楼梦》第六十二回中也写到射覆，但已衍化为筵席间的
行酒令。曹雪芹借宝钗的嘴，说出了差异："宝钗笑道：'把个酒
令的祖宗拈出来。射覆从古有的，如今失了传，这是后人纂的，
比一切的令都难。'"

这一天，汉武帝召集多位宫廷星象师在一起射覆。预先把一
只壁虎（守宫）藏在盆盂之下，把所有星象师都难住了，没有一
个人射中。东方朔在一旁自荐说："我研究过《易经》，请允许我
试试吧。"于是以著草布置卦象，之后禀奏说："臣以为是龙，却无
角，是蛇又有足。擅长在墙壁上趷趷而行，脉脉而视。此物不是
壁虎，就是蜥蜴。"汉武帝说："善。"于是赐帛十匹。接下来又射
覆多次，连续射中，每次均获赐帛缯。

> 上尝使诸数家射覆，置守宫盂下，射之，皆不能
> 中。朔自赞曰："臣尝受《易》，请射之。"乃别著布
> 卦而对曰："臣以为龙又无角，谓之为蛇又有足，趷
> 趷脉脉善缘壁，是非守宫即蜥蜴。"上曰："善。"赐

帛十四。复使射他物，连中，辄赐帛。(《汉书·东方朔传》)

守宫是壁虎的一种，颜色玄青，体态小巧，是古代宫廷中隐秘豢养之物，用以验证宫女的贞洁。据传说，此物的身体长到一定阶段，便在食物中配以朱砂，渐渐朱砂增量，直至完全以朱砂为食，小壁虎们就中朱砂毒而终其生命了。肢体经过密闭阴干，不能受光亮，之后研磨成粉，称为"守宫砂"。女子入宫的最初几天，须接受一系列体检，贞洁是其中一项，检验合格，在其手臂的某个穴位以守宫砂涂点成痣，称"守宫痣"，相当于盖了一个已检验的章子。以后一旦有了男女交娱之事，守宫痣则自行消失。这个说法，只是民间风闻，未见史料记载，属于小说家言，也不知道靠谱不靠谱。

射覆事件之后，东方朔就常侍汉武帝左右了。

三件天大的事

东方朔的了不起之处，是直言上谏汉武帝的三件私事。天子的私事，比公事都要紧，真真是天大的事。

第一件，力阻修建皇家园林上林苑。

汉武帝刘彻十六岁即位，雄心勃勃，当年就面向全国征召数百位"贤良方正直言极谏之士"入宫，组建成自己的文化参谋团队。这批人也称"贤良文学"，汉代的"文学"一词跟今天的含义不太一样，今天的人，把文章或小说、诗歌写成规模了，就称文学家。汉代的含义是以文成学,指既饱学又见解出众的人。即位之初的刘彻自知羽翼待丰,此时也受制于皇太后,国家政务之事跟大臣们一样,须"奏事东宫",因而收敛锋芒。但他韬光养晦的方式是积极的,一是微行,二是狩猎。

微行就是微服出访,做民意调查。从西安周围现存的池阳宫、黄山宫、长杨宫、宜春宫四处遗址来看,汉武帝当年把长安城周边的四个县——三原、兴平、周至、长安基本都走遍了,"北至池阳,西至黄山,南猎长杨,东游宜春"。这四个行宫,都是刘彻当年微行的驻跸之处。

每年八九月间,是汉武帝的狩猎季,但此时也是秋作物的成熟时节,汉武帝狩猎的地方在终南山脚下。正是因为醉心于狩猎,第一件私事就被引发出来了。

汉武帝狩猎也是微服,不敢暴露天子身份,"常称平阳侯"。虽然是微服,但毕竟是皇帝出行,随员以及猎友众多,"与侍中、常侍、武骑,及待诏陇西北地良家子能骑射者",几百人的队伍,夜里八点半从宫中出发,"漏下十刻乃出",次日早晨到达终南山下,在庄稼地稻田中纵马追逐鹿、野猪、狐狸、兔子,还有过与熊肉搏的经历。"旦明,入山下驰射鹿豕狐兔,手格熊罴,驰骛禾稻粳之地。"

关于"漏下十刻"这个出发的时间点,需要做一点解释,古人夜漏计时,从黄昏六点开始,每个时辰八刻,相当于每小时四刻,每刻十五分钟。以此计算,"漏下十刻"为夜里八点三十分。

中国古人计时讲时辰，西方机械钟表传入以后，称中式计时为大时，西式为小时，大时一昼夜十二，小时一昼夜二十四。

如此规模的狩猎，践踏毁坏了大量农田以及待熟的庄稼，进而激起民愤。老百姓集体上访，"民皆号呼骂詈，相聚会，自言鄠杜（今西安鄠邑区）令"。县令赶到现场，也不知内情，慑于狩猎的大场面，请求谒见平阳侯，但遭到外围警卫侍从的傲慢拒绝。县令大怒，拘捕了几名"非法分子"，审讯时见到宫廷内侍物品，才知道狩猎者是汉武帝，拘捕的几名侍卫验明身份后被释放。"令往，欲谒平阳侯，诸骑欲击鞭之，令大怒，使吏呵止，猎者数骑见留，乃示以乘舆物，久之乃得去。"县令不敢怠慢，将此事逐级紧急上报至丞相。丞相首先安排加强沿途安全保卫工作，之后又几经调整，做出了制度性决定，将阿房宫以南、周至县以东、宜春宫以西三百多平方公里的土地登记造册，规划建设上林苑。"举籍阿城以南，盩厔以东，宜春以西，提封顷亩，及其贾直，欲除以为上林苑。"

汉武帝大悦，就在这个节骨眼上，东方朔说话了。

上大说称善，时朔在旁，进谏曰："臣闻谦逊静悫，天表之应，应之以福；骄溢靡丽，天表之应，应之以异。今陛下累郎台，恐其不高也；弋猎之处，恐其不广也。如天不为变，则三辅之地尽可以为苑，何必盩厔、鄠、杜乎！奢侈越制，天为之变，上林虽小，臣尚以为大也。"

东方朔据理陈词，毫不顾忌：臣听说谦逊恭谨，天应之以福报。骄奢淫逸，天应之以异数。今陛下筑廊台，唯恐不高；连囿园，唯恐不广。如果上天不报以灾变，京畿三辅之地尽可以成园苑，不必局限于周至、鄠邑、杜邑。如果僭越礼制，上天报以异数，上林苑虽小，臣还是以为大。

接下来陈述不宜修建上林苑的三条理由。

终南秦岭，天下大阻，横亘中国。南有长江、淮河，北有黄河、渭河。"其山出玉石，金、银、铜、铁，豫章、檀、柘，异类之物，不可胜原，此百工所取给，万民所印足也。又有粳稻、梨、栗、桑、麻、竹箭之饶，土宜姜芋，水多蛙鱼，贫者得以人给家足，无饥寒之忧。"终南山脚下的土地，可谓寸土寸金，"故鄠、镐之间号为土膏，其贾亩一金"。如今在此规划修建上林苑，上侵国家财用，下夺农桑之业，这是其不可之一。"绝陂池水泽之利，而取民膏腴之地，上乏国家之用，下夺农桑之业，弃成功，就败事，损耗五谷，是其不可一也。"

在这片膏腴之地修建上林苑，使荆棘杂木繁茂，扩大鹿狐兔的栖身之地，拓宽虎狼的生存空间，拆毁百姓的家居和墓冢，会出现幼者怀乡、老者哀家的社会不安局势，这是其不可之二。

营建上林苑这么浩大的工程，规划区域内地形结构复杂，还有多条河流在其中，狩猎仅是一日之乐，不值得天子为此劳神费心，这是其不可之三。

最后，东方朔又"上纲上线"，使整个话题愈发沉重："夫殷作九市之宫而诸侯畔，灵王起章华之台而楚民散，秦兴阿房之殿而天下乱。粪土愚臣，忘生触死，逆盛意，犯隆指，罪当万死。"

商纣王建"九市之宫"而诸侯反叛，楚灵王筑章华台民心尽散，秦始皇营阿房宫天下大乱。这话说得真够狠的。

汉武帝对东方朔的直言上谏不仅没有生气，反而对其晋职加封，并赐黄金百斤。"上乃拜朔为太中大夫、给事中，赐黄金百斤。""太中大夫"是待诏常侍中的最高职级，相当于四品。"给事中"在西汉时是加官，准允参议国家政事。

上林苑依照规划正式动工兴建，"然遂起上林苑"，这一年是汉武帝即位第三年，建元三年，即公元前138年。东方朔的话，刘彻听进去了一部分，并且付诸实施，后来在上林苑内经常演习军事，训练军队。苑内出入的八条河流，渭、泾、沣、涝、潏、滈、浐、灞，也不断疏浚河道，兴于水利，并应用于漕运，此之后形成八水绕长安的大生态之美。

第二件，为汉武帝的女婿昭平君之事进谏。

汉武帝的同胞妹妹隆虑公主，老来得子，生了昭平君。之后尚汉武帝的小女儿夷安公主，昭平君由外甥成了女婿。

昭平君生性顽劣不堪，知子莫如母，隆虑公主去世之前，以巨资家财呈献给汉武帝，为儿子买"平安保险"，意在赎免死罪，并获得了汉武帝的特准。"隆虑主病困，以金千斤钱千万为昭平君豫赎死罪，上许之。"隆虑公主去世之后，昭平君依旧放肆不拘，一次醉酒之后误杀了夷安公主的傅母。汉代贵族女子自幼有照料生活起居并兼教育的年长女性，出嫁亦随嫁，称"傅母"。昭平君杀了公主的傅母，是大案要案。廷尉不敢怠慢，紧急奏报汉武帝。依照汉律，此罪当诛。相关大臣以隆虑公主生前已"豫赎死罪"为由，为肇事者开脱罪责，"前又入赎，陛下许之"。汉武帝左右为难，但痛定思痛，最终还是决定将女婿绳之以法。

> 上曰："吾弟老有是一子，死以属我。"于是为之垂涕叹息良久，曰："法令者，先帝所造也，用弟故而诬先帝之法，吾何面目入高庙乎！又下负万民。"乃可其奏，哀不能自止，左右尽悲。

在朝廷上，汉武帝泪流满面地说："我妹妹老来得子，生前将昭平君托付于我。但国家法律，是先帝制定的，如果我以兄妹之情枉法，百年之后有何面目嗣高庙。置国法于不顾，更是有负于天下百姓。"左右大臣闻听此言，均悲伤不已。

这时候东方朔说话了，并为皇帝祝福祝寿："朔前上寿，曰：'臣闻圣王为政，赏不避仇雠，诛不择骨肉。《书》曰："不偏不党，王道荡荡。"此二者，五帝所重，三王所难也。陛下行之，是以四海之内元元之民各得其所，天下幸甚！臣朔奉觞，昧死再拜上万岁寿。'"

东方朔上前，首先恭祝汉武帝万岁寿，然后说："臣听说圣王治理国家，赏不避仇，诛不择亲。《尚书》有言，不偏不党，王道荡荡。这两者，都是五帝与三皇特别看重的，陛下刚才的所思所行，是为了四海之内百姓各得其所，天下幸甚！臣奉觞再拜，敬祝陛下万岁长寿！"

> 上乃起，入省中，夕时召让朔，曰："传曰时然后
> 言，人不厌其言。今先生上寿，时乎？"

汉武帝听罢，起身默默离朝，至省中殿。省中即禁中，是朝殿与寝殿之间的处所，为朝会之后的休息之地，非近侍不得入内。到了晚上，差人召来东方朔问话："古训讲，什么场合说什么话，别人就不会讨厌他。先生在今天这样的场合说祝寿的话，适合么？"

又到了东方朔为自己的话陈述理由的时候。

> 朔免冠顿首曰："臣闻乐太甚则阳溢，哀太盛则阴损，阴阳变则心气动，心气动则精神散，精神散而邪气及。销忧者莫若酒，臣朔所以上寿者，明陛下正而不阿，因以止哀也。愚不知忌讳，当死。"

东方朔脱帽叩首，说："臣听说，一个人过于高兴会导致阳气外泄，过于哀伤会阴气损失，阴阳骤变失衡则心神涣散，心神涣散则邪气及身。消愁莫若酒，臣为陛下的高风亮节而感动，因此以酒祝寿为陛下止哀。但愚臣不守忌讳，该死。"

说这些话的时候，东方朔还是"戴罪之身"，身上背着处分。一次醉酒之后，他在大殿内小解，被人弹劾，以大不敬之罪罢官免职为庶人，在"宦者署"停职察看。因为这次祝寿谏言，他官复原职，并被赐帛百匹。"先是，朔尝醉入殿中，小遗殿上，劾不敬。有诏免为庶人，待诏宦者署。因此对复为中郎，赐帛百匹。"（《汉

书·东方朔传》)

第三件，跟"主人翁"做对头。

馆陶公主是汉武帝的姑姑，也是他的首任岳母，五十岁丧偶之后，包养了一个小鲜肉，名叫董偃，汉武帝尊称"主人翁"。

汉武帝刘彻的第一次婚姻是政治婚姻。

馆陶公主刘嫖，是汉文帝的长女，汉景帝的姐姐，下嫁堂邑侯陈午，育有一子一女，女儿即是成语"金屋藏娇"中的那位陈阿娇。刘彻是汉景帝第十子，依靠宫廷政治争斗在七岁时被立为太子。宫廷争斗得以成功的主要推手就是姑姑刘嫖，刘嫖开出的条件是陈阿娇做皇后。刘彻十六岁即位之后履约成亲。陈阿娇身为皇后妄行骄肆，且无子，在汉武帝即位第十年被废，"秋七月，大风拔木。乙巳，皇后陈氏废"（《汉书·武帝纪》）。

董偃的母亲是珠宝商，经常出入馆陶公主在长安的府邸。十三岁那年董偃被留在府中，教以"书计相马御射"，十八岁"圆房"，史书称"侍内"，依年龄计算，馆陶公主此时差不多六十岁了。

> 初，帝姑馆陶公主号窦太主，堂邑侯陈午尚之。午死，主寡居，年五十余矣，近幸董偃。始偃与母以卖珠为事，偃年十三，随母出入主家。左右言其姣好，主召见，曰："吾为母养之。"因留第中，教书计相马御射，颇读传记。至年十八而冠，出则执辔，入则侍内。（《汉书·东方朔传》）

依照汉律，私侍公主是死罪。馆陶公主为保其平安，呈送私家园林长门园给汉武帝，并赠送皇帝身边的官员大量钱物，"上大说，更名窦太主园为长门宫"，"主乃请赐将军列侯从官金钱杂缯各有数"。汉武帝对姑姑也是有感情的，因而对此事就睁一只眼闭一只眼了。有一次到公主府上看望姑姑，还主动提出见董偃，并且发明了"主人翁"这个称谓，"愿谒主人翁"，语气也比较尊重。自此之后，这个称谓就被叫开了，董偃也进入贵族圈子，时常参加各种游乐聚会。

这一天，汉武帝在未央宫宣室殿赐宴馆陶公主，诏令董偃随行。

东方朔持戟立于殿下，上奏说："董偃当斩之罪有三，不能入殿。"

汉武帝说："具体说一下。"

"董偃以人臣私侍公主，此罪一。败男女之化，乱婚姻之礼，伤王制，此罪二。陛下深入研究《春秋》和'六经'，以王道正统治理国家。董偃不学无术，醉心奢靡，是国家之大贼，陛下之大魅，此罪三。"

汉武帝沉默良久，说："我已经邀请了，下不为例吧。"

东方朔说："不可以。未央宫宣室殿是先帝规制的国之正殿，违法度者不得入内。"

汉武帝说："好吧。"令人在北宫（北宫在长安城北隅）另外赐席，引董偃从东司马门出未央宫。未央宫是西汉的国家大朝正宫，四面各辟一座正门，称司马门。皇帝出入宫城，以及文武百官进出皇宫，均自北司马门。东司马门在此事之后，改称为"东交门"。

汉武帝赐东方朔黄金三十斤。

董偃在皇帝赐宴的宫殿现场，被东方朔阻止，由正宫门进入，由偏宫门被引出，相当于被清理出场。这不是伤面子的事，而是斥以自知之明的迎头棒喝。董偃之宠由此事之后衰弱，三十岁时患忧郁症而终。又过了几年，馆陶公主去世，不顾多方阻挠，与董偃合葬于霸陵之内。霸陵是汉文帝刘恒的陵园，文帝生前有遗诏，长女馆陶公主赐葬霸陵。馆陶公主与董偃的"黄昏恋"，依现代观念来看，她也是一位敢爱敢恨敢破大枷锁的奇女子。但史书的评价很严厉，指斥馆陶公主开启了一种坏风气。"是后，公主贵人多逾礼制，自董偃始。"

有深趣的灵魂

认知东方朔，是一件挺费思量的事。他的人生，是由一系列"出格之举"结构而成的。

我们以今天的眼光，去观察西汉时代的一个人，中间隔着两千多年的纵横沟壑，能够看清楚什么呢？而且对于是非曲直的判断，在非理性的生态中，也没有一成不变的标准。所谓的道德规范，往往是一个大人物或一个利益集团，由着所在时代的需要定制出来的。时代变了，又出来另一个人或另一个利益集团进行修订或另起炉灶。观念的变化和朝代更替一样割裂而残酷,只是闻不到血腥气味而已。在当时专制的社会形态中,出格的人和事是大概率的,因为"格子间"太多。只是各种出格集中在一个人身上,还能做到明哲保身,才成为稀罕的事。

胸藏大义的人,未必也不必都是一副凛然的样子,星辰各自发光,神仙不同面貌。事实上,通往大义臻境也没有成规的道路做基本的遵循。每一位智者都坚持着自己的行为姿态,或摸黑抓瞎,或披荆斩棘,最终登顶的被推崇誉为圣哲。东方朔没有登顶,没有成为师范天下的人,但也不是半途而废,他是一个极特殊的文化存在。《史记》和《汉书》中的记载和判断,是模棱两可的,半是叹赏半是疑虑,东方朔如在大雾中走动的一团影子。我们能够做的,只有去触摸这团影子包裹着的那颗灵魂。寻找鲜活的灵魂,应该正是文化思考的真正动机所在。

我们再选取两个细节,具体打量一下东方朔。

> 诏拜以为郎,常在侧侍中。数召至前谈语,人主未尝不说也。时诏赐之食于前。饭已,尽怀其余肉持去,衣尽污。数赐缣帛,檐揭而去。徒用所赐钱帛,取(娶)少妇于长安中好女。率取妇一岁所者即弃去,更取妇。所赐钱财尽索之于女子。(《史记·滑稽列传》)

《史记》中的这段记载,用今天的眼光看,东方朔基本就是一个"官渣"。

汉武帝赏赐给他的食品,在皇宫里享用之后,剩下的肉还要打包，但不用器具，而是揣在怀里带回家，"衣尽污"，官服是没法看的。所赐的缣帛，全部肩挑背扛，如同贩夫，半点官仪也不讲。"檐揭"这个词生动形象，檐然若揭，像背负着一个大屋檐。"缣帛"在当年是难得之物，帛是丝绸，官宦贵族人家用来做衣服、帽子、围巾。缣是更细的丝织品，也称绢，是双经双纬的丝织物，细致绵厚，纸张发明出来之前，用来书写记载重要的事，称"缣书"，或"帛书""素书"。汉武帝赐给东方朔的"缣帛"，既有丝绸，还有上等的"宣纸"，但他在大殿上是"檐揭"着弄走的，想一想这个样子都好笑。接下来的事，就不那么好笑了。汉武帝赐给他的大量钱财，他尽数花在女人身上。如果花在一个女人身上，是爱情，他是花在众多女子身上。"徒用所赐钱帛，取（娶）少妇于长安中好女"，把钱和丝绸用于娶长安城里的漂亮姑娘，而且是公开的，不遮遮掩掩，基本上每年换一个媳妇，"率取妇一岁所者即弃去，更取妇"。

东方朔作为皇帝的内廷常侍，就是这样一个大不拘的形象，但因为汉武帝喜欢，谁也没有办法。"数召至前谈语，人主未尝不说也。"褚少孙显然是看不惯这些的，因此补写《史记》时，将他列入《滑稽列传》。

褚少孙在《史记》中对东方朔生活细节的记述是有些情绪化的，真实度有待考据。但班固在《汉书·东方朔传》中的这一段记载，合乎东方朔的个性。

> 伏日，诏赐从官肉。大官丞日晏不来，朔独拔剑
>
> 割肉，谓其同官曰："伏日当蚤（早）归，请受赐。"即怀

肉去。大官奏之。朔入，上曰："昨赐肉，不待诏，以剑

割肉而去之，何也？"朔免冠谢。上曰："先生起，自责

也！"朔再拜曰："朔来！朔来！受赐不待诏，何无礼

也！拔剑割肉，一何壮也！割之不多，又何廉也！归遗

细君，又何仁也！"上笑曰："使先生自责，乃反自誉！"

复赐酒一石，肉百斤，归遗细君。（《汉书·东方朔传》）

盛夏里的一天，汉武帝诏令赏赐侍从官员肉食。太阳落山了，郎中令也不来宣诏。东方朔自己拔剑割下一块肉，对左右同僚说："伏天应当早些把肉带回家，我们接受赏赐吧。"提上肉就下班走了。郎中令将此事奏上，第二天东方朔入朝时，汉武帝责问："昨天赐肉，不待宣诏，自己割肉就走怎么回事？"东方朔脱帽谢罪。汉武帝说："先生自我检讨吧。"东方朔再拜，说："东方朔呀东方朔，受赐不待宣诏，何其无礼！拔剑割肉，何其威武！割之不多，何其自律！把肉带回家给媳妇，何其仁爱！"汉武帝笑着说："让先生自我检讨，反而自夸！"再赐酒一石、肉百斤，东方朔统统背回家交给媳妇。

还有两次君臣对答的细节，也是典型东方朔式的。两个问题难度都大，都是放在炉子上做烧烤。一是汉武帝问他，怎么评价我这个皇帝。还有就是他怎么评价自己。

（汉武帝）尝问朔曰："先生视朕何如主也？"朔对

曰："自唐、虞之隆，成、康之际，未足以谕当世。臣伏

观陛下功德，陈五帝之上，在三王之右。非若此而已，

诚得天下贤士，公卿在位咸得其人矣。譬若以周、邵为丞相，孔丘为御史大夫，太公为将军，毕公高拾遗于后，弁严子为卫尉，皋陶为大理，后稷为司农，伊尹为少府，子赣使外国，颜、闵为博士，子夏为太常，益为右扶风，季路为执金吾，契为鸿胪，龙逢为宗正，伯夷为京兆，管仲为冯翊，鲁般为将作，仲山甫为光禄，申伯为太仆，延陵季子为水衡，百里奚为典属国，柳下惠为大长秋，史鱼为司直，蘧伯玉为太傅，孔父为詹事，孙叔敖为诸侯相，子产为郡守，王庆忌为期门，夏育为鼎官，羿为旄头，宋万为式道侯。"上乃大笑。

汉武帝问："先生怎么看我这个皇帝？"

东方朔说："从尧舜之盛，到成康之治（周成王、周康王），没有超越当今之世。我看陛下的功德，在五帝、三王之上。如能诚得天下真正的贤士英才，以其才能各居公卿之位，比现在的局面会更上一层楼。"

接下来，东方朔以古代的至贤人物，给汉武帝组建了一个超豪华的工作团队：周公和邵公为总理；孔子为纪委书记；姜太公为三军统帅；毕公（周武王时的名臣，与周公、邵公合称"三公"）为太师，以备拾遗；弁严子为卫戍区司令；皋陶为司法部长；后稷为农业部长；伊尹为宫廷内务总管；子赣出使国外；颜回、闵子骞为总督学；子夏为国家意识形态总监；益为右扶风（西汉时京畿地区分三个区划管理，称"三辅"，分别为右扶风、京兆尹、左冯翊）；子路为首都地区警察总长；契为外交部长；关龙逢为皇族事务总干事；伯夷为京兆尹；管仲为左冯翊；鲁班为大国工匠协会主席；仲山甫为办公厅主任；申伯为皇帝办公室主任；延陵季子为河湖办总指挥；百里奚为番属国事务负责人；柳下惠为后宫总管；史鱼为纠风办主任；蘧伯玉为帝师；孔父为太子事务总管；孙叔敖为特别行政区主任；子产为省长；王庆忌为侍卫长；夏育为国旗护卫；羿为皇帝仪仗队先驱骑手；宋万为皇帝出行保障官。

话是玩笑着说的，但诙谐方正，绵里藏针，信口开河的背后，隐喻着劝谏皇帝选官用人应量才设置。汉武帝听懂了，也听进去了，因而"大笑"。

> 是时，朝廷多贤材，上复问朔："方今公孙丞相、兒大夫、董仲舒、夏侯始昌、司马相如、吾丘寿王、主父偃、朱买臣、严助、汲黯、胶仓、终军、严安、徐乐、司马迁之伦，皆辩知闳达，溢于文辞，先生自视，何与比哉？"朔对曰："臣观其舌卷齿牙，树颊胲，吐唇吻，擢项颐，结股脚，连脽尻，遗蛇其迹，行步偊旅。臣朔虽不肖，尚兼此数子者。"朔之进对澹辞，皆此类也。

汉武帝列举出当朝十五位重量级人物，丞相公孙弘、御史大夫兒宽、大儒董仲舒、夏侯始昌、辞赋家司马相如、太史司马迁等，让东方朔与这些人比较一下，"先生自视，何以比哉？"

东方朔把这些人从头到脚数落一通，用语尖酸刻薄，鼻子不是鼻子，眼睛不是眼睛，说这些人站没站相，走没走相，"遗蛇其迹,行步偶旅"。最后的结论是,我一人可以抵十五人。

《史记·滑稽列传》里的一处笔误

《史记》中记载东方朔的一则逸事,时间和地点与史实有出入。

> 建章宫后阁重栎中有物出焉,其状似麋。以闻,武帝往临视之。问左右群臣习事通经术者,莫能知。诏东方朔视之。朔曰:"臣知之,愿赐美酒梁饭大飧臣,臣乃言。"诏曰:"可。"已又曰:"某所有公田鱼池蒲苇数顷,陛下以赐臣,臣朔乃言。"诏曰:"可。"于是朔乃肯言,曰:"所谓驺牙者也。远方当来归义,而驺牙先见。其齿前后若一,齐等无牙,故谓之驺牙。"其后一岁所,匈奴混邪王果将十万众来降汉。乃复赐东方生钱财甚多。(《史记·滑稽列传》)

建章宫的重阁深院中发现一个动物,样子像麋。灵物现身,不知是吉是凶,汉武帝听到奏报后前往察看,左右大臣以及相关专家都不知为何物。诏令东方朔辨识,东方朔说:"我了解这种动物,但得先赐我一顿大餐,我才说。"汉武帝准允。美餐享用之后,又说:"某地有一处公田,也不是什么好地方,鱼池杂草丛生之地而已。如果陛下赐给我,我就说。"汉武帝又准允。东方朔说:"这种动物就是传说中的驺牙。此物显身,兆示远方有大义者来归。这动物的前后牙齿一样,没有门牙,因此称之驺牙。"一年之后，匈奴浑邪王率十万士兵归降汉朝。汉武帝又赐东方朔数值可观的钱财。

建章宫的起建时间是公元前104年2月，匈奴浑邪王率众归降汉朝是公元前121年秋天，浑邪王义归十七年后，建章宫才开始修建。

公元前104年是汉代的"历法改革年"，这一年颁布施行新历法"太初历"，改年号为"太初元年"。"夏，汉改历，以正月为岁首，而色上黄，官名更印章以五字，为太初元年。"（《史记·封禅书》）

国家更改正朔，以农历一月为岁首正月，这是极其重大的事。在此之前，汉代的历法承袭秦朝的"颛顼历"，以农历十月为岁首正月。《汉书》十二篇皇帝纪中，记载每年大事记的时间顺序，均从"冬十月"开始，就是突出强调公元前104年的这次改历更朔。

公元前104年2月起建章宫，五月颁行"太初历"，诏令改元正朔，这两件事是前后关联的。

建章宫是规模宏大的古代皇家建筑群，在长安城北，与未央宫有辇道相连属，号称"千门万户"，周长二十余里。"于是作建章宫，度为千门万户。前殿度高未央。其东则凤阙，高二十余丈。其西则唐中，数十里虎圈。其北治大池，渐台高二十余丈，命曰太液，池中有蓬莱、方丈、瀛洲、壶梁，象海中神山龟鱼之属。其南有玉堂璧门大鸟之属。乃立神明台、井干楼，度五十丈，辇道相属焉。"

匈奴浑邪王率众归降汉朝，发生在公元前121年秋天，《汉书》中《武帝纪》和《匈奴传》均有记载："秋，匈奴昆邪王杀休屠王，并率其众四万余人来降，置五属国以处之。"(《汉书·武帝纪》)"其秋，单于怒昆邪王、休屠王居西方为汉所杀虏数万人，欲召诛之。紫邪、休屠王恐。谋降汉，汉使骠骑将军迎之。昆邪王杀休屠王，并将其众降汉。凡四万余人，号十万。"(《汉书·匈奴传》)

浑邪王率众降汉的背景是这样的：元狩二年春夏之际，骠骑将军霍去病率将士北出陇西，过焉支山、祁连山，连战连胜，杀匈奴四万余人。匈奴西部战区统帅是浑邪王和休屠王，单于迁怒两位将军指挥不利，"欲召诛之"，浑邪王和休屠王迫不得已，决定降汉，汉武帝令霍去病前往受降。但休屠王中途反悔，被浑邪王斩杀，之后浑邪王率将士归降汉朝，号称十万，实际上是四万余众。

浑邪王归汉后受封漯阴侯，封地在今山东禹城一带，邑民万户。其四万余众分散五处安置，其中大部分安置在河南郡，今洛阳一带。当年河南郡经济实力疲弱，甚至拿不出这一笔安置费用，是由养羊大户卜式出资捐助的。《汉书·公孙弘卜式儿宽传》中，对此也有具体记载："岁余，会浑邪等降，县官费众，仓府空，贫民大徙，皆仰给县官，无以尽赡。式复持钱二十万与河南太守，以给徙民。"

浑邪王降汉之时，国家花钱地方多，国库空虚，太多流民也无力安置。卜式出资二十万钱给河南郡太守，作为安置费用。卜式因为捐资助国，被汉武帝破格重用，由工商界人士进入仕途，后升至三公之一，任御史大夫。

如果《史记·滑稽列传》中记载东方朔的这一段逸事属实，那种叫驺牙的吉祥动物则不是在建章宫中被发现的。

最后说出口的话

东方朔最后说出口的话，是这样的："至老，朔且死时，谏曰：'诗云"营营青蝇，止于蕃。恺悌君子，无信谗言。谗言罔极，交乱四国"。愿陛下远巧佞，退谗言。'帝曰：'今顾东方朔多善言？'怪之。居无几何，朔果病死。传曰：'鸟之将死，其鸣也哀。人之将死，其言也善。'此之谓也。"(《史记·滑稽列传》)

东方朔最后上奏的谏言，是《诗经·青蝇》里的话：青蝇一路"营营"叫着，停落在篱笆上。平和近人的君主，不要听信谗言。谗言昌行之地，四邻不安。愿陛下远小人，退谗言。汉武帝听后觉得怪怪的："今天东方朔怎么有话好好说了？"几天之后，东方朔病故。

《论语·泰伯》中说："鸟之将死，其鸣也哀。人之伤死，其言也善。"指的就是这种情况吧。

在褚少孙看来，东方朔一生都在演戏，很是看不惯东方朔的言行举止态度。他在《史记》中用《论语·泰伯》的这句话述评东方朔，用心之处是这句话后边的一段文字："曾子言曰：'鸟之将死，其鸣也哀。人之将死，其言也善。君子所贵乎道者三：动容貌，斯远暴慢矣。正颜色，斯近信矣。出辞气，斯远鄙倍矣。'"

君子之道有三：一是动容貌，指举止和言行合乎于礼数。《孟子·尽心下》中对"动容"也有相关定义："动容周旋中礼者，盛德之至也。"二是正颜色，神态坦诚守正，不作怪，不机巧，则近于信。三是出辞气，说话言辞讲究，语气慎重，则远离野俗、悖理。

褚少孙应该是看到位了。

汉武帝也认为东方朔的方式是演戏，但他不排斥有戏剧色彩的人。

东方朔生前的这次谏言，一反他既往的说话方式，而是以"恺悌君子"的传统标准，劝谏汉武帝，而汉武帝因他的"改邪归正"而"怪之"。

"恺悌君子"，是古代中国人对国家君主的标准素描。"恺悌"是和颜悦色、平易近人的意思。"恺，乐也。"（《说文解字》）悌，本义是敬长上，引喻为敬上爱下，其情融融。《诗经》中有多篇出现"恺悌君子"这个形象，在"小雅"中，除《青蝇》外，还有《蓼萧》，尤其是"大雅"中的《泂酌》和《卷阿》两篇，对"恺悌君子"这个形象还有具体描述。

东方朔的谏言"绝唱"，由异类回到常态，这种老生常谈式的劝谏是不需要陈述动机的。临终前，东方朔终于脱下了戏装，这位老戏骨，演了一辈子戏，以种种出格的戏法明哲保身，大隐于朝。东方朔也尝试过改变形象，从最初因为汉武帝把"贤良人士"与"俳优侏儒"同等看待而慷慨陈词，之后也曾专门上书"陈农战强国之计"，"辞数万言，终不见用"（《汉书·东方朔传》）。后来放弃了，选择以自己的方式大隐于朝廷。

皇帝里把倡优和学士画等号的，不只是汉武帝，清朝还有乾隆帝，他训斥纪晓岚时有一句"名言"："朕以为汝文字尚优，故使领四库书馆，实不过以倡优蓄之，汝何敢妄谈国事？"（《清代外史》）

再把话说回来，中国大历史里，在皇帝身边能得以善终的人，演戏的可是不在少数，或长袖善舞，或醉酒当歌，或揣着明白当糊涂，而东方朔"谈何容易"的方式，倒是几近于真的一种。

谈何容易

东方朔是大隐于朝的典型，他自己也以此自诩："朔行殿中，郎谓之曰：'人皆以先生为狂。'朔曰：'如朔等，所谓避世于朝廷间者也。古之人，乃避世深山中。'时坐席中，酒酣，据地歌曰：'陆沉于俗，避世金马门。宫殿中可以避世全身，何必深山之中，蒿庐之下。'"（《史记·滑稽列传》）

东方朔的方式，不是遇事装糊涂，也不是给自己的嘴上安一把锁，做缄默者。事实上，东方朔是一个"爱表达"的人，但他的表达，总能够找到让听者接受的方式。比如给人服药，药是苦的，还有些异味，智慧的生产厂家就给药加一层包装，做成胶囊。特别要强调的是，包装不是伪装，患者心里十分清楚，里边是治病的药。胶囊也不是糖衣，糖衣是用来哄孩子的。

"谈何容易"这个成语，是东方朔首创出来的，基本内涵有两点：第一，臣子向皇帝直言上谏，被认可或被宽容是不易的。此处是高危地带，如果发生激烈碰撞，双方均是严重受损者。臣子丢了性命，皇帝背负杀贤臣的千古恶名。第二，臣子的直言上谏，一旦被皇帝包容，并付诸实施，或部分实施，是两全其美的事，不仅化险为夷，所上谏的内容也实现了价值最大化。既保全了臣子和皇帝双方，还使国家和百姓受益。

东方朔写有《非有先生论》一文，专门阐述这个观点。文章中虚构了吴王和大臣非有先生的对话。非有先生在吴国为官已经三年了，半句谏言也没有。吴王"怪而问之"，非有先生引经据典又深入浅出地说了一大通话，核心之意就是"谈何容易"。以吴王和非有先生作为人物的名字，不仅仅是别开生面，也给这一剂苦药外边加了一层包装。

《非有先生论》以中国历史中六位名臣作为论点的关照，六位大臣分为三组，三种君臣互动案例，三种人生结局。关龙逢和比干被杀，接舆和箕子被迫隐居和流亡，伊尹和姜太公青史著名、彪炳千秋。

昔者关龙逢深谏于桀，而王子比干直言于纣，此二

> 臣者，皆极虑尽忠，闵王泽不下流，而万民骚动，故直
> 言其失，切谏其邪者，将以为君之荣，除主之祸也。今
> 则不然，反以为诽谤君之行，无人臣之礼，果纷然伤于
> 身，蒙不辜之名，戮及先人，为天下笑。故曰：谈何容
> 易！是以辅弼之臣瓦解，而邪谄之人并进。

关龙逢是夏朝最后一位君主桀的大臣，比干是商朝最后一位君主纣的大臣。两位大臣因为"深谏"和"直言"丢了性命，这是君臣双损、终致亡国的例子。东方朔以这两个人为例子，而且放在文章前面，是有用心的，寓指夏桀和商纣因为昏聩和失明成了亡国之君。关龙逢和比干尽忠职守，思虑国家，忧心百姓，直言和深谏的目的，是为了剪除君主之祸。但夏桀和商纣对此无视，以两位贤臣诽谤君主、无人臣之礼治罪，致使"辅弼之臣瓦解，而邪谄之人并进"，最终国破家亡。"遂往不戒，身没被戮，宗庙崩弛，国家为虚。"

> 接舆避世，箕子被发阳狂，此二人者，皆避浊世以
> 全其身者也。使遇明王圣主，得清燕之闲，宽和之色，
> 发愤毕诚，图画安危，揆度得失，上以安主体，下以便
> 万民，则五帝、三王之道可几而见也。

接舆和箕子是避世之臣的典型。

接舆是楚国的贤人，楚昭王请他出山为官，他坚辞不就，与家人隐居峨眉山，养性山林，淡泊人生。《论语》中也有接舆的身影，孔子游楚时，接舆唱着歌从孔子车旁经过："凤鸟，凤鸟，你

的品德怎么衰弱了？往者不可谏，来者犹可追。且罢，且罢，今天的政治人物心地险恶呀。"孔子下车，想与他交谈，接舆却快闪离开了。"楚狂接舆歌而过孔子，曰：'凤兮凤兮，何德之衰？往者不可谏，来者犹可追。已而已而，今之从政者殆而！'孔子下，欲与之言，趋而辟之，不得与之言。"（《论语·微子》）

箕子这个人更加了不起，他避开不喜欢的世道，自己开辟建立了一个国家。

箕子是商纣王的叔父，不满暴政，先是佯狂装疯，之后隐居。周武王灭亡殷商，四下寻找箕子的下落，请他出山事周。箕子坚辞，但感于周武王的诚意，就如何治国理政以及一国之君应该具备什么样的修养和品行，与周武王做了一番生动交流，相当于给周武王上了一堂"思政课"，于是才有了《尚书》中那篇著名的文献《洪范》。《洪范》这篇文献，到了汉代和唐代，成为官员政绩与政德考核的基础与标准。箕子与周武王谈话结束后，带领五千位能工巧匠，出走东北，几经周折到了朝鲜半岛，建立了朝鲜国。

东方朔就接舆和箕子的品行和功德，发出由衷的感慨：如果这样的贤良之人当年遇到明君，"则五帝、三王之道可几而见也"。

> 故伊尹蒙耻辱、负鼎俎、和五味以干汤，太公钓于渭之阳以见文王。心合意同，谋无不成，计无不从，诚得其君也。深念远虑，引义以正其身，推恩以广其下，本仁祖义，褒有德，禄贤能，诛恶乱，总远方，一统

类，美风俗，此帝王所由昌也。上不变天性，下不夺人
伦，则天地和洽，远方怀之，故号圣王。臣子之职既加
矣，于是裂地定封，爵为公侯，传国子孙，名显后世，
民到于今称之，以遇汤与文王也。太公、伊尹以如此，
龙逢、比干独如彼，岂不哀哉！故日谈何容易！(《汉
书·东方朔传》)

伊尹在中国古代，是神一样的大人物。出身于苦寒人家，由
奴隶而成为帝王师，襄助商汤开国建业，建立商朝。之后总理国
家，通天象，知军事，务农业，养民心，而且道德圆满，师范天下。
伊尹是中华医祖之一，《汉书·艺文志》中记载的《汤液经法》
三十二卷，即为伊尹所撰。伊尹庖馔人家出身，还是中国第一大
厨，创立"由厨入宰"的神话，以"五味和论"和"火候论"佐理政
治。因此东方朔说"故伊尹蒙耻辱、负鼎俎、和五味以干汤"。姜
太公佐助周文王的故事，是家喻户晓的，此处不再赘语。

伊尹与姜太公是君臣合作的典范，关龙逢与比干是不合作
的例证，接舆与箕子是君臣互相放弃的代表，如此如彼，"岂不
哀哉"。

中国古代有一句老话，"武死战，文死谏"。武死战，是没有
歧义的，将军裹尸疆场，为国家利益捐躯，是大功大德。而文死
谏，有个别细节值得讨论。文化人物遭遇昏君不惜死命上谏，是
襟怀报国的胆气。大臣因为直言上谏被诛身，确实是悲痛的事，
但转换一个视角去看，如果谏言内容所涉及的领域，由此成为禁

区，则更是悲痛的事。文化人物的责任是以其智慧推动社会进步，给国家通畅思想禁区，而不宜增置禁止入内之地。此外，中国大历史里，还有一种极端的个案，文化人物因为"政治性忧郁"而陷入思维的死胡同，跟上峰死杠上了，甘愿一死，以自己的"清名"倒逼上峰背负昏君恶名。从根本上说，这是把个人的得与失置于国家利益之上。

黄帝给我们带来的

　　我们很多人自表为炎黄子孙，炎帝和黄帝是并列着讲的，但两位祖先的生活年代差距很大，炎帝在先，黄帝随后，《国语·晋语·重耳婚媾怀嬴》一节中，有言："昔少典娶于有蟜氏，生黄帝、炎帝。黄帝以姬水成，炎帝以姜水成。成而异德，故黄帝为姬，炎帝为姜，二帝用师以相济也，异德之故也。"这样的记载如果从字面上去理解，少典与有蟜氏生了黄帝和炎帝，就成历史笑料了。这句话意在指出黄帝与炎帝两个族群同出一脉，因生存环境的差异，各自形成了自己的生活方式和文化存在。

　　作为我们的共同祖先，历史中祭祀黄帝、炎帝的规模和规制却有差异，黄帝大于炎帝，黄帝"国祭"多，炎帝"民祭"多。我理解的其中的原因有二：一是同为传说中遥远的伟岸人物，黄帝的正史记载多于炎帝，可触摸的记忆多了，情感中就多了亲切。二是国家祭祀是政治纪念，黄帝时期，才有了比较清晰的国家治理观念。并且，其在天文历法、农桑技术、军事应用、医学以及国家管理层面，提供了诸多供后人学习借鉴的内容。任何文明都是渐进的，不是骤变的，也都是在前辈经验之中改造而成的。黄帝族群"战胜"炎帝族群，而成为古代部落联盟首领，是类于朝代更替的那种社会进步。钱穆先生说，黄帝是奠定中国文明的第一座基石，而这块基石的基础，则是炎帝族群，以及更早的祖先积累创造的智慧。

神农氏、炎帝、黄帝

"神农氏即炎帝"，这是既往史料对炎帝的身份判断。近些年随着考古学的深入，新史料的发现，这个身份判断被不断刷新。许顺湛的研究可做一则例证，他建议把炎帝单独提出来，将其作为三皇时代向五帝时代的过渡阶段来看待："神农教民耕而陶，自出现农业和陶器就可以说进入了神农时代，神农氏是代表一个早期的农业文化时代，那时没有炎帝。从三皇角度来说，神农是三皇之一，不能说炎帝是三皇之一，如果说炎帝神农氏，列入神农时代也没有大错，不过从实际情况来看，把炎帝单独提出来比较好，他已经跳出神农时代，而且与黄帝时代交叉，文献记载也较多，因此，把炎帝作为三皇时代向五帝时代的过渡阶段看，可能更符合实际。"（许顺湛《五帝时代研究》）

许顺湛之说，将神农氏、炎帝区分开来，不仅将神农氏时期的特征凸现，还为三皇时代向五帝时代的过渡提供了一个缓冲，有利于更细致地分理出历史的脉络，呈现出不同历史阶段间复杂的嬗变。

历史学中的时代，大抵是指一个时期的繁荣强势阶段，此之前有兴起阶段，此之后有衰落阶段。神农氏时代可以理解为新石器时期的早期和中期，炎帝时代则是新石器时期的后期。就像汉朝分为西汉和东汉，西汉内含着十三位皇帝，东汉内含着十二位皇帝，神农氏与炎帝不是人的名字，而是族群首领的称号，内含着多位早期部落的首领。从这一点看，可丰富我们对这两个时期的认识，避免将历史简单化、概念化。

> 轩辕之时，神农氏世衰。诸侯相侵伐，暴虐百姓，而神农氏弗能征。于是轩辕乃习用干戈，以征不享，诸侯咸来宾从。而蚩尤最为暴，莫能伐。炎帝欲侵陵诸侯，诸侯咸归轩辕。

《史记·五帝本纪》中这一段话，穿越了神农氏时代、炎帝时代、轩辕黄帝时代，时间节点大约在公元前5000到公元前2700年之间。此外，还有一些相关史料，将这段历史时期展开，分别记载了黄帝、炎帝、神农氏的具体内容：

> 黄帝以姬水成，炎帝以姜水成。

> 古者，民茹草饮水，采树木之实，食蠃蚌之肉，时多疾病毒伤之害，于是神农乃始教民播种五谷，相土地宜，燥湿肥墝高下，尝百草之滋味，水泉之甘苦，令民知所避就。当此之时，一日而遇七十毒。

> 包羲氏（伏羲）没，神农氏作，斫木为耜，揉木为

耒，耒耨之利，以教天下，盖取诸益。日中为市，致天
下之民，聚天下之货，交易而退，各得其所。

神农之世，卧则居居，起则于于。民知其母，不知
其父，与麋鹿共处，耕而食，织而衣，无有相害之心，
此至德之隆也。

神农氏和炎帝部落生活的区域在黄河中游地带，发端于渭河
流域，姜水是渭河的一个支流。上述史料还较为详细地记载了神
农氏部落分五谷、尝百草，制作耜耒，以及兴集市、利贸易的生动
细节。"民知其母，不知其父"，已经追溯到母系形态时期，"卧则
居居，起则于于"，展现的是一派原始祥和的风貌与习俗。

黄帝则是具体的一个人，出生地和生长地，史料记载有三
处：河南新郑、甘肃天水、山东曲阜。第一处依钱穆先生考据，轩
辕丘的地望在河南新郑，姬水为新郑的溱水，此为黄帝生于河南
新郑说："黄帝者，少典之子，姓公孙，名曰轩辕。生而神灵，弱
而能言，幼而徇齐，长而敦敏，成而聪明。""黄帝居轩辕之丘，而
娶于西陵之女，是为嫘祖。"(《史记·五帝本纪》)

第二处甘肃天水说，来源于清代学者梁玉绳著的《汉书人
表考》："少典娶有蛴氏，名附宝，感大电绕枢，孕二十五月，以戊
巳日生黄帝于天水。"

第三处为山东曲阜说，该说法出于《竹书纪年》，寿丘位于山
东曲阜城东："母曰附宝，见大电绕北斗枢星，光照郊野，感而孕，
二十五月而生帝于寿丘。"

关于黄帝百年之后升天为仙，《史记·封禅书》是这么记载的："黄帝采首山铜，铸鼎于荆山下。鼎既成，有龙垂胡髯下迎黄帝。黄帝上骑，群臣后宫从上者七十余人，龙乃上去。余小臣不得上，乃悉持龙髯，龙髯拔，堕，堕黄帝之弓。百姓仰望黄帝既上天，乃抱其弓与胡髯号，故后世因名其处曰鼎湖，其弓曰乌号。"

《史记·五帝本纪》的记载是："黄帝崩，葬桥山。"桥山，位于陕西黄陵，也称"子午岭"。黄帝羽仙之后，人们为了怀念，将黄帝衣冠葬于桥山。升天，是中国人观念中最高级的善终。

黄帝族群生活的区域

史书及史料中还较为详细地记载了黄帝族群生活及活动的区域：

> 东至于海，登丸山，及岱宗。西至于空桐，登鸡头。南至于江，登熊、湘。北逐荤粥，合符釜山，而邑于涿鹿之阿。迁徙往来无常处，以师兵为营卫。
>
> 以与炎帝战于坂泉之野，三战，然后得其志。
>
> 与蚩尤战于涿鹿之野。
>
> 黄帝崩，葬桥山。(《史记·五帝本纪》)
>
> 熊耳山在商州上洛县西十里，齐桓公登之以望江汉也。湘山一名编山，在岳州巴陵南十八里也。(《括地志》)

又东过陈仓县西，县有陈仓山，山上有陈宝鸡鸣祠……《地理志》曰：有上公、明星、黄帝孙、舜妻盲冢祠……姚睦曰：黄帝都陈言在此。（《水经注·渭水》）

帝黄服斋于中宫，坐于玄扈洛水之上。（《竹书纪年》）

洛水又东至阳虚山，合玄扈之水……洛水东北流，注于玄扈之水是也……自鹿蹄之山以至玄扈之山，凡九山，玄扈亦山名也……阳虚之山，临于玄扈之水，是为洛汭也。（《水经注·洛水》）

黄帝东巡河，过洛，修坛沈璧，受龙图于河，龟书于洛，赤文绿字。（《水经注·洛水》）

黄帝将见大隗于具茨之山，方明为御，昌寓骖乘，张若、謵朋前马，昆阍、滑稽后车。至于襄城之野，七圣皆迷，无所问涂。适遇牧马童子，问涂焉，曰："若知具茨之山乎？"曰："然。""若知大隗之所存乎？"曰："然。"黄帝曰："异哉小童！非徒知具茨之山，又知大隗之所存。请问为天下。"（《庄子·徐无鬼》）

溟水出河南密县大騩山。大騩，即具茨山也。黄帝登具茨之山，升于洪堤上，受《神芝图》于华盖童子，即是山也。（《水经注·溟水》）

黄帝封泰山，禅亭亭。（《史记·封禅书》）

《史记·五帝本纪》概述黄帝族群生活区域的路线图，东至大海，丸山即凡山，在山东潍坊，岱宗即泰山。西至崆峒山、鸡头山（六盘山）。南至长江、熊山有两种说法，其一为陕西商洛的熊耳山，其二为湖南的修山。湘，是岳阳湘山。北至荤粥之地，与匈奴在釜山（今河北徐水）以符节盟约，睦邻往来，筑邑于涿鹿（今河北张家口境内）。黄帝生于新郑，衣冠冢于黄陵，加之与炎帝的三战之地阪泉（今山西运城），不同专家对其中多处地名有不同的解读和定位，归纳着说，黄帝族群的主要活动范围在黄河中下游沿线，甘肃、陕西、河南、河北、山西、山东，此外也涉及湖南。

在如此广阔的生活区域内，《五帝本纪》还特别强调了黄帝族群的流动性："披山通道，未尝宁居"，"迁徙往来无常处，以师兵为营卫"。至此，已可以大致浏览出黄帝的生活之地及其族群的活动范围。

"以玉为兵"，黄帝的"止战"思想

"黄帝采首山铜，铸鼎于荆山下。"这句话里蕴含着多层含义。

铜最初是用来制作武器的，蚩尤"以铜为兵"。黄帝用之铸鼎，从本质上改变了功能和性质。"黄帝作宝鼎三，象天地人"，皇帝以铜制鼎，规范了三种指向。鼎是"烹饪之器"，饮食生活用具，也是传国之物，旌表功德，征示国家威严和权力；还是祭典重器，用于部落之间友善盟信，共敬天地神明。

新旧石器时代的最大区别，在于石器的制造和使用。旧石器时代基本是简陋的打制石器，属于粗加工产品。新石器时代有了"深加工"意识，磨制和简单提纯工艺普遍应用于石器制造中。这时候，人工取火也已经取代了天然取火，进而有了原始的制陶和冶炼。最早使用铜器的是蚩尤部落。蚩尤又被称为"阪泉氏"，根据地在今山西运城一带。

传说是一次山洪暴发导致了大规模的泥石流，天然铜矿石，还有铁矿石混杂而出，被蚩尤部落人捡到了，铜矿石相对铁矿石易于加工，蚩尤部落人就这样掌握了第一批"先进武器"。此之后，除了被制作成武器之外，铜片还被制作成简陋的面罩和护甲，于是，就有了传说中的恐怖形象，"铜头铁额"，"耳鬓如剑戟，头有角，与轩辕斗，以角抵人"。再之后，蚩尤部落不断挑起战争，以"丛林政治"终结了神农氏时代，转型进入炎帝时代。

山西运城沿线，成为黄帝部落与蚩尤部落拉锯战的前沿地带。

黄帝部落"以与炎帝战于阪泉之野，三战，然后得其志"，"与蚩尤战于涿鹿之野"，最终取得完胜，捉住蚩尤，并在"中冀"这个地方将之处决，身首两处埋藏。"黄帝斩蚩尤于中冀。"关于"中冀"，一种说法在河北，一种说法在山东。

黄帝自此被众部落推举为盟主。

黄帝部落战胜蚩尤部落有"三宝"，战车、弓矢、行兵布阵之法。所谓战车是原始简陋的，大概是几根树干连接为一体，不是捆绑的，可能掌握了简单的榫卯技术，由众多士兵推动着前进。这是防备近身肉搏而又保护自身的方法，以应对蚩尤部落犀利的铜制武器和坚实可怖的盔甲。这种战车的特殊之处是具备"指南"功能，可以机动变换方向。弓矢也是适用于远距离作战的武器，是最早的"导弹"，"弦木为弧，剡木为矢"，具备百步之外的杀伤力。行兵布阵之法是以心力克制蛮力。加之黄帝重用通天象的高人，可预知风雨。总之，黄帝是以智慧战胜了蚩尤。

蚩尤的失败，还有一个重要原因，"武不止者亡"。蚩尤连年征战，士兵得不到休整，军心疲顿，民心在哀怨中散尽。"昔阪泉氏（蚩尤）用兵无已，诛战不休，并兼无亲，文无所立，智士寒心，徙居至于独鹿（涿鹿），诸侯畔之，阪泉以亡。"（《周书·史记解》）

"神农以石为兵，黄帝以玉为兵，禹以铜铁为兵。"《越绝书》中的这个记载，既讲了古代兵器的演变历史，同时也内含着对黄帝"以玉为兵"的尊崇。玉，是石之精品，也内含着向仁止武的文明内核。黄帝平复蚩尤之后，铸鼎于荆山之下，构建和合社会，创造出了一个较长时期的繁荣稳定局面。

"武不止者亡"，中国人的这个传统理念，不仅是当时作战获胜的硬道理，还具有现代意义。军事的目的服务于政治，以武制邪，以武制恶，以武力实现共和。如果一味地崇武，这样的国家是维系不了长运的。

关于古代的荆山，也有多种说法，其中之一是在河南灵宝，其二是在陕西富平。"北条荆山属富平之南，三原之东，临潼之北，蒲城之西，皆统一为荆山。"(《富平县志》)富平塬上有一个古老的村子，以前就叫铸鼎村，现在改为向阳村。

中国的文治自黄帝开始

黄帝是传说中的政治人物，尽管没有确凿翔实的史实记载，但中国传统文化中的多项内核元素，均指向黄帝，如国家管理、天文星历、甲子记岁时、岐黄医理、仓颉造字、音律、军械弓矢，以及日常生活中的房屋建筑、衣裳鞋帽、饮食器具，"黄帝臣于则作扉屦"，"断木为杵，掘地为臼"，"伐木构材，筑作宫室，上栋下宇，以避风雨"。中国大历史中的国家文治意识自黄帝开始，或者说自黄帝开始清晰起来。

盖黄帝考定星历，建立五行，起消息，正闰余，于是有天地神祇物类之官，是谓五官。各司其序，不相乱也。民是以能有信，神是以能有明德。民神异业，敬而不渎，故神降之嘉生。民以物享，灾祸不生，所求不匮。(《史记·历书》)

官名皆以云命，为云师。置左右大监，监于万国。万国和，而鬼神山川封禅与为多焉。获宝鼎，迎日推策。举风后、力牧、常先、大鸿以治民。顺天地之纪，幽明之占，死生之说，存亡之难。时播百谷草木，淳化鸟兽虫蛾，旁罗日月星辰水波土石金玉，劳勤心力耳目，节用水火材物。有土德之瑞，故号黄帝。(《史

记·五帝本纪》）

关于黄帝五官

黄帝的五官制度，是现存记载最早的国家职官系统。"官名皆以云命，为云师"，"于是有天地神祇物类之官，是谓五官"，五官具体指春官青云氏、夏官缙云氏、秋官白云氏、冬官黑云氏、中官黄云氏。

黄帝五官的设置，对应一年四季，春、夏、秋、冬，国家管理因循大自然的运转序次，上应天时，下合地理物候与人和。周代的《周官》中将此种设官置职完善为"六官"，天官冢宰、地官司徒、春官宗伯、夏官司马、秋官司寇、冬官司空。到唐代之后，"六官"又定型为"六部"，即吏、户、礼、兵、刑、工。

五官对应着大自然中的五色，春为青，夏为缙（赤），秋为白，冬为玄黑，黄居中央。同时与五行相连理，春为木，夏为火，秋为金，冬为水，土居中枢。天道与人事交相感应，融会贯通，构成古代中国的政治智慧。

五官，五色，五行，是观测日、月、星辰运行规律得到的综合认知，是中国天文学的早期结晶。

关于四象

古代中国人在对太空星体的潜心观察中，还别出心裁地建立了"四象说"。四象也称四神，把春分、夏至、秋分、冬至四个节点的太空星象图，想象成世间的五种动物，春为青龙，夏为朱雀，秋为白虎，冬为玄武（龟蛇相绕）。

中国古人首先"发现"的是春和秋两个季节，这个发现可以追溯到公元前 4500 年至公元前 4300 年之间，比黄帝时代早了一千五百年。目前，这个发现已经被当代考古学证实。

1987 年 5 月至 1988 年 9 月，河南濮阳老城区西水坡挖掘出一座新石器时期的大墓，墓主人为男性，头南足北，身高一点七九米，仰身直肢葬。在墓主人身体两侧，有蚌壳砌塑的一龙一虎。

大墓主人依时间节点判断，是神农氏时代与炎帝时代之间的一位部落首领。著名史学家李学勤先生实地考证之后，撰文《西水坡"龙虎墓"与四象的起源》，认为蚌塑龙虎图案是中国"四象说"的起源物证。也就是说，在大墓主人的时代，中国人已经观测并锁定了春和秋两个季节。

四象是太空中的星象图，每一物象由七颗恒星构成，共二十八星，古人称"二十八星宿"。

古代中国人仰观天象，观测日、月、金、木、水、火、土七星（并称"七曜"）。经过长时间的观察，发现并捕捉到了一年之中太阳运行的主轨迹，以黄道和赤道（太阳和月亮的运行轨迹）沿线的二十八颗恒星为观测坐标，并将之理解为太阳沿途休息的客栈，因此称"二十八星宿"。

古人观测日月五星的运行是以恒星为背景的，这是因为古人觉得恒星相互间的位置恒久不变，可以利用它们做标志来说明日月五星运行所到的位置。经过长期的观测，古人先后选择了黄道赤道附近的二十八个星宿作为"坐标"，称为"二十八宿"。黄道是古人想象的太阳周年运行的轨道。地球沿着自己的轨道围绕太阳公转，从地球轨道不同的位置上看太阳，则太阳在天球上的投影的位置也不相同。这种视位置的移动叫作太阳的视运动，太阳周年视运动的轨道就是黄道。这里所说的赤道不是指地球赤道，而是天体赤道，即地球赤道在天球上的投影。

二十八星宿，是观测"七曜"的参照坐标。

在中国古人的视域里，二十八颗恒星是组团运行的，每七星为一结构单元，共四个组团。先民们以春分时节为观测的基准点，站在大地上仰望星空。春分这一天，第一组团的七星（角、亢、氐、房、心、尾、箕）出现在东方的天空，形状如苍龙；第二组团的七星（斗、牛、女、虚、危、室、壁）出现在北方的天空，如龟蛇互绕（玄武）；第三组团的七星（奎、娄、胃、昴、毕、觜、参）出现在西方的天空，如猛虎下山；第四组团的七星（井、鬼、柳、星、张、翼、轸）出现在南方的天空，如大鸟飞翔。中国古人的观察力宏阔而且细致，同时富有充沛的艺术思维魅力。

从西水坡"龙虎图案"也可以了解到，在公元前4500年至公元前4300年间，古人就准确认知了春分和秋分，但还没有把握住夏至和冬至的时令特征。史料中对四季的最早记载,是在《尚书·尧典》中,春、夏、秋、冬被称为"日中""日永""宵中""日短","日中,星鸟,以殷仲春","日永,星火,以正仲夏","宵中,星虚,以殷仲秋","日短,星昴,以正仲冬"。其中"星鸟""星火""星虚""星昴",均为二十八星宿中的恒星名称。

关于"羲和占日,常仪占月,臾区占星气"

中国人的大历史,是从认识太阳、月亮、星辰开始的。

远祖先人日出而作,日入而息,由此知道了太阳的重要,于是用心琢磨,捕捉到了日出和日入的规律,"日"的概念形成了。为了弄明白日长和日短的奥秘,人们发明了一个方法,在地面上垂直树立一根棍子,立竿见影,记录并分析影子的位移变化。大自然中的"时"本来是无间的,混沌一团,用这种方法,把"光阴"区分出间隔和间距,"时间"的概念就此而成。这根棍子是中国最早的计时工具,学名叫表。今天,钟表秒针的跳动,就是对当初光影位移的生动临摹。

有了时间,人类才有了可以触摸的历史。

先人们白天观察太阳,晚上观察月亮。月亮的运行规律被认识到之后,视野由平面变为立体,开始用比较的眼光看待世界,万物在阴阳对立之中和合共生。中国天文学和中国哲学在这个时间节点,相伴随着开启了序幕。

伏羲八卦的出现,是中国人认识力的首个标志性成果。

人们以天（乾）、地（坤）、火（离）、水（坎）、雷（震）、风（巽）、山（艮）、泽（兑）八种物质元解构世界。天地定位，日月水火相映相射，雷与风相搏，山与泽通气。这时候还没有文字，用八种符号指代：乾（☰）、坤（☷）、离（☲）、坎（☵）、震（☳）、巽（☴）、艮（☶）、兑（☱）。八卦符号是中国最早的书面表达，是中国文字的源头和肇始。传说中的伏羲时代，距今八千年前，大约在公元前 6500 年。

黄帝与蚩尤征战的时候，天象研究的成果开始应用于军事。黄帝的大臣风后、力牧、常先等，既是军事家，也是天象学的专家。传说中的呼风唤雨，实际上是预知风雨，就是天气预报功课做得比较扎实。黄帝成为部落联盟首领之后，将天象研究纳入政府日常工作，用于指导农业生产和民众生活。"羲和占日，常仪占月，臾区占星气"，"盖黄帝考定星历，建立五行，起消息，正闰余"。

羲和不是一个人的名字，是两个部落首领名称，羲是一个部落，和是一个部落，常仪也是部落首领名称。羲和与常仪也可以理解为天象观察和研究机构的名称。到尧帝时期，中国建立起了世界上首家天文台，"乃命羲和，钦若昊天，历象日月星辰，敬授人时"。黄帝时期任命"羲和占日"，尧帝时期仍是"乃命羲和"，由此也可以得出羲和不是人的名字。此之外，还在东南西北四个方位，建立起了天文观测站，"分命羲仲，宅嵎夷"，"嵎夷"大概在东部海滨之地。"申命羲叔，宅南交，曰旸谷"，"南交"有两种说法：一是交趾，在越南北部，汉武帝时期曾设置交趾郡；一是指春秋两季之交。"分命和仲，宅西，曰昧谷"，"昧谷"在西部，一说在昆仑山。"申命和叔，宅朔方，曰幽都"，朔方在内蒙古境内，汉武帝时期设置朔方郡。

"臾区占星气"，臾区是黄帝的大臣，即鬼臾区，是上古的医学家，传说《黄帝内经》(《黄帝内经》一书现已被证实是后人假托黄帝、伯岐、鬼臾区之名的医学专著，成书年代在春秋和汉代之间)即出自其手。鬼臾区还是星象学家，传说是"五行原理"的发明人，是中国最早的风水学大先生。

中国古人观测太阳和月亮的同时，夜空中满天的星辰更具魅力。二十八星宿，"四象"中的青龙、白虎、朱雀、玄武的超凡想象，四季中的五行原理，以及北斗七星、天宫三垣，共同构成上古时期中国天文学的辉煌成果。

关于"正闰余"

闰余，即闰月。

中国古人观察太阳和月亮，形成了两种历法认识。地球绕太阳运行一回归年的时间，最早以三百六十六天计算。月亮绕地球一周时间以三百五十四天为基数，阴历一年十二个月，六个月三十天，六个月二十九天，其中还有二十八天的特例。太阳历与月亮历一年之间的时间差为十一天左右，古人以置闰的方式补足这个时间差，约三年补一个月，称"闰月"，由此形成了中国古代的历法"农历"。农历是"太阳历"和"月亮历"的合历，上合天时，下应地理物候变化，"闰以正时，时以作事，事以厚生，生民之道，于是乎在矣"（《左传·文公六年》）。古人置闰是经过精确计算的，而且总结出了时间表，大致是"三年一闰，五年两闰，十九年七闰，四百年九十七闰"。

闰月这种方法，在黄帝时已经开始了。但正式的史料记载，是在《尚书·尧典》中，"期三百有六旬有六日，以闰月定四时成岁"。这句话的意思很明确，一年三百六十六天，以置闰月方式补足阴历的时间差，以定四时。但这时候置闰月的方式，是放在年底，称"十三月"。汉代颁行"太初历"之后，才实行当月置月，比如 2020 年闰四月，当年就置两个四月。

中国古人还研究发明出了另一套计时系统，即二十四节气。这个计时系统科学指数非常高，一年二十四节气，每个节气十五天，粗计算是三百六十天，但每个节气到来的时候，是精确到时辰分秒的，比如 2022 年谷雨节气，时辰是 2022 年 4 月 20 日 10 时 24 分 7 秒。每个节气实际上是十五天多一点点，二十四个一点点累计是五天多，一年的时间是三百六十五天多。现代高科技手段测量太阳一回归年的时间是 365 天 5 小时 48 分 46 秒，二十四节气的计量时间，与这个是高度吻合的。

二十四节气的最早记载是在战国时期的文献中，完整表述在汉代的《淮南子》和《礼记》中。

黄帝时期，中国的天文学、历史学、文化学以及社会生活的诸多领域均得到了系统性开展，对此，《世本》中有具体的记载：
"黄帝使羲和占日，常仪占月，臾区占星气，伶伦造律吕，大挠作
甲子，隶首作算数，容成综此六术，著'调历'。""黄帝使伶伦造
磬。垂作钟。沮诵、苍颉作书。史皇作图。伯余制衣裳。胡曹作
冕，胡曹作衣。于则作扉屦。雍父作舂，雍父作杵臼。夷牟作矢。
挥作弓。共鼓、货狄作舟。"

关于"大挠作甲子"

大挠是黄帝时的史官，甲子即干支记时法。以干支纪日，在
中国起源很早。十天干，甲、乙、丙、丁、戊、己、庚、辛、壬、癸。
十二地支，子、丑、寅、卯、辰、巳、午、未、申、酉、戌、亥。天干与
地支相配，一个循环可记六十日。"大挠作甲子"，指大挠在干支记日
的基础上，又做了丰富研究，此之后，干支不仅记日，还记年、月、
时辰，构成世界史中有独特价值的中国记时方法，一直袭用至今。

关于"容成综此六术，著'调历'"

容成是古代天文家，一种说法其是黄帝时的大臣，一种说法
其是黄帝之前的部落首领。黄帝尊其学术，推广他的学说，"调
历"是容成制定的古代历法，现已佚失。

关于"黄帝历"

"黄帝历"并不是黄帝时期使用的历法，黄帝时尊"调历"，

但"黄帝历"是遵循黄帝时的天文研究成果而成的。

"调历"和"黄帝历"均已佚失，两种历法之间构成什么样的关联，以及"黄帝历"究竟成形并应用于哪个时代，这些仍是学术界尚未解开的谜团。我们只能以相关资料作为旁证，比较着去了解"黄帝历"的一些信息。

汉代"太初历"颁布之前，古代中国存在六种历法，称"古六历"，分别是"黄帝历""夏历""殷历""颛顼历""周历""鲁历"。而"古六历"中没有"调历"，也是让人费解的问题，有人推测"黄帝历"即"调历"，这也只是臆说而已，因为并无史料作为支撑。

中国地大物博，民居广布，在汉代之前，一直没有统一的天文历法。"夏历"是夏代的历法，但也只是在京畿以及黄河流域部分区域应用。"殷历"是商代的历法，差不多也是如此。"周历"始于西周，但进入东周之后，国家分裂分治，鲁国循"周历"自创"鲁历"。秦国另开门户，于战国中期（具体时间一说是公元前366年）颁行"颛顼历"，公元前221年，秦始皇统一国家建立秦朝，开始在全国推广。由于秦朝只存在了十五年，历法在全国的实际应用也是未能全覆盖的。西汉建立后，在历法上承袭秦制，仍实行"颛顼历"，一直到汉武帝太初元年实行历法改革，废"颛顼历"，颁行"太初历"。我们今天的历法，是在"太初历"的基础上不断修订改进而成的。

历法是随国家意志存在的，国家政权强大而稳定，历法才会统一应用。

"古六历"最大的区别,是"岁首正月"设置的不同。

中国古人以"冬至日"作为一年之中的首日。冬至这一天,阳气由地心上行,因而称之为"一阳"。古人描写这一天的诗很多:"今日交冬至,已报一阳生,更佳雪、因时呈瑞。""一气先通关窍,万物旋生头角,谁合又谁开。""冬至子之半,天心无改移。一阳初动处,万物未生时。""冬至大如年,纳履添新岁。""二阳"在小寒与大寒之间。"三阳"特指"立春日"。"三阳开泰"这个成语,指的是从冬至开始,阳气由地心上升运行四十五天,在立春这一日浮出地表,润泽万物生长。以冬至为一年的首日,与西方历法中的元旦,相差八九天的时间。这不是天象的差别,而是观测者所站的地理位置的差别,中国古人是站在黄河流域,更具体一些说,是站在渭河流域仰观天象俯察地理的。

冬至所在的月,依农历是十一月,"古六历"中,"黄帝历""周历""鲁历"都是以冬至所在月为一年的岁首正月,历法中称"建子"。依十二地支序次,称子月,依次为丑月、寅月、卯月、辰月、巳月、午月、未月、申月、酉月、戌月、亥月。端午节是农历五月初五,因循的就是这个程序。

"夏历"称"建寅",岁首正月与今天相同。"殷历"称"建丑",以农历十二月为岁首正月。"颛顼历"称"建亥",以农历十月为岁首正月。秦朝实行"颛顼历",汉代承袭秦制,从汉高祖刘邦建国,到汉武帝刘彻太初元年(公元前104年),一直袭用"颛顼历",以十月为岁首正月。《汉书》等史书记写一年中的大事件,都是从十月开始写起，就是为了强调太初元年改革历法的这个重大事件。

"黄帝历"与"周历""鲁历"是一脉相承的，或者可以这么表述，西周时期的历法，是在"黄帝历"基础上而成的，鲁国的历法承袭"周历"，自然也是因循"黄帝历"。关于"黄帝历"，我目前所能了解到的，也只是支离破碎的这么一些信息。

公元前110年，汉武帝祭祀黄帝

公元前110年4月，汉武帝刘彻首次泰山封禅，之后颁布诏书，诏告天下，改年号为"元封"，"其以十月为元封元年"（《汉书·武帝纪》）。十月，亲率十二部将军，领十八万铁骑北巡匈奴，出长城，登单于台，以震慑匈奴。返还长安途中，于桥山隆重祭祀黄帝。

十月祭祀黄帝是正月大祭。这一年，汉朝还没有进行历法改革，仍袭用"颛顼历"，以农历十月为岁首正月（六年后，公元前104年，汉朝改革历法，废"颛顼历"，颁行新历法，以农历一月为岁首正月。这一年是太初元年，因而称"太初历"）。汉武帝是中国历史上首位使用年号纪元的皇帝，共使用十一个年号，建元、元光、元朔、元狩、元鼎、元封、太初、天汉、太始、征和、后元，前六个年号六年一纪元，后四个四年一纪元，最后的"后元"是两年时间，合计在位五十四年。

汉武帝祭祀黄帝的场面是很壮观的，"乃遂北巡朔方，勒兵十余万，还祭黄帝冢桥山"（《汉书·郊祀志》）。十八万将士一夜之间筑起祭台。黄帝陵至今存留着当年的"汉武仙台"旧址，台高十三米，置身其上，在四面来风中，可以尽情遥想当年的神圣与壮阔。

汉武帝泰山封禅，也是做足了功课的。

先是细致了解了传说中黄帝封禅泰山的种种仪程以及细节，"黄帝封泰山，禅亭亭"，之后仿古代仪程预祭，"五帝坛环居其下，各如其方，黄帝西南，除八方鬼道"（《汉书·郊祀志》）。封禅之前，汉武帝决定对泰山一处古代的明堂（古代帝王祭祀建筑）进行重建，正苦于不知规制时，一位济南人（名公玉带）献上了黄帝时的明堂建筑图纸，于是依图而建。"泰山东北趾古时有明堂处，处险不敞。上欲治明堂奉高旁，未晓其制度。济南人公玉带上黄帝时明堂图。明堂图中有一殿，四面无壁，以茅盖，通水，圜宫垣，为复道，上有楼，从西南入，命曰昆仑。天子从之入，以拜祠上帝焉。于是上令奉高作明堂汶上，如带图。"（《史记·封禅书》）

封禅之后，又依古制赏赐百姓。"行所巡至，博、奉高、蛇丘、历城、梁父，民田租逋赋贷，已除。加年七十以上孤寡帛，人二匹。四县无出今年算。赐天下民爵一级，女子百户牛酒。"（《汉书·武帝纪》）此次东行封禅沿途之地百姓的田租、未履行的赋役，皆免。赐全国七十以上老者及孤寡者布帛，人均二匹。免除国内四个贫困县的人丁税。赐天下民爵一级。赐无子家庭每百户一头牛，酒若干。

公元前 110 年，在封禅、北巡边疆、祭祀黄帝之外，还发生了三件重要的事情。

第一件，平复南越国和闽越国的叛乱，将其地纳入汉朝版图。迁闽越国百姓入内地，安置在江淮之间。"东越险阻反覆，为后世患，迁其民于江淮间。"（《汉书·武帝纪》）

汉代建国之初，南有南越国，都邑在番禺。东南有闽越国，都邑在东冶。东部有东瓯国，都邑在东瓯。闽越和东瓯均为越王勾践之后，避秦时战乱远走他乡。当时汉朝廷国力疲弱，采取"绥靖政策"，册封三地为异姓诸侯国。东瓯国势力薄弱，经常遭受闽越国的侵扰，于公元前 138 年归汉，其国民内迁江淮之间。南越和闽越与汉朝廷关系时和时反，公元前 111 年（祭黄帝前一年）再次叛乱，当年被平复，闽越百姓内迁江淮，也是叶落归根。至此时，汉朝南疆的国家安全警报全部解除，汉武帝可以集中全力防御北方匈奴。

第二件，公元前 110 年，为强化中央对地方的经济管控，推行"平准制度"。具体内容是：在中央成立一个类似"国有资产委员会"的机构，当时并没有"国企"，对国家重要物资进行统购统销，比如盐、铁、酒的专营等。所谓平准，就是市场上一种商品价格上涨时，国家以低价抛售，价格下落，国家以基本价格收购，以保持物价稳定。"富商大贾亡所牟大利，则反本，而万物不得腾跃。故抑天下之物，名曰平准。"（《汉书·食货志》）

这项政策在一定程度上抑制了商业投机行为，保障了弱势群体的基本利益，但也存在与民争利的弊端，用长远的眼光看，更是对国家经济活力的一种损害。但这项政策使朝廷的钱袋子鼓鼓囊囊，财政收入大幅增加。汉武帝是大帝，宏图伟业，但也因为他的"大手笔"，对国家的财力消耗过大。这一年，汉武帝封禅、北巡，以及赏赐物品的巨大花销，都是得益于这项政策。"于是天子北至朔方，东封泰山，巡海上，旁北边以归。所过赏赐，用帛百余万匹，钱金以钜万计，皆取足大农。"

第三件，这一年，司马迁的父亲司马谈因病去世，病因是没能参加泰山封禅大典，"发愤而卒"。司马谈是太史令，职责是记载国家史事，撰写史书，审定国家天文历法，管理国家典籍，还有一项重要事务，就是监理国家祭祀。汉武帝首次封禅泰山，如此重大的国祭却因"留滞周南"不能参加，故此抱憾而终。"是岁天子始建汉家之封，而太史公留滞周南，不得与从事，故发愤而卒。"（《史记·太史公自序》）。

公元前110年这一年，汉武帝四月封禅泰山，十月举行祭祀黄帝大典，其核心之意，上以敬天，祈愿得天独厚，下以溯源祖脉，承继并循守中华道统，以夯实汉代政权的历史合法性基础。

中国政治的"大一统"观念，不仅是国家疆域的地理版图，还在于认祖归宗，延续并发扬文明传统，这是重要的民心版图。民族复兴，是历史长河再度汹涌澎湃。"我是中国人"这个概念，不仅是当朝当世的，还须是中华历史的。

作家写作，判断力是第一位的

《生活周刊》：您是河北廊坊人，请您用文学的方式介绍一下您的家乡吧。

穆涛：廊坊地方不大，却是北京与天津之间的一片厚土。我在家乡长到十七岁，就出去读书了。我对小时候的突出记忆就是吃不饱。二十世纪六七十年代，整个中国都穷困着，廊坊也不例外。后来，随着对廊坊历史的不断认知，对家乡的厚实越来越敬重了。廊坊在汉代之前属燕国，1993 年我到《美文》工作后，朋友开玩笑，说荆轲来刺秦王了。我也开玩笑说，秦始皇生在河北邯郸，燕赵人对他以残暴的方式治国很不满意，荆轲是来清理门户的。荆轲自不量力，鸡蛋碰石头，但有位卑未敢忘忧国的情怀。"燕赵古称多感慨悲歌之士"，韩愈的这句话，是基于唐朝时候的怀古判断，但这也只是一个侧面。燕地有反抗者，但更多的是建设者，北宋时的大宰相吕端就是一个代表。吕端是廊坊安次区人，"有器量，宽厚多恕，善谈谑，意豁如也"。毛泽东主席肯定叶剑英元帅，用的就是吕端的例子，"我曾送给叶剑英同志两句话：诸葛一生唯谨慎，吕端大事不糊涂"。

《生活周刊》：您是贾平凹老师从河北"挖"到西安的，能讲一讲前后的故事吗？

穆涛：不是"挖"，准确地讲是"投奔"。

1983 年我参加工作，开始时做中学老师。那时候文学热，但我最大的愿望不是当作家，是当编辑。先在承德《热河》杂志，再在河北文联的《长城》杂志，中间还在《文论报》待过。这一阶段是我认识到编辑工作重要的开始。当年有很多高水平的编辑帮助过我，张峻、宋木林、艾东、赵玉彬、裴亚红、杨松霖、封秋昌、老城、鲁守平等。我在《长城》是小说编辑，编发过孙犁、汪曾祺、柯岩、贾平凹等多位作家的作品。

编发贾平凹的小说给我带来了人生的改变，这也真是命里的缘分。当时《长城》的主编是艾东兄，他一直重视我，也关心我。一天，他找到我，说："给你一个重要任务，去西安约贾平凹的小说。他好几年没给《长城》作品了，你要想办法约到。"去西安之前，我找来能找到的他的小说和散文，认真做功课，细致读，还做了笔记。这些笔记之后整理出三个评论文章，在河北的报纸和杂志发表了。

那一次在西安待了七天，见贾平凹五次。

第一次是在他家里，记得是在晚上。当时人多，赶上《当代》

的洪清波兄也去约稿。大家都说客气话，告辞时我说，如果您有时间，我说一点对您作品的看法。他说好，明天下午你来。第二天，我按约定的时间到他家里，就我们两人。我带着笔记本，认真说了我对他小说和散文的认识，既说感动之处，也说不同意见。特别说到《商州三录》对散文写作局面的开风气之功。我们聊得很投入，他也说了很多对我启发很大的创作感想。快6点了，见他还没有留客吃饭的意思，我就告辞了。

我住在西北大学招待所，早晨8点钟不到，有人敲门。我开门一看，贾平凹站在门口，说："昨晚家里有事，现在请你去吃西安小吃。"我们去了回民街，沿途走着吃，吃了好几种。后来做了同事我才知道，他请客是多么难得的事。吃饭间隙，他说手头没有现成作品，一定认真写，并让我带话致谢艾东主编。我知道这次是拿不到他的作品了，但很感动于他的诚恳。

一天后，我去他家里辞行，还只是我们两个人。和不太熟的人他不会聊天，坐了一会儿，他说："你会下围棋吧，咱俩来一盘？"我说："好呀。"他的棋盘很考究，仿古的木质小方桌，棋子也好，摸着都爱不释手。我在心里嘱咐自己，一定输给他，留下好印象。但太难了，二十手棋之后，每落一子，我差不多都要长考，既露出破绽，表面上还得看得过去。输给他太不容易了，他对我的破绽基本视而不见，最后我没有如愿以偿。把棋子收拾入棋篓的过程中，他夸我是思考型人，我实话实说："思考怎么赢不容易，思考怎么输更不容易。"他笑了，还炫耀："我这围棋家具好吧。"我以为他要送给我，急忙说："我要您的小说，不要围棋。"
他把围棋放回书架上："我才舍不得呢。"转身去了书房，拿着一
个被撑得厚厚的牛皮纸信封走出来："请你看看我一篇小说，给
《上海文学》的，你先看看，说说意见。"他用剪子裁开信封，取出
稿子给我。我如获至宝，但脸上装着平静："我得回招待所看，明
天上午给您汇报读后感。"他说："好。"我要过信封，装好稿子，
告辞出门。信封上写着金宇澄的名字，两年后见到金宇澄兄，跟
他说起这件事，他说："你可是欠我一个人情。"

　　贾平凹的手稿，是我见过的作家中最好的，写在稿纸的背
面，不按格子写，一页大约有四百多个字，密密实实，工整清晰。
我在招待所的楼下先复印，那时候复印还挺贵的，一百多页稿子，
复印出来沉乎乎的。

　　那就是之后发表在《长城》杂志的中篇小说《佛关》。

　　我看了差不多一个晚上，把具体看法逐条标记在复印稿纸
上。这部小说真是好，故事讲得沉实飞翔，特别是贾平凹式的独
到叙事方式，以及了不起的语言表达力。读的过程中，控制不住
地心生敬佩和敬仰。

　　第二天再到他家里，我从包里取出复印稿，他说："复印了
呀，挺贵的吧。"我说："手稿寄石家庄了。"其实还没寄，在招待
所房间里枕头下压着。他就笑了，说："你是一个好编辑。"关于这
部小说，我们讨论了挺长时间，他逐页看着我记在稿纸两侧的感
想和意见，之后又说了一遍你是个好编辑，还说："我们正筹办一

本杂志，到时你来吧。"我说："好呀，做一个好球员，得投奔大教练。"说完这篇小说，他现场给我画了一幅画。画面是大写意的佛，画下题款：穆涛君千里有月随也。我的西安之行实在是收获满满。

1992年4月份吧，安黎兄从西安到石家庄，说西安市文联创办了一本散文杂志，叫《美文》，贾平凹担任主编，编辑分成几路在全国作家中约稿，来石家庄是向铁凝约稿，平凹主编手写了约稿信，说请你帮忙给铁凝老师。后来我知道了，筹办《美文》时，先确定了二十位作家和学者，贾平凹都手写了约稿信，由编辑们分别去面见。作家有萧乾、文洁若、汪曾祺、铁凝、李国文、林斤澜、徐迟等，学者有张中行、金克木、季羡林等。这些文坛学界的大人物也都写来了文章，其中有几位还写来多篇。我陪安黎兄到铁凝家中，转呈了贾平凹的约稿信。铁凝主席从《美文》创刊就写文章给予支持，后来还写过关于俄罗斯画家的专栏。

安黎兄回西安之前，说平凹主编还请你写文章。我知道这是客气话，但还是写了两篇，《自娱的艺术》和《猴子的活法》，刊登在《美文》创刊一号和创刊三号上。《美文》杂志创刊时，出版了创刊一、二、三、四号。有人评论说是大作家文章多才分为四期，其实这是编刊的一个技术手段。《美文》是1992年9月创刊的，创刊号之后，期数标十月号不妥，于是就以创刊四期刊出。创刊二、三、四号，实际是10月、11月、12月。

我收到《美文》两期样刊后，一下子就迷上了这本杂志，写信给贾平凹，认真表达了去《美文》做编辑的愿望。他很快就回信了，表示欢迎，说快些来才好。紧接着又写来第二封信，说《美文》办公条件有限，没有宿舍，暂时要宿办兼并，并说过些时间一定会好。还用了苏联电影《列宁在1918》中的那句台词：面包会有的，牛奶会有的，一切都会有的。这两封信我至今保存着，以纪念当时收到信的感动和温暖。

1993年3月，我就到了《美文》，与平凹主编做了同事。

去西安报到时，我带着他上次送我的那幅画，专门装裱好的，特意留出了诗堂。记得是一个星期天，在他家里又补题了一首诗："掩门藏明月，推窗放野云。秀木与狂涛，北冀到西秦。人生多歧路，相伴尔和谁。愿得翌日里，千般婵娟存。"

《生活周刊》：您还记得最初到《美文》上班，和最近一次的情景吗？

穆涛：最近西安疫情正急，西安市全员抗疫防疫。《美文》有两位编辑下沉到隔离的社区，协助医务人员做核酸检测，给居民送应急药品、米、面、油、蔬菜，基本是从早忙到晚。其余人居家网上办公。我对网络不是很熟悉，这些天学会不少。最初到《美文》是1993年3月，和安黎兄住一个宿舍，他爱人当时也没调到西安，我们两个一起住了两个多月。

《生活周刊》：您从河北到西安，贾平凹老师身上最吸引您的是什么？

穆涛：最初当然是文学，他的作品还有他的文学认识。做同事之后，更服气他待人的宽厚和做人的端正，就是那种人格力量吧。

我给您说一件事，让我感慨至深的事。二十多年了，一直铭记着，从不敢讲。

1998 年 4 月，我做《美文》副主编，主持常务工作。当时我爱人还在《长城》做编辑，她在石家庄长大，父母年事已高，孩子又小，她对来西安工作有顾虑。记得是 1999 年年底，腊月二十左右，平凹主编跟我说，想去石家庄看看。我说快过年了，春暖花开的时候去吧。他说这几天正好有时间。说走就走，我们两个坐火车到的石家庄。当时没有高铁，火车慢得很。路上他告诉我，不见生人，不住宾馆，在你家里住两天就回。其实这挺让我为难的，我家房子是那种老式的两居室，一间孩子住，女儿穆一九岁，儿子穆拾三岁，姐弟俩住上下两层床。他说我住孩子房间，大学宿舍都是这种上下铺。我拗不过他，就这么安排了。在石家庄的三天，他也不出去转。我约来三个老友跟他打麻将，都是编辑，《河北日报》的桑献凯，《诗神》的杨松霖，《文论报》的刘向东。他们四人打，我负责倒茶，下楼买烟，到时间点做饭。第一天打时，三个人很客气，手下留情，他赢了两三百块，一起吃饭时他说："你们石家庄的钱好挣。"第二天就输了，赢下的返回去，又搭进去几百。他又说："穆涛，你这是布了一个局，给你老弟兄挣过年钱呢。"第三天他又赢了，说："我得走了，要不又没了。"

在石家庄三天，关于我爱人工作调动的话，他一句也没说。

他走后，我才想明白，他来石家庄，是告诉我的家人和朋友，我在西安挺好的。

2000年春节前，他又跟我回了石家庄。我不让他去，但他坚持去，托熟人早早买了票，当时的火车票很不好买。这一次，我给他安排住部队的招待所。安静，没人打扰，就是吃饭不太可口。三位老友陪他打麻将之外，还见了画家韩羽先生，两个人一起又写又画，很愉快。他这次到石家庄，我爱人感动了，跟他说："贾老师，您别再辛苦了。我同意去西安工作，什么工作都行。"一家人跨省调动很麻烦，又一年后，我爱人调到了西北大学出版社，还是做她喜欢的编辑工作，女儿就读西安最好的中学，西北工业大学附属中学，儿子读西北大学附属小学。

平凹主编的两次石家庄之行，我一直记在心底。他于我，不仅是知遇，更是安身立命。

《生活周刊》：《美文》创刊时，贾平凹老师提出"大散文"的文学观念，您对大散文是如何理解的？

穆涛：大散文，不在"大"与"小"这个层面，我理解其是平凹主编对散文文体独立的一种特别强调。

在中国古代，散文是核心的文体，不仅文学写作，史书写作也在这个范畴。还是应用文体，君臣答奏，政府公文，朋友之间尺牍往来，还有科举考试，一篇文章定功名。"文以载道"这句话，不仅指文章内容的含量，还指文章的体量。文章千古事，言立而文明。"小说"这个词里的"小"，所对应的就是文章的大处。因此曹丕在《典论·论文》中说："盖文章，经国之大业，不朽之盛事……是以古之作者，寄身于翰墨，见意于篇籍，不假良史之辞，不托飞驰之势，而声名自传于后。"

白话文取代文言文开启新文学之后，小说和诗歌都创立了新局面，道路也拓宽拓实了。散文虽然也有新态度，但不再是一个整体了。在文体上，有散文，还有杂文、随笔、小品文等概念。好像一个大家庭，孩子们长大之后，一个一个搬出去单过日子了。在古代，文章的名目虽然也有分别，但在认识上是一个整体，统称"散文"。而今天，不再有这么清晰的一体化认知了。

《美文》创刊时倡导大散文，是在这个层面上进行思考的。

大散文不是自以为大，平凹主编多次和我说到这一点。我也给他打过一个比方，比如怎么称呼"海"：海边的人没有修饰词，直接说"海"；草原人把水泡子叫"海子"；内陆人说"大海呀，大海"，说大海，是含着对"海"的景仰和向往。平凹主编说这个比喻好，我们称大散文，就是内含着对散文大格局的向往。

《生活周刊》：您的《先前的风气》一书，获得了第六届鲁迅文学奖，授奖词说，"在《先前的风气》中，历史的省思、世相的洞察与思想者的话语风度熔于一炉"。您说说这本书，也谈谈编辑和创作的关联吧。

穆涛：《先前的风气》这本书，基本上是我读史书的心得笔记，都是短文章，其中大部分是以"稿边笔记"的形式刊登在《美文》上的。

2014 年,《先前的风气》获得鲁迅文学奖。西安的报纸让我说感言,我只说了一层意思。平凹主编调我来是做编辑的,我却得了文学创作的奖。他让我当裁缝,我却织布去了。向平凹主编致歉。这不是矫情,是心里话。到今天,我还是这么想的,编辑工作没有大收成,我在心里是愧疚的。

《生活周刊》: 您的散文写作涉及最多的是经史春秋,可以看出您对传统文化有着深厚的功底。这些功夫都是从哪里修来的?

穆涛: 您这么说是鼓励,我只是读了一点汉代的书。主持《美文》编刊工作后,在跟平凹主编的沟通中,我注意到他对汉代情有独钟,经常用汉代的石雕、土罐、画像砖举例子谈创作。为了跟他聊天时有话题,算是投主编所好吧,我先是读了《史记》《汉书》《后汉书》《淮南子》,后来又读了《春秋繁露》(董仲舒)、《新语》(陆贾)、《新书》(贾谊)、《新序》(刘向)等,再后来对汉代的东西就放不下了。

读书这种事,在一个领域里踏实着读,收获厚实。在一块土地上收割庄稼,比四下里去捡麦穗好。读书也要戒除去深山挖宝物的那种心态,以利益驱动为先,出发点就错了。

我们今天读到的先秦典籍,百分之九十以上都是经由汉代重新整理的。公元前 213 年秦始皇那场"焚书"之祸,是文化浩劫。在全国范围内大规模毁书烧书,焚烧的重点是各诸侯国的史书,以及诸子百家著作。"非秦记皆烧之",秦国之外的史书全部烧掉。"天下敢有藏诗(《诗经》)、书(《尚书》)、百家语者,悉诣守尉杂烧之。"汉代先贤们重新整理修复这些典籍的过程中，也成就了中国史学创作和研究的首个峰值期。

史学在汉代是显学，这是很了不起的。史学昌明的时代，社会生态是清醒的。一个人清醒着，不会做糊涂事；一个时代清醒着，也不会乱作为。如果一个时期里，戏说历史成为风气，是特别值得警惕的事。

《生活周刊》：在文学界，似乎有这么一种说法，写小说的看不上写散文的，写散文的看不上写诗的，写诗的又看不上任何一种文体，您是如何看待的？

穆涛：如果您说的这种现象是普遍存在的话，这暴露了一个我们不愿意接受的现实，今天的文学在成色上是不够的，写作者的心态还青涩着。

比如有一个地方，人人自以为是，邻居之间相互鄙薄，生态这么差，肯定不适宜居住。

我看过一本回忆录，是一位老厨师录音之后由家人整理出来的，特别耐看。见手艺，见知识，见修行修为，还能见到人生的境界。书中讲了清朝一位宫廷御厨的逸事：这位大厨的手艺已经名震行内了，但每年都要拿出时间，出宫"捋叶子"，就是去"偷艺"，一年选一个地方，隐姓埋名着走名饭庄和小酒肆，川、鲁、粤、淮扬等菜系的生发地都走遍了。这个习惯一直坚持到去世，真正做到了活到老学到死。有大成就的人，差不多都具备两个特点：一是经年累月积少成多，再是有敬畏心，知道天高地厚。唯我独尊是座山雕的路数，是土匪。"自重"这个词的核心是自省，不是自我提拔，哄抬自己的身价。

小说、散文、诗歌在文体上没有高低，但在大众的认识里有差别。小说热闹着，自然引人关注。说一个不太妥当的例子，比如中国足球，踢得就那个样子，但球员的身价，普遍高于跳水、举重、滑雪，也包括广受拥戴的国乒。球员在场上被人骂，但工资卡却硬气。人们喜欢足球，潮头大了，浪就是高的。

小说、散文、诗歌，都是靠具体的作家和作品显示其力量的，这之间没有定数。一种文体被漠视，是因为没有代表性的作品问世。一个时期里，如果一首诗，或一篇散文、一本小说，触碰到了社会最粗的那根神经，用那句流行的话说，叫"叩响了时代最强音"，相应的那种文体就会灼热起来，成为排头兵。

小说这种文体，在历史上受到过"歧视"。

名称叫"小说"，抬头的这个"小"字，不是自谦，是旧文学观念中的有色眼镜。小说是说小，街谈巷议，道听途说，坊间故事，休闲娱乐。因而旧小说的体例是章回体，是供说书人用的话本。每一章的结尾是"且听下回分解"，新一章的开头则是"上回说到"。明清两朝的旧小说那么多，但很少署作者真实姓名，那些作者和今天的网络作家一样取个笔名。但今天的网络作家是公开自己身份的，旧文人不敢公布自己的身份，唯恐被戴上"小"的帽子。

20世纪初新文学兴起后，小说有了革命性的跃进，由休闲娱乐而家国情怀，承载起探索和思考民族秘史的大任。尤其当代的小说，成就和影响力都是巨大的。

旧小说所达到的高度，也是很了不起的。比如《红楼梦》，在宝黛故事的大线索之外，融汇着那么多中国文化元素，儒释道、园林、建筑、服饰、饮食、礼制与礼仪、节日与节庆，还有那一手卓越的诗词功夫。一部小说在讲好故事之外，还应该具备什么？《红楼梦》由一部小说因为什么而成"红学"？这些都是今天的作家需要认真去领悟的问题。

《生活周刊》：您文章中有一句话，"写散文，要爱惜语言，神枪手是心疼手中的武器的"。您能具体地说一下这句话吗？

穆涛：其实不仅写散文，文学写作，都应该爱惜语言。

爱惜语言，不是指修辞这个层面。作家不是汉语词库的保管员，作家有责任让语言活起来，生动起来，还要及物，让语言所描述的对象生灵活现，让语言所阐述的问题一语中的。神枪手不是枪和子弹的收藏者，而是百发百中传奇功夫的实践者。

神枪手的功夫在眼力、心中的定力，还有对射击目标的判断力，这些都是锤炼出来的。

作家写作，也在于眼力、定力和判断力的培养。把这三种力汇聚于语言之中，就是一个好作家。

什么是写作者的"文艺腔"呢？我再举一个例子，比如跳高比赛，跳过了两米六，就是世界冠军。如果横杆只是一米的高度，却不停地变化跳跃的姿势，背跃式、俯卧式、滚杆式，这不是体育竞技，是体操表演。

小说《儒林外史》里有一句话，"三十年河东，三十年河西"，这是对中国社会趋势之变的判断。《儒林外史》的作者吴敬梓是清朝康熙、雍正年间人，用他的这句话验证 20 世纪的一百年，从 1919 年到 1949 年是三十年，1949 年到 1979 年是三十年，这两个三十年之间的变化，都是社会结构大转型的剧变。具备这样思考力和判断力的作家，注定是与历史同在的。